天才基本法

THE HEART OF GENIUS

长洱 —— 著

$$(a+b)^n=\binom{n}{0}a^nb^0+\binom{n}{1}a^{n-1}b^1+\binom{n}{2}a^{n-2}b^2+\dots+\binom{n}{n-1}a^1b^{n-1}+\binom{n}{n}a^0b^n=\sum_{k=0}^{n}\binom{n}{k}a^{n-k}b^k$$

因为那一瞬间很清楚意识到，她与这道题目之间的距离，等于她和裴之之间的距离，也就是说，看似近在咫尺，实则遥不可及。

A	∧	B
1	1	
1	0	
0	0	
0	0	

Movement

Movement

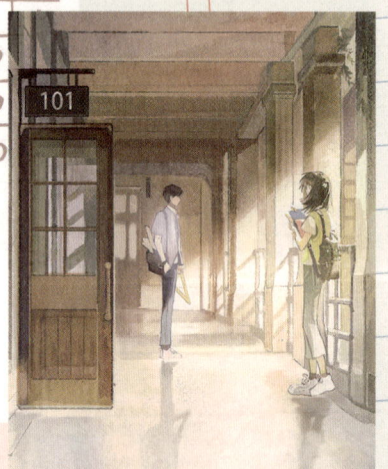

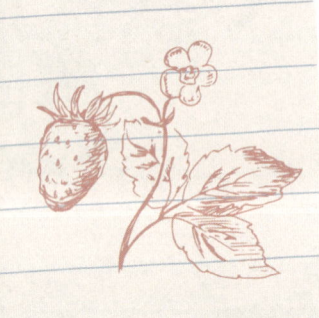

$$E=mc^2$$

$$\bar{z}=\sqrt[n]{z_1\cdot z_2\cdot\dots\cdot z_n}=\sqrt[n]{\prod_{i=1}^{n}z_i}$$

R

THE HEART OF GENIUS

$P(A \cap B) = P(A) \cdot P(B)$

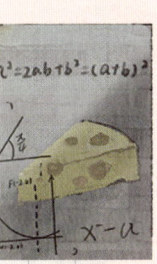
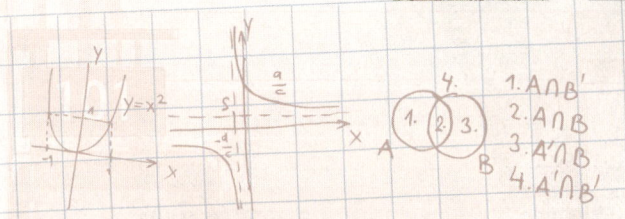

THE HEART OF GENIUS

如果说……如果说林朝夕能提前得知跨出这一步会遇上如此诡异荒诞之事，那在这之前，她一定先百度当年体育彩票特等奖号码，背诵默记在心，但她没来得及。是的没错，在写下整道公式后，她回到了十二岁。她还保持着手拿粉笔在墙上写字的姿势，但墙不是那面墙，门也不是那扇门，连路边的野猫都不是原先的那只小花狸，周围环境已经发生了天翻地覆的变化。

$E=mc^2$

你看，其实我们每一天，都站在已知和未知的边缘。如果这样来看，世界太大，而我们所知太少，一切都仿佛不确定，这太令人沮丧了，但我要告诉你们的是，未知才是最美妙的。

试着仰望那些人，追逐人类历史上无数天才的脚步，那才是真正的快乐。

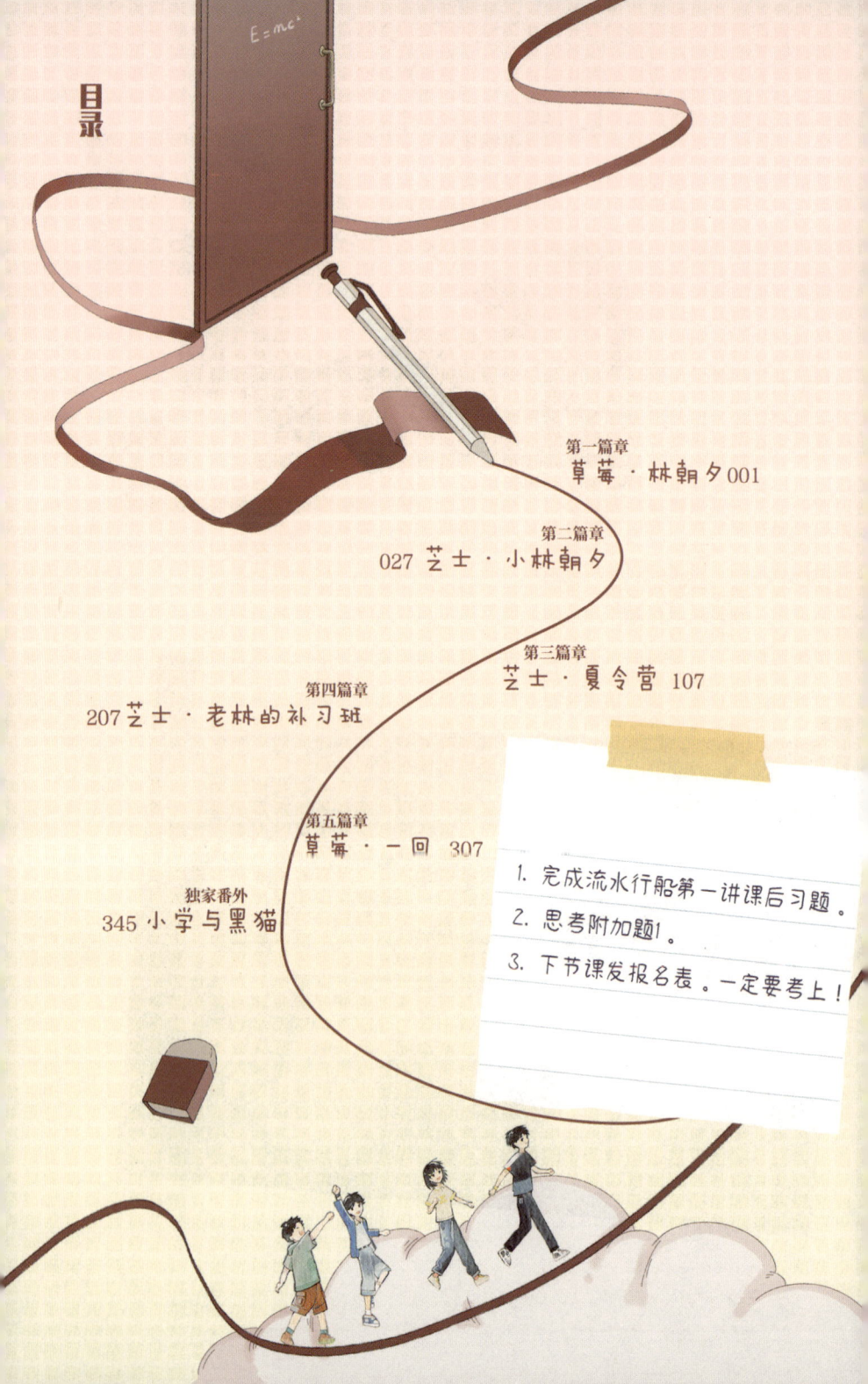

THE HEART OF GENIUS

第一篇章

草莓·林朝夕

第1章·真实·

父亲确诊早发型阿尔茨海默病那天，发生了两件事情。第一是确诊本身，第二则是林朝夕得知她暗恋多年的校园男神即将出国深造。

关于父亲的阿尔茨海默病，林朝夕其实早有预感。网上靠谱不靠谱的检测方法，她和她爸都一起试过。因此当医生宣判时，父女俩竟都没觉得是晴天霹雳，只是觉得——世界上的所有事情，都可能发生在任何一个人身上，没什么大不了。而有了这句话，第二件事就真没什么大不了的。林朝夕一直很清楚自己和男神之间的距离。

说起这句话时，她和她爸正坐在医院边的打卤面店里，她爸偷偷抬手，准备向服务员再要一份炸猪排。

恰逢中午，雨天水汽充盈，面店里更是热气腾腾。

林朝夕咬着筷子，敏锐地反问："林会计，你的脂肪肝同意你再吃？"

为转移话题，老林看着她面前那份金黄色的猪排，故作心酸地开口："爸爸想记住猪排的香气。"

那样子特别拿腔拿调，纯粹在逗她。林朝夕觉得又好气又好笑，哪有人拿自己得老年痴呆开玩笑的。

想到这里，她眼眶突然红了，赶忙低头吸鼻子，假装面汤太辣。

窗外是医院附近的热闹街道，车辆、行人在雨帘中穿梭。法国梧桐静默矗立，水滴从叶片上接连坠落，一切都雾蒙蒙的，像颜色很淡的印象派油画。

林朝夕看着眼前的面碗。雪白面条沉在红油里，配上翠绿的葱花，她看了一会儿，然后听到她爸说了那句话——"世界上的所有事情，都可能发生在任何一个人身上，没什么大不了。"

那句话很对，可此情此景还是令人难受。

"那我怎么办？"林朝夕沉吟片刻，还是问了出来。

"你老父亲已经把你养到本科毕业，你要一个人经受住社会考验啊。"

"我还没毕业。"

"我们家存款几百万，外加五套房！"老林先生怕她误会，赶忙补充，"当然，这些都是我的。"

林朝夕："……"

"你看，我的是我的，你的是你的。我的面是我的面，你的面是你的面。"老林先生从筷筒里抽出长筷，敲了下碗边，"当"的一声脆响后，他继续循循善诱，"那么我的病是我的病，你的人生是你的人生。这些事相对独立，并不太相互影响。"

闻言，林朝夕抬头看着父亲，觉得非常不可思议。老林今天穿了件老头汗衫，说话时一派看破红尘的云淡风轻感，想起他们父女这么多年相依为命的日子，林朝夕怀疑自己耳朵有问题。"你的病是你的病，我的人生是我的人生？"

"是不是很有道理？"

老林先生很得意于说了这句话，林朝夕忍不住打断他："但你的人生不就是因为我才被搞得一塌糊涂的吗？"

这是一句话就能讲清，却困扰林朝夕很多年的事情。

她今年二十二岁。二十二年前她刚出生，坐在她面前的这位老林先生为她放弃出国继续数学方面的学习，选择成为她的爸爸，独自抚养她长大。如果现在是六小时后的傍晚，她就可以知道男神裴之要出国留学的消息，他去的学校还是她爸爸当年放弃的那所，那她一定会对人生里的这种微妙对比唏嘘不已。不过现在，她只是被老林接下来的那番话噎得吃不下炸猪排。

"我有什么办法？国家法律规定我必须抚养你。"老林先生这么说。

话题到此为止。

这么多年了，从叛逆期眼泪汪汪到现在随口一问，她不知道问过多少次同样的问题，得到的回答却一直这么简单干脆。虽然具体来说，这里还有很多问题，比如她妈妈为什么狠心不要她，她爸干吗不能把她一起带去国外，以及爷爷奶奶怎么都不帮忙，但老实讲这些都不重要。因为二十二年来,他们父女俩相依为命,才是人间真实。为这种人间真实,他们父女不约而同地举起手边的可乐碰了一杯。

老林先生抿茶一样抿了口可乐,放下易拉罐,问:"那你是嫌弃爸爸生病吗?"

林朝夕咕噜喝了小半罐,看着面前精神奕奕的中年人,打了个嗝:"怎么可能?"

"好嘛,那就没什么大不了,真的。"说完,老林先生一筷子夹起她点的炸猪排,咬了一大口,林朝夕只能眼睁睁看着。

明明是一件天大的事情,却被搞得好像家里没米,所以要去楼下小超市再买两斤那么简单。

曾窥见真实世界的人,大概真的比较不在意这些。

第2章 · 窥见 ·

一顿饭吃完,老林为了逃单,很不要脸地先溜了。

林朝夕付完钱,撑开伞,踏入雨帘。

此时的雨比他们从医院出来时小很多,雨丝像绒毛一般扑洒在伞面上,满目皆绿。

她走在路上,车辆、行人往来,带起水花,气氛却在喧嚣和宁静间最完美的平衡点上,令人感到莫大的安宁。

她刚才那么问老林,是因为她很慌。现在平静下来,她好像也没什么可怕的。她今年二十二岁,学哲学,立志成为一名光荣的人民教师。老师嘛,假期多,可以好好照顾老林。而且家里不缺钱,老林可以住最好的疗养院。所以就算老林生病,对她也不会有太大影响,最多也就影响下以后别人给她介绍相亲对象时的背景说明。

呃,想到这里,林朝夕的手机铃声响了。

她硬着头皮,赶忙接起。

"朝夕啊,昨天那个小刘对你很满意啊。"

电话那头是她实习学校的教务主任,一位非常热心给实习生介绍对象的领导。就在昨天晚上,她参加主任组织的相亲活动,认识了一位银行职员。她和对方单独在咖啡店里聊了会儿,之后对方送她回家。早上,男生发微信和她打招呼,她急着和老林去医院,没来得及回复。因此在接起主任电话前,她都觉得自己要被批评了,主任不仅没对她进行思想教育,反而很高兴。

可"对你很满意"听上去让她很像被选中的妃子,林朝夕有点窘:"是……是吗?"

"小刘妈很高兴地给我打电话,说她问了他们家志远,他对你有感觉,你要抓紧……"

她握住扶手,回忆相亲对象的样子。记忆里他是很正常的男生,有点小骄傲。男生讲了父母的工作,说了爸妈喜欢孩子所以之后要生二胎的事情,并暗示自己妈妈有市里最好初中的人脉,她想去工作也是一句话的事情。

窗外是被雨洗礼过的城市,街道空寂,耳边是主任的教导。

"女孩子主动点,没事的,你要抓紧啊!人家家里条件那么好,父母都是局长……"

这话林朝夕根本没法接,只能继续沉默。

公交车上的报站提示音正好响起。

主任问:"你在哪儿呢,怎么这么吵?"

"车上,今天要回趟学校。"

主任又抓到关键词了。

"大学生啊!别看你现在年轻,但女人老得快,二十七八就不好找了……"

林朝夕听着听着,骤然窥见自己未来人生的全貌。她会有一份稳定的教师工作,嫁个家境比她家好些的人,对方会和她一起照顾父亲,她为对方生儿育女……可在那一瞬间,她因这种真实而感到恐慌。

"你以后生了孩子,要是不想工作,估计人家也肯养你的,日子不要太惬意噢……"

就这么走了个神,话题也真的进行到了生儿育女。林朝夕一激灵,赶忙打断:"抱歉主任,其实有件事我挺不好意思的……我爸刚被确诊了阿尔茨海默病,所以您看,要不还是您帮我跟对方说一声,这事就这么算了吧。"

电话那头沉默了。林朝夕也没说话。

过了好一会儿,主任才开口:"你这个情况,我帮你去跟对方说一

005

声，还要看人男方家里要不要你。"

"……"

"在学校忙完以后，给人家男生发个短信道歉！"

嘱咐完，主任就挂了电话。

林朝夕倒没什么被羞辱的愤怒感。她只是突然意识到，确定的轨迹同样也意味着，她的人生再没有无限可能。

也就忧愁了那么一小会儿，下车时，林朝夕已经把那个电话忘得差不多了。她今天回校，为的是大学城高校联合智力竞赛的事，学生会主席苏小明打电话，找她来旁听。她回校后直接去了大学生活动中心二楼，校学生会在那里有间会议室。

会议室传出吵闹的说话声，林朝夕看了眼手表，离会议开始还差五分钟。也没多想，她直接把门推开。会议室霎时静下来，十几道目光射来，林朝夕也跟着愣住。这是已经开始了啊……

"你哪个学校的，好歹敲个门吧？"会议桌主座旁，一位衣着干练的女生直接冲她说。

林朝夕也不认识对方，对方应该是其他学校来开会的。这事根本不用她说什么，她转身把会议室门关上，他们学校学生会主席苏小明就已经开口："是我们提前开会了，朝夕后来的，不知道。"

"抱歉抱歉。"林朝夕顺杆爬，说完就跑到苏小明旁边的位子坐下。

"林朝夕，上次智力赛题目是她拟的。"坐下后，苏小明指着她介绍道。随后苏小明又向她介绍了与会诸人，果然像她猜的那样，在座的是大学城里其他学校的代表。讲到那位干练的女生时，苏小明着重提了下："安潇潇，百草大学学生会学习部部长。"

百草的，他们学校的死敌啊。

林朝夕边想边冲安潇潇点了点头，算打了招呼。

因为她进门这番介绍，会议暂停了会儿，有人开始喝水，趁此机会，苏小明凑过来压低声音，问她："你爸身体怎样？"

"老年痴呆。"林朝夕答。

"什么？"苏小明瞪大眼，一时间没来得及掩饰震惊。

林朝夕点点头。

"这怎么办?"

"我也不知道。"她拍了拍男生的肩,示意他认真开会,别想太多。

苏小明即刻坐直,还有点恍惚,这一停顿的空当,安潇潇抢过会议主导权:"既然大家对选择题都没什么意见,下面就剩下大题,第30~80题是我们拟出的大题,要辛苦大家挑选下……"安潇潇说完,大家开始翻起面前的打印纸。

林朝夕来得晚,苏小明已经和另一位干事合看一份材料,她面前是空桌板,这下又有点尴尬。就在这时,一沓薄薄的打印纸从旁边被推了过来。林朝夕转头,发现是她右手边姑娘悄悄推来的。姑娘脸小小的,眼睛又很大,穿一套宽大校服,被她看了两眼,竟有点害羞,避开了她的目光。

林朝夕向姑娘的位置挪了挪,戳了戳她的手背,小声道:"谢谢你。"

哎,妹子居然脸红了。

林朝夕不逗小萌妹了,开始认真看题。可还没等她翻两页,又听安潇潇说:"既然三味大学的林朝夕同学很有经验,那就从林同学开始吧。"

会议室翻纸的沙沙声不约而同停下。

她还没来得及翻完选择题,所以有点无奈:"选10道大题是吗?"

"是。"安潇潇抱臂说道。

"那给我一分钟。"

"一分钟够吗?"

林朝夕认真看题,没回答。搞趣味智力竞赛是他们大学城的传统。这事本来很简单,网上下载点趣味智力题,负责主办的大学筛选下,挑出一些作为题库,几所学校的人凑在一起,讨论下,最终选出20道选择题、10道大题作为最后的试题,就完事了。因为比赛每年都有,网上可选的趣味智力题越来越少,所以选题才变得越来越有难度。林朝夕手头就是百草大学今年拿出的备选题,她要从中选出由易到难的10道题,作为试题。

她边思考边看所有百草大学选出来的大题,最后抬起头:"那我先说说?"

安潇潇:"你来得晚,可以多看一会儿。"

"没事。"林朝夕低头,手指从题号上滑过,翻页并很干脆地报数,

"31、38、44、56、58、62、63、64、70、77。"她说完，顿了顿，补充了一句，"77这道题不错，可以做压轴大题。"

她说完，百草大学的人脸上好像有点挂不住。

不用安潇潇开口，旁边另一个与会人员就说："这么快，你认真看了吗？"

"这个……"林朝夕想了想，还是如实说了，"其实线上线下能找到的趣味智力题，我上次差不多都筛过一遍……"

霎时，所有人又开始哗哗翻纸。安潇潇脸色更不好看，但再说下去就有失风度，她抿住嘴唇，忍住了。

不多时，就有人说："学姐……学姐选的题是不错啊。难度确实控制得很好。"

"但是62这道题……"另一人开口说。

林朝夕低头看去，62题是道图形题，画着简易机械手臂，问机械臂按某一路径转动时另外一点的路径。作为大题，看上去确实简单。

林朝夕："这是波塞利耶-利普金连杆，可以找类似复杂变形替换。"

会议室内一片"哦哦哦"。

大家看了一会儿，忽然，又有人问："77题做压轴大题？"

"这还能算智力题吗，要怎么做啊？有理科生说说吗？"

"我学化学的，这题看着简单，做起来好像很需要思路。"说话的人举起草稿纸，纸上被画得密密麻麻的，本人看上去也很崩溃。

林朝夕又看了眼题目。被抱怨的77题是道黑白棋子排布题，问每行三颗，最多能排几行。看似简单，实则困难，解答需要数学基础，放在智力竞赛里有点欺负人，但百草找的备选题里也没有更合适的，她就选了这道。

安潇潇很不要脸地甩锅了："这也太偏心数学系了！"

"三味是仗着他校数学系碾压式强大，其心可诛啊。"有人用笔尾指着苏小明的方向，没好气地说。

"所以这题还是不行。"安潇潇直接道，"换一道，大家还有什么意见吗？"

林朝夕就坐在一边听，不发表意见。不多时，众人再刷了遍题库，又纷纷觉得好像没有比77题更合适的选择。

"别的好像不太行啊,林同学有什么替换意见吗?"有人问她。

林朝夕说:"我个人觉得这题很漂亮,做起来也巧妙,其实蛮合适的。"

"学姐好强啊。"有人以头抢桌。

林朝夕:"我看了答案才知道。"

"那这题到底难不难,是不是需要完备的数学知识才能解出来啊?"

"我是哲学系学生啊。"林朝夕诚实地摇头,表示真的很难说。

大家七嘴八舌,意见又多了起来。

忽然有人提议:"不然找个数学系的做一做?"

"我们在三昧啊,找你们裴之去?"有人拍着苏小明的肩膀说。

第3章 · 无话 ·

如同水底潜行的鱼突然跃出蔚蓝海面,阳光灿烂。听到"裴之"这个名字,林朝夕心跳快了几拍,没来由地觉得高兴。她坐在座位上,转了一圈笔,在面前的白纸上画了个举着应援牌的小人,其他人则开始兴奋地讨论。

"找裴之做下,男神三秒内做出来说明这题做压轴题还可以?"

"超过五秒就太难了?"

"那如果裴之也要算很久呢?"卷发男生压低声音,然后自己回答,"哦,这不可能啊。"

"老张这波先抑后扬吹得有水平。"

学生会的这帮人越聊越高兴,不知道为什么就变成把整套卷子拿给裴之做一遍。

林朝夕说:"其实还可以找个老师问啊……"

但讲起裴之,她自己就很没底气,语气很弱,话音迅速淹没在众人兴奋的讨论声中。她只能放下手。虽然她还挺期待看裴之秒杀百草选出来的智力竞赛题,但真去找裴之……林朝夕想了想,反正如果让她去她肯定慌啊。

"问题是,谁去找裴之?"很快,开会的这帮人也发现虽然事挺有趣,但真要去做,一个个又都退缩了。

正当林朝夕想再说一遍"找个老师问啊"的提议时,就听见有人说:

009

"抓阄吧。"这三个字简直是根救命稻草，起到一呼百应的效果。小纸团瞬间做好，被堆在会议桌中间。一群人疯抢了会儿，纸团很快被捞得干干净净。林朝夕手里也握着一个，她掌心微湿，白色纸团在阳光下边缘透明，她也说不清自己到底是什么样的心情。她和裴之从小学开始就是同学，初中到高中，再到大学，一路下来，他们维持了整整十六年同校不同班的陌生同学关系。算是有缘，却毫无交集。她一路看裴之走来，更像他人生外的见证者，目睹他从天资卓绝的少年成长为极其优秀的青年。

而现在……林朝夕视线移向掌心中的纸团，如果上面出现裴之的名字，好像是他们两个的人生第一次出现交集？抱着难以言说的微妙心情，她打开纸团。纸张纯白，上面空空如也，什么都没有。她愣了会儿，然后微微叹了口气，觉得很坦然。理应如此吧，哪有像老林说的那样——世界上的所有事情，都可能发生在任何一个人身上。比如她和裴之就不可能有这种巧合的交集嘛。

林朝夕颓丧又释然地想着，就在她把纸团塞进口袋的工夫，会议室渐渐安静下来，所有目光都向她汇集。林朝夕觉得莫名其妙，跟着这些视线一起移动，她转过头，看到先前给她分享材料的女孩。女孩双手紧握放在桌面上，姿势很别扭，看上去非常紧张。

"沈美，"安潇潇忽然开口，"你拿到了？"

此言一出，沈美猛地一缩。

"小美眉，嘿嘿嘿。"有人笑眯眯地说。

"我……"沈美缓缓点了点头，像机器人一样，"我……我不想去。"

"你不敢去找裴之吗？"

她一看就纯情得不行，一听裴之，霎时脸红。

"我们沈美怎么这么害羞！"

闻言，沈美脸上的红色更浓，快要滴下血来。

这很像是暗恋裴之的表现。会议室内有人笑了："多好的机会啊，我们给你助攻！"

"哎呀，喜欢裴之没什么啦，我也喜欢。"

"老张，你好可怕！"

沈美用蚊蝇般细小的声音辩解："没有……我不是喜欢……"

林朝夕看着她，忽然非常了解这种情绪。沈美甚至可能并不暗恋裴之,只是仰慕、喜爱,种种情绪堆叠,内心最隐秘的小心思被骤然翻开,令人心慌意乱,不知该如何是好。

"是不是因为你男朋友啊?没关系,我们不告诉他。"忽然,安潇潇开口了。

沈美被她一激,眼里蓄满泪水,哀求地看着安潇潇。

"行了。"林朝夕突然打断安潇潇。"还是我去吧。"她对安潇潇说,又悄悄掏出纸巾,从桌下塞到沈美柔软的手心里,沈美轻轻握住。沈美向她投来感激的目光,林朝夕愣住了。等等,她刚才说了什么?

"明白,谢了老哥。"

教学楼下,苏小明挂断电话,转头用沉重的语气汇报刚侦查好的情报:"林同学,裴之在致远楼101讲期中考的卷子,快下课了。"

林朝夕站在他身边,扶住电线杆,腿软。

傍晚前,天边隐约要起火烧云,到处是自行车丁零零的响声。她朝致远楼方向看去,大片红墙被爬山虎覆盖,只露出一扇扇透亮的玻璃窗。所有以"01"结尾的教室都是该楼最大的阶梯教室,两百多个座位,如果是裴之讲卷子,肯定座无虚席。她要到这种环境里去问裴之一道趣味智力题?太绝望了。

一路上,苏小明也很紧张,絮絮叨叨地给她讲刚听到的边角料信息。比方说他们其实运气很好,裴之都基本不来学校了,今天临时被老师捉来讲题,又比方说101现在人多到崩溃,下课铃响后他们最好等个十分钟再进去。实在不行,他们还可以托人约裴之找个地方私下见面。不过裴之还在上课,估计等的时间会更长,怎么说都太没必要。林朝夕默默在听,一不小心就率领身后浩浩荡荡的人马,踏入了致远楼。

101教室正对教学楼门口,赭红色门板轻闭,矗立在视线尽头。一点光从门缝里透出,门好像随时会被风吹开……林朝夕也不知道自己在想什么,回神时居然已经站在门口,不由得一激灵。她这是要干吗,还没下课就闯门?

身边,苏小明倒吸口凉气,脸上满是敬服神情:"学姐?"

"……"

"铃还没响,我们这么进去……是不是,不太好?"

是很不好！林朝夕缩回放在门板上的手，退了半步，心里松了口气，脸上却一本正经。"我们在后门等吧，不要太招摇！"

她身后，所有人都呆若木鸡。

"学姐……您……"

苏小明不由得对她用上敬语："您不紧张吗？"

林朝夕："不瞒您说，我手在抖。"

记忆里，就在她说完那句话后，下课铃声响了。明明是能响彻校园的隆隆声响，却意外地像静止魔法，空气瞬间被抽干，四下如真空，静得一丝声音都没有。随后，铃声停止，风吹起一墙碧绿叶片，并传来粉笔被平静搁下的声音。宁和如水的话音从门后透出，缓缓渗入整个世界。

"最后一道题就这样，下课吧。"

心脏跳得非常快，门那边的世界被瞬间点燃。纷乱的脚步，七嘴八舌的声音，闹哄哄的一大群人。林朝夕难得地茫然，还得再等一会儿，才能进去。就在这时，"吱呀"一声轻响，她面前门板向两边豁然打开，明亮天光照了她满身。她第一眼就看到窗外天际红彤彤的火烧云，还有站在讲台前的那个人。惨。这是林朝夕的第一反应。她四肢僵硬，心跳太快，脑海里的嘈杂声音让她无法组织完整的想法，只能站在原地，直愣愣地看着裴之。

裴之也在看她，一只手搁在讲台上，侧过半边身体，有学生围在讲台前，他站得高一些，目光就这么缓缓而来。什么漆黑、宁静、幽远、深邃，想象中关于目光的形容词都不够贴切，林朝夕只觉得，那双眼睛，真是再清醒不过。他知道自己是谁，也永远知道自己在做什么，绝不茫然，从不彷徨，这就是清醒。

看着这双眼睛，林朝夕也清醒过来。时间像闷热午后从冰柜里拿出柠檬汽水那么短。林朝夕整理好情绪，走到裴之面前。她拍了拍前面围观裴之的男生，示意对方稍让。

裴之正在听讲台前一名女生提问，视线移了回去，不再看她。那名女生提问结束后，裴之拿起讲台上的签字笔，徐徐在演算纸上写了起来。他手指修长，中指指节上有再明显不过的茧，解题过程写得认真周到，一行又一行。女生迷茫后瞬间理解，高兴地向裴之道谢。裴之点点头，周围人太多，这个问题就到此为止，他继续听下一个问题。虽然只是来代课，可在闹哄哄的环境里，在面对学弟学妹时他没有一丝不耐烦。这件事理应如此，那他就尽责做好。

林朝夕在他身边待了一会儿，能感受到裴之的态度。

大概是受到裴之认真专注的影响，阶梯教室的氛围和缓下来。

想看会儿裴之的就坐在自己的位子上，想问问题的就在讲台前排队，也有人离开，课堂秩序恢复正常，成为再寻常不过的一段课后时光。

第 4 章 · 遥遥 ·

提问的同学越来越多，裴之退回黑板前，写完一面就擦掉，粉笔灰簌簌落下，雪粒一般。轮到林朝夕时，她再没有来时的紧张激动。在裴之平和目光的注视下，她简要说明来意。

"题目是？"裴之问。

心跳又漏了一拍。声音怎么这么好听，林朝夕想揉耳朵。她忍住雀跃的心情，从口袋里掏出题纸，递过去。裴之修长有力的手指按在纸上，看了一眼，放下纸，面向她退了半步，三指捏住白粉笔，带着问询的目光，在黑板上写下一个数字——16。

什么三秒五秒做出来，这还没到半秒吧？林朝夕目瞪口呆，裴之还保持着先前问询的目光。她才意识到裴之是问她答案对不对，于是赶忙点头。见状，裴之的掌腹贴在黑板上，随意擦去答案，认真回答："对长期研究数学的人，这道题并不难，但它考查思路和分析能力，对于很少接触数学的人来说，很有趣。"

"那么，合适吗？"

裴之点头。

林朝夕很高兴。虽然回答简短，但很明显经过思考——裴之是个非常认真的人。有风徐徐而来，她向裴之道谢，将被吹乱的头发别到耳后，没什么理由再赖着，转身离开。

各校学生会的人都在阶梯教室后面。

林朝夕过去，被围着问结果，她原话复述。

有人反应很快："裴之刚在黑板上写的是答案？"

"是啊。"

"不是人!"

林朝夕很同意。

他们在后门聊了会儿,基本就把智力竞赛题目确定了。

林朝夕就趁机多看会儿裴之。看裴之一丝不苟的专注神情,看裴之写字时露出的手腕,看少女们看他时的星星眼,看她这位很厉害的同学……看得时间久了,林朝夕逐渐意识到,裴之和她并不是同一个世界的人。虽然从头到尾,裴之始终平和有礼,从不会高高在上,但她原先来之前充盈起的少女心此刻变得空空荡荡。她骤然窥见自己和裴之之间那条深不可测的鸿沟。鸿沟来自一方十几年如一日的专注积累,和另一方十几年如一日的混吃等死。不至于令人羞愧,却让人非常失落。

天边的红霞都暗淡下来,教室里排队问问题的人也散得差不多了。

裴之拿起搭在讲台一角的外套,开始收拾东西。

"我们也走吧?"苏小明说了一句。

林朝夕点头,她和裴之也说过话了,并盯着看了这么久,确实没什么再留下来的理由,好像完成了一个心愿似的。她看着面前的水泥地面迈动脚步,脑子里却是少女动漫画面——她突然转身大喊"裴之同学,我喜欢你十年了",但她并没有这么干,因为没勇气。越来越多的人一起离开,后门有,前门也有。衣料相互摩擦,非常真实。

突然,有道响亮的声音响起:"裴之师兄,我们……能问您一个……比较私人的问题吗?"

林朝夕得救似的停下,循声看去。

裴之倒很坦荡:"可以,不过太私人的问题,我有权拒绝回答。"

他一只手插袋,另一只手拿着考卷和草稿纸,纸张下垂,随风而动。

"您是不是要走了?"小学妹问,"我是说……留学?"

闻言,阶梯教室里的少女们都纷纷"欸"了一声,一是觉得意外,二是觉得大好机会明明应该八卦一下的啊。

"是。"裴之的回应很简单。

"哪个学校?"

"CHU。"

林朝夕心里咯噔一下,要不是她,老林差点就去了这所学校,还真是好巧。少女们失落的叹息声回荡开来,她们大概也说不清为什么,就是觉得很遗憾吧。

于是有人问："师兄，您以后还会再来学校吗？"

"为什么不会？"

"但您最近已经很少来了啊。"

"以后会更少。"

"……"

"那今年的数学建模大赛还是您带队吗？"

"是。"

"我们可以报名吗？"

"可以。"裴之还很耐心地补充，"学校官网有报名和筛选队员的细则，感兴趣可以去看。"

好好的"问个私人问题"的活动瞬间变成咨询大会，学生们七嘴八舌起来。

"我们看了！"

"但太变态了啊！"

"师兄诳我们，哪有细则，就一道题啊！"

"有什么问题吗？"

裴之问后，出人意料地走到黑板前，拾起半截粉笔，飞快地将题目写在黑板正中。他写得很洒脱，林朝夕却意外地觉得这时的裴之非常温和。

"我们做不出来啊！"

"这也太难了！"

还没写完整道题，底下的哀号声渐次响起。

对林朝夕来说，从裴之开始写下第一笔时，她就再也听不到周围的声音，甚至连裴之的身影都从她的视野里消失，她只能看到那道缓缓成形的题目。很长，很有难度，她能看懂其中一部分，却对另一部分完全陌生。她完全沉浸其中，感到困惑不解，却又觉得很有挑战，下意识翻开手上资料，从口袋里抽出笔，将之顺手抄记下来。写着写着，她脑海中继续冒出一些很奇怪的思路，她不由得将这些都记录下来。

"咦，林同学，你在解题吗？"

突然，林朝夕身边有人喊道，她猛地一怔。

安潇潇的声音很响，刹那间，整个教室的目光都集中过来。裴之已经走到门口,也停下来看向她。林朝夕第一反应是尴尬。她在干什么啊?哲学系女生在数学系教室试图解校园男神出的题,画面太不自量力、太酸爽。她很软弱地看着裴之,裴之的目光依旧清醒,很透彻。总有些人让你看他一眼就很想成为那样的人。林朝夕迅速冷静,有什么可怕的?

"我抄一下题目。"她对安潇潇说。

"学姐很想加入裴之同学的队伍?"安潇潇瞥了眼门口的男神,"难怪学姐刚才还主动要来问裴之同学问题……"

"勤学好问嘛。"

"不不不,我觉得不是哦,学姐不是学哲学的吗?"安潇潇顿了顿,勾起嘴角,"你这么努力做数学题,该不会是暗恋裴之同学吧?"

话讲到这份儿上,已经不是"神经病"可以形容的了,周围同学看向她的目光充满同情。林朝夕真的没在意安潇潇的挤对,但在那个时刻、那个情景下,远处是裴之的清俊身影,夕阳的光朦朦胧胧。她忽然笑了,转头看安潇潇,问:"欸,你怎么知道?"

沉默,一开始是相当难耐的沉默,学生们面面相觑,没想到上个课还能听到劲爆的表白。随后,不知道谁"扑哧"一下笑出声,随后整间教室一片哄笑。安潇潇开始还很得意,渐渐地,发现周围的学生没有在嘲讽。学生们很高兴,有人鼓掌,甚至有人吹起口哨。林朝夕坦坦荡荡,嘿嘿笑了起来。

就在这时,裴之动了。他单手插袋,外套随意搭在手上,从阶梯教室前方拾级而上,很快就站在他们面前。整间教室再次鸦雀无声。林朝夕看着裴之英俊的面孔都惊呆了。您这是什么意思?

裴之同学本人并没觉得这么做有什么问题,就很随意地问:"你在解?"

"就……写写思路吧。"

教室里有人抽了口凉气,林朝夕这才意识到,她这么回答也太不谦虚了,赶忙改口:"我就是抄下题目,回去研究。"

"我能看看吗?"裴之说。

林朝夕心脏再次不可遏制地加速跳动起来,但裴之依旧眉目清朗,一派自然,仿佛他根本没在意她刚才在大庭广众下的表白。不过也是,听上去就像开玩笑的嘛,男神怎么可能在意?她更加释然,将手上的草稿纸掉个头，递了过去。

裴之用修长手指将之接过，她能很清楚看见他的睫毛覆盖下的小片阴影。下一秒，裴之竟真的仔细阅读起她随手写的解题思路来。

很快，裴之抬头，低声问她："Fisher线性判别函数？"

"啊？"

"完全解的分类？"

她摇头。

"已经很不错了。"

裴之将草稿纸递还给她，冲她点了点头，随后将手插回口袋，转身离开。整个过程非常快，林朝夕甚至不明白刚才究竟发生了什么，但周围到处有人问她。

"学姐好强，男神说你很不错啊，我能看看你的思路吗？"

"裴之刚和你说了什么？"

"学姐真的是哲学系的吗？"

林朝夕几乎听不见周围任何声音，收回看向裴之背影的视线，再看了一遍手上的草稿纸。平静下来后，她很确定，刚才在裴之眼中真实看到的、一闪而逝的情绪是遗憾。函数也好、分类也罢，有可能是裴之在启发她，但她甚至连复述一遍裴之刚说的名词都做不到。已经……很不错……只是对一个哲学系学生来说，很不错而已。林朝夕忽然难过起来，因为那一瞬间很清楚意识到，她与这道题目之间的距离，等于她和裴之之间的距离，也就是说，看似近在咫尺，实则遥不可及。

她没法再待下去，将手里的草稿纸随手递给想看的男生，和苏小明打了个招呼，就离开后门，跟着人流向另一个方向走去。快到走廊尽头时，她深吸了口气，回头想最后看一眼裴之。视野里是人与人之间的缝隙，青春洋溢的笑容和各色服装，那一瞬间，她看得最清楚的是裴之指尖和衣服上的白粉笔灰，最后的清亮天光落在他身上。真好啊。

林朝夕扭回头，看向远处天空。

原来剧情并不会因为突然到来的停顿而发生质的改变。

他们终将像现在这样渐行渐远，漫长人生，再无相逢。

第5章 · 问题 ·

离开阶梯教室那会儿，林朝夕还挺释然。她之前没好好学数学，现在做不出来男神出的题有什么办法？但回家路上公交车人太多，被挤了一路的她下车后心态又有点崩。

天已经完全黑了，新村外面烧烤摊已经摆起，青烟袅袅，烤羊肉串和烤扇贝的香味笼罩四野。站在相熟的烧烤摊老板面前，她满脑子是裴之离开时的背影，又饿得难受，就发微信给老林问要不要下来一起吃。

老林倒是很快回了条——

妙哉。

握着手机在上风口等，她点了他们惯常会点的东西。可东西都烤了一半，新村门口还没有老林身影，望着黑而寂寥的铁门，林朝夕心中骤然腾起一股不祥预感。拨打老林电话时，她手在抖。四周人声鼎沸，她却只能听见话机里"嘟——嘟——"的等候音。心脏沉入水底。她脑子到底哪里坏了，要找爸爸下楼吃烧烤！一遍电话无人接听后，林朝夕果断放弃再打。她向烧烤摊老板打过招呼，向新村门口跑去。聊微信时老林还在家，如果老林没有从后门离开，最大可能还在家……但为什么不接电话？短短几分钟路程，林朝夕脑海中闪过无数可能性。她狂奔到家门口，突然，在树下看见一道悠闲的身影——穿老头汗衫，趿塑料拖鞋，一只手百无聊赖地逗弄路过的野猫。瞬间，无数氧气涌入胸口，林朝夕腿一软，差点跪地。调整好情绪后，她才走到老林面前。

老林抬头，很诧异："跑回来干吗，减肥吗？"

老林好像完全忘记他们约了吃烧烤的事。

"你怎么在这儿？"她选了不出错的句子，试探地问道。

"扔垃圾忘拿钥匙了，等我闺女回来解救，顺便喂喂蚊子。"

"你手机呢？我打你电话半天也不接。"

"谁扔垃圾还拿个手机。"

老林理直气壮，仿佛失误再正常不过。她的心再次下沉，老林果真完全不记得了,忘记最近发生的事,对规划即将要做的事感觉困难,这对阿尔茨海默病患者来说再正常不过,她不是没遇到过类似情境,但是现在,在这棵树下,面对满脸疑惑的父亲,她只有深深的无力感。人面对疾病时太脆弱而不堪一击,几乎没有任何办法。

望着父亲,林朝夕强迫自己笑起来,装作什么事都没有发生。

"林师傅,饭做好了吗?我快饿死了。"

"我是不是又忘了什么事?"老头太精明。

"是呀,你猜猜你忘了什么呀?"

林朝夕把他拉起来,推着他进大门。

直至进家门前,老林都在沉默。

门一打开,他就喊着"糟糟糟"直奔厨房。

空气里有点焦煳味道,林朝夕没去管他。

她环视屋内,在鞋柜上看到父亲的手机。她悄悄走过去解锁,微信界面上是她发出的邀请和老林的回复。

"欸,我关火了,果然老年痴呆了。"老林在厨房里长舒一口气。

看着父亲在厨房高兴忙碌的朦胧身影,林朝夕下定决心,删除了整段对话。

"今天吃什么?"她放下手机,喊道。

她也不知道自己当时在想什么,反正删微信对话这个举动后,只过了五十八分钟,就被她爸发现了。老林一直在怀疑她没说实话。晚饭后她在洗碗,老林直接进书房点开电脑版微信。她洗好碗出来,老林就坐在客厅沙发上,没开灯,脸色铁青,一言不发。

空气里的味道很不善。

记忆里,老林上次摆出这架势,还是在高中文理分科时她私自选了文科那会儿。林朝夕第一反应是跑,第二反应则是不能跑。她看了太多遍阿尔茨海默病的相关材料,情绪不稳定是这种疾病带来的问题之一。

她硬着头皮转身,把手在围裙上擦了擦,朝沙发那儿走去,小心翼翼地问:"爸?"

老林没回应。

她瞥见书房电脑屏幕上隐约可见的电脑版微信,瞬间明白是怎么回事了。她蹲下身，赶忙认错："对不起，我就是想着，你看到那段会不开心，其实看不看无所谓……"

"你是不是认为爸爸脑子不行了？"老林语气冰冷。

"没有没有……"

"那你怎么觉得你的爸爸会因为女儿一点善意的小心思发火？"

林朝夕小幅度抬头，很意外："欸，那是为什么？"

"你去相亲了？"

她愣住。总之，刚才那一刻她猜了无数理由，从没想到是这个。

老林的脸色还是很难看。君心莫测啊。

"你怎么知道的啊？"

"呵呵，不瞒你说，贵实习学校教务主任是我同学。他从我闺女口中得知我病情，特来关怀。与此同时，她进一步向我汇报，你相亲对象家大发慈悲地没计较我的病情，决定继续把你纳入他们儿子的后宫人选，且降级为人选之一，希望我们再接再厉。"

"……"

"你到底在想什么？"老林语气难得非常严厉。

"就是到了年纪……好像应该找男朋友了。"

鬼使神差地，林朝夕没向老林解释，其实在进咖啡厅之前，她都不知道那是相亲宴。

"好像？你的人生规划到底是什么？"

"当老师啊。"林朝夕答。

"噢，这么说，你是真心想交男朋友才去相亲，真心喜欢学生才去做老师？"

林朝夕没法正面回答，说："老林同志，你应该比谁都清楚，这个世界上又不是喜欢什么就能去做什么的。"

比如你喜欢数学，最终只能放弃学业；我喜欢裴之，最终只能望洋兴叹。成长嘛，难道不就是学会向这个世界妥协？她说完那句话后，老林并没再说什么，只是深深地望着她。她放弃继续学奥数的时候，见过老林这样的眼神；她和老林为文理分科争执时，也见过老林这样的眼神。他对她的决定感到失望，却克制住左右她人生的冲动。

人必须为自己的决定负责，这是老林的人生信条。

林朝夕深深吸了口气,撑住膝盖站起来。

"你有没有想过……"老林这次没放弃,继续循循善诱,"十年、二十年后,我终将躺在病床上奄奄一息,到时候你在我病床前想起今天的对话,你会想说什么?"

"爸,咱家银行卡密码多少?"

"215000。"

老林回答完还拍了记沙发,警告她:"林朝夕同志,不要随便把天聊死。"

林朝夕:"……"

"你再仔细想想,那时你是否会因没能在可以追求梦想的年纪去追寻梦想而感到后悔?"

林朝夕站在沙发前,房间里没什么亮光,远处墙面昏暗。梦想啊,她的梦想是什么?老林锲而不舍讲出的鸡汤非常香浓,她不由得回忆起裴之给出的题目,还有当时非常想尝试解答,却因能力不足而必须放弃的懊恼感。应该是懊恼吧……

她看向老林,说:"有一道题。"

十分钟后。

老林放下演算用的铅笔,问:"裴之出的吧?"

"……"

老林感慨:"所以你说你相什么亲,明明有那么优秀的男孩不去追。"

林朝夕:"我还喜欢法鲨呢,我能追上吗?"

老林:"那是谁?"

林朝夕:"万磁王。"

老林:"这么巧,我也喜欢。"

"……"

"就是说,解开这题裴之就答应做你的男朋友了?"

"你能不能不要这么恋爱脑?这是加入建模大赛团队的入门题。"

"恐怕不是。"老林语气太笃定。

"我不明白。"

"这是一块投石问路的石子。"老林摘下老花镜,目光深远,"它问的并不是什么建模大赛的路,而是 P/NP 问题。"

林朝夕再次看向那道题目，终于明白那种曾了解过一鳞半爪的感觉从何而来——P/NP 问题，千禧问题之一，百万美元奖金问题，与黎曼假设、庞加莱猜想并列。裴之还真是……

"野心勃勃。"老林一锤定音，也非常欣慰，"自我纠正下，这应该还真不是裴之出的题，这是导师的意思。你们学校数学研究哈密顿回路的那位教授，是不是正好是裴之导师啊，姓沈还是姓曾？"

林朝夕无语："你知道的也太多了。"

"不多不多，我还知道，虽然这道题离真正解决 P/NP 问题之间还有极其遥远的距离，但解决它，改写人类历史进程，有人有这种勇气，就值得尊敬。"

"嗯，是啊。"林朝夕想，勇气啊，真令人羡慕。

"那你要不要去考你们学校的数学系研究生？"老林话锋一转。

林朝夕痴痴地看着他，不知道话题怎么会扯到这里。

"力证 P=NP，大大提高计算机运算速率，无数疾病，甚至包括阿尔茨海默病在内，攻克它们的时间必然会大大缩短啊……"老林继续感慨，"就不考虑为你爸转个专业？"

林朝夕指了指自己，又指了指纸上那道题："大佬，我连它都看不懂好吗？我和数学系研究生之间差了整整四年专业学习时间！"

老林笑了，语重心长："你觉得自己追不上裴之，但你和他之间的距离，会比他和 P/NP 问题之间更远吗？"

简直令人无法反驳。

林朝夕噌地转身，向自己的房门走去。

老林依旧在笑，低沉沙哑的笑声在她身后响起。"林朝夕小姐，在这漫长而美好的一生里，如果你真找到了想做的事情，那么无论何时你决定再次开始，都不算晚。"

第 6 章 · 方程 ·

家里鲫鱼豆腐汤的香气还没散完，林朝夕回到自己房间，夜深人静，书桌上还摊着教师考试的复习材料。老林患病后，和神棍没两样，有时突然忆往昔，有时熬鸡汤，还会突然发出灵魂拷问。林朝夕竭力让自己不去想老林的最后那一句话，但又怎能不想？

作为前数学工作者的女儿，她的数学基础确实不差。小时候，不光老林对她的数学启蒙很离谱，连她自己也对数学很有兴趣，甚至每次上奥数班都高高兴兴的。如果按照少年时的路子坚持走下来，她虽然不一定成为裴之那么厉害的人，但也不至于在面对那道题时因无知而自卑。

不知道从什么时候起，她渐渐不去上奥数课，不再翻图书馆里与数学相关的任何书籍。她害怕数学，对此感到恐惧和厌烦，深深认定那是天才领域，凡人难以企及。想起那段时光，林朝夕浑身发冷，赶紧遏制住自己的思维奔逸。人生道路很早以前就发生偏差，就这么着吧。现在最重要的，还是老林同志。

林朝夕赶忙揉了把脸，打开电脑，找到为阿尔茨海默病患者布置生活环境的内容，准备折腾点不那么容易胡思乱想的事情做。阿尔茨海默病表现为短期记忆衰退，但长期记忆可以被唤起，所以，可以把能让他们感到舒适和快乐的物品放在家中显眼处，比如怀旧照片、喜欢的植物……而阿尔茨海默病患者时常无法分辨哪道才是自己家门，所以可以在门上做特殊标记，帮助他们分辨。

林朝夕扯了张便笺，将注意事项记下。能让老林感到舒适和快乐的东西，还得怀旧？她难道要找个什么费马大定理的证明过程挂墙上？一想到往后，家里可能满墙挂着数学定理公式，还真有点带感。

林朝夕看完一堆材料，总结出要点，首要问题还是老林容易忘带钥匙。钥匙的话，换个指纹锁倒是可以解决。但他们现在住的新村是大型老式居民区，上百栋楼，每栋楼下各带小院，如果老林出门回来，看到这些长得一模一样的院子，很容易糊涂——得在门和围墙上做文章……

她把便笺塞进口袋，换鞋出门。

已是深夜，老居民区内路灯零星，除了野猫乱窜的窸窣声，再没有其他声响。她穿过天井，拨开斜坠在门框上的牵牛花，站到院墙外。在她脚边，是一整盒粉笔。她微仰头，看着整片墙面。

小时候，他们家还住在市中心的小平房里，房子虽然漏雨，但有小天井。老林白天工作，晚上在饭店端盘子。晚上9点，她会准时坐在家门口等老林。夏夜星光优美，老林总会带小零食回来，从不见半点疲态。他们坐在天井的丝瓜藤下面一起吃零食，老林每次都要和她抢，极其无耻。老林会边吃东西边讲各种科学小故事,什么巴斯德发现盐酸晶体的隐蔽不对称性啦,富兰克林和避雷针啦……附近的小朋友也会一起来听,毕竟老林讲故事真的很有趣。

有一次特别好玩,老林讲故事的时候,被附近某位教授的儿子撑了。叛逆期小朋友比叛逆期少年更可怕,小朋友说,老林讲的东西都没有用,真正的科学艰深无比,老林是拿傻瓜小故事在忽悠他们。其实,也没有错啦……但那位小朋友当场就开始背诵牛顿三大定律和勾股定理什么的,这就比较吓人了。

老林一开始没说什么,笑眯眯在听。当小朋友背完一连串公式,老林站起来,做了一件林朝夕现在想起来也觉得非常叛逆的事情。他牵着小朋友的手走出门,在路边拿了小半块红砖,就着路灯,在院墙上写了一道公式——$E=mc^2$。

老林:"知道这是什么吗?"

"爱因斯坦的!"那位小男孩很骄傲地说,"相对论!"

老林不置可否,拿起小砖块,在墙上写了另外一道更加复杂的公式,问:"那这个呢?"

第二道公式以 R 打头,多了上标和下标。林朝夕看蒙了,小男孩也说不出话来。如果这时候停下那就不是老林了,他继续写。第三个是表达式,用括号括起来的东西……反正林朝夕也看不懂。

写完这些之后,老林还没有停,接下来的公式定理方程式已经不是言语可以形容的。一道又一道公式伴随老林手中的砖块挥舞,在路灯微光下逐渐浮现,它们洋洋洒洒,直至布满整片院墙。

最后,老林把写得只剩零星半点的红砖随手一扔,对那个小男孩说:"你继续认啊?"

老林一脸叛逆,很是骄傲。而小男孩满脸通红,憋得说不出话来。过了一会儿,老林缓缓走到他写下的第二道 R 打头的方程前,语气出人意料地平静。

他说:"这是广义相对论中的场方程。

"这是狭义相对论表达式。

"这是狄拉克方程式。

"这是陈 – 高斯 – 博内定理。

"这是洛伦兹方程。"

"……"

"这是麦克斯韦方程组。"

最后,老林这才徐徐回到 $E=mc^2$,说:"而这,更准确地说是爱因斯坦质能方程。"讲到这里,小男孩终于"哇"的一声哭了起来。他们一群小朋友仰望满墙公式,不知所措。

那时,老林蹲下身,用脏兮兮的手背给小男孩擦眼泪,还问:"干吗哭?"

快被气死的小朋友除了哭,说不出别的话来。

老林就自言自语:"觉得我一个大人欺负你,觉得在小朋友面前很丢脸,还是觉得这些公式太难了很崩溃?但你刚才明明也在其他小朋友面前干了和这一样的事情。仗着自己记性好就乱炫耀,是不是很讨厌?"

小男孩哭得更大声了,林朝夕四处张望,很怕小男孩家人冲出来把老林打一顿。不过老林嘛,会在乎这些就有鬼了。

"永远有比你记性更好的人。"老林说,"当你只记得表面上的公式时,随便一个背得比你多的人就会让你伤心欲绝。为什么?因为其实你一无所知。会背公式,你看到的只有那几个破字符和别人夸你好棒的眼神,实际上,这些……"老林戳了戳那堵墙,又单手指向他们头顶的漫天星海,"是那个。"

"星星?"

林朝夕喃喃自语,然后收到老爹的一记栗暴。

"请称呼它为宇宙。"

"哦。"

如果接下来,小朋友们要问"什么是宇宙",那这段故事就会变得没完没了。很显然,接近晚上 9 点,大部分孩子都没什么耐心听一个抖擞青年讲每道公式背后的宇宙真理,所以当老林讲到毕达哥拉斯定理的时候,人就散得差不多了。

老林正讲得兴起,一回神,面前只剩下之前那个哭唧唧的小男孩了。林朝夕蹲在门口看着他们,打了个哈欠。

老林于是把砖块一扔,开始总结陈词:"综上,光会背诵公式没有意义。以你们的年龄还没法理解它们背后的真正含义,所以我讲点有趣的科学小故事怎么了?"

林朝夕:"……"

小男孩:"我……我爸爸说……要会背。"

"你爸爸说的,没有她爸爸说的对。"

那时林朝夕已经困得东倒西歪,却依稀记得,老林指着她,很骄傲地说了这句话。总之,在她的记忆里,这是个有些离谱的故事。老林意气风发,会抓着小朋友进行洗脑式科学教育。而她还很小,面前是漫长并充满一切可能的人生道路,不像现在……完全不像。

手机振了下,林朝夕回过神。

她点亮屏幕,上面是一条微信留言。

小刘——

我爸爸认识六院的脑科主任,明天一起吃饭,我介绍你们认识。

握紧手机,抬起眼帘,她深深吸了一口气。面前是原木色门板,她弯下腰,拿起地上粉笔,向前一步,写下那年老林在墙上随手写下的第一道公式——$E=mc^2$。

THE HEART OF GENIUS

第二篇章

芝士・小林朝夕

第7章 · 一去 ·

如果说……如果说林朝夕能提前得知跨出这一步会遇上如此诡异荒诞之事，那在这之前，她一定先百度当年体育彩票特等奖号码，背诵默记在心，但她没来得及。是的没错，在写下整道公式后，她回到了十二岁。她还保持着手拿粉笔在墙上写字的姿势，但墙不是那面墙，门也不是那扇门，连路边的野猫都不是原先的那只小花狸，周围环境已经发生了天翻地覆的变化。

林朝夕退了半步，认认真真地看着自己变短、变黑、变胖的手臂。

她爆了句粗口，凝视墙面，沉默下来。墙是红砖墙，右侧有扇巨大铁门，而左侧靠上的位置有一块金属牌，色泽陈旧，犹有铜锈，写着"安宁市希望工程资助单位"。

她不知发生了什么，很迟钝地将视线左移，随即看到更多挂牌，有黄有白、有新有旧，有的上面写着"某某大学社会实践基地"，有的上面写着"心连心互帮互助试点单位"……最后一块挂牌最大，白底黑字，上面写着"安宁市红星福利院"。

说来很古怪，虽然重返过去后，这点小古怪也算不上什么，但在那一瞬间，她清晰意识到她还是她，只是已经回到小学五年级那年。像有人在她眉心点了一下，然后灌注信息，成为她意识本身的一部分。她很自然地接受了这一切，甚至清楚地知道，眼前铁门后的这座福利院名叫红星，是她从出生到小学五年级这十二年来日日夜夜生活的地方。她从小被遗弃在这里，无父无母，脾气古怪，幸好念书不错，院长妈妈很喜欢她，还想办法送她去读正常的地段小学。

虽然人生路线与以往完全不同，但她确实还是那个林朝夕。只是这次她不仅没有妈妈,还没有爸爸。一下子变化太大,就算拥有成人心智,她仍旧体会到从未有过的无力和迷茫。腿脚发软,心跳剧烈,她不由得在福利院门口的台阶上坐下。坐下后,她平静了一段时间,灵光一现,终于找到一个曾经听说过的句子来形容现在的处境——人的每一念选择,会造就一个不同世界。就好像站在蛋糕店里,纠结该选择草莓还是芝士口味一样。曾经的她生活在选择草莓口味的世界中,而现在,很显然,她所处这个世界是芝士口味的。

不知是哪一念的选择出现问题,在芝士口味的世界中,她和老林到现在为止尚没有父女缘分,与曾经他们父女俩相依为命的剧情线完全不同。更通俗的说法是,她来到一个平行世界,在这个世界里,老林不知道为什么没抚养她长大,她是个孤儿。要确定这点,也非常简单,林朝夕站起来,在福利院门口那许多挂牌中,找了块反光度较好的银白色标牌,照了照,嗯……圆脸、大眼睛、大耳朵、鼻头圆圆的……和之前的她小时候长得一模一样。

将近盛夏,天气炎热。

林朝夕确认这点,轻松了些。她咂了咂嘴,向后靠去,品味她在这个世界的回忆。下一秒,书包重重磕在上级台阶边缘,铅笔盒同水杯发出"哐当"巨响。她吓了一大跳,赶忙松开背带,把书包放在胸前,生怕弄坏了什么。林朝夕愣住。这不是她的,这一系列动作都是小林朝夕的本能反应——不能弄坏东西,就算是普通的书包和水杯都很珍贵,她买不起第二件。

林朝夕握着包带,低头看去。书包被洗得发白,包带上容易断的位置被针脚细密的补丁固定住。然后她发现,她刚才的形容有问题,这个世界对她来说,一点也没有芝士的丝滑,从头到尾都透着苦。和所有孤儿一样,她从懂事起的最大心愿,就是爸爸妈妈能回来接她。但十二年了,她从未等到父母。

在这个世界里,她是真凶悍,上课撑老师,下课撑同学,一身反骨,谁都不服。她最近干的一桩"英武"事迹是把班主任儿子压在地上打。现在是中午,她回来吃饭,班主任让她通知家长下午去学校,可她根本不敢让院长妈妈知道,只能在福利院门口踟蹰不前。

当时的画面应该很简单纯粹——这个世界的她在福利院门口退了一

步,那个世界的她却在家里院门前进了一步。一进一退间,五年级的林朝夕被二十二岁的林朝夕所取代。现在,五年级的这个林朝夕既不会因缺爱而性格古怪,也不会因害怕院长责备而焦虑痛苦,随之而来的另一种情绪却浓重涌起。她抬头,只能透过檐间看到弥弥一线天——老林啊,你在哪儿呢?没有我,你的人生还会被搞得一塌糊涂吗?

林朝夕想了很久,最后索性拍拍屁股,从福利院门口站起。反正她来都来了,还是要去试着寻找老林。

她走出小巷,城市画卷铺陈开来。

那个年代,安宁市还没经历大规模建设,楼房矮矮小小,店铺拥拥挤挤,什么烤鸡店、面条店、服装店……服务员穿着围裙忙来忙去,老爷爷用鸡毛掸子在扫货架上灰尘。虽然陈设远没有后来的光鲜亮丽,却莫名地亲切。

林朝夕在马路上走,东张西望。在安宁市生活了那么多年,她当然也听说过红星福利院,可究竟在哪儿,只有大致概念。空气里传来一丝熟悉的香气,她快走几步,看到个铁板鱿鱼摊,这下,所有大致概念都具体起来。咦,红星福利院竟然离她和老林曾经的住处不远。她并不需要徒步跨越整座城市。

铁板鱿鱼摊上挂了面大旌旗,写着"陈大炎烤鱿鱼"六个字,后来安宁电视台做过一档美食节目,称陈店主为鱿鱼之神。不过在那个年代,小学生们洗一次碗的奖励普遍在一毛钱左右,所以五块钱三串的铁板鱿鱼还是不便宜的。

摊子被学生们围了个里三层外三层,林朝夕也挤在里面看。有个小朋友估计是第一次吃,拉了奶奶的手。摊主问他们要什么酱料,奶奶毫不犹豫地说:"不要酱,小孩子不能吃辣。"

林朝夕看着那三杯后来被媒体狂吹的酱汁,拉了拉小朋友的衣服,悄悄说:"甜辣酱好吃,你试试。"

奶奶瞪了她一眼,接过鱿鱼,拉着小朋友的手就走。小朋友一步三回头,林朝夕指了指甜辣酱,做了个"超好吃"的夸张口型。老板"扑哧"笑出声,大概心里非常爽,举起一根铁板鱿鱼非要给她。

"不用啦!下次让我爸带我来买!"林朝夕冲老板挥挥手,背着书包,继续向前走。

马路尽头又是街道。红星福利院附近有两所小学，接近下午 1 点，回家吃饭的孩子陆续返校，街上到处是穿着不同颜色校服的小学生。大部分孩子有家长接送，林朝夕孤身一人，越走越孤单，但她感到孤独的原因并非老林，而是当她经过熟悉的杂志店、零食铺时，体会到了属于芝士世界里，小林朝夕的寂寞情绪。每日上学放学，形单影只的小林朝夕都在思念素未谋面的父母，她希望有人能牵着她的手，给她买店里她想要了很久的自动笔和练习本。她会叫对方"爸爸"或者"妈妈"，会撒娇，也会好好孝顺对方。

愿望如此单纯朴素，林朝夕莫名其妙红了眼眶。

她点了点自己鼻子：你真好哄啊，小姑娘。

第 8 章 · 专诸 ·

校舍明亮，绿草如茵。林朝夕穿着红星小学的校服，站在安宁市实验小学大门口，冲里面张望。阳光倾泻而下，大门内是一张张朝气蓬勃的面孔。男生西装领带，女生短裙白袜。那个年代，学校陆续进行校服改革，但只有最好的小学才会让学生配齐整套。

如果说，先前的落寞属于小林朝夕，那么现在的落寞肯定属于大林朝夕。眼前这座优美校园是她曾经的学校，现在，她却进不去了。因为这里是市实小，全市最好的小学。而红星福利院的地段小学是红星小学，在街的那一头，在市里面排不上号。

数小时前，她还抱怨和裴之从小同校不同班，人生毫无交集。现在好了，连"同校"这个设定都没了，这才是真的毫无交集。芝士世界可真残酷。被现实重重打脸了，她沮丧得一头撞上不锈钢栏杆，发出"当"的一声重响。实验小学的门卫叔叔就在不远处，吓了一跳，冲她挥挥手，让她赶紧走。她低头，看了眼自己红色被洗成粉红色的校裤和灰球鞋，默默转身离开。

明明也就是街头到巷尾的距离，隔了七八百米，友校和实验小学却有天壤之别。红星小学既非市重点，亦非区重点，是很正常的新村小学，覆盖很大一片区域。学生众多，校舍紧缺，看上去什么都破破烂烂的。她同样也在红星小学门口站了会儿，之后扭头离开，继续她的找爹之旅。

专诸巷离两所学校很近，走路五分钟。

曾经，老林为了让她上实验小学，花了几万块择校费，积蓄一空后，又在实验小学旁边租了个不便宜的小院子，为的是让她每天可以多睡会儿。当年租房，老林一眼就相中了专诸巷。专诸是个古代刺客，鱼腹藏剑刺王僚，讲的就是这位。老林一个搞数学的，缺乏文学素养。当时租房中介在讲专诸的故事，吹嘘这条巷子历史悠久，老林就感慨了句："附近原来有河，刚没看到。"中介反应了几秒，脸色铁青，和房东一起生气，差点没把房子租给他们。

顺着小巷向里走去，到处都是一模一样的粉墙黛瓦，脚步减缓，林朝夕又蒙了。她不是路痴，但对记家门这事不在行。刚搬来时，她有两次敲错门被邻居送回来的经历。老林想了个办法，在门上用红油漆写了道数学公式，给她做路标。从专诸巷1号走到299号，林朝夕没看到写有数学公式的门，心情微妙，为可能没法在这里找到老林而失落，为可能芝士世界没另一个林朝夕而庆幸。

又走了一遍，通过强行回忆左右人家，她终于找到曾经和老林住过的那个小院。门的样子和记忆里好像差不多，是扇敲铜钉的白铁皮门。旁边一家人养了只吉娃娃，脾气很大，现在还在叫。伴着吉娃娃的叫声，她退了一步，仰头，继续观察小院，和记忆里的样子比对——磨砂窗纸的花色？不记得了。门锁的样式？不记得了。墙上的苔藓形状？这怎么可能记得。最后，她看了半天院墙里冒头的葡萄藤……绿油油的，风一吹就晃，嗯，这个好像和记忆里差不多。

可光看外面，还很难确定什么。林朝夕眼尖地发现，窗户纸上有个破洞。她搬来几块砖，做贼似的确认周围没人后，踩着砖头扒着窗台，晃晃悠悠探头，向破洞望去。房间昏暗，陈设简洁，一张床、一张书桌，还有个很旧的衣柜，除此之外，没别的东西。也就是说，里面没有人。

以前，这个房间虽然是老林住的，但都堆满她没用的教辅书和童书，像个垃圾堆。现在，看着房间干净整洁的样子，她骤然感到非常不习惯，换个角度想想，这里好像没有小女孩居住的痕迹。就算老林还住这里，他也没有养别的女儿！林朝夕强行自我安慰。

从烈日当空，到夕阳西下，林朝夕一直守在小院门口，连屋主都没见到,更别说亲爹了。在等待的这么长时间里,林朝夕渐渐清醒过来。如果在这里等不到老林,那么最大的可能,是老林已经出国留学了吧。其实也不错,她想,这是老林应该拥有的人生。而且,说不定未来的剧情线会是自己变成富二代认祖归宗呢。她自我宽慰似的想着,天色即将暗透,她知道自己得回去了。

快走到福利院门口的时候,林朝夕就感到类似于山雨欲来的气息。这并非她有什么特异功能,而是当她拖着沉重脚步走到巷口的时候,蹲在路灯下的小男孩爆发出惊天一声吼:"林朝夕!回、来、啦!"

林朝夕吓了一大跳,扭头就要跑。

小男孩手疾眼快,一把抱住她的腿,边抱边喊:"夕哥要跑了,大家快来抓她啊!"

林朝夕低头,看着在自己脚边打滚的男孩,很纳闷。说好的一身反骨,她怎么在福利院的这帮孩子里这么没威信?

她站着没动,就抖了抖脚,说:"林爱民,差不多可以了。"

"我不,阿姨说了,谁第一个抓住你,能换五颗松子糖。"

林朝夕刚想骂人,大手从背后而来,一把捏住她的后颈肉。她疼得刚想大喊,回头,看到一张阴沉沉的面孔,把所有痛呼都生生咽了下去。

五分钟后,院长办公室。

福利院没开多少灯,窗外院舍显得暗沉,唯独办公室里有暖黄的光。四周墙上都是合影,而靠墙书柜被奖状奖杯填得满满当当。大部分奖状陈旧,并且多是没意义的小奖,比如什么学校朗读比赛三等奖。无论大小,它们都被好好地装在镜框内陈列,代表了陈列者的心情。

林朝夕静默站立,视线从每张奖状和它们的获奖者名字上扫过。她看了很久,直到办公室主人搁下笔,轻响声打断她。她赶忙抬头,脸上首先扯了个认错的笑容。

看着小女孩明显讨好似的笑容,党爱萍很失望。今天下午,她接到林朝夕班主任电话,还以为自己耳朵出问题了。因为这里每个孩子都知道,福利院也有小学课程,所以他们能去外面读书非常不容易。可以这么说,在这里工作二十余年来,她只见过很多孩子顶着四十摄氏度高烧还要去上学,从未遇到孩子因一点小事就逃学。她心中愤怒,却知道林朝夕自尊心极强,所以兀自镇静下来。

033

凝望小女孩漆黑的眼睛,她缓缓开口:"今天,我打了不少电话。"

林朝夕愣住。她当然知道逃课不对,也做好被劈头盖脸责骂的准备。对她来说,无论接下来的训斥和惩罚有多可怕,都敌不过要找到老林的冲动。可现在呢,既无斥责,亦无怒火,办公室内氛围宁静,院长本人也没有半点生气的样子,她反而感到不安。

"市里大大小小医院的电话,我都打过,交警队电话也打了。他们都说今天没有十二岁小女孩出车祸被送医院,可我仍旧放心不下。"

办公桌前的女士已年过四旬,穿一件黄底黑格的棉衬衣。她讲话时不疾不徐,说完,推了推眼镜,平和的目光望了过来。明明一切都很安静,林朝夕脑子里却骤然乱了。是啊,孩子没出现在学校,家长第一反应就是出事了。这几个小时,院长妈妈一定打了很多电话,找了很多人。她想卖个萌说几句逗趣的话,可话都在喉咙口,又憋了回去。

就在这时,院长又开口了:"没事就好,回去吧。"

林朝夕猛地抬头。其实来这之前,她已经想好了"今天和同学打架,学校叫家长,所以她不敢回来"一类的说辞,但听到这么平淡普通的一句话,所有漫不经心的借口,突然都堵在喉头,她一个字也说不出来了。

"对不起。"想了一会儿,她端正站好,认认真真道歉。

"你错在哪里?"院长问。

"不该逃课,让您担心。"她老实说出自己心里的想法。

"不对。"院长摇了摇头。

"我逃课,没能珍惜来之不易的学习机会,我对不起自己。"

院长还是摇头。

这下,林朝夕体会到男友哄女友时的千古难题——你做错了什么?林朝夕永远都答不对吧。她吸了吸鼻子,心想要不还是哭吧。可这种感觉只是难受,她反而哭不出来。

僵持了一段时间,终于,办公桌后的女人轻轻叹了口气,对她说:"没事,想不出就算了,回去吧。"

林朝夕腿脚僵在原地,挪不动步子。

这时,温和的声音响起:"你不走,那我可就下班了。"

说完,红星福利院的院长妈妈站了起来。她拿起衣架上的包,真的就这么离开房间,下班走人了。

第9章 · 期望 ·

室内只有台灯的光,林朝夕盘腿坐在院长办公室里,觉得自己被套路了。这种套路名为"做错事没被骂,所以自觉罪孽深重"。她自觉不属于这个世界,所以不需要对这里任何人、任何事负责,但刚才,院长妈妈失望的目光还是深深印入她脑海。小林朝夕这种反骨仔,到底有什么值得你抱以巨大期望的嘛……她挠了挠头,想不明白自己究竟错在哪里。午饭、晚饭都没吃,她肚子咕噜噜直叫,于是心想,明天就不逃学了,上完课再去找老林好了。

想到这里,林朝夕偶然瞥见办公室外有个小朋友,手上端个盆,正探头探脑,想进来却不敢。看到那张脸,她收起刚要站起的动作,手换了一边,单手支颐,肘部撑在膝盖上,拖长调子,冷冷地道:"林爱民先生,请问有何贵干?"

"夕,夕哥!"小男孩跑进来,谄媚地蹲在她面前。

林朝夕这才注意到,小男孩端来的盆子里是两个白馒头,还有个咸鸭蛋。

"院长妈妈让我给你拿来的。"林爱民小朋友说。

离得近了,借助台灯微弱的光,林朝夕发现,林爱民是个小兔唇,因为修补手术并不到家,所以谄媚笑起来时有点狰狞。可在林朝夕看来,这真是可爱极了,她伸手捏了捏小男孩的耳朵,说了句:"谢谢。"

林爱民受宠若惊,喊了一声:"夕哥,你变了!"

林朝夕刚把馒头塞进嘴里,差点喷出来:"说什么呢!"

"就像最近放的那部《穿越时空的爱恋》,你突然会说'谢谢'了,是不是从另一个世界来的?"

"没事少看肥皂剧!"

"好吧。"林爱民小声嘟囔了句"明明你最爱看",就不说话了。

林朝夕认认真真啃馒头,没搭茬儿,有时偷偷瞥一眼林爱民小朋友。红星福利院是家庭制,他们由一位林姓妈妈带大,都住2号楼3层,所以都姓林。林爱民今年七岁,马上上小学一年级。林朝夕最近听说,有户好人家挺喜欢他,想领养他,不过林爱民本人不是很乐意。

035

她叼着馒头，揉了揉小男孩的脑袋。林爱民摊开手掌，掌心是五颗包得好好的松子糖，他很大气地说："夕哥，分你。"

林朝夕想起这就是捉拿她的奖励："哇，出卖我还要把罪证给我看？"

"我……我没有出卖你！"

"刚才谁抱着我大腿不让我偷溜的？"她捏住小男孩的腮帮子，"'卖哥求荣'，说的就是你了。"

林爱民大概从没听过这么溜的句子，被唬得一愣一愣的。

"我以为你这次也是打人，不敢回来。"

也是打人……

"嗯。"林朝夕把一个馒头掰开，敲开咸鸭蛋，用筷子挖出里面蛋黄的部分，均匀抹在馒头里，然后递给林爱民，"你继续说。"

"说什么呀？"林爱民咽了口口水，忙不迭接过馒头，啃了起来。

"你以为我是打人，实际上，院长妈妈是怎么说的呢？"

"院长妈妈说，你今天为了准备考试，留校复习晚了。她不放心你一个人走巷子，所以才让我们在巷口等你。"

这理由牵强得可以，但林爱民坚信不疑。为维护林朝夕的尊严，院长可以说非常周到细致了。

"夕哥，你可一定要考上啊！"林爱民塞了满嘴馒头，做了个"加油"的姿势。

林朝夕看了眼天花板，假装没听到。她大学都快毕业了，小学考试随便考考就行啦，再加油真的很欺负人。不过，考上什么？林朝夕头一痛，忽然想起，她把班主任儿子按在地上打，是因为对方诅咒她肯定拿不到选拔赛后的竞赛名额。

选拔赛全称是晋江杯小学生奥林匹克数学竞赛安宁赛区夏令营选拔赛，名字非常长，关键词是"奥数"和"夏令营"。院长妈妈一直期望她能考上奥数夏令营，因为考上夏令营才有资格参加正式的晋江杯奥数竞赛。在竞赛取得名次可以保送很好的初中，这也意味着她的人生会和其他孤儿完全不同。

所以她到底错在哪儿了？她想了想，大概还是因为错在她明明应该是所有孩子的榜样，却做了令人失望的事情。林朝夕觉得，院长妈妈想得有点远了，而小林朝夕肩上的担子也有点重。可林爱民小朋友看向她的崇拜目光里，有很多很多憧憬，那是已经二十二岁的林朝夕很久未曾见到的，意思大概是，人生那么长，还有无限可能。而放到现在这个办公室的环境里，她甚至可以给"人生"前再加一句——就算是开局坏到极点的人生，也还有无限可能。

吃完两个馒头，林朝夕牵着林爱民的手离开院长办公室。关台灯时，她又看了一眼那满墙奖状。窗外是黑透的夜。她想，我为什么会来这里啊？

早晨时，林朝夕还没有想明白这个问题。当然，具体来说她也没认真想。因为回宿舍后，她给林爱民和其他两个小朋友念了两个故事，就洗洗睡了。早上半梦半醒间，她还想着实习报告还剩两页没写，小刘的微信还没回，就被起床铃吵醒。蒙眬中，她吓了一大跳，第一反应是为什么在家里还能听到学校的下课铃声，然后才反应过来，她已经不在家里了。

福利院的房间委实不大。她本来和一个比她小一些的女孩同住，最近女孩被领养走，她就一个人住。从小木床上爬起来，林朝夕拉开粉色的确良窗帘。院里的儿童活动器械沐浴在阳光下，花草繁茂，只是陈旧，她看了一会儿才清醒。

成为孤儿后，每天究竟该做什么，这些流程已经印刻在骨子里，那是属于小林朝夕的流程。起床后叠好被子，去隔壁帮更小的孩子穿衣服，看着他们洗漱好，左手一个，右手一个，牵着去食堂吃饭。

在福利院小食堂，她遇到忙着给孩子们盛饭的林妈妈，就是昨天在巷口提溜她去见院长的那位孔武有力的阿姨。林妈妈也没工夫再教育她，只是揉了揉她的脑袋，让她赶紧吃完饭上奥数课去。

林朝夕还在想今天不是周六，瞬间又想起来，这会儿，每所学校周末都开兴趣班。不过，奥数班也不是兴趣班，是学校搞的提优班，和兴趣班的最大区别是不用交钱。红星小学还是想着重培养一批学生，期望学校有人能入选那个夏令营，好为校争光。

林朝夕坐在窗口位置，想到奥数，不由得想起老林和裴之。老林是那个送她去上奥数班的人，裴之则是奥数班上她望尘莫及的对象。现在嘛……她要一个人去称霸红星小学吗？！

037

第10章·小考·

矮小的桌椅、干净的黑板,空气里有很淡的书本味道,林朝夕很久没有早上8点在教室坐下,有些怀念。她把手心里的一块和两角的硬币搓了搓,塞进口袋,向窗外看去。东北方向是专诸巷,可她现在还不能去找老林,因为现在她的身份是要好好上学的小林朝夕。

8点20分的奥数课,现在人才来了一小半。她扫了圈教室,翻开奥数课本,准备预习这节课要上的内容,主要是找做优等生的感觉。上节课讲到流水行船第一讲,这节课要讲流水行船第二讲……手搭在课本上,翻书的拇指突然顿住,林朝夕往前翻了两页,小林朝夕同学用歪歪扭扭的字体写了些东西——

1. 完成流水行船第一讲课后习题。
2. 思考附加题1。
3. 下节课发报名表。一定要考上!

她托腮看着属于自己的幼稚字体,阳光下,感叹号荧荧发亮。林朝夕想,其实她小时候从没这么有冲劲儿过,特别想得到什么、完成什么的想法,从来都没有。

就这么坐了一会儿,直到有什么人在她身边坐下,手肘一顶,把她撑着脸的手撞开。她在座位上晃悠了下,扭头,看到一个虚胖的小朋友。小朋友脸盘很大,眼睛很小,像白面馒头上点缀两颗黑豆,此刻正气鼓鼓地盯着她,仿佛她再越过两人课桌间的三八线就跟她没完,特别可爱。

林朝夕伸手,捏住小朋友脸颊。那里有瘀青,是她昨天打的。是的没错,红星小学五年级十班和她一并被选出来上奥数课的学生叫陆志浩,他们班主任的儿子,小林朝夕的第一仇敌。

她笑了笑,很大度地打招呼:"陆志浩,你来啦。"

陆志浩小朋友一激灵,拍开她的手:"你神经病啊!"

"神经病打你不犯法哦。"林朝夕悄声说完,扭头翻书。

"没爹妈的神经病!"陆志浩怒了,冲她大吼道。

教师内骤然安静下来。

"陆志浩!"讲台上,刚进门的女教师气得脸都白了。

林朝夕猛地抬头,本来就是想逗逗陆志浩,没想到居然被小陆同学的亲妈看到了。陆志浩的母亲许老师唰地扔下教科书和怀里一摞批完的练习册,踩着高跟鞋噔噔噔地走到他们这桌边上。林朝夕估计,如果是在家里,那么小陆同学的屁股已经开花了。不过现在是在课堂上,许老师也要给自己儿子面子。

"向林朝夕道歉。"许老师眉目冷厉,极其严肃。

陆志浩被母亲吓了一跳,眼眶都红了。他很不情愿地转过头,抽噎起来:"对……对不起……"

"别的同学的身世,不是你攻击她的理由。"许老师最后说了一句,仿佛也是对全班其他人说的。

林朝夕抿了抿唇,其实刚才被陆志浩那么说的时候,她还是有点难受,但现在完全不会。

这节课的内容是流水行船第二讲。所有流水行船问题的核心是两道公式——

$$V_{顺}=V_{船}+V_{水}$$
$$V_{逆}=V_{船}-V_{水}$$

许老师在讲台上讲的这些内容,林朝夕在十年前学过一遍。当时她觉得这一课内容并不简单,顺水、逆水、船速、水速特别绕,可现在重新学一遍,她又觉得过分清晰。这倒不是说她的智力水平比起小学五年级有什么长足进步,而是理解问题的能力不一样了。许老师在黑板上写下公式:

$$V_{船}=\frac{(V_{顺}+V_{逆})}{2} \qquad V_{水}=\frac{(V_{顺}-V_{逆})}{2}$$

看着黑板上的内容,林朝夕也抄了起来。"$V_{船}=$……"还没等她抄完一道公式,薄纸上流畅的成人字体就让她一激灵。五年级女孩的字写成

039

这样，一定是庞中华的真传弟子。她赶忙换成左手，把老师写在黑板上的公式一道道抄完。

陆志浩小朋友是右撇子，右手肘和她的左手撑在一起，写两个字就要撞到，以至于他们两个人写字都很不舒服。大概是被台上讲课的亲妈骂过，小陆同学虽然满脸不爽，但忍气吞声，被撞到写错字，就拿橡皮一个劲儿擦纸发泄。林朝夕也没有办法，只能努力缩在角落写。

终于，估计是真受不了这种写两个字就被撞一下的状况，小陆同学啪地放下笔，黑豆似的小眼睛一瞪，和他亲妈摔书的态度一样彪悍。"干吗突然换手？事情这么多！"

因为我的字太好看了怕你怀疑。林朝夕默默想。没等她找好理由，就听陆志浩霸气侧漏地说："下节课换位子，我坐里面！"林朝夕没法拒绝，只能看着小陆同学白馒头似的面孔，差点没忍住再捏捏他脸上的肉。

不过这次奥数课，他们还是没等来换座位的机会。

课间休息时，许老师一放粉笔，说："同学们，利用课间十分钟和下节课的前五分钟，我们来做一次随堂测验。"

全班其他同学怨声载道，很久没考试，林朝夕转了圈笔，觉得兴奋。

许老师准备充分，早就提前印好试卷。考卷很快发下来，是一张薄且脆的 A4 纸。试卷上一共十道应用题，考试时间却只有十五分钟，这意味着完成每道题目的时间只有一分半，很考验思考速度和运算精准程度。林朝夕把每道题目粗略看了一遍——十道应用题，三道容斥原理、三道牛吃草、三道流水行船，还有最后一道流水行船相关的附加题，算是刚教的内容，但和刚教的内容没太大关系，超纲了，是六年级的题。

班级里只有做题的沙沙声，林朝夕沉思了一会儿。其实她现在遇到些麻烦，不是说不会做，而是太会做了。经过十几年的正规数学考试训练，她看到这些基础题已经有了思维定式。也就是说，她掌握更高级的工具，但该如何用更简单的小学公式来解题，她在这方面的能力可能还不如小林朝夕。她开始尝试降维思考，做题很慢。过了七八分钟，她才做了 3 道。

这时，一直在教室里走来走去的奥数老师开口了："做题认真点、细致点，下个星期就是夏令营的选拔考，能进夏令营，意味着你们离小高组奥数团体冠军更近了一步！"

林朝夕觉得这"一步"跨得有点大。小高组指的是小学五、六年级的人。全市五、六年级小学生加起来十几万人，真正能代表安宁参赛的人只有五个。在那之前有层层选拔，每校选十人参加夏令营选拔考。夏令营只有五十个名额，按淘汰制最后剩下五人，代表安宁市参加以市为参赛单位的省级比赛。五人总分相加则为团体总分。

　　而现在，他们连校级选拔都没通过，老师就已经在为他们展望省级冠军，这个饼画得太大了。更何况，安宁市的数学教育水平其实也不是很强，在省里排不上号，突然就剑指冠军？

　　想到这里，老师就自动解释给他们听："我就这么说吧，隔壁出了个绝对天才的小学生，很拉总分，这次晋杯赛团体第一我们安宁志在必得。"

　　她说话时从林朝夕身边经过，林朝夕心跳漏一拍，默念了那个名字。

　　"是谁呀老师？"有人问。

　　"章亮，你们应该有人也认识。"

　　林朝夕笔尖一顿，蓦地抬头看着和学生交流的奥数老师，底下还真有人"哦哦哦""他超厉害的"……林朝夕的心乱了乱。如果这两个世界没什么大差错，且她记忆没出错，那么在今年9月的时候，裴之就拿了全赛个人冠军。而章亮……林朝夕记得章亮，他确实能称得上聪明，但要说风头压过裴之，这怎么可能？

　　她乱七八糟想了很多，直到奥数老师给甜枣后的巴掌让她清醒过来："每次随堂测验都要记入总分，别以为你们每个人都能去隔壁参加选拔考试，你们里面只有十个人能去。"

　　"隔壁"指的是隔了一条街的实验小学。林朝夕用铅笔敲了敲头。小林朝夕有多在乎这次晋杯赛，铆足劲儿有多想进夏令营，她比谁都清楚。之前小林朝夕读书认真，人也聪明，每次随堂测验考得都很好，总积分很高，很有希望代表学校去实验小学参加晋江杯夏令营选拔赛。院长妈妈一直觉得骄傲，甚至院里很多小朋友都知道这件事，拿她当偶像看。

　　现在嘛，林朝夕瞥了眼小陆同学已经做完五道题的卷面，然后又看了看自己的。她认真握好笔，清醒过来，叹了口气，不再想裴之。已经逃学惹人家不开心了，这回，她实在不想再看见院长妈妈失望的眼神。

第11章 · 无穷 ·

十五分钟一到，老师即刻叫停，并让大家前后四人互相交换批改，顺便讲题。因为大家都是竞争对手，所以根本不怕同学帮忙作弊。

林朝夕的卷子交给左后方的一个女孩。

"你居然能把附加题做出来？"

小陆同学大概是刚才交换卷子时看到的，很震惊。就因为一道附加题，他和她说话的语气已经变得非常客气。

林朝夕内心汗了下，表面上还得一本正经地说："对，我觉得很简单啊。"

陆志浩看向她的目光已经变成崇拜了。许老师开始在讲台上讲题，报答案。林朝夕趁此机会，把奥数书往前翻，回顾之前的部分。有些内容虽然存在于小林朝夕的记忆里，可她还没融会贯通、熟练应用，所以等于白瞎。

"第四道应用题的答案是40。这题的切入点是我们之前提到的公式。同学们，我说过很多遍，解题什么先行？"

"公式——"底下小朋友拖长调子回答。

林朝夕照例回头，确认自己的答案，然后愣住。她指了指自己卷面上的红叉，对坐在后面的小女孩说："这位同学，我的答案明明是对的。"

"可你没写解题过程。"后面的小女孩推了推眼镜，补充道，"连'解'字都没有写。"

林朝夕被噎了下。她不写解题过程的原因不是怕解题过程太高深，吓到别的小朋友，纯粹是她用左手写字，速度太慢，怕做不完题，所以刚才全程用脑子算完，最后写了个答案就完事。没想到，她竟然遇到这么较真的小老师。不过也没错，都是对手，对方较真是应该的。

"但我的答案是对的，你也不能批我全错啊。"林朝夕说。

"谁知道你是不是抄别人的。"小女孩阴恻恻地说道。

闻言，陆志浩转头，声音特别嘹亮："说什么呢你？！"

北方孩子讲这句话特别有气势，尤其是小陆胖，中气还足。

"陆、志、浩！"许老师讲课被打断，一脸不善。

陆志浩站起，告状："老师，曾珊珊乱改题！"

林朝夕也不知道小陆同学怎么突然护短了，但许老师已经从讲台走下来，她也只能跟着站起来。许安看了眼自己昂头站立的儿子和儿子身边低头站好的小女生，一言不发，拿起那张引起争议的试卷。她的第一反应是这张卷子很空，第二眼才看到那个巨大的"×"。

试卷上，第一到三题有解题过程，第四题开始却没了，之后每道题都只写了答案，并且字体歪歪扭扭，非常难看。她仔细看每一题的答案，觉得很意外，写得都对。她和曾珊珊一样，也觉得林朝夕是因为时间紧张，所以抄了陆志浩的答案作弊，但作为老师，她当然不会轻易给学生下结论。她后退一步，从林朝夕桌上拿过属于陆志浩的试卷，两张放在一起比对，陆志浩这张卷子做得不错，每题都对，解题过程也好，除了第十题……第十题空着，他儿子根本不会做，但林朝夕准确写出了第十题的答案。

许安手握两份试卷，盯着林朝夕，很严肃地问："你怎么知道答案？"

"我算出来的。"林朝夕微转身，答道。

许安很意外。不是因为林朝夕说自己算出来了，而是因为林朝夕现在的表现。林朝夕之前性格不好，大概因为是孤儿，所以自尊心极强，一点小事就会又哭又闹，她儿子和林朝夕的矛盾也是这么来的。她作为老师，甚至不敢和这个孩子说太多，生怕哪句话刺伤孩子脆弱的自尊心。如果是之前她这么问的话，林朝夕大概已经又哭又闹了。可现在，同样的小女孩站在桌前，半身沐浴在阳光中，侧着小脸，好像没觉得这段问答有什么问题，非常镇定，且胸有成竹。

林朝夕当然不知道许安心里在想什么。就算许老师说出自己的疑虑，她也只能说，她是真觉得只写答案没什么啊。

"你心算出来的？"许老师问。

好像也能算心算，林朝夕点了点头。

"没打草稿？"

"没。"

许老师仍怀疑，问："说说你做最后一题的思路。"

最后一题大致讲的是甲、乙两船相向而行，乙船后有一艘丙船，碰到甲船再折返，问丙船行驶路程的问题。林朝夕看着那道题，蓦地思绪万千，一时说不出话。在她记忆里，在很久之前，好像也有过这种瞬间。同样的题目，同样是奥数课上，小学生被老师叫起来问解题思路，却直接报了答案。当老师问他解题思路是什么，那名小学生很平静地说了一句话，然而整个班的学生以及老师，都被震得说不出话来。

唯独和这次不同的是，当时事情发生在隔壁实验小学的奥数提优班，被老师叫起来问为什么只写了答案的也不是她，而是裴之。裴之当时是怎么回答的？

——我算了无穷级数，过程长，所以没写。

林朝夕后来问了老林才知道，这句话的意思是"我把丙船每次折返的行驶路程都算出来加在一起了"。老林还安慰她，搞计算机的那位冯·诺依曼老师也是这么算的，笨办法，裴之没什么了不起。后来林朝夕去查了谁是冯·诺依曼。看到搞计算机的冯·诺依曼老师不仅搞出了计算机，还去搞了原子弹，是博弈论奠基人，同时对量子力学发展也做出了重要贡献，等等，她才明白老林是在说她没文化。也是从那次开始，她逐渐理解"天才"意味着什么。而现在，她能够直接写出这道题目的答案，只是因为深深记得那道题和裴之报出的答案。

林朝夕深深吸了口气，想如实回答自己只是曾经看过这道题，却听老师说："你没有什么思路，只是累加了？"

呃，其实不是这样。

"坐下吧。"老师收了她的卷子，"这张卷子你确实考了一百分，非常了不起。"

林朝夕睁大眼，居然被夸了？

许老师夸完，还用谆谆教诲的语气说："虽然你很聪明，林朝夕同学，但我仍希望，你能够尝试用我教给你的方式解题，奥数本身是一种思维训练……"

林朝夕内心流下瀑布汗。

"就算心算，可没有解题过程怎么可以算对？老师，你就是偏心！"就在这时，一直都很不满的曾珊珊同学说。

林朝夕也不知怎的，如果是之前的她，大概不会反驳什么。可在那一瞬间，她想起裴之，忽然回头问："晋杯赛一共多少道题？分别是什么题型呢？"

曾珊珊石化。

"如果你不清楚，我可以告诉你。晋杯赛一共十道题，四道填空、六道选择，没有应用题。也就是说，晋杯赛本身并不要求解题过程，你知道这是为什么吗？"

曾珊珊当然说不出来，林朝夕顿了顿，继续道："因为对于小学奥数题来说，可用的解题方法太多，巧算也好，强算也罢，并没有统一标准。刚才许老师也说了，奥数是思维训练，那么用统一标准来限制思路本身就有待商榷，因此小高组只要求填写答案。虽然我只写了答案，但这有什么问题吗？"凭借多年经验，奶声奶气、义正词严地辩解，林朝夕自己都觉得自己很不要脸。

全班寂静无声，所有人都看着她，说不出话来，那一刻，林朝夕体会到裴之当时遇到的情况。

"林朝夕！"终于，一道女声呵止她。

她看了眼说话的女教师，点了点头，径自坐下。

曾珊珊生气地把"×"改成"√"，事情告一段落。

林朝夕坐回位子，在想要不要去实验小学蹲下裴之看看，实在有点不放心。

第12章 · 江湖 ·

下课后，她先回福利院吃午饭，然后借口要去书店看参考书，又溜出来。当她走到路口时，还是犹豫了下，走了反方向，想去专诸巷再看看老林。她想的是，反正周末，大部分上班族应该休假，如果老林还住那儿，堵到老林的概率很大。只是计划赶不上变化，经过学校附近小公园的时候，她被一道眼熟的身影拖住脚步，走不了了。

当时公园一棵香樟树下围了不少人，首先吸引林朝夕注意的是叫卖声："我这份材料是国家奥数竞赛选手人手一份的，绝对机密……"然后，她看到她的傲娇同桌陆志浩小朋友背着小书包站在人群最外，踮着脚，打开他的小青蛙钱包，像在数钱。

林朝夕快走两步，拍了拍他左边肩膀，凑到右边问："在干吗呢？"

小陆同学脸上的肉猛颤，吓了一大跳："你神经病啊。"

"嘘！"林朝夕把食指放唇上示意小陆同学小声点，然后悄悄问道，"怎么啦？"

小陆同学眼神发虚，他瞥了眼树下正在叫卖的青年人，说："不关你事，快走快走。"

林朝夕踮起脚，顺着他视线看过去。看到一个戴金边眼镜的男人。男人的额发尽数梳至耳后，用发胶固定，穿着西装，整个人看上去油光发亮，很引人注目。男人在香樟树干上钉着块小黑板，黑板上写有几道数学题。旁边还有面大旗帜，上书"心算王"三个字，字体比"陈大炎烤鱿鱼"还飒爽。学校放学不久，家长们接到刚念完兴趣班的孩子们，很多人在看。以老人为主，他们被传授心算法的男人唬得一愣一愣的，时而看看自己的孙子孙女，时而又看看正在叫卖的那位，看眼神像要准备掏钱。

林朝夕心下了然。在互联网发达的后来，这种宣传方式也吸引了不少家长。最著名的莫过于电视购物卖的"周根项速算"，1380元一套速算法。再往前，二十世纪八九十年代的时候，史丰收速算法也风靡过很长一阵，号称能开发大脑，利用的不过是家长望子成龙、望女成凤的朴素心愿，虚拟一条在数学之路上的捷径，令家长们趋之若鹜。

其实，哪有捷径啊。

"上次有位家长回来感谢我，说他买了我的书给儿子学，儿子后来拿了晋杯奥赛的金牌，非要给我塞钱，你们知道他干吗给我塞钱吗？"油光水滑的男人拖长调子，一丝亮光从镜片上滑过，"他说要买断我这个方法，就是给我一大笔钱，我以后都不能卖我的算法了，这样他儿子以后就没有竞争对手——"

"太坏了。"

"这种人太坏了。"

旁听的爷爷奶奶们纷纷嚷了起来，也不知是否还有"心算王"先生雇来的托儿。

心算王说："但我没答应，我也觉得这种人居心不良，我的心算法是要造福更多学生的。钱对我来说不重要，我有太多钱了，我希望更多的孩子好好学数学。所以我的定价非常低，一百块，一套一百块。"说罢，他举起一本小册子，铜版纸封面在阳光下熠熠发光。在他右手边有个女人收钱,收一张钞票给一本"秘籍"。已经有老人开始交钱了,小胖子陆志浩同学咽了口口水,攥紧钞票,盯着那本《心算速成大法》,像在做着最后挣扎,林朝夕看在眼里。

等前几个人交完钱,千恩万谢拿着小册子离开,心算王旁边的女人很紧张地说:"张老师,剩下的书已经不多了,我这次只带了三十本出来,您看……"这句话像压垮骆驼的最后一根稻草,有几个老人急了,要上去交钱。小胖子也咬咬牙,正要钻进人堆,林朝夕一把按住他,摇了摇头。

"你干吗!"陆志浩使劲儿想挣脱她的手。

"那是骗子。"林朝夕声音不高不低,但足以让周围的很多人听到。

"你又懂了!"陆志浩很不耐烦,但脚步停下了,狐疑地看着她。

人群霎时一静,树下有一阵短暂的尴尬。所有人都看着林朝夕,包括那位心算王张老师。心算王站在人群最里面,其实并不能看清究竟谁在说他是骗子,但那声音很脆很甜,听上去是个小学女生的,小学生,还是女生,他怕什么?

"小姑娘,你这么说话太冲动了。长大你就知道,这信口开河的嘴在社会上要吃亏的。"

一般来说,他这么说过后,普通人就知道厉害,不会多管闲事,只会闭嘴。

人群外,笑盈盈的提问声并没有停止:"张老师既然要造福学生,那你为什么不免费送呀?"

心算王:"小姑娘,知识就是力量。这天下没有免费的午餐,太便宜的东西,你拿到手是不是会不珍惜?"

"您是说,亚瑟·本杰明的知识和迈克尔·谢尔默的力量吗?"

女孩声音清澈,像阳光下波光粼粼的湖水,在心算王听起来却极其刺耳。他推了推眼镜,看到一个小女孩从人群后走出。他眯起眼,从头到脚扫了眼小女孩,原来还以为是什么有钱人家的孩子见多识广,却看到一个衣服很破,鞋、包都很破的小丫头,长得还不到他胸口高。小丫头浑身上下都透着穷酸气,唯独那双眼睛很有意思,乌黑发亮,似笑非笑,嘲讽意味十足。

"怎么了?"心算王问。

看心算王的样子,林朝夕知道他说这句"怎么了"是因为真不知道这两个人是谁,她心里盘算的一肚子话突然没法说了。她说这两人的名字,是因为这两位合作写了本书,系统总结了各种心算方法。她曾经被老林按着头看过一遍,所以记忆颇深。

现在,她扫了眼周围犹疑的爷爷奶奶们,在想该用什么办法才能让他们相信自己接下来说的话。片刻后,她发现,爷爷奶奶们的怀疑目光并没冲着心算王,而是冲着她,且主要集中在她背部。她才想起来,她校服背后有"红星小学"几个字。差校学生,或许怎么说都不太可信了吧。

"是这样的,我之前看过这两个人写的一本心算书,新华书店就有,才17.5元,不知道和张老师这本有没有很大区别呀?"她其实不确定心算王的版本就是抄了这两位合著的书,不过她看了眼小黑板上"$13 \times 13 \times 13 = 2197$"的等式,继续说,"我记得里面说了一种立方算法的公式,不知道您那么快算出来是不是用了这道公式,$13 \times 13 \times 13 = (13-3) \times 13 \times (13+3) + 3 \times 3 \times 13$,即2197。"她顿了顿。心算王的脸色已经不太好看了,周围有轻微质疑声,她吸了口气,笑着问:"还有种用手指关节计数的方法,不知道您的书里有没有……"

心算王果真打断她:"你是看过我的书了吗?"

"没有啊,我很穷,买不起,你的书太贵了。"她说。

周围围观的都是爷爷奶奶,本来就比年轻人更在乎钱。

"好像是有点贵。"

"一百块钱能买多少书了。"

他们交头接耳,小声说道,甚至有人已经拉着孙子孙女要去新华书店看看。心算王脸色铁青,一言不发。林朝夕见好就收,准备趁心算王不注意,马上开溜。不过,她这种小江湖还是比不过老江湖。她刚转身,就听心算王说:"小朋友很厉害,那你看的那本心算书里有没有教给你$92960675 \div 78$是多少?"

林朝夕停下脚步,心头一凛,明白过来,张老师行走江湖多年,当然遇到过很多砸场子的,早就准备了很多应对办法,比如随便记一道算术题的答案来证明自己确实是速算高手。她转过身,微仰头看着男人得意的面容,一时无法回答。四周很安静,只有风吹过香樟树的沙沙声,所有人都看着她,等待她的回答。林朝夕抿住唇,皱着眉,就在她要说出"我不知道"这四个字的时候,一道很清晰平静的男孩声音在人群外响起——"1191803.525641。"

第13章 · 师父 ·

时间仿佛一下子被拉长,像那种定格镜头,画面骤然静止,又因静止而格外清晰。香樟树下,所有人都回过头去,大片黑色的后脑勺中,林朝夕看到一双眼睛。那是属于男孩的眼睛,很黑,睫毛很长,能看到水一样清澈的眸光,可又看不清晰。因为他眼皮微垂,懒洋洋的,像对世间一切都提不起任何兴趣。就算如此,男孩也并没有离开。他站在人群最外边,单手插袋,脸像清晨融开薄雾的朝阳,好看得不像话。这样的形容当然有很多回忆加成,不过起码在林朝夕看来,就是这样。没来由地,她想起老林说的那句话。

——世界上的所有事情,都可能发生在任何一个人身上,没什么大不了。

是啊,她都不是老林的女儿了,那么再见裴之,真没什么大不了的。

心算王看着裴之,声音充满戾气:"现在的小学生都这么没素质吗,大人在说话你插什么嘴?"

正太版的裴之没有说话,就这么看着他,眼神平静淡然,心算王却愣住,甚至包括林朝夕都有种心里咯噔一下的感觉,也说不清是为什么。总之,有人天生很能镇场子,裴之大概就是这样的人,十二岁是,二十二岁更加是。

这时,裴之开口了:"公平起见,下面是不是应该换一下?"

"换什么?"心算王问。

"我出题,你回答。"

心算王脸色更加难看,进也不是,退也不是。

裴之径自开口:"$1234 \times 7890 + 973260 - 518 + 3144 - 10712146$ 等于?"

他问完,然后开始等待。阳光从树叶缝隙洒落,一些落在他脸上,一些落在他肩头。公园里这一角出现了难耐的静默,小学生平和地看着一个脸色铁青的大人,所有人心中的天平却缓缓倾斜。

心算王觉得不能再这样下去:"谁答应你玩这个游戏,我说你刚才答对了吗?"

"不会错的。"裴之轻描淡写地说,他提了提背上的斜挎包,淡淡地笑了笑,很具有嘲讽性喜剧效果。

"你用计算器算了,你们串通好的!"

"这么简单,不需要。"裴之的声音隔着人群,遥遥传来。

心算王一下就怒了,拔腿就要追裴之,林朝夕上前一步卡在他侧前方。

与此同时,人群外围传来刺耳的扩音喇叭声:"谁让你们在公园摆摊的,还赶不走么?"

心算王吓了一大跳,转身就跑。林朝夕正好挡在他转身的路上,只看见一个高大的身影对着她直撞过来,一股大力直接将她撞倒。在天旋地转间,她仿佛看到几双黑色布鞋和一位提着扩音喇叭的公园老大爷,然后她手一撑,膝盖重重磕在地上,心算王半个身子砸在她身上,疼得她眼前一暗,龇牙咧嘴。

场面应该极其混乱,她间或能听见陆志浩焦急地大喊"林朝夕",能听见心算王的叫骂声,能听见场间混乱的驱赶声。

有人说:"你干什么动我的东西!"

也有人说:"果然是个骗子啊。"

脚步纷乱,树干晃动,有人推推搡搡,有人偏不肯走。很细微的,她甚至能听见从树上撬下小黑板的声音。周围逐渐安静,林朝夕仍趴着,心算王早已被热心群众从她身上拉起来,扭送派出所。

直到某个瞬间,她才敢悄悄睁开眼,然后看到了一双鞋。一双黑布鞋,老北京布鞋那种。布鞋上则是沾满灰尘的藏青色裤管,皱巴巴的制服,同样陈旧的金色肩章。再往上,是张年轻的面孔,明明才三十多岁,却已变得眉眼沧桑。就算他叼着根烟,嘴上也在笑,眼神如古井般毫无波动。林朝夕惊呆了。眼前的这张脸,她实在太过眼熟。如果她记忆没有出太大差错,这位她刚才认为是公园老大爷的人,正是那位和她抢猪排,灌她鸡汤,知道她暗恋谁,每天早要刺激她一遍的老林同志。

林朝夕捂住嘴,一时间情绪翻涌,想哭,又不知为什么要哭。她有一种极其清晰的感觉,在见到老林的一刹那,才知道自己是真的回到了过去。林朝夕在看老林,而公园看门老大爷打扮的老林也若有所思地看她。从亲爹眼中看到这种探究的眼神,她极其不习惯,因此也清醒了些。

"地上很舒服吗?"忽然,她听老林问。

林朝夕意识到自己还趴着,手脚并用,一骨碌坐起,仰头看老林。强忍住情绪,她再仔细看一遍,眼前这位和她记忆里父亲三十多岁的样子虽然并无太大差别,可神态完全不同,像同样的躯壳里装进不同的灵魂。曾经的老林幽默美好,现在的老林无聊闲散,她甚至觉得,眼前这具属于老林的躯壳里可能并没有灵魂,如他嘴里的烟,风一吹就散。而且,还真是说散就散——见她没事,长得和老林一模一样的公园大爷吐了口烟,转身就要走。

电光石火间,林朝夕做了件极其不要脸又绝对正确的事情,一把抱住男人的腿,大喊道:"别走!"

被抱腿的老林大概也没遇到过这种路数,停下脚步,低头看她,却不说话。

林朝夕反问:"你干吗不问我为什么要抱你的腿?"

"关我啥事。"

林朝夕:"??"

这么不按常理出牌确实和老林很像。老林明显不想和她说话,她看了一圈周围,想找点话聊,意外地发现陆志浩还呆滞地站在原地。

她冲小陆挥挥手示意他赶紧走,然后想了想,抬头问老林:"刚才那个小男孩呢?"

老林挑眉看她,神情淡漠,又不说话。毕竟做了老林二十来年的贴心小棉袄,林朝夕瞬间猜出老林是嫌弃她的用词不够精准——这里这么多小男孩,你指哪个啊?老林大概是这意思。

"就是长很帅,单挑心算王那个!"

"走了。"老林言简意赅。

走了也很正常,裴之出头的理由大概和她差不多。大人来了,没事了,当然也就走了。

林朝夕也没什么遗憾感,手还抱在老林腿上,老林已经颇不耐烦了。她反而冷静下来,抱着老林的腿乖乖坐好,继续思考最重要的问题:该怎么确定眼前的人究竟是不是老林?

"那道题!"林朝夕突然开口,"就是刚才那个小男孩出的题,

1234×7890＋973260-518＋3144-10712146 到底等于多少,我想知道等于多少!""0。"她刚说完,便听到沙哑的男声随口回答。

林朝夕猛地抬头,只见老林一脸"大意了,怎么随口就说出来了"的神情。

"叔叔好厉害!"远处,小陆同学仰头,崇拜地看着老林。

老林尴尬地移开视线,把嘴里的烟吐出来,在旁边抖了抖,泥土上落着雪白烟灰。林朝夕意识到,老林是怕烟灰掉她头上。而眼前这位,她在这瞬间已经非常确定,他就是老林。在确认是老林的瞬间,她这几日的紧张疲惫完全卸下,身体上的疼痛却骤然清晰,手和腿都很疼。她眼眶发红,松开抱住老林腿的一只手,缓缓看向自己的手掌和膝盖。这两处擦伤都挺严重,血水都渗出来了。

"可以放手了吗!"老林对她说。

"不。"

"林朝夕,你快放叔叔走。"老林还没开口,小陆同学就快走几步到他们面前,蹲下来推了推她。

"他不是我叔叔。"林朝夕很确定地说。

老林低头看她。被老林冷淡的目光笼罩,林朝夕强忍住喊"他是我爸爸"的冲动。在很短的时间里,她脑海中闪过无数想法。向老林表明身份固然简单,但她在襁褓中就被遗弃在福利院门口,这样的孤儿怎么可能瞬间就认出自己的亲生父亲?而且她也不知道,这个世界里,她为什么会和老林分开,因此编造因果很容易出问题。不过她还是个孩子,怎么都可以。一瞬间,林朝夕有了主意。

"这位是我师父!"她指着老林,对小陆同学说。

"你们认识啊?"纯真的小陆同学问。

老林:"不认识。"

林朝夕:"马上就认识了。"

他们俩几乎同时说道。

说时迟,那时快,林朝夕完全抱住老林的腿,认真说道:"师父,你算得那么快,数学一定特别好,收我做徒弟吧。"

"放开。"老林只说了两个字。

"教练……啊,不,师父,我想学数学。"

"关我啥事。"老林试图走两步。

"师父……我腿疼……"林朝夕赶忙哀号着碰瓷。

"去医院啊,不然干吗,还要我抱抱你吗?"老林没好气地转身想继续走。

"你怎么知道?"林朝夕看着老林的背影,问。

老林缓缓转身,认真指着她,对陆志浩说:"小朋友,你同学的这个要求太过分了。"

"可是叔叔,我也觉得您应该送她去包扎伤口。"

"不是我不送她。"老林继续认真回答。

"那您是为什么?"

老林的眼神变化让林朝夕很激动,她差点站起来,接下来,老林话锋一转,嘴里的话让她很想打人。"她这么胖,我抱不动。"老林这么说。

第14章 · 走开 ·

"师父,我腿疼。"

"你走开。"

林朝夕猛地停步,陆志浩没刹住车,砰地撞上她的背。她踉跄了一下,扭头对小陆同学说:"我师父叫你走。"

小陆同学憋屈得脸都红了,老林则回头看她,眼神里的意思大概是:你怎么这么不要脸啊?

当然,都是遗传你的。

老林对她其实真的很冷酷,刚才无论她怎么撒娇卖萌,老林就是不管她,她索性也不管身上的伤,追着老林就跑。小孩子身上的擦伤嘛,跑两圈也就自动风干了。后来的大半天时间里,她就一直保持"老林到哪儿她到哪儿"的节奏。她跟他巡场,偷懒,撑大遮阳伞,看亭子里的两个爷爷下象棋,还听了会儿老爷爷拉二胡。虽然她认祖归宗成为富二代的梦想还没完全成形就破灭了,不过能重新回到老林身边,比什么都强。只是林朝夕并不知道,在这个世界的老林身上究竟发生了什么。为什么老林既没有选择做她的爸爸,也没有选择出国留学?她有很多话想问老林,可是以她现在的身份,又无从讲起。

053

就在她望着老林身影沉思时,公园池塘边有两个环卫工人提着篓子、划着小船,准备捞池塘里的垃圾。说时迟,那时快,老林快走几步跳上船,拿起竹竿,一撑船,小木船就晃晃悠悠地离岸了。

老林那张黝黑沧桑的脸上终于有了丝得意神情。林朝夕站在岸边,也不急。她在岸边选了片树荫,在石头上坐下,拿出奥数书和练习册看了起来。小木船在水上慢悠悠漂荡,正适合复习流水行船问题。林朝夕从最基础的题目看起,代入公式试试计算,很快就融会贯通了。她看一会儿书,看一会儿湖面。多亏在现实世界积攒的经验,她知道这整片池塘只有一处靠岸的码头,老林无论漂到哪里,都要回来。

清风徐徐,太阳西斜,船终于靠岸。环卫工人把装满垃圾的篓子扛上岸,老林却还站在船上,他浑身是汗,抱臂看她,大有下最后通牒的架势。

"你为什么还不走?"老林说。

林朝夕点了点头,在奥数书上折了个角,转身看着陆志浩,一本正经道:"你走吧,我师父不开心了。"

"喂!"小陆同学刚在树下睡得迷迷瞪瞪,听到这话,瞪着小眼睛看她。

"别装傻,说你呢!"电光石火间,老林跳上岸,一把拎起她的耳朵。

林朝夕扑腾了两下,很不甘心地冲陆志浩挥手:"你走开啦。"

初夏空气里有暑气和蝉鸣,丝丝缕缕,非常清晰,公园里树影摇曳,小径幽深。

"说吧,干吗跟着我?"

林朝夕跟着老林去了门卫室,眼睁睁看他拎起热水瓶往茶杯里加满水,翻开报纸,开始看娱乐版明星的八卦新闻。

她被关在外面,就趴在窗口冲老林狗腿地笑:"师父,你刚才为什么来救我呀?"

"我没有救你。"

"可是刚才你把坏人赶走了啊。"

老林举起手,林朝夕吓得退了半步,只见老林粗糙的手指指向门口的一块警示牌,上面写着"公园范围,禁止摆摊"。

"哦。"所以你才把骗子赶走。

林朝夕继续说:"我腿疼,师父。"

老林已经不想说第一万遍"腿疼你就去治",就连一直跟着她的陆志浩都懒得说了。

"师父,我、腿、疼!"林朝夕继续道。

老林负气地一摔报纸,拍着窗框:"进来进来,你给我进来。"

林朝夕背着书包,得意地看了眼她的小跟班陆志浩,大摇大摆地往门卫室走。

陆志浩站在门口,门卫室里的钟刚刚过下午5点,他说:"我要去上兴趣班了,林朝夕,你不要随便打扰别人工作。"

"我这么有原则,不会的。"

"你有原则个鬼,随随便便跟别人跑了半天,是要认爹吗?"

林朝夕倒吸口冷气,他们芝士世界的人是怎么回事,每个人说话都这么犀利!她赶紧去看老林,生怕老林有什么反应,老林却低着头像根本没听见屋外的对话。小陆同学说完,扭头就跑,看上去是真急了。

林朝夕走进门卫室,乖巧地站在老林身边,远处是小陆同学奔向夕阳的背影:"师父,他终于走了。"

老林拉开抽屉,拿出一卷纱布和酒精棉花,抽屉里还有什么碘酒一类的东西,估计是为偶然受伤的游客们准备的,毕竟公园里跑跑闹闹的孩子很多。她很自觉地坐上一张椅子,卷起裤腿,露出擦伤的膝盖,然后眼巴巴地看着老林。老林就……就直接把酒精棉花扔了过来。

门卫室的电风扇呼呼转着,林朝夕见好就收。她抱膝坐着,开始一点点擦去膝盖上的泥土和血块,酒精冰冰凉凉,呼吸间都是酒精味。因为疼,她的眼泪不由自主地往下掉。

"他走了,你哭什么?"老林问。

"我不是哭。"林朝夕吸了吸鼻子,把膝盖上伤口处的一块泥狠心擦掉,倒吸一口凉气,差点没喊出声来,"其实他挺好的,我帮了他,他就怕我被坏人骗,一直跟着。"

"我就是坏人,你为什么跟着我?"

"师父不是坏人。"林朝夕很白痴地说道。

老林没接下去。

隔了一会儿,她想问老林要一块新的酒精棉花,发现老林正认真盯

055

着她看。

林朝夕:"干……干什么看我?我腿还疼着呢啊,不许赶我走!"

"我在看……人,怎么能蠢成这样?"

"啊?"

"别人知道出事会去通知公园管理人员,你要撞上去?"

"我蠢啊。"林朝夕理所当然地答道。

"别人"指的当然是裴之。听老林的意思,裴之应该是早就通知了公园管理人员,拖了心算王一阵,见管理人员赶到,没什么事,就走了。相比裴之,她直接那么硬杠,当然是蠢。

此时此刻,她虽然红着眼睛抱腿坐在小木凳上,腿上都是伤,看上去可怜巴巴的,实际上心里美滋滋的。她是真心觉得,如果不是因为如此愚蠢和冒进,她怎么会这么巧地遇上裴之,更重要的是,再遇老林呢?

老林没再看她,转头从烟盒里抽了支烟,拿起打火机。林朝夕重重咳了一声,老林像根本没听见,眼皮微垂,将烟点燃。

"师父,抽烟不好,我还是小学生,不能在小学生面前抽烟。"林朝夕指了指自己,一板一眼地说。

其实她知道老林会抽烟,不过记忆中,只看见过一次老林抽烟。好像是某个晚上,家里爆发争吵,她听见摔门声,睡眼惺忪地爬起来。老林坐在院子里看天,指间夹着不知道哪来的烟,星空下,老林回头看了她一眼。那时,老林的眼神也和现在一样,淡漠冷酷,绝情灭性,快飞升一样,却在看到她的瞬间,把烟头按灭。后来,无论她怎么问,当时的老林都不肯说出了什么事情,那么现在的老林更不会对一个素昧平生的小女孩吐露心声。她凝望着老林,不知道究竟发生了什么,非常担忧。

"师父,你为什么在公园工作?"她试探着问道。

"因为穷。"

"你家里人呢?"她又问。

老林只是慢慢抽完一支烟,时钟走过5点30分,他从椅子上站起来,灭了烟,径自走出门卫室。

老林回头看她,哭丧着脸,非常绝望:"算我求求你,你能不能不跟着我?"

"不行。"

"你到底想怎样！"

第15章 · 亲和 ·

"不行！"这次，拒绝的人换成了老林。

他们站在公园边一家老汤圆店门口，塑料门帘晃晃悠悠的。

她背着书包，因为现在身高只到老林手肘的位置，她仰头看高瘦且黑的老林同志，又看了眼汤圆店："师父请徒弟吃个饭，拜师宴。"

"小朋友，我们来把事情的经过理一理。"老林负手而立，忽然耐下性子说话，有点慢条斯理，更像她熟悉的那个老林。

"师父，你说。"

"说经过，你只用回答'是'或'否'。"

"好嘞。"

"从我们见面开始，你就一直缠着我。"

林朝夕刚想辩解，老林冷冷的眼神飘来，她只能改口，强行说："是。"

"你说你缠着我，是因为我速算能力好，数学一定也好，所以想拜我为师，让我教你数学。"

"是。"

"但我没答应要教你数学。"

"是。"

"所以，我根本不是你师父。"

"……是。"

"那就根本没有拜师宴这回事，我更不用请你吃饭。"

你的重点就在不想花钱请我吃饭吗？林朝夕拍了下脸，差点笑场。她很自然地拉住老林的胳膊，也没往店里走，就在台阶上坐下。老林很不情愿，但实在受不了她，勉为其难地席地而坐，腿都伸不开。

"师父啊。"

"我不是你师父。"

"叔叔。"

"我不是你叔叔。"

057

"爸爸。"

"……"

老林不说话,又掏出烟。此时路灯已经渐次亮起,但天色也不算暗,朦朦胧胧的。林朝夕也看不明白他此时的神色,又觉得自己喊"爸爸"太冒失,但她和老林相处这么多年下来,已经习惯了和老林开玩笑的节奏,突然要改太难。

她拿过书包,从里面拿出奥数练习册,翻到其中折角的一页。借着天光和店铺里的光,她指着上面五颗星难度的题问老林:"这题我不会做,你能教教我吗?"

老林看都不看一眼,只是淡淡地道:"说吧,你到底为什么缠着我?"

"我想学数学。"

"说实话。"

"我下个星期要奥数考试了,就是那个晋江杯的夏令营选拔……如果我考不上……"她拖长调子。

"讲故事不要卖关子,我本来就不是很感兴趣。"

"夏令营是我最后的机会了,如果我考不上,按照地段只能读红星中学,学校太差了,我……我这辈子就完了……所以我……我想进夏令营,然后被保送进实验初中的仲明班,全市初中最好的那个班。"

"你漏了点东西吧?"

"啊?"

"只有省冠才能被仲明班免试录取,然而安宁的小学数学教育一直很垃圾。"

"哇,你连这个都知道吗!你刚才一下子就答出那么难的题目,特别像《天龙八部》里的扫地僧,扫地僧都特别厉害。"林朝夕装傻充愣,偷偷把她缠着老林的理由解释了。

老林一脸"服了,又说多了",倒也不疑有他。因为不疑有他,所以他拍拍屁股站起来,像完全不认识她一样,把烟塞进嘴里,离开了。林朝夕望着父亲的背影,知道老林态度坚决,之前愿意和她说话,只是不明白她这么一个小女孩在他面前撒泼打滚是为了什么。现在知道了,还是这么无聊的理由,他当然要走。

天色越来越暗,林朝夕知道自己该回去了。

"师父,你家是住在专诸巷284号吗?"马路上到处是汽车碾轧路面的嘈杂声响,林朝夕高喊道。

老林猛地回头,一脸震惊,林朝夕已经知道答案了。她的生日是2月20号,而220和284是一对亲和数,这就是老林一定要租那户的根本原因,那是属于数学家的浪漫。

她背着书包跳起来,挥了挥手里的奥数练习册,大喊:"明天见。"

然后,她没给老林转头逮她的机会,扭头冲反方向跑去。

远处,城市霞光消退,星光渐起。一切都会好的,林朝夕想。

清晨,具体来说是早上7点。轻快脚步踏过青石板,足音在专诸巷内回荡开。巷子里住的大多是老人,早早都已经爬起来买菜生煤炉了,里面满是煤烟味。林朝夕站在专诸巷284号门前,打了个喷嚏,开始砸门。

"咚咚咚。""师父醒醒啦!"

"咚咚咚。""我来伺候你啦!"

"咚咚咚。""开开门呀!"

铁皮门内没有任何回应,这在林朝夕预想之中。她每敲一次,就贴到窗口去看房间里有没有动静。朦朦胧胧的窗影中,床上的人一直盖着毯子,睡得稳如泰山,完全没被吵醒。

世界上最难叫醒的是装睡的人,她也不急,压缓步子,再次走到门边,准备敲门时,身后突然有人用阴恻恻的声音说:"滚——"

"哇!"林朝夕吓了一大跳。

果然,老林拉开一点窗,站在窗边,脸上又黑又皱,神情阴郁得能滴下水来。

林朝夕赶忙回头讪笑:"师父,你醒啦。"

"没有。"

"那麻烦你给我开个门,你继续睡?"

老林面无表情、眼神空洞,机械似的转身,并捂着心口。林朝夕很不要脸地凑过去,伸手卡在窗口,但老林已经困得根本没看到她的小动作,麻木地往床边走,用毯子把整个头蒙住。林朝夕想一点点把窗拉开,但拉第一下的时候,刺耳的"吱呀"声慢悠悠回荡开,木板床上,老林崩溃地抽搐了下。

"对不起，对不起。"林朝夕赶忙道歉。

也不知道这句"对不起，对不起"到底有什么魔力，明明是声音很轻的一句话，隔壁的吉娃娃突然爆出惊天一声："汪！"

林朝夕略有些好奇，又喊了一声："对不起？"

"汪！"巨响。

"对——"

老林受不了了，蹬了蹬腿，翻身坐起："你进来进来，你给我进来！"说完，他一阵风似的摔门，进院子，开大门，林朝夕一探头，就被揪着耳朵拎进院子。

林朝夕没来得及喊疼，入眼杂草丛生，石块纷乱，只能隐约看到一条用红砖铺成的小路连接做饭和睡觉的两间平房。院子里水井位置没有变，与记忆里充满生机的小院完全不同，地上堆着啤酒瓶和乱七八糟的烟头，令人无处下脚。

林朝夕呆滞地站了一会儿，抬头看了看天，阳光从葡萄藤的间隙中透下，底下的叶子都枯黄了。这是她变小后第一次回家，在门口时，心里还有诸多美好幻想，因此无论是敲门还是叫老林起床，都非常兴奋。可看到里面真实的模样，她就像被泼了盆冷水，心里很不是滋味。

老林指了指厨房的位置，说了一句话："不是说要伺候我吗？去，做早饭。"

然后他趿着拖鞋，又回去睡觉了。林朝夕一时没反应过来，回神时，老林已经把卧室门锁死了。她本来是想来照顾老林的，可没办法，钻进厨房，一分钟后又只能钻出来，走到老林房门前，胆怯地敲了敲门："师父……米……米在哪儿？"

"咚"的一声响，好像老林用头撞上了床栏。林朝夕也很愧疚，她退了几步，想赶紧跑，但想想不对，她又退回去，小声地道："其实，锅我也没找到……"

刹那间，房门打开，老林二话没说冲出房门，冲进厨房。他拿出米、锅，打开煤气灶，开始生火做饭，并大吼道："我自己做，我自己做，你能不能走？！"老林已经崩溃，开始认真地做早饭。

"不行啊，师父。"林朝夕遥遥望着父亲在厨房忙碌的身影，踮起脚说，"我还没吃早饭，好饿。"

说完，她搬了把小椅子，在厨房门口监工。粥快好的时候，她把葡萄架下的小石桌理了理，指挥老林把粥和咸菜放在石桌上。随后她又进去把碗筷都洗好，拿出来的时候，老林正坐在葡萄架下，抽着烟看她。她不叫"师父"了，盛了两碗热粥，自顾自喝起来。

"你怎么知道我住专诸巷284号？"她快喝完粥的时候，老林忽然问。

林朝夕叼着筷子尖，喝完最后一口，顾左右而言他，神秘兮兮地对老林说："284是个好数字啊，师父。"

"呵呵。"老林吐了口烟圈，"怎么好？"

"284这个数字是2的一次方、二次方、三次方……"

"小学教立方了？"

"我自学能力好呀，师父。"林朝夕冲老林笑，很得意。

"还有呢？"老林又问。

"还有……284和另外一个数字的组合，在数论史上曾经有重要地位。"她边说边观察老林脸上的表情，问，"还有一个数字是什么呀，师父？"

老林黝黑的脸上没什么表情，听到这个问题，笑了："我怎么知道？"

"那我告诉你！"林朝夕像一个炫耀知识很多的小朋友一样，摇了摇筷子，"毕达哥拉斯曾经说过，'朋友是你的灵魂的情影，要像220和284一样亲密'。"

"亲密？"

"亲密的意思是，220和284，除开它们本身后，它们的其他约数之和与另一方相等。简单来说，虽然两个数表面看上去完全不同，内部却互相构成着对方，所以很多亲人、朋友间就喜欢用这两个数字表达思念、喜爱等。"林朝夕一口气说完，又停顿下来，试探着问老林，"师父，你住在这里，是为了纪念什么人吗？"

老林吐了口烟圈，眉眼被青烟遮掩，看不真切，就在林朝夕以为他要吐露心声时，却听他很犀利地问："我的问题是，你怎么知道我住在这里？"

林朝夕放下筷子，叹了口气，有些遗憾，语重心长对老林说："师父，我不傻，告诉你的话，你又要赶我走了。"林朝夕笑，"你明天记得给我开门，看我告不告诉你？"

老林也笑："那你看我傻不傻？"

"当然不傻。"林朝夕摇头，"师父是……"

她本来是想说："师父是天底下最聪明的人。"然而没等话说出口，老林嗖地蹿过来，双手托在她腋下，把她举离地，然后……连人带书包一起扔出门外。鼻子摔在门板上，林朝夕拍拍屁股站起来。没事。她背好书包，理理红领巾，就当刚从家里出来，踏上去学校的路。她没办法告诉老林的是，其实她和220也有很大关系，却因为被遗弃，福利院不清楚她的出生日期，所以他们统一是4月1号生日，凑整、好记。

第16章 · 选择 ·

从周一到周三，每天早7点，林朝夕都准时去专诸巷报到，下午则去公园找老林"玩"一会儿，然后回福利院。她并没有很急功近利，一来老林太冷酷，二来她骤然意识到，曾经的老林一直是个可爱的父亲。而现在，在他们暂时没有父女缘分后，她才能看见老林更真实的一面，颓废的、暴躁的、随心所欲的、自我放逐的……林朝夕甚至认为，她这次能来到这个世界，恐怕是冥冥之中的机会，让她得以探寻老林从未向她提及的过往。

周三早上出门的时候，照顾他们的林妈妈大概也终于察觉到她每天出门和回院时间的问题，特地嘱咐她今天上完兴趣班就回院。林朝夕照例用一声"对不起"和隔壁吉娃娃惊天动地的"汪"声配合，敲开老林的门。

她已经"孝敬"老林整整四天，老林对她的态度倒一直是——你好烦—你能不能滚—算了怕了你—求你了—滚。

如此循环往复，林朝夕每次都见好就收。

这么多天来，老林每天都会做早饭，吃完后，她就被气得要死的老林同志扔出家门，所以"嘴硬心软"其实说的就是老林本人了。

老林虽然每天都会做饭，可也一直油盐不进，认爹路漫漫。唯一让林朝夕感到有点激情的是，上完周三下午的兴趣班后，老师宣布了参加晋杯夏令营比赛人员名单。按随堂测验总分，她排第三，陆志浩排第七，这周六他们可以一起去隔壁实验小学，参加夏令营选拔考试。

回福利院前，林朝夕还挺开心的，想着院长妈妈知道这件事一定高兴。真到了福利院，她才知道林妈妈让她早点回家，恐怕有别的事情。

福利院停车场里，一辆黑色别克在阳光下非常扎眼。

院里停车场本来就很小，巷子也窄，很少有人开车上班，所以每当看到什么不认识的社会车辆，小朋友们大概都知道，这是收养人来了。

院长办公室。

林朝夕回来就被叫上去，站在门口，上来前听说是林爱民的领养人来了，也没有多想。她礼貌地敲了三下门，听到里面传来院长妈妈的"请进"声，才推门进去。办公室的木沙发上坐着一对中年夫妇，男女都是四十余岁，穿正装，看上去修养极好，尤其是那位女士，着一袭黑色连身长裙，配着钻石项链，明明有些冷艳的装扮，却因为女士气质温婉，令人很有好感。她在看对方，对方也在看她。

"这两位是准备收养林爱民的沈教授同他的夫人，张教授。"

其实不用院长妈妈介绍，之前对方要收养林爱民的时候，小林朝夕就和小林爱民偷偷看过这对夫妇。院长妈妈挑人特别严格，宁愿养更多的孩子，也不愿把孩子随随便便送养，所以这对夫妻肯定什么都好。

林朝夕挺开心的，冲这对夫妇点头致意："您好。"

"她就是林朝夕。"院长很平静地说。

林朝夕心里咯噔一下，笑容固定在脸上，有了不好的预感。

"情况是这样的，林爱民先天拇指缺陷，属于残疾儿童。张教授和沈教授收养他后，还有一个名额，他们听林爱民提起你，也从各方面了解过你，很喜欢你，因此，他们决定收养你。"

这段话极其清晰明了，并且用了陈述语句，其实就是向她阐述情况，而不是征求意见。对林朝夕来说，不啻晴天霹雳。她刚找到老林，还没认爹，还没弄清楚老林出了什么事，老林还烦着她，她怎么可以去做别人的女儿？

林朝夕一瞬间头脑混乱，她只能勉强点了点头，表示明白，但没有说话。

办公室里的气氛有点沉默。

那位很温婉的沈夫人开口了："如果你愿意的话，可以跟我们回家看看,我们也可以带你和爱民一起出去玩。"

林朝夕抿着唇没说话,强迫自己冷静下来,思考接下来究竟该怎么办。

沈夫人又说:"我们听说你很聪明,想给你转学到实验小学,明年就可以和爱民一起读书。"

"谢谢您。"

林朝夕抬眼看向沈夫人,僵硬地鞠躬致意,然后对院长妈妈说:"我可以同您单独聊两句吗?"

办公室的门又关上,林朝夕看着坐在办公桌后的院长。从小林朝夕的记忆里,她知道院长四十多了,姓党,那个年代的地震孤儿都是这个姓。党院长对红星福利院的孩子倾注了全部心血,希望所有孩子都能幸福,是这里的大家长。大家长也就意味着,她虽然为人和善,也很有教育头脑,但权威不容置疑。就算这样,林朝夕也决定开门见山。

"我不想走。"她说。

"为什么?"党爱萍问。

"我觉得这里很好,没必要离开。"林朝夕说。

"你觉得这里好,是因为你没有去过更好的地方。"党爱萍说,"舒适的生活环境,疼爱你的父母,这些都非常重要。"

"是的。"

"那你同意了?"

"不同意。"

党爱萍很平静地说:"我也不同意你的不同意。"

望着女人宁和的面容,林朝夕很清楚,她的不同意是认真的。

林朝夕说:"按照国家法律,如被收养人年满十周岁,进行收养时应当征得被收养人同意。"

党爱萍问:"你确定要用国家法律来对付我吗?"

"我很尊敬您,"林朝夕深深吸了口气,"但我不同意,我想留在这里,您不能强迫我。"

"门外的这对夫妇,对你来说是最好的选择。"

"没有最好的,家庭这种事情无法用什么外在条件来衡量。"林朝夕觉得自己此时说话不像个孩子,但已经没法装下去,必须尽最大努力说服党爱萍。

"你只是从小在这里长大，才觉得留恋，等你去了，就会明白我的苦心。"

"我不小了！"林朝夕喊完，忽然看到办公室里满墙的奖状和奖杯。

她稳了稳气息，问："我……想问问您，为什么这么多年来，都没人收养我？"

党爱萍没有说话。

"因为我脾气不好。"林朝夕没让她为难，自行回答，"因为我看到收养人总是冷着张脸，很不喜欢他们。还有个更重要的原因……"林朝夕停下来，看着她的眼睛说，"女孩子没人要。"

"所以呢？"院长妈妈的语气并没有任何变化，"现在有人愿意收养你，我们都应该珍惜这个机会。"

"可院里还有那么多不能被收养的孩子。"

"其他人我会想办法，你先顾好自己。"

"院长妈妈，我每次进您的办公室，都能看到那么多我们的奖状、奖杯，我就在想，您为什么要这么做呢？您大概是觉得很骄傲，还有就是想鼓励每个进来的孩子——其实你们也可以。那我就在想，如果我能做到很厉害的事情，不也一样可以鼓励其他人吗？"

"你很有天赋，朝夕。"院长说，"在那家人家里，你只需张张嘴就能得到的东西，留在院里，你恐怕要花百倍努力。"

"我宁愿花这百倍努力。"林朝夕说，"起码我花这百倍努力，可以告诉其他很多像我一样的孩子——就算在福利院长大，你也可以像正常人一样取得成绩，你从不比别人差！"

院长久久无言，最后，说："那太累了，你不需要承担这些。"

林朝夕被这一句话堵住。这句话很对，但也让她很难受、很憋屈，福利院的事情、老林的事情、还有她曾经错过的那些事情，无数情绪堆积在胸口。现在，她已经孤身一人，除了再勇敢点，没别的选择。

她猛地抬头，认真注视着院长，一字一句道："让我们找一件事情吧，我证明给您看，我不需要去环境优越的家庭，在这里，依旧可以做到。"

"你想说什么？"

"晋杯奥数赛,如果我能拿到晋杯省团体赛冠军,您就不送我走,未来,我也可以自由选择想去的家庭,可以吗?"

第17章 · 秘籍 ·

红星福利院303室,夜已深沉,粉色的确良窗帘在夜色下随风摇曳。整个福利院都已经熄灯,负责查房的阿姨已经检查完每个房间,也准备去睡了。

在大门关上的一刹那,原本安静的小单间里传出窸窸窣窣的声音。林朝夕掀开被子翻坐起来并弯下腰,她拉起被沿整个盖住自己,在头顶撑出一顶帐篷。电筒随即点亮,整片狭小空间都被暖黄的灯光填充,几次呼吸下来,里面的空气就变得闷热不堪。电筒是她用每天买牛奶的钱攒下买的,被子里则是她翻出来的奥数课本和练习册,厚厚一大摞。

回想起和院长妈妈的赌约,她自己都觉得热血冲头,可生活就是这样,突然就有什么事情让安逸生活变得七零八落,当然,她自从来到这里,从没有安逸过。所以要说回到过去有什么不好,一是熄灯早,二是电脑还没流行。这两点严重影响她的复习进度,从立下赌约到周六考试,只有短短两天多的时间。这么点时间,看完一本小学奥数书都困难,她面前的是从小学一年级到六年级整整六大本奥数课本。上百节课的内容、上千套公式,她是"开挂"没错,但不代表二十二岁的她真能有十足把握做到所有知识点滴水不漏。而有短板就意味着,如果考到某一内容她做不出,就铁定进不了夏令营,但狠话都放出去了啊,除满分外,什么分数都不保险。想满分?那只有熬夜认真复习,她也没别的捷径可走。所以……她把头伸出被子外,深深吸了口外面的新鲜空气,握着铅笔,钻回被子,继续刷题。

也不怪她紧张,在草莓世界里,她就没有考上夏令营,究其原因,是有道小题算错,还是最后大题没把握,她已经不记得了。其实她的数学真不错,那时还有没把握的题,这也间接说明晋杯夏令营的难度。

如果她记忆没出问题……现在裴之虽然去了,可最后也没有代表安宁市出赛,不知道出了什么问题。不管怎么讲,安宁的小学数学教育实际上也没有老林说的那么差,比如有裴之,还有现在风头盖过裴之的章亮。

因此在那几天里，她一直见缝插针地看书，语文课、英语课以及数学课时，她都在翻奥数课本。各科老师都批评她，不过小陆志浩他妈，也就是班主任许老师是护短小能手，各科老师的告状都被打回了事，以至于考前最后一天，她干脆把奥数书摊在桌面上看。小学奥数的知识点都被打散，其实有些内容三年级讲过，四、五年级更深入，她就整理了一个知识点表格，把所有具有内在联系的知识点进行归纳整理，随身携带，有空就看一眼回忆下。后来，小陆同学还偷偷照抄了一份，并送了她一包跳跳糖作为报酬。林朝夕第一次感受到，知识就是力（零）量（食）。

直到周五傍晚下课后，林朝夕才有时间去找老林。其实也不是复习完所以有空，书永远都是看不完的，她就是突然考前焦虑，想去找爸爸谈心。

天越来越热，老林穿了件白色老头汗衫，背后破了个小洞，正在给公园杂物间锁门。

林朝夕从墙后跳出来，拍了拍他的背，笑盈盈地问："好几天没来了，好好做早饭吃了吗？"

老林退了半步，很惊讶地说："您来啦，我还以为您不来了呢。"

"你想我了呀？"林朝夕问。

"怎么可能？您到底哪来的误解？"老林满脸都写着"您快走"，冲她挥挥手。

天气闷热异常，蜻蜓都飞得很低，不远处的儿童游乐场里都没什么人。林朝夕看了看脚尖，想好的台词一时又说不出来。

"这几天去哪儿了？"老林关门就走，风中却传来他轻飘飘的问询声。

林朝夕有点高兴，立刻恢复精神，很狗腿地跟老林说："师父，我明天要去参加夏令营选拔考了！"

"哦。"

"你有什么秘诀传授给我吗？"

老林转过头，耷拉着眼皮看她，正当林朝夕以为老林又要撑她的时候，只见老林打了个响指，说："跟我走。"

林朝夕高兴坏了，背着书包屁颠屁颠地跟在她爸身后。

老林又回到他们那个门卫室，今天值班的是另外一位叔叔。

"什么秘籍？"林朝夕同那位叔叔挥手打招呼，又兴奋地凑过去问老林。

老林没有说话，他背着手走到桌边，蹲下身，林朝夕已经有不好的预感了。

老林微抬起木桌，从桌角处抽出一本书，拍了拍上面的灰，然后神秘兮兮地转过身，交在她手上："祖传秘诀，传女不传男。"

林朝夕愣怔，低头看去，差点喷出来。那是本白皮的《心算速成大法》，正是心算王在公园摆摊卖的那款，售价一百元人民币。而门卫室里另一个叔叔坏笑起来，掀开一块花布，里面是厚厚一大摞《心算速成大法》。

"这个是？"林朝夕目瞪口呆。

"那天，咱偷偷给他缴下来的！"门卫叔叔大手一挥，在背后指了指老林。

"我可什么都不知道！"老林惊得后退半步，演技十足。

林朝夕看了看白皮书，又看了看黑皮老林，很无语。

你果然是我亲爹吧，她只能这么想。

因为心里压着事，林朝夕也没浪多久，就回福利院了。书包里装着老林给的秘籍，不管怎样，都是亲爹送的考前礼物。林朝夕把《心算速成大法》拿出放在桌子左上角，希望老林学神之力附体。趁着还没熄灯，她又把奥数课本翻出来，准备将挑出来的重点难点再过一遍。

不知不觉，天又黑透，窗外的楼也没后来的那么高耸，还能隐约看到星星。林朝夕打了个哈欠，目光落到摆在桌角的秘籍上，晚风徐徐，吹开白皮书一角。书里仿佛有铅笔字迹，林朝夕愣住了，将老林给的秘籍拖到面前，翻开，第一页上写着很俗套的一句话——读书百遍，其义自见。很符合秘籍的设定。

林朝夕很好奇，继续翻下去，原本好奇的情绪被震惊所替代。在那本一百来页的秘籍中，几乎每一页上都有老林的标注，有的是改错，有的是调整顺序，有的是批注。老林还会在角落写出一连串题目，密密麻麻，事无巨细。而在书的最后，老林还列了一个表格，大抵是重新整理了书里教授的心算方法的顺序。可能是由易到难，也可能是按别的顺序排列的，林朝夕并不能看得很懂。

果然，老林还是老林。

林朝夕翻出自己整理的奥数知识点表格,与之比对,相似的格式、相似的方式,这还是老林教她的。书页最后角落里有些烟灰,她伸手拂过,然后望向窗外,仿佛能看到老林边抽烟边随意写下这些字的模样。看完老林的批注,林朝夕才发现,心算王这本书其实和后来引进的正规心算书籍还有很大差距。其实,她当时撑心算王说的那些话并不完全正确。她也说不清到底是怎样的心情,一方面对自己知识的不扎实感到羞愧,一方面又觉得她爸这人也太好了,随随便便就把这种东西给一个喊"师父"、抱大腿的陌生小女孩。

可能是寂寞吧,也可能是随便翻了翻心算王东拼西凑的这本混账东西,他忍不住纠错,纠了错又觉得这玩意写得不够好,自己重新梳理了一遍,到最后,其实基本就等于重写。他改得太认真细致,仿佛随便找了件事做,恰好又是自己的专长领域,忍不住随随便便就做好了。

说到底,还是因为寂寞。

那种迷失人生方向,终日无所事事,做什么都可有可无的寂寞感,林朝夕能很清楚地从老林改完的这本书中体会到。她合上书,既感到温馨,又觉得难过。曾经,老林也拿过一本类似的书,希望她能好好练习心算,具体的理由,是思维训练,还是老林纯粹觉得算法很有趣,希望她也喜欢,林朝夕已经记不清了。想来,无论是曾经的老林,还是现在的老林,似乎都在期盼她好好学数学,但在这个"好好学数学"的背后,其实是老林自己对数学的追求和爱,随意散漫的、不由自主的。

之前她也认为,父母将自己未完成的追求倾注在孩子身上很不正确,毕竟每个人的人生都是独立的。可长大后再回来,想起这些小细节,她又骤然发现当时的想法并不完全正确,毕竟世界不会有那么多非黑即白的事情,不是绝对正确或者绝对错误的。

父母对儿女如此,儿女对父母也一样。

想了半天,她突然发现,好像现在还有重来一次的机会。

第18章 · 考场 ·

星期六,天气晴朗。

同往常一样,林朝夕在食堂吃完早饭,同照顾他们的林妈妈告别,被塞了两枚硬币买牛奶喝。

临出门时，林妈妈想了想，拉住她，揉了揉她的脑袋，轻声道："还是别那么犟了。"她犹犹豫豫，说完又觉得好像说错了，手在围裙上擦了擦，有点不好意思。

林朝夕没有妈妈，这种小瞬间让她鼻子发酸，她用力点点头，又笑道："妈，我只是去考个试，又不是上战场，你别紧张。"

"哎，哪能不紧张啊。"林妈妈小叹了口气，给她理了理头发，突然道，"什么上战场，说点好听的。"

林朝夕故作轻松地嘿嘿笑了笑，做了个"加油"的动作，背着书包跑走了。

一大早，实验小学的门口，汽车已经排起了长龙，远远看去颇为壮观。今天实验小学要被用作考场，所以停课一天，车里都是来送孩子的家长。更多的家长则骑自行车或者摩托车来，学校门前的街道一下子拥挤不堪。一路走到校门口，林朝夕已经听到很多"好好考试""放轻松""加油宝宝，你一定行的"……家长们总是故作轻松地鼓励孩子，孩子们则更茫然和无所谓一些，她总觉得，其实家长大概比孩子更紧张吧。

今天，她仍旧穿那套红星小学的校服，这么多天来，她终于有机会踏入实验小学。

朱红色欧式校舍，大片绿草地。校门内的喷泉今天开放，水花在阳光下异常灿烂喧闹。喷泉周围的空地上到处都是小学生和他们的家长，他们都在看喷泉正前方一块分考场的牌子。在前面位置的家长看完，就赶紧拉着孩子挤出人群，匆忙去找考场。

这次考试组织得非常正规，有准考证，还有考试编号，据说还是统一阅卷。有些学校甚至有老师带队。在草坪边的空地上，外国语学校的老师在清点人数，分发准考证，并再次强调考试时的重点，身着统一服装的师生们一问一答。

"拿到考卷第一件事做什么？"

"写名字和准考证号！"

"做完题还有剩余时间干吗？"

"检查！"

"怎么检查？"

"代入题目！"

听着小朋友们震耳欲聋的回答，林朝夕攥紧了书包，总觉得这次夏令营选拔考的架势跟小升初的统考比也差不了多少。放眼望去，净是黑压压的人头。在草莓世界的时候，她晕晕乎乎，没仔细观察就进考场，现在来到芝士世界才觉得奇怪。夏令营选拔考而已，怎么来这么多人啊？就算见到了比预想中更多的人、比预想中更严峻的竞争状况，她也没急着去找考场。她对这里实在太熟了，空出二十分钟进考场就行。她找了个大门口的空位，拿出刚买的牛奶，咬开一个小口，吸了起来。很不好意思地承认，她在这里主要是为了等裴之同学。自从奥数老师吹嘘过章亮后，她就想来看看裴之怎么了。之前公园偶遇，裴之来去匆匆，只是一道题的速算，林朝夕就知道裴之仍旧是那个同辈中无敌的天才。既然裴之那么强，章亮的风头怎么可能盖过他？林朝夕很茫然、很蒙。

实验小学校门口，学生同家长来来往往。她等了很久，连章亮都看到了，却没见到裴之。

8点30分开考，8点5分的时候，陆志浩也来了，他在章亮后面到。

林朝夕把喝完的牛奶袋子扔进垃圾桶，准备和小陆同学打招呼。

没想到小陆快跑两步，嗖地掠过她，冲到前面去喊："章亮！章亮！"

章亮同学是典型的学霸长相，高瘦、戴眼镜，黑发软软地趴下，看上去温和，实际上很难接近。当然，最后那个评价是她根据章亮对陆志浩的反应猜的。就在刚才，陆志浩喊了章亮名字后，章亮下意识回头，可看见小陆同学后，有很明显的停滞，随即若无其事地回头。章亮旁边有个男生和他一起走，那个男生也看了眼后面殷切的小胖子，并和章亮有简短对话，像在说——

"你认识红星小学的人啊。"

"不认识，垃圾学校。"

"可不，他们来考试都是浪费时间的。"

小陆同学这种单纯直肠子当然不明白，可林朝夕是女孩子，她看了眼自己和陆志浩身上的校服，太懂了。

她赶紧跑上前拉住小陆同学，一把钩住他胖乎乎的脖子，笑道："跑那么快干吗？没看见夕哥在吗，问安了吗？"

陆志浩一把打开她的手："你谁啊！"

林朝夕又忍不住捏他包子似的小脸："你准考证号多少？夕哥带你找考场啦。"

陆志浩就很单纯，即刻开始翻书包，就这么一打岔的工夫，章亮已经不见了，林朝夕松了口气。

"你认识章亮啊？"她想了想，试探着问。

"对啊，我们小时候一起长大的，关系可好了。"

"哦——"

"他妈妈和我妈妈关系也很好，世交。等我考上夏令营，我们可以一起参赛的。"

"哦——"

"你'哦'个什么劲儿？"

林朝夕用手拍了拍他的肩膀，语重心长："你这注定是单相思啊。"

说完，没等小陆同学反应过来，她拔腿钻进看考场的人群，小陆同学紧跟在她后面，一起挤进人群。挤出来的时候，小陆同学前胸后背都湿透了。

"这人也太多了。"林朝夕很无语，刚才在校门口站了下，又看了考场，预估半天，总觉得有一两千人参加考试。

"不然，你以为呢？"陆志浩揪着校服里的T恤扇风，"仲明班很看重这次奥数统考成绩的。"

仲明班就是安宁市实验中学最好的那个班级，每年只设置两个班，七十个人，据说上了仲明班就等于上了顶级名校直通车。

"欸，不是只有省赛拿到团体冠军才保送仲明班的吗？"

小陆志浩白了她一眼，很傲娇："省冠能有几个人啊？"他喊完，又压低声音，神秘兮兮地道，"据负责仲明班招生的老师的内部消息，他们很看重晋杯夏令营，考上晋杯夏令营总分就能加10分，代表参赛加20分。20分啊，你想想，能拉开多少距离？"

内部消息……林朝夕看着已经陆续到校门外挤得密密麻麻的家长们，想，你的消息恐怕也不是很内部吧，为什么我就不知道？她思来想去，估计还是因为之前老林根本没把这件事告诉她，想让她轻松考试。后来，老林直接买了实验中学的学区房，让她顺利入学，她才什么都不知道吧。

实验小学，五年级十班。

班级在顶楼，林朝夕爬了整整五层楼，喘着粗气，在考场坐下。进门前，她核对了下第十考场的考生名单，理所当然没有裴之。

实验小学的教室后面是白板，还有一整排学生的储物箱，并有图书角和植物角，在那个年代来说，已经非常高大上了。林朝夕环顾四周，觉得一切都和记忆中的模样重叠起来，很温馨，很令人怀念。

8点20分的时候，监考老师进教室。整个考场霎时静下来，冷若冰窖。这是她来到芝士世界后第一次参加正式考试，要说完全不紧张，当然也是假的。坐在她前面的女生还在看题目，老师提醒所有人把东西收到教室前后的放包处，并强调了一遍考试纪律，禁止偷看作弊，违者直接永久取消晋杯考试资格并通报学校。

林朝夕看了看左右，都是单人桌，隔得很远，其实想看也看不到。短暂收拾东西的喧闹后，考场更静了，周围每个学生都纹丝不动，宛如石像，林朝夕甚至能听到自己的心跳声，很快，她很紧张。突然，广播响了，严肃的女声开始播报考试纪律，监考老师同时开始发卷。窸窸窣窣的传递试卷声响起，林朝夕深深吸了口气，接过前桌递来的试卷。

在拿到试卷的一刹那，她仿佛就听不见周围任何声音了，准考证放在左上角，她填完姓名、准考证号，放下笔，开始看试卷。这次选拔考完全是为晋杯准备的，所以题型和晋杯完全一致。薄薄一张卷子，题目基本由易到难排布，涵盖小学高年级奥数全部知识点。出题老师很有心机，在第5题的地方，安排了一道很需要时间并容易算错的日期计算题，可能是想打乱考生们的做题节奏。

教室里，监考老师开始发草稿纸。米黄色草稿纸在她桌角放下，与此同时，铃声炸响，隆隆而过，响彻校园。林朝夕拿起铅笔，周围世界瞬间清空，她只能听到自己的心跳声，很快，非常快。

第1题：若连续的四个自然数都为合数，那么这四个数之和的最小值为——A. 100；B. 101；C. 102；D. 103。她飞快写下答案——C。

第2题，摆火柴棍，问移动几根。同样是四个选项。林朝夕想了想思路，在草稿纸上演算完，填入答案A，继续下一题。

第3题，四位数 $abcd$ 和 $cdab$ 的和为3333，差为693，问 $cdba$ 是多少。这题有陷阱，林朝夕把最后调换顺序的数字圈出来，算完，仔细写

073

好答案。

第 4 题……

第 5 题……

她刚才已经看过题目理过思路,现在一道道题往下做,没有任何阻滞。

…………

第 10 题……压轴题来了。

林朝夕凝神看题——设 a、b、c 分别是 0~9 中的数字,它们不同时都为 0,也不同时都为 9。将循环小数 $0.\overline{abc}$ 化成最简分数后,分子有几种不同情况?她暂停动笔,开始思考,这是数论中容斥原理部分混合了分数、小数互化,主要难点在确定总数后,减去重复部分。她将思路一步步写出,在最后又加回了多减去的部分,得出总数 660。

写完,搁笔,抬头,林朝夕看了眼教室前方的钟,时间才过去二十分钟。周围的学生还在做题,她松了口气,又告诉自己要耐心细致,这是全市顶尖学生的考试,强手如林。于是她开始检查,代入验算,这一遍下来,时间刚好到了 9 点整。她终于放下铅笔,看着整张试卷,长舒一口气,做完了。她揉了揉脸,看了眼监考老师,在全考场学生的注视下,拿起考卷,走向讲台。

"交卷?"监考老师看了眼她的准考证,视线很明显在"红星小学"几个字上停顿了下。

"是的,老师。"

"你可以再检查检查。"监考老师很好心地提醒。

"检查过了。"她冲老师笑了笑,回自己位子收拾文具,然后离开。

这也是老林教她的,如果对考试有把握,没必要非憋到结束,早点离开很拉风。林朝夕单肩背着书包,走出教室。从她的考场到楼梯还有一段距离,她不得不从其他考场门口走过,并全程接受其他考生以及老师的注目礼。林朝夕发现,别的考场也有零星座位空着,可能是学生没来参加考试,也有可能是提前交卷离开。强中自有强中手啊,不管怎样,她尽力了。

心头大石放下,她轻松起来。提前离场,也就意味着她有更多时间可以去找老林玩,很不错。她从前面口袋掏出小陆同学贿赂她的跳跳糖,撕开一点口子，倒在嘴巴里，噼里啪啦的感觉很酸爽。她回忆了下实验小学的校舍构造，准备上个厕所就走。厕所在两栋教学楼之间的架空长廊中，林朝夕走过转角楼梯，踏入架空长廊。

就在转过去的一瞬，她看到不远处有两个男生相对而立。远处是白色的云和蓝色的天，风从架空长廊横空而过，吹得男生的衣服猎猎飞扬。她站定，眯起眼。背对她的那个男生穿了件黑T恤，高瘦，戴眼镜，林朝夕只看背影，就认出来那是骂红星小学垃圾的章亮同学。而正对她的男孩子……在她视线移至的一刹那，那个男孩也同时抬起眼皮，懒洋洋地冲她投来一瞥，明明对方什么话都没说，林朝夕却莫名地看清他眼神里的意思，大概是在说——别过来。她的心跳骤然加速，每次见面都靠偶遇，她也不知道自己和裴之究竟有什么缘分。

第19章 · 章亮 ·

因为裴之提醒，她及时停住脚步，章亮完全不知道她的到来，径自开口："不是说对数学没兴趣？又来参加考试，你什么意思？"

林朝夕这才注意到，裴之手里拿着笔袋，确实是刚考完交卷。他没有穿实验小学那身标志性的西装校服，而穿了件普通运动衫样式的校服，烟灰色，非常宽大，拉链拉到最上方，遮住下巴，虽然对面的人怒气冲冲，他却没有说话的意思，就此转身离开也说不定。呃，裴之果真转过身要走。

章学霸估计没被人这么无视过，上前一步，猛地拽住裴之衣领："装什么装？还不是想考好成绩出人头地，装得对什么都满不在乎，我最烦你这种人。"

林朝夕也不知道他俩之间究竟什么仇什么怨，但听章亮话里的意思，怎么都像是裴之同学明明很强却态度散漫，而学霸章亮同学知道身边有这个劲敌，很忌惮。裴之同学的目光依旧冷漠，如章亮所说，就算被拽住衣领，他也目光散漫清淡，甚至清淡到令人自惭形秽，用更通俗的语言来说就是——别碰我。但这种时候，章亮小学霸怎么能后退，所以还拽着裴之衣领不松手。下一刻，裴之肩膀动了。十二岁的裴之同学出手果断，他反擒住章亮，扣住对方胳膊，上前两步，压着章亮的脸贴上大理石柱，然后松手退开，走了。

章亮顿时炸了，感觉受到莫大羞辱，从大理石柱上弹开，冲裴之的背影喊："你最好聪明点，别去夏令营，不然有你的好看！"

自由散漫？裴之？林朝夕忍不住张嘴表示吃惊，这时，章亮同学终于意识到她的存在，缓缓回头。于是，她就这么含着满嘴噼里啪啦直跳的跳跳糖，和章亮四目相接。最怕空气突然安静。他们石雕似的对视，最后，还是裴之渐行渐远的脚步声打破了沉寂。

章亮同学打了个激灵，低头假装背好书包。他回头看了眼裴之离开的方向，大概是觉得不能跟在裴之身后，所以咬咬牙，冲她走了过来。

林朝夕要上厕所，只能往前走。

"垃圾学校。"擦肩而过时，章亮低声骂了一句。

我招你惹你了？林朝夕提了提嘴角，心想，你还真是典型反派人设啊，小朋友，并且典型欠揍。

"你刚才很紧张吗？"她停下，好奇地问。

章亮也不约而同地停下脚步，感到莫名其妙。

"你刚才给那位同学放狠话的时候，很紧张吧？"

章亮小朋友脸色顿时铁青，很恼怒。

"如果不紧张，章亮同学你怎么会犯那种错误呢？"林朝夕没给章亮问"我有什么错误"的机会，话锋一转，问，"你知道 1234×7890＋973260−518＋3144−10712146 等于多少吗？"

章亮低头，阴郁，抿着嘴不说话，表情已经说明一切。

"是 0 啦。"林朝夕答，"这是裴之同学随便出的题，他已经那么聪明了，你还让他聪明点，有语病。"

"你、找、死。"章亮比她高一个头，尤其低头时，眉眼更加冷厉，但幼稚的童声还是出卖了他，他仍旧是个故装狠充老大的小朋友。

林朝夕笑了，毕竟很久没听到小学生说这么蠢的话了，仰头对章亮同学说："别让我再看到你，见一次揍一次。"

说完，她塞了把跳跳糖到嘴里，嘎巴嘎巴嚼了起来。不就是演垃圾学校的小霸王嘛，夕哥演技超好的。

林朝夕一路上都没觉得什么，到公园看到老林，突然才觉得腿软。

她突然想明白裴之同学让她别过去，应该是好心提醒，他知道章亮这个人很不好，所以下意识提醒她，别掺和进来。不过，她还是作死了，忘了自己还是个小学生。

远处，公园游乐场的小火车呜呜开着。老林在看，小朋友们每次经过他身边都会挥手，非常兴奋，老林也会回礼应和，脸上带着笑，并没有抽烟。林朝夕站在远处香樟树下看了一会儿，老林才注意到她。让她意外的是，老林竟主动朝她走来。

"考得怎么样？"老林问。

太阳火辣，老林语气也很随意，可就这么一句话，林朝夕差点哭了，实在太怀念了。考得怎么样？放学想吃什么？这些最普通寻常的问题，随着长大会变得越来越少，现在骤然响起，令人有种失而复得感。不远处是小朋友们的笑闹声，小火车鸣笛发出"呜呜呜"的声音，林朝夕擦了擦眼泪。

"哭什么？"老林吓坏了，"晋杯算个啥。"

"不是……"她也说不清是老林的问题作祟，还是刚才被章亮吓到，现在有了情绪反应，眼泪突然就止不住。她索性扑在老林怀里，八爪鱼似的抱着老林，埋头痛快地哭了一场。压力、紧张、无助、孤单，所有被压抑的情绪通通倾泻而出，她自己都控制不了，莫名其妙的。

周六中午的公园，也没有太多人散步，幸好没人围观。

林朝夕哭痛快了，才察觉老林正在掏烟，并且一脸纠结地看她。

"怎么了这是？"

"我……"林朝夕不知该怎么说，瞥见公园小卖部，换了个话题，"我……我想吃方砖！"

他们在公园的长椅坐下，老林真的破天荒给她买了块白雪方砖。林朝夕拆开蓝白相间的包装，咬了一口，凉得打了个哆嗦，鼻子都僵了。这时，她面前有小朋友捏着棉花糖走过，粉色的，像好看的云朵。

"师父……"林朝夕试探着问。

"差不多行了啊。"老林很敏锐。

林朝夕捏着方砖，手很凉。老林刚才被她抱了半天，前胸后背都是汗，她挺不好意思的，将啃了两口的方砖递给老林："师父，你也吃。"

老林没嫌弃，接过就是一大口，比她咬的多得多。林朝夕惊了，之前老林虽然也喜欢和她抢东西吃,但从来都让她多吃点,现在这个很不讲道理、张嘴就是一大口的老林,林朝夕太陌生了。

她赶忙抢回方砖,边咬边向老林坦白:"其实……我……考得还行吧。"

"什么叫'还行'?"

"就是好像都做出来了。"林朝夕说着,为了多吃会儿白雪方砖,就边回忆题目边偷偷小口小口啃。

老林倒再没有和她抢方砖的意思,一直很认真地听。每听完一题,老林都会问她的答案,林朝夕就如实回答。她说完最后一题答案,老林脸色一沉。林朝夕心中有不好的预感,很惶恐,那题特别难,她不是那么有把握。

"你写了660?"

"是的……"

"那你哭啥啊?"老林很不爽。

"欸?"

"全对!"老林的视线移向她手里的方砖,"诓我呢?"

"师父,你不要在意这些细节!"林朝夕赶紧把最后一口方砖塞到嘴里,宣示主权。

过了一会儿,她才意识到,全对是不是意味着她可以进夏令营了?有机会和裴之一起学习?当然,一起学习的人里也包括章亮,可她刚对章亮强力嘲讽过。林朝夕"咝"了一声,很懊悔,她把吃完的方砖纸塞进老林手里,双手捧着脸,极其绝望。

"又怎么了?"老林语气中已经对她有了不信任。

"我今天杠到硬骨头了,师父。"林朝夕嘟囔道,"你还记得那天,就是公园里干翻心算王的那个男生吗?今天我看见他被人警告不许去晋杯夏令营。"林朝夕把遇到裴之和章亮的事情说给老林听,并简要提了她损章亮的事情,为了避免老林在意裴之,她特地用章亮做结尾,"我要是进了夏令营,也碰到章亮,该怎么办啊?""欲盖弥彰,你想的明明是裴之!"老林听完,说的第一句话就是这句。

林朝夕倒吸口冷气,差点咬到舌头,老林怎么到哪儿都是这个配方!

"我是小学生!"她强调。

"你们这辈儿小学生上课不写小字条了?不能吧,生活这么枯燥?"

"那都是小朋友过家家。"林朝夕一本正经。

"所以和裴之不是过家家。"老林笑了。

林朝夕差点喊出声,但强行一本正经:"师父,我的重点是校园霸凌和未来可能发生的霸凌。"林朝夕拍了拍胸口,"主要是章亮对我。"

"哦。"老林说。

"'哦'什么?"

"你怕什么?"

"怕夏令营的时候,章亮欺负我。"林朝夕重新说了一遍,仿佛能去夏令营是铁板钉钉的事情。

"没事。"老林说。

"怎么没事了!"

"你是女孩子。"

"女孩子才怕呢!"

"你可以哭啊。"老林笑。

林朝夕看着老林T恤上被她哭湿的部分,感受到什么才叫嘲讽。

那个中午,老林一直在打趣她明明全做对还哭的事情。不过,她和老林谁都没提那本心算秘籍。对她来说,自己只翻过一遍,根本没开始学习,当然不好意思问。而老林估计是有点后悔把秘籍给她,不想提,俗称傲娇。

回院后,林朝夕放下书包,又关上门,准备学习。她翻开老林仔细改写的心算秘籍,先认真看老林在最后重新改换顺序的目录。心算能力的培养一直是数学初等教育的主要部分,比如背乘法表就是通过大量练习后形成联系,在较少时间内完成复杂的计算任务,有利于后期解决更加复杂的问题。具体来说,肯定是有好处的,但心算王那种错误教材肯定是坑,还有些家长让孩子拼命练,纯粹是机械性计算,也是错误的。

曾经老林也带她玩过一段时间的心算练习,不过她实在太懒,老林就放弃了。现在翻着老林改写的这本书,那熟悉的字迹、无聊的笔触、认真的态度,林朝夕莫名觉得那些数字间的规律有趣起来。她把书翻到第二十页,开始看加法速算的部分。加减法的核心,说到底就是凑整,但因为小学强调列竖式计算,很多小朋友看到加减法都下意识地开始打草稿，实际上，如果能先找到数字间的规律，扔掉草稿纸进行心算，就能拓展大脑工作记忆的广度，对后期数学学习是很有帮助的。

林朝夕把笔扔开，开始看计算题。

这时，宿舍门被敲响。

"请进。"

她回头说道，门被一把推开，林爱民小朋友满头大汗地跑进来："夕哥夕哥，你回来啦！"

"对啊，我人不是在这儿吗？"

林爱民小朋友冲到书桌边，看到她桌上的心算书，惊了："你怎么还在学习？不是都考完了吗？"

"考完就不用学习了？今天吃过饭明天就不用吃了吗？"

林爱民夏天一直在外面疯玩，快晒成黑炭了，加上汗水，整个人都亮晶晶的。林朝夕把桌上的小电风扇对着他吹。

林爱民见鬼似的看她："夕哥，你、你之前不是这样！"

"没办法，哥变了。"林朝夕很沧桑地说。

林爱民一时语塞，说不出话来。

"林爱民同学，今天怎么有空来找我？"林朝夕突然察觉到，这些天来她废寝忘食地学习，好像很多天没见林爱民了。

"之前院长妈妈不让打扰你读书啊！"林爱民说，"所以，你到底考上没？"

"我刚考完，成绩哪儿那么快出来。"林朝夕说。

林爱民脸上闪过一丝很复杂的表情，对于他这个年纪的孩子来说，这已经是有很大心事的表现了。

林朝夕指了指房间里另一张空着的小床，一本正经对林爱民说："那边，坐下。"

林爱民下意识地走过去坐好，刚觉得不对，林朝夕轻咳一声，故作严肃地道："坐端正了。"

林爱民于是手脚一紧，坐得板板正正。

"说实话，今天你来找我，究竟有何贵干？"

"院长妈妈说……沈……沈夫人愿意收养我们，我们可以去同一家，但你不愿意和我一起。我们在一起，有什么不好的吗？"林爱民吞吞吐吐,说到最后,眼睛都有点红了,"你为什么不愿意?"

林朝夕并不意外,从林爱民进门开始,她就大致知道林爱民为什么来了。这些天,她不是没感觉到院里对她的态度,一方面不想打扰她考试,另一方面觉得这个孩子怎么这么傻。好多阿姨和妈妈都想找她谈心,让她改变主意,可又都忍住了。林朝夕其实还挺感激这点的。

"我不是不想和你在一起。"她很诚恳地对林爱民说。

"那为什么?"

"我有自己的坚持。"

"啊?"林爱民茫然了,林朝夕笑了,突然想起老林曾经对小朋友们讲宇宙是什么的场景。"坚持就是,虽然我还小,对很多东西的看法不一定正确,但我有自己想做的事情,它可能不重要,也可能微不足道,但我就是要继续做下去。"她对林爱民说。

林爱民呆住了,嘴巴张得大大的,半响后,高喊:"院长妈妈,夕哥说的是什么意思啊?"

林朝夕猛地看向门口,房门"吱呀"一声打开,党院长穿着很朴素的格子衬衣,抱着手臂走进来。林朝夕猛地从座位上站起。

"意思就是,她不想和你去沈夫人家里,她就可以坚持不去。"党院长有些不开心地说。

林朝夕笑了,她头回听见一向冷静自持的院长妈妈说这种话,语气酸酸的,很不满意。

"但她说得没错,她有资格做这样的坚持。"院长顿了顿,认真地说。夏天的风热热的,窗外是绿树和鸣蝉,声音如热浪般,一阵盖过一阵。

"谢谢您。"林朝夕觉得耳朵麻麻的。

院长睁开眼,强调:"前提是,你真能做到自己承诺的事。"

也就是团体赛夺冠。林朝夕重重点了点头:"嗯!"

晋杯夏令营选拔考也就是预赛的成绩,要再过一个星期才能出来,差不多7月1号暑假前后。选拔考后,正好是学校正规的期末考试。周一、周二、周三,考语、数、英三门课。英语嘛,林朝夕作为一个曾在美剧里沉浸日久的大学生,找到了比数学更爽的吊打感。数学不用说,很强。唯独语文,林朝夕看着那张字迹丑到炸裂的卷子,极其绝望。

果然，考完语文的下午，语文老师就把她叫到办公室，语重心长地教育她要多练字。并且，考虑到她的家庭情况，语文老师还送了她一本《庞中华钢笔字帖》，希望她用一个暑假写完三遍，暑假过后要检查。林朝夕只能点头如捣蒜，心里想，要在院里抓哪个小朋友练字呢……

期末考试后，小学生就基本处于空闲状态，不过红星小学还要补课，就是提前把下学期的课程上了，到6月30号才正式放假。林朝夕乐得每天上学，最近的乐趣就是蹲在校外小卖部。小卖部的商品林林总总，什么文具、零食啦，包括各类称重零食，还有各种小玩具，比如三毛一张变图案的水波纹卡片、塑料陀螺。这些东西往往铺天盖地，东一堆西一堆，小朋友破坏能力又强，整个小卖部每天乱七八糟的。

林朝夕一开始是试探地去问老板，她能不能在小卖部算账收钱。老板一听就不愿意。什么鬼，账务本就是一家商店最重要的部分，机密且重要，这种事怎么可能交给小学生？林朝夕当然知道可能性不大，但她也不走，就赖在小卖部里。

小卖部里有些东西有标签，有些则没有。每节课后，她就抢先奔向小卖部守着，先努力把所有有标签的商品价格记下来。只是这个小卖部老板估计也很懒，店里东西又太多，很大一部分被埋在底下的东西并没有任何标签。学生们拿好东西走向柜台，林朝夕不知道一些商品的价格，一开始没办法直接算出价钱。而老板大致扫一眼，很快就能报出总数，几乎不假思索。她站在旁边，一开始挺有挫败感。是啊，这么厉害的老板确实不需要她算账。不过，大概是她最近赖老林赖习惯了，脸皮厚了很多。她也不走，就站在柜台边，一般两三件物品里，总有她记得的，她就通过减法确定每件商品的金额。一开始的时候，她往往连有标签的商品都记不住，每次看到东西递来，就要去柜子上确定价格，跑一个来回，而别人早就拿东西走了。

"数学本是八毛，棒棒糖五毛，但是黏黏爪……"林朝夕气喘吁吁地凑向老板，讪笑，"阿姨，您刚才收了人家多少钱？"

"我为什么告诉你！"老板阿姨冲她翻了个白眼。

林朝夕笑："你告诉我，我好帮你算账啊！"

老板当然不会理睬她。不过第二次有人买黏黏爪的时候，老板故意报了商品价格，七毛，林朝夕很感激地记下了。

其实小卖部好多常见商品卖得多，堆在底下的就无人问津，花了差不多六个课间和一个中午的时间，她就基本上把卖得多的那些商品的价钱都搞清楚了。就算这样，她的反应速度和记忆提取速度也远远不如已经在小卖部浸淫十几年的张阿姨。往往张阿姨已经算好钱，开始找零，她还没算完。尤其是放学后，学生们都是成群结队地走，几个人一起拿着东西在柜台结账。张阿姨往往一边算这里一边给那里找零。林朝夕就站在旁边默默核算，她发现，老板没出过任何差错，厉害极了。其实，要说简单加减法心算有什么非常重要的作用，她也说不出来，正因为它是基础——把基础变扎实总是好的吧。

第二天小卖部开门，林朝夕准时报到，冲老板敬了个少先队员礼。张阿姨正叼着油条，看到她，油条都掉地上了。第二天的情况，果然比第一天好很多。记忆是个很奇怪的东西，睡了一晚上，那些原本陌生的商品价格，在她脑海里忽然都能很随意地跳出来。渐渐地，她刻意没有用简单加法，而是强迫自己寻找数字间的简单规律，来更快地算出答案。一开始非常艰难，比如一块九加三块二，她就很习惯直接加上去，但她强迫自己凑整再减。虽然思维的惯性很难改变，可一旦你推动它，便会像滚雪球一样越滚越快。

等到傍晚放学，有学生来买东西，她已经能守在柜台边，和张阿姨比谁算术快。张阿姨见她在旁边抢着算钱，很不服气，暴脾气上来，也不赶她走，就要在算术上碾压她。一个小朋友称了点猫耳朵，又拿了两本练习册。当零食过秤的一刹那，林朝夕迅速计算了重量和单价的乘积，喊："六块八！"

小朋友手里是张十元的，她又报："找零三块二！"

张阿姨比她慢了点，瞪了她一眼。

第二次是一对双胞胎，买的是冷饮和矿泉水，妹妹还拿了个网球。冷饮价格，林朝夕认为自己恐怕比张阿姨记得还清楚。"十二块！"她店小二似的抢先喊道。张阿姨的"十"字刚吐出来，干脆不说话。

第三轮，小朋友买了各种笔和本子，在他拿的时候林朝夕已经开始算了，可算到一半小朋友又开始往回放，最后还开始数钱。林朝夕估计这人是给班级采购期末奖品的。她走过去拍了拍小朋友的肩，问了两句，果然是这样。班费只有六十块，要买一、二、三等奖的奖品，分给

083

二十二位同学，还必须拉开档次，简直像一道小学低年级奥数题。

她快算了一遍，麻利地帮对方挑选东西，一起拿到柜台前，对张阿姨说："十本练习册、八块橡皮、四支钢笔，一共五十一块六。"

"一共五十块！"老板冷冷地纠正她。

"为什么？"林朝夕愣住了，不知道错在哪里。

"我的店，我高兴算便宜！"张阿姨很不悦地嚷道。

如此又过了一天，林朝夕甚至不想上学了。不过周五就是期末典礼，发三好学生奖状和布置暑假作业，必须去。三好学生……这件事和她关系不大。毕竟在她来之前，小林同学的打架史非常"精彩"，许老师再偏心她，也不可能把三好学生给她。同样不出意料的是，虽然她数学和英语都是满分，可语文字实在太难看，老师狠狠扣了她10分的卷面分，加上作文扣的分数，她只有85分，这个总分在班级里根本排不上号。而陆志浩很光荣地拿了全班第一，同时领到了校级三好学生奖状。

当时他们都在操场排队观礼，隔壁实验小学也在颁奖，能隐约听到音乐声和校长宣读名单的声音飘来。太阳火辣，虽然听不清姓名，但林朝夕总觉得她仿佛看到了裴之同学上台领奖并且宣读获奖感言的情景。一定很帅气吧！

其实，林朝夕猜错了。在安宁实验小学四百米标准塑胶跑道边的主席台上，有学生正接过校长递来的红色奖状。他被拍了拍肩膀以示鼓励，并冲校长鞠了个躬。

"你很棒，下学期要继续努力。"校长说。

"谢谢您的栽培和鼓励。"那名同学回答。

他说完，转过身，面朝所有师生和家长。

与此同时，主持人同学举起话筒，用小学生特有的拖长调子的激昂语气说："下面，让我们有请章亮同学发表获奖感言！"

章亮接过话筒，举目望去是茵茵绿草和衣着笔挺的学生，任何人站在这个位置只有两种反应，第一是胆怯，第二则是浓浓的自豪感，他很显然属于第二种。他为今天的获奖感言排练了很久，脱稿，力争能给所有人留下最深刻的印象。他深深吸气，然后朗声道：

"尊敬的各位领导、各位老师,亲爱的同学们,大家好!我是五年级一班的章亮,这次被评选为实验小学校级三好学生,我感到万分荣幸。"

讲到这里,他刻意停顿下,台下所有人都不约而同地开始鼓掌,掌声如海浪般令人陶醉。章亮俯瞰脚下所有的班级队伍,刻意寻找五年级二班的位置。距离很远,他根本看不清人脸,只能隐约找到那人在二班队伍最后,他笑了起来。他知道裴之今天没有穿运动服,穿了和他一样的校服,白衬衣,系青色格纹领带,西装短裤,和其他所有人一样,淹没在人群中,很不起眼。裴之理应不起眼。

章亮移开视线,继续他的演讲:"首先,我要感谢学校对我的辛勤培养……其次……"

草地上,各班队伍中,裴之身边有个卷发小男生,很不屑地看了眼主席台,说:"听说这人考完试来找你麻烦,被揍了?"

就算换上正装,裴之同学依然懒洋洋的,话也很少。

小卷毛男生继续道:"三班阿猪说的,他正好去撒尿,出门看到精彩的一幕!"

闻言,裴之淡淡地瞥了他一眼,依旧什么话也没有。

"真揍了?"

"没。"裴之答。

"不是,你真去参加晋杯选拔赛了?"男生显然是极其无厘头的那种人,重点完全偏了,"难怪章亮气死了,哈哈哈哈,以为能制霸晋杯,没想到啊,最后关头你参加了!"

他笑得极其嚣张,班主任向后排投来很严厉的一瞥。

小卷毛赶紧闭嘴站好,突然又想起什么,问:"那你暑假不学钢琴了吗?"

"嗯。"

男生以手握拳,假装是个话筒,半举到空中,问:"请问裴之同学,是什么让您想通,要花一个月时间去学习这门您认为非常无聊的科目的?"

裴之没有回答。

台上,章亮的获奖感言已经到了尾声,变得愈加昂扬起来。

"我希望能带领安宁市,在晋杯奥数赛上,创造新的历史。希望各位老师、同学、家长能继续支持我、鼓励我!"

台下掌声雷动，几乎所有学生望向章亮的目光都充满羡慕和钦佩。唯独裴之身边的小卷毛一脸不悦，重重地踢了踢地皮，然后横跨一大步钩住裴之的肩膀，喊道："裴哥，你在夏令营一定努力，不能让章亮这么嚣张，啊啊啊！"最后，被班主任一记栗暴终结。

裴之从头到尾都没说什么话，也没看过章亮。

如果林朝夕在场，就会很清楚裴之的意思。

章亮？在小男神眼里，他是不存在的。

红星小学。

他们的期末典礼结束得比实验小学早一些。一回教室，老师就开始发暑假作业，所有学生都怨声载道。语、数、英各二十张卷子，语文还有十篇周记，英语是背新概念和抄词组。班长陆志浩同学在发作业，林朝夕边艰难地抄写黑板上的作业边抚摸着到手的《过好暑假》，像见到老朋友一样，很有一周做完所有作业的冲动。渐渐地，作业发完，教室里也安静下来。班主任上台，所有学生赶紧把小手放在桌上，齐刷刷坐好。

"这个学期的学习已经结束了，恭喜你们，终于可以解放了。行了，现在不用坐这么好，马上放假了，我就说两件事情。第一呢，班级里有不少同学这学期的学习取得了很大进步，老师也不特地点名了，因为老师觉得你们都很棒，所以，让我们举起手，给自己鼓鼓掌。"

许老师很轻松地笑了起来，带头高举手臂，重重地击了一下掌。一开始，全班同学还面面相觑，渐渐地，所有人都开始鼓掌，掌声噼里啪啦如暴雨一般，甚至隔壁班的同学还特地跑过来看发生了什么。林朝夕很高兴，虽然在芝士世界的她换了小学，没能和裴之在一所学校，可到现在为止她觉得这样很好。她遇到了很好的老师、很可爱的同学，红星小学才不是垃圾学校！大家鼓完掌，脸都红通通的。

许老师很随意地压了下手，示意所有人安静，继续说道："第二，是学生课外实践活动。请大家打开发给你们的《雏鹰假日小队活动书》看一下，这是今年安宁市新推出的活动，一定要完成。这里一定要填好。还有照片，每个人都要贴。"说完，她自己也打开红皮的活动书，展示给他们看，"小队活动以现在的自然组为单位，等下放学后，你们可以先留下来讨论下究竟要去做什么。我个人建议，活动时间就定7月1号，周六,因为可能有些同学要参加夏令营或者别的补课活动,挤不出时间,明后两天应该是最合适的。"说完,她毫不拖泥带水,说了"放假"两个字,径自走出门外。

教室霎时被点燃,瞬间充满各种说话声和整理东西的声音,桌椅乱撞。

林朝夕想着等下要去盘点库存,就拉住坐在她前面的陆志浩,想赶紧把老师说的最后一件事定下:"班长,我们去哪儿啊?"

陆志浩组织能力还是很强的,他们小组的人很快聚在一起。林朝夕有点私心,就想把活动地点定在老林工作的公园。他们小组的人讨论了一会儿,大家都是地段生,所以还是觉得学校附近的公园最合适。

陆志浩说:"好啊,我妈昨天还说,让我们和实验小学的人一起组队参加雏鹰假日小队活动,不如我们和章亮他们组队?"

林朝夕:"???"

第20章·贵贱·

林朝夕觉得,陆志浩对章亮澎湃的欣赏注定没好结果,必须尽快掐灭在襁褓中。她拉过小陆同学,拍了拍肩,语重心长地道:"班长啊,章亮不是你想的那样的人。"

陆志浩一脸"你说什么鬼",林朝夕一改之前嬉皮笑脸的态度,认真地对陆志浩说:"不要和章亮一起玩,他人不好。"她单独拉走陆志浩说话,所以其他同学听不到他们在说什么。

"你也认识章亮?"小陆同学蒙了。

林朝夕点头,把那天她在架空长廊偶遇章亮的事简要说给陆志浩听。她的三观承接老林,如果遇到什么问题,应该把问题具体分析给孩子听,隐瞒没什么意义,这并不是对陆志浩的保护。陆志浩听到后面,脸皱得都起褶了:"章亮才垃圾,等我下次见面揍他!"

小陆中气十足,教室窗都在震,所有视线唰地聚集在他身上。

林朝夕轻咳一声:"班长,好歹是校级三好生,你注意文明礼仪啊。"

小陆也觉得不对,清了清嗓子,一本正经地对其他人说:"看什么呢,该讨论的讨论,该回家的回家!"他官腔十足,"我回去就告诉我妈

087

去,让章亮妈好好教育章亮!"陆志浩还义愤填膺。

林朝夕摇头:"孩子是父母的镜子,还是专照缺点的那块,你没必要去说。"说完,她再次拍了拍小陆的肩,走回他们的讨论组。

刚才要不是陆志浩打岔,他们早就已经讨论完了。大家随便聊了两句,决定还是去中央公园打扫卫生,简单干脆,科学环保。林朝夕离开学校前还挺放心,想着这总不能再碰上章亮了吧,她不曾想过,所谓"命运",就是该发生的事情一定会发生。

当时,他们正站在公园管理处。周六来开展雏鹰假日小队活动的小组很多,更多的是暑假带孩子来玩的家长。放眼望去,整座公园宛如猴山,到处充满小朋友们的疯叫和笑闹声。为了统一管理和安全起见,公园管理处的工作人员提前把公园里能做的活动都列成一个A4纸大小的表格,林林总总十几项,已经有小队过去完成的活动就被划掉,轮到林朝夕他们时,表格上只剩下三项工作——清洁游乐场设备、整理公园器材室,还有项最变态的,帮助公园工作人员组织夏季文艺节。

文艺节在7月底,组织时间要整整一个月,夏天那么热,普通小学生怎么会乐意经常来公园活动。呃,当然林朝夕除外。

"好像都很累啊!"同组的小女生看了眼表格,生气地吼陆志浩,"都怪你,选什么下午,说要睡懒觉,都没简单工作了。"

公园管理处分派任务的工作人员说:"小朋友,工作不分高低贵贱,艰苦的工作更能磨炼你们的心性啊。"

"清洁游乐场设备,设备那么多,我们几个小学生干不完啊。"陆志浩苦兮兮地说。

"今天下午5点30分下班,之后有专门的清洁队来,你们就打个辅助。"

"那要等到5点30分啊!"陆志浩扯了扯林朝夕,"不行,我们得早点回去,今天下午指不定什么时候出晋杯夏令营的名单。"

林朝夕点了点头,她也挺想第一时间知道入围结果,于是很不要脸地把手指向"中央草坪捡烟头"的选项,问:"叔叔,我们可以和他们一起做这个吗?"

负责分派工作的公园管理人员也震惊于她的"无耻",想了半天,只说了三个字:"不可以。"

林朝夕很为难,就在她想要不然去找老林开后门时,管理处的大门再次敞开。密集的脚步声敲打在瓷砖上，啪嗒啪嗒的，是小皮鞋的声音。她回头，只见七八名身着统一西式校服的学生走进来，白衬衣系领带，衣着笔挺，鞋面纤尘不染，正是实验小学的精英小学生们。林朝夕很震惊，目光落在走在最前方的章亮同学的脸上。你们这是来工作，还是来摆拍的？不过，她反应很快，下一秒就敏捷扭头，根本不去看章亮，而是冲公园管理人员做了个"求求你"的姿势，问："叔叔，那这两个工作哪个简单啊？"

管理人员拿她没办法，手指放在整理器材室那项上，轻咳一声："我们上星期刚整理过，其实这个最轻松。"

"我们选这个了。"果然章亮已经走到她背后，抢先说。

林朝夕猛地回头："还要脸吗？"

章亮装出一副从没见过她的样子，很居高临下："你们还没选吧，我们先选没错吧？"

"你也知道我们是先来的？"陆志浩冷笑。

小陆同学脸已经涨得通红，不过肯定不是爱慕，拳头攥得紧紧的，林朝夕很怕他痛扁章亮，赶忙将人按住。

"叔叔，我们是实验小学雏鹰假日小队的。"章亮对公园分配任务的工作人员说。

"你就是哈佛小学的也不行啊！"林朝夕很生气，同样对工作人员虎视眈眈。

"呃——"工作人员左右四顾，看着他们两拨孩子，有点犯难，"要不我带你们去游乐场看看吧，其实打扫器材挺轻松的，不用你们爬上爬下的，就是要晚点才能回家。"

公园，游乐场。

大树下，有群同样参加雏鹰假日小队活动的孩子在乘凉，其中有个满头卷发的小男生，名叫花卷，和著名面点同名同姓。午睡时间后，游乐场已经没有上午那么多人了。大部分家长带着孩子在玩旋转木马或者小火车一类的轻松活动。

花卷手臂上套着红臂章。他们这组人今天来得不早不晚，最后挑了一个在游乐场帮助工作人员疏导人流的工作。现在天热，他负责的项目已经没人玩了，他就枕起手臂睡在躺椅上，看向远处在旋转木马边工作的裴之。裴之同学正一丝不苟地指挥下来的游客往出口走。原先站那个位置的工作人员躲在操作室休息，就裴之一个人还在工作，还明显干得一丝不苟。他指挥下木马的大人往出口走，耐心地给想找厕所的人指路，还帮家长扶着旋转木马上的小宝宝，好让家长拍照。喂，你自己明明还是个小学生啊！花卷忍不住吐槽。

虽然裴之工作认真，可花卷非常清楚，裴之根本没认真在做这些事情。这人就这样，仿佛游离在这个世界之外，没什么让他感兴趣的东西。大概出于这个原因，裴之从来不选择出头，明明天赋出众，智商高到"令人发指"，可做什么事情都点到为止，既显得合群，又显得不合群。因此，花卷花了九牛二虎之力才把人拖到同一个小组，最后说服对方的理由还是"你这次不来，等夏令营结束就没时间了"。

异常艰难。

花卷长长地打了个哈欠，刚想开口喊"裴之"，就听到游乐场门口传来一阵喧闹声……

林朝夕曾在学校实习过，很清楚孩子间的个体差异。有人十二岁还保持三四岁的纯真天性，也有人十二岁时已经像个成熟而充满戾气的社会人，这往往和家庭有关。比如现在，她看着章亮同学和他用手机打电话叫来的母亲，更确定了。章亮妈妈穿着在那个时代非常摩登的时装，穿红色高跟鞋，打着一把同样颜色的嫣红阳伞，林朝夕认出她背的包是C开头的奢侈品牌的。

她拿和章亮同款的诺记手机，走到他们面前，挂断电话，直接问："请问，哪位是中央公园的工作人员啊？"

那位带他们来参观的工作人员叔叔只好上前一步，有些尴尬地说："是我。"

章母换了种语气，一下子客气起来，说："您好，今天辛苦您了，大热天还要带我们孩子，我们章亮给您添麻烦了。"

"应该的，这也是我的工作。"

"我也是刚听说，这两队孩子都在抢活干，很不对，我刚才已经在电话里批评过我儿子了。"她顿了顿，语气依旧谦和，"不过您看，我们这边孩子都是名校学生，整天学习，也娇气，打扫器材这种活让他们干真的太辛苦了……"

林朝夕抿着嘴,看着章亮母亲,言下之意,是他们这组人学习不好,皮糙肉厚,可以干粗活、重活。带他们队的是陆志浩奶奶,老太太老实巴交,但也能听出话里的鄙夷意味,却不知该怎么反驳。

林朝夕刚要开口,只听见旁边传来正义的声音:"章亮妈妈,你很过分啊!"

她吓了一跳,不知他们两组人旁边什么时候多了个戴红臂章的小学生。她定睛看去,只见对方一头卷发,眼睛是浅褐色的,很可爱。

"这位小朋友,大人在讲话,你要注意礼貌啊。"章亮母亲仍保持克制。

"哦,那我不注意又怎样啊?"卷发同学反问。

章母被噎住,估计没见过这么不讲理的小学生。林朝夕简直想鼓掌。

"花卷,你根本不知道事情经过,谁让你随随便便插嘴的。"章亮同学板着脸说。

章亮喊出"花卷"这个名字时,林朝夕"扑哧"一声笑了,这也太符合人设了。

"喂,我在帮你,你还笑!"花卷很不满。

"好啦,谢谢你。"林朝夕很爽快地冲对方说,"事情经过很简单,就是能做的活动只剩下清洁游乐场设备和整理公园器材室,我们先来的,他们不讲理插队,想把我们推来干清洁工作。理由是,他们是名校学生,不能干重活。"

"他们太过分了!"花卷和她一唱一和,"就这还名校学生?"

"嗯。"

"我羞于与他们为伍!"花卷义正词严。

林朝夕又笑,对章亮母亲说:"阿姨,既然我们是来帮助公园管理的,那么偷懒这件事就不对。如果刚才您和您的儿子能和气地商量,我们并不是不可以做清洁游乐场设备的工作。可惜您刚才说的话实在羞辱到我们了,抱歉,我们不能让。"

"是啊,阿姨,老师都教育我们要学会尊重他人。"花卷也补刀。

闻言,章母已经没有了虚伪的笑容,脸上常挂的精致面具裂开了一道缝隙,底下完全是冷的。

这时,一直沉默的章亮同学终于开口了:"学生没有高低贵贱?"

"是的。"

"但脑子有吧？"章亮很骄傲地说，像只昂头的小孔雀。林朝夕皱眉，只听章亮继续道："来玩个游戏，我来证明你们做清洁工作很合适，因为你们就是智商低。"

第21章·取子·

林朝夕觉得章亮这孩子思想很有问题，不过那个时代确实有阵唯智力论的思潮，各种智力开发班层出不穷，甚至有称能开发儿童大脑的气功大师，三万元一疗程。而且看着章亮高高在上的母亲，章亮有这种想法也不奇怪。

别人宣战，她总要应战，想了想，林朝夕回敬了章亮四个字："垃圾学校。"

她说这句话的时候没有章亮同学的戾气，只是随口一说。

"你好嚣张！"花卷同学在旁边赞叹。

"没有啦，是他之前对我说'垃圾学校'的。"

"那你岂不是更嚣张了！"花卷更加大声赞叹。

林朝夕看章亮。嚣张归嚣张，但要说真有把握战胜章亮……其实吧，没有。于是她很"无耻"地抢先问："要做一套《韦氏儿童智力量表》吗，比比谁智商更高？不然瑞文推理测验也行。"之前她出智力竞赛题，专门看过这方面的内容，简单来说就是看过答案。

章亮很明显没听过这些，只是沉默地蹲到地上，开始捡石子。一条碎石带恰好在游乐场门口蜿蜒，踩上去嘎吱作响，章亮捡了一些石子，交到其他小朋友手上，然后继续。林朝夕不明白他葫芦里卖的什么药，既然是章亮提议玩的游戏，只能等对方出着儿了。

花卷捅了捅她，小声地道："你要被阴了。"

"啊？"

"他玩这个超厉害的。"

"什么和什么？"

说话间，章亮又捡了一把石子，如此重复三次。他和他的同伴带着石子，默默走到公园游乐场的休息区。香樟树下有好几张石桌、石凳，一些家长带着孩子在休息吃零食,其中一张石桌空着。章亮捧着石子过去,在那张空石桌一边坐下。风吹过,他仿佛要和她开枰对弈,架势很足。林朝夕蹙眉,不知道这孩子葫芦里卖的什么药,只能跟着章亮,坐在对面。她抬头,有一瞬间,章亮眉眼上挑,目光得意,仿佛胜券在握。他眼神中的精光一闪而过,莫名其妙地,林朝夕感觉有点不好。他们坐下后,哗啦一下,两组人都围了过来,分别站在他们两人身后,将石桌边挤得满满当当,形成两个半圆弧,打群架正好。小朋友凑到一起,又开始吵。

"你们过线了啊,到你们那边去。"花卷喊。

"你才走开呢。"章亮的同学说。

"下棋吗?"林朝夕问。

和章亮一个小队的学生中,已经有人露出看戏的目光,嗯,当然还有点看乡巴佬的意思,仿佛她不知道这个游戏很不应该。服了,林朝夕简直想回去把《王者荣耀》拍在他们面前。

"规则如下。"这时,章亮开口,压过周围吵吵嚷嚷的声音,四周霎时安静,他抬起手,从右手边的石子堆中取出17颗,在桌上依次排开,"17颗石子,轮流取子,每人只能取1~3颗,不准不拿,拿到最后1颗石子者胜。"

他们边上是棵小树,树叶筛下阳光,桌面上是张牙舞爪的枝丫阴影,唯有小石子突兀立起。

林朝夕瞬间明白了这个游戏,取子问题,小学奥数常考。章亮出的这道题好像简单得过分了,它是小学三年级奥数的内容,但林朝夕并没有掉以轻心。取子问题看似简单,如果她没记错,"在一堆总数为 M 的物品中轮流取物,规定每次只能取 N 个",这是巴什博弈的内容。巴什博弈并不复杂,有必胜策略,联系到之前花卷说的话,章亮必定是学过这一内容,掌握必胜策略才有自信吊打他人。林朝夕舔了舔嘴唇,看桌上的石子,讲真,巴什博弈具体内容她忘了,但类似两人对战游戏,优势肯定和取子先后有关。

"谁先?"她问章亮。

"扔硬币?"

林朝夕笑:"轮流吧,第一局我先。"

17颗石子的计算很简单，每次只能取1~3颗，如果最后剩下4颗，下一轮出手的玩家必输，以此类推，抢到必胜点，剩给对方4、8、12、16颗的人，即胜。章亮没说什么，点点头，非常大度，很有大将风范。她抬起手，取下1颗，石台上剩16颗石子。只是这一下，她就必胜无疑，她再抬眼看章亮，对面的章亮同学下围棋似的，装模作样地缓缓抬起手腕，拿走3颗，台面上剩13颗。林朝夕取1，剩12。章亮取3，剩9。林朝夕取1，剩8。章亮取3，剩5。林朝夕取1，桌上剩下4颗，章亮已经必输无疑。林朝夕没有再取，而是放下手，看向章亮。章亮同样也没有说话，与她同时停手。虽然没取完，可就算数学不好的孩子也能看出她赢定了。

短暂停顿后，陆志浩大声喊道："1：0！"

"你赢了！"花卷同学不知从哪里伸出手，给她重重捏了两把肩。

她身后红星小学的小朋友们沸腾了，欢天喜地喊了起来。特别好事的人不知从哪里捡了块红砖，在水泥地上大大写了"1"和"0"两个数字，字体歪歪扭扭，很具有嘲讽意味。

章亮身后的学生都低着头不说话，被对面吼得脸上有点难堪。一边热烈，另一边却冷如冰窖，对比太鲜明。附近的不少路人都朝他们这里投来好奇的目光，先是看，随后迈开脚步走来。和其他人不同，虽然获胜，林朝夕却没有任何获胜的愉悦感。因为在她对面，章亮同学还是很平静的，带着种稳操胜券的算计感。她太清楚，以章亮同学让隔壁学校老师都要吹嘘的数学能力，他当然知道这轮自己必输，却不气愤懊恼，这不正常。

轻缓的高跟鞋声响起，章亮母亲趾高气扬地从后面走来，唰地撑开太阳伞，粉色光晕笼罩下来。章亮缓缓抬头，咧开嘴，对她笑了起来，笑容中是藏不住的得意："那热身结束，正赛开始。"

下一秒，章亮五指张开，唰地推向右手边石子小山，瞬间，小石子哗啦滚开，一些在桌上，一些已经掉下，并完全在桌面铺散开。

"每次只能取1~5颗，拿到最后一颗者胜，开始吧！"

林朝夕猛地看向台面，那里林林总总有100多颗石子，密密麻麻，宛如星子。

"你不要脸，你捡的石子，谁知道一共多少颗？"花卷也感到情况不对，大喊道。

"准确估算总数是基本技能,我没数,你不相信,可以捡石子放上来。"章亮说得很快,甚至没看花卷,很不屑一顾。

章亮说得没错,这是真刀真枪的比试,而他已经知道必胜法则,没必要耍小聪明。那么现在,她也不能再油滑避退。她点头,爽快地拿起3颗扔在地上。就在她点头的一刹那,花卷已经像风一样跑走,可能去捡石子了。她身后响起同学零星的抱怨声,已经有人开始说章亮不要脸、欺负人。

章亮才不会在意那些抱怨,只高抬下巴说:"变规则,每次最多只能取4颗,获胜条件不变。"他说完,迅速拿起1颗扔掉,又说,"下一轮,你也可以变换规则,最多不超过5颗。"他补充了四个字,"公平起见。"

最后四个字充满高高在上的嘲讽意味,林朝夕一瞬间慌乱,刚算好的又被打乱。她强迫自己冷静,让大脑飞速运转,在点数石子的同时计算获胜点,同时变换规则,打乱对方节奏。这已经不是简单的智力测验,这是不讲道理的比赛。

她稳了稳气息,对章亮说:"不对,我们无论谁抢到获胜点,下一轮都会被打断,没意义。"

"你居然知道?"章亮很意外,大人似的问她。

"我当然知道。"林朝夕觉得这孩子真的哪里都讨厌。

"击鼓传花。"章亮指向远处,说,"那个音乐声停下的时候,停止换规则。"

风传来《致爱丽丝》的音乐声,很轻,是钢琴曲版本,林朝夕顺着他手指方向回头,看到了糖果色的旋转木马。粉色的、蓝色的、白色的,小木马伴随音乐起起伏伏,送来孩子们的欢笑声。林朝夕有一瞬间恍神,在木马边,她看到了刚才认识的卷发朋友,同时也看到了裴之。花卷正扯过裴之在说什么,在那一瞬间,裴之也向这边看了过来。

第22章 · 灭她 ·

很多瞬间会有相似的重合感,比如现在,喧哗消退,只剩下起起伏伏的旋转木马,当然还有裴之同学的目光。说不清楚是什么样的感觉,林朝夕觉得裴之简直就像最好的镇静剂,她瞬间如冷水泼头,不再慌乱。

她回头看着章亮，当然可以对章亮说"我不玩了，每次都是你定规则，你知道必胜策略，你在耍我"，但这没意义，就算章亮确实在阴她，用更充足的知识吊打她，不玩就等于认输。

林朝夕迅速看向面前的石桌，在数石子数量的同时，没有变换任何规则，只是拿着 1 颗石子捏在手里，然后看章亮。现在的规则是取 1~4 颗，获胜点为 5 的倍数。所谓的"轮换规则"，只是让这个游戏看起来超越常规的复杂。冷静下来，她意识到，无论规则如何变化，她要做的和数 17 颗时没太大区别：一、确定总数；二、找到获胜点。

周围的声音蓦地消失，鲜艳的公园景色消退，只剩下清晰的石台和上面的小石子。无论章亮说什么，她都不需要在意。先得确定总数，林朝夕再次告诉自己。5、10、15、20、25……对面章亮又说了什么，像是变了规则，又或者是纯粹刺激她，林朝夕根本没去听。210、215……229 颗，她在确定数字的同时抬头，远处旋转木马还未停下，乐曲轻柔，孩子笑靥如花。花卷正握着石子狂奔而来，裴之走在他后面，一步、两步……

她拿起 1 颗石子扔掉，再对章亮说："1~3 颗。"

228 颗，现在的局面变成后手必胜，在此规则下，章亮无论如何取子都必输。章亮终于愣住了，少年一直高高在上的骄傲面孔上有一丝裂纹，知道她已经把石子数完，而且已经充分掌握了这个游戏的必胜规则。像你这种白痴怎么可能这么快？章亮同学的意思大抵如此。

章亮直接取走 3 颗石子后说："4。"

林朝夕取 1，剩 224，报数："3。"

章亮报"5"，直接取走 2 颗。

渐渐地，他们依次交替，不断变换规则，越来越快，力争打乱对方节奏。林朝夕取 2，报"5"；章亮取 3，报"3"。掌握规律后，所有策略都变成简单的减法和乘除法速算。确定总数，确定"取子（最多取子数）+ 1"的倍数，将这个倍数留给对方，这就是巴什博弈的必胜策略。之前她做的所有速算训练终于体现出作用，即在紧张时也能保持头脑清醒，看到数字规律，简化运算。

周围，好奇围观的人越来越多，见他们玩的既非五子棋，亦非跳棋，纷纷询问他们在玩什么。陆志浩在给一个阿姨解释规则，花卷本来很焦急，现在早已将要放进来的石子扔掉，嘟瑟地挑衅对面的人。而裴之……林朝夕知道裴之已经被花卷拉入红星小学的阵营，觉得很安心，只是这次，她应该不需要他了。

"3！"突然，章亮先大声喊道，再拿走3颗石子。他这声显然非常高，已经超越平时声量，甚至有些破音。周围霎时安静下来，然而旋转木马没有停，《致爱丽丝》也没有停，周围蝉鸣如热浪般席卷而来。

林朝夕这才抬头看了眼章亮，不知何时开始，章亮同学额发湿了，在母亲红色阳伞的光晕下，脸上蒙了层充满脂粉气的颜色，眼睛也是红的。

林朝夕一瞬间看穿了他的想法："是不是还想提升难度？5以内太简单了，15以内？"

章亮目光中有瞬间的慌乱，可能从未在速算方面输过，甚至有些不敢应答，但他身后，实验小学的孩子们已经七嘴八舌地喊起来。

"章亮加油。"

"快灭了她！"

"别让她太嚣张了！"

"可以。"终于，章亮从牙缝中挤出两个字。

然而，林朝夕只是看着她面前的男孩，不再取子，双手放在腿上，完全没有再碰桌面。远处糖果色的旋转木马已经很明显开始降速，所有人都屏息凝神，等待旋转木马最终停下的那一瞬间。

时间一分一秒过去，让所有人都没有想到的是，坐在石桌前的女孩始终没再取子，更没有再像之前那样变换规则。她很安静，像座石雕，同样在等待什么。

"你在干什么！"章亮的巴掌拍向桌面，原本一直板正的小脸上出现了慌乱，质问道。

"我啊，我在等它停。"林朝夕指着远处的木马说。

"你违反规则了，你作弊！"男生的声音已经颤抖起来。

旋转木马的转速越来越慢，章亮的话在周围激起一阵质疑，很多人都在问："到底怎么了？"

"我没有。"林朝夕只说了三个字。

所有孩子、大人都面面相觑，不清楚究竟怎么了，有人开始点桌面剩下的石子数，也有人给旋转木马停下倒计时。八、七、六……的倒计

097

时声越来越响，而《致爱丽丝》的钢琴声越来越轻。

"到底怎么了？"花卷也慌了，他拉过裴之问道。

男孩目光随意落在石桌上，随后落在女孩脸上，风吹起她的鬓发，发丝飞扬。

"她已经赢了。"裴之说。

林朝夕身后，裴之清淡的童声响起。像在预示什么，在裴之结束判断的一刹那，远处的旋转木马终于"吱呀"一声停住。家长和孩子从木马上蜂拥而下，石桌周围看比赛的小朋友们也同时炸开了花。

"林朝夕赢了吗？"

"她赢了？她怎么赢了？"

"班长，你说说看！"

红星小学的孩子们纷纷问道。

陆志浩被推了一把："别动，我还在算。"过了好一会儿，他才算完桌上剩余的石子数，想了一会儿说，"现在剩下 81 颗，规则是 1~3 颗，这把按理轮到林朝夕取石子，那么她只要拿 1 颗，就……真的……赢定了？"陆志浩一开始说时有些不确定，但讲到最后已经非常兴奋。

是的，就在刚才，章亮喊出"3"后，取子出现失误，直接将局面推到后手必胜，也就是说，把胜利的机会让给她。她不需要再做任何变换，她要做的，只是安静地等待木马停下。

"林朝夕，你很不错！"陆志浩吼道，林朝夕被他重重拍了下肩，差点吐血。

听到这话，她身后红星小学的小朋友们都沸腾了，嗷嗷尖叫。周围其他的大人、小孩也都被这气氛感染，甚至有人开始鼓掌。

而在石桌另一边，章亮被他最看不起的陆志浩指出胜负，脸上终于现出压制不住的怒意，他拍桌而起，喊道："有你什么事，肥猪！"

章亮发难后，他身后实验小学的其他小朋友都开始吱哇乱叫。

"她肯定作弊了！"实验小学的。

"作你大头鬼的弊啊！"红星小学的。

"章亮说她作弊她肯定作弊了！"实验小学的。

"你们章亮了不起吗，还不是输了！"红星小学的。

"因为她作弊！"实验小学的。

"你瞎说，林朝夕的手明明就一直在下面，要作弊也是你们作的！"红星小学的。

小孩子们推推搡搡，越来越朝中间挤，差点就要打起来。

"挤什么。"

"不许吵架！"

章亮母亲撑伞站在中间，已经开始慌乱地喝止所有靠向她的孩子。

"我哪里作弊了？"这时，林朝夕终于开口。在她提问的一刹那，周围暂时肃静，甚至连章母也停了下来。章亮高高站着，身边是为他撑伞的母亲，然而此刻，章亮同学神情紧绷，脸色苍白，张了张嘴，说不出任何话。

章亮的反应已经说明一切，林朝夕摇了摇头，说："我没有作弊，这是由你制定的……公平比赛。"章亮握着拳头，仍旧很不服气。

"你说我作弊，是因为你潜意识里认为不可能有人会战胜你，你输了，所以很不服气。"林朝夕坐着，仰头看他，"你总认为自己最聪明，你学校好、家世好，所以看不起别人。实际上呢，这个世界上永远有比你聪明的人，永远有比你强的强者。你与其在碾压天赋或者仅仅是家庭不如你的人上寻求快感，不如抬起头看看那些比你更强大的人，试着仰望那些人，追逐人类历史上无数天才的脚步，那才是真正的快乐，远比鄙视弱者快乐得多。"

林朝夕说完，周围的大人、小孩都目瞪口呆地看着她，全场寂静。她才突然觉得有点糟糕，这几句话好像不应该由小朋友说出来，但刚才的事情真的让她想起在星空下的矮门前，老林说的那些话，她实在是有感而发，不由自主就开始炖鸡汤。老林可千万别在，林朝夕迅速回头看了一圈，不远处的树下，黑皮的老林正叼着烟看着她。还真的在！林朝夕非常尴尬，低头，假装没看到，假装什么事都没发生。

所幸章亮妈妈很给力，迅速打破场内肃静气氛，尖声道："我的儿子我会教育，还轮不到你一个野丫头来插嘴！"

章母冷冷地说道，拉着章亮就走。

谢天谢地，感天动地！

林朝夕松了口气，可就在这时，花卷同学堵到章亮身前："输了就想走？"

"你想干什么！"章亮喊。

"和你算笔账。"花卷凑上前，拽住章亮的小领带，"你刚才叫我朋友'肥猪'的事怎么算啊？"

等等，你和陆志浩，你们什么时候是朋友了？

第23章·骗子·

太阳火辣辣的，花卷小朋友很有当大哥的潜质，凶悍极了，拽住就不松手。

"他难道不肥吗？"

"你再说一遍。"

"肥猪！"

孩子们互相对骂，你指我，我指你，原本已经缓和的局势再度激化。林朝夕拍桌而起，说时迟，那时快，花卷一拳揍向章亮面门。章亮妈妈惊呆了，高声尖叫，并挥舞手中的包、阳伞，要砸花卷。林朝夕想往那边冲，来不及了……

突然，一阵电子音尖啸而起，声音高且刺耳，林朝夕下意识地捂住耳朵，突然想起，好像上次揭穿心算王时，也有这个声音，扩音喇叭的声音。老林！她勉强睁眼冲声源头看去，果然，老林提着扩音喇叭，穿着一身管理人员制服，正从草坪上懒洋洋地走过来。他不知怎的把喇叭一拨，喇叭停止尖啸，《祝你生日快乐》的音符一个个往外跳，伴着老林叼烟的模样和洒脱的姿态，很有嘲讽意味。

两边小朋友都被这个大叔镇住了，呆滞地看他。

老林把烟按在一旁小兔子造型的垃圾箱里，看了看地面上"1∶0"的大字，问："谁让你们乱写乱画的啊？"

"他们弄的！"实验小学的告黑状非常快。

"哦，等下弄干净。"老林随便说了一句，转身就要走。

这时，不知谁又推了谁一把，小学生们又推推搡搡起来，花卷趁机踹了章亮两脚。

"还打呢？"老林没辙，又回头叫停群殴。

林朝夕简直怀疑老林后脑勺长了眼睛，他回头时，章亮正好要推开花卷。

她指着章亮就说:"管理员叔叔,他输了骂人还打人!"

老林愣住,没想到她第一改口快,第二告黑状真心黑。

"这么有精神。"老林笑,"不如叔叔带你们做数学题吧。"

林朝夕估计老林说这句话,是想看到小朋友们高喊"不要""不要"四散逃开。可能她和章亮这盘玩得太拉风,激发了孩子们学习数学的兴趣,在场的,无论是实验小学的,还是红星的小朋友,都眼巴巴地看着老林,像在等他出题。老林叉腰,手提扩音喇叭,和小朋友们面面相觑,场面再度尴尬。

"叔叔,什么题目啊?"林朝夕的好班长陆志浩小朋友很给力地问道。

"什么什么题目?"

"喊,他是个骗子。"实验小学阵营有人喊,"什么都不懂。"

老林可能也是第一回被人在数学方面质疑什么都不懂,体验新奇,反而站定,在风中享受这种身怀绝技、居高临下的快感,简直变态。

"你觉得他们厉害吗?"吹了会儿风,老林才垂眸问。

"厉害啊!"小朋友们异口同声。

"厉害个啥。"老林走了两步,坐到她刚坐的位子上,把桌上的81颗石子拨到一边,排出9颗来,问,"就是基础减法、乘除法速算题,怎么个个都不会?巴什博弈都没听过,现在小学数学到底在教什么?"

老林边吐槽边说:"那边那个要走的同学,过来,坐这儿。"

他点了自己对面,也就是刚才章亮坐的石凳。林朝夕觉得奇怪,东张西望,才发现老林在说谁。休息区边上,只有一个穿运动服的小男生背对所有人,准备朝旋转木马走去,正是裴之。

"裴之,这个吹牛的管理员大叔叫你过来!"花卷大喊。

裴之还在走,假装没听见。

"你不过来,本组长不给你这次雏鹰假日小队活动证明敲章啊!"花卷再喊。

裴之同学的身影一下顿住,他回过头,没法再装听不见,只能乖乖走过来,坐下。他微低头,额发遮住点眼睛,看上去很平淡无奇。

"我告诉你,我同学超厉害!"

林朝夕被花卷很激动地揪住。我告诉你,我爸爸也很厉害……林朝夕很想这么说,但她看着石桌两边,安静坐着且看起来都很普通的一大一小,却不敢打包票。刺激,太刺激了啊!

"简单来说,这种两人回合制游戏,统称为组合游戏,组合游戏有几个特点:一、两个玩家;二、轮流操作……"老林边说边指了指自己与裴之,介绍定义,并做演示,"来,这位朋友,拿起 1 颗石子。"

裴之跟着抬手,取子。他没什么大反应,就这么坐着,只是在老林让他动的时候才跟着操作,不说话,也不抢风头,除了坐姿笔直,手腕比章亮白很多,很不引人注意。

老林介绍完定义,从最简单的石子个数开始讲解原理,他一直都是以一种"我勉强讲给你们听"的高高在上的语气在说话,正是这种态度,反而激起孩子们不服气的精神。

"有没有小朋友知道,这么多石子,我先取,我想赢的话,要制定怎样的规则啊?"

"取 4 颗!"

"不对,是 3 颗!"

"你们行不行?"老林拖长调子问。

"3,就是 3!"有个孩子直接凑上去,把老林拨开,和他对面的人取石子。

"噢。"

老林还使坏,把 1 颗故意悄悄放进去,然后被小朋友揪出来,被吼了一脸口水。

"我看看你们仔细不仔细,这么激动干吗?"

他实在太坏了,每提出什么问题,多的是人抢答,小朋友的脸都被晒得红通通,额头都是汗,争抢得非常激烈。现在气氛很好,甚至有家长带孩子过来听。林朝夕看着那些毛茸茸的小黑脑袋,退了两步,把位置让给另一个小孩,站到人群最外围,在树荫里蹲下。

她才想起还有章亮。章亮没走,和母亲站在人群外围,和另外两个同伴说话,应该是想叫其他人一起去做雏鹰假日小队的活动。没想到实验小学那帮小朋友好几个都被老林吸引过去,没人理他们。章母居高临下地瞥了林朝夕一眼,忽然,像是手机振动,她赶忙打开包,拿出手机,看了眼来电显示,眼神中透出兴奋,却没急着接起。

她推了推章亮，指着电话："亮亮，夏令营名单应该出来了！"

她的声音很响亮，又恰好卡在老林说话的停顿点上，所有孩子都下意识地看她。

章母备受瞩目，慢悠悠地接起电话，口气却非常殷切："哎哎，冯主任，您好。

"怎么会，怎么会，您这个大忙人亲自打电话来。

"哦哦，夏令营名单出来了，是吗？

"我们亮亮这次考得不错是吗？还是要谢谢您啊。

"满分？"

章亮身边当然也有他的捧哏小跟班，赶忙推了推章亮："天哪！你太厉害了！"

能和章亮在一个小组里玩的孩子成绩都不差，听到晋杯夏令营选拔考成绩出来了，都唰地离开石桌前，蜂拥到章母面前问："阿姨，能帮我问问吗？"

"阿姨，还有我，还有我，马登登、马登登！"

章母被学生们围在中间，很享受被小孩们众星拱月的待遇，压了压手，示意所有人安静，做了个"我问问"的口型，然后对电话里的人说道："冯主任，真不好意思麻烦您，我这里还有几个孩子，能帮他们一起问问成绩吗？哦哦，您让秘书发给我是吗？实在太谢谢您了。"

章母挂断电话，指腹轻敲手机，很得意，鼓励似的摸着章亮的头，并对所有实验小学的孩子说："等下活动完，阿姨请大家一起吃和田居的日料，就当给亮亮庆祝了。"

"好棒！"

"万岁！"

实验小学那边，学生们欢呼雀跃，仿佛与有荣焉。

而石桌边的气氛则有些平静，只有花卷默默开口："你们也参加考试了吧，不想知道成绩吗？"

"反正考都考完了，该怎样怎样，这么着急知道成绩干吗？"陆志浩正在取子，老林这次出的题有点难，他很不耐烦地推开花卷的手。

"那你呢？"花卷转头问林朝夕。

林朝夕嫌天太热，蹲在一片树荫里，仰头道："我肯定能考上啊，这

103

有什么疑问吗?"

花卷小朋友"啊"了一声:"你果然嚣张!"

石桌前,老林问裴之:"你去参加考试了吗?"

林朝夕听到这话,一开始热晕了没在意,三秒后才噌地站起。为什么不问我,问裴之啊?裴之同学被怪叔叔热切的目光注视,只能点了点头。

"那要不要我们也庆祝下?"老林说。

林朝夕听着更生气了,跨步走过去,刚才老林点裴之名,她就觉得不对头。什么鬼,为什么这么在意裴之!爸爸,我才是你的女儿!

老林的声音不再随意,反而认真起来:"在组合游戏中,有一种颇为特殊的变形,被称为 Nim 游戏。它看似简单,却在博弈论中的诸多模型中有重要地位,极其经典,想试试吗?"

裴之终于抬眼看老林,像也感受到老林的认真态度,点了点头,说:"可以。"

裴之只说了两个字,可比章亮嚣张了无数倍。

老林笑了,他将面前原本只有一堆的石子分成两部分:"胜负规则如下,从若干堆中取石子,交替从任意一堆中取出一定数量石子,最少为一颗,取到最后一颗者为胜。"

突然,实验小学那群人开始嗷嗷叫,章亮母亲收到名单短信,所有人都吵吵嚷嚷。

"阿姨,我!"

"我呢我呢?"

"别急别急,名单还没发完,还有条短信。"

这边,老林简要说明规则,问裴之:"明白了吗?"

裴之点头,问:"我先吗?"

老林:"讲不讲道理,你这么聪明,难道不应该我先?"

裴之没动手,只是说:"那重来一盘吧。"

"好啊。"

林朝夕已经又站到石桌边,左看看右看看,没明白怎么回事。不过,从这两人重新拨石子的动作和刚才的反应,林朝夕推测,刚才那局先后手和胜负已定,所以这两人决定重新开始。还是不是人?

"林朝夕？"

忽然，她远远听到有人点了她的名字，下意识看了眼，喊她名字的女生很快转头，一副做错事的样子。实验小学的人挤在一起窃窃私语，在说——

"真是她啊。"

"她也进了啊。"

原本实验小学高亢的气氛渐低落，章亮的脸更臭了。

隐约中，她还听到陆志浩和裴之的名字，最后，好像还有人在说"花卷"。

花卷小朋友早就在那边卧底，偷看完名单，极其兴奋地跑回来，东推西撞："哇，你们考进了，不高兴吗？"

他们所有人都围站在石桌前屏息凝神，就花卷一个人瞎激动。

"你安静点。"林朝夕勒住他，让他冷静。

若干堆中取石子和一堆中取的情况又很不相同，现在桌面上石子已经变成五堆。3、5、7、19、50，裴之取子。这个游戏肯定随着数字和堆数的不同而有不同的必胜策略，林朝夕也在计算，然而，她还没计算到第二步，裴之已经在50的那堆中取出28颗。老林继续加石子。

后来，老林和裴之实在太快，取子速度已经跟不上他们的计算速度。老林干脆将桌上的石子全部推掉，从地上捡了块红砖块，在石桌上唰唰写了三个数字，代表三堆石子中每堆的个数。裴之也捡了块碎的红砖块，在台面上也写下三个数字，代表他取走后三堆石子剩下的石子数。老林也继续写下去，一局结束又是一局，桌面上的数字越来越大，但能很明显看出，老林总是比裴之快一些。

"叔叔不是说不能乱写乱画吗？"花卷弱弱地问道。

林朝夕："要你管。"

到最后，两人甚至都放弃手写。

"1203、351、9901……谁胜，我先手。"

一个又一个数字报出，老林时而询问规则，时而又让裴之判断先手胜负，时而又和裴之进行交替报数，一问一答，一老一少，青年和少年的声音都不响亮，甚至可以说很轻，却交替响起，他们格外专注。林朝夕的计算速度早就跟不上了，只能从两人的表情中判断胜负。老林依旧气定神闲，裴之的小脸上虽然看不出任何神情波动，但他很明显慢了一些，并且越来越慢。终于，一局结束，裴之先停了下来，看着老林，没有说话。

阳光已经没有正午时的温度，变得温柔，落在他们两人身上。

老林笑："你绝对比我聪明，却也绝对比我慢，你知道为什么会这样吗？"

裴之摇头。

老林："那你想知道吗？"

"我想知道。"石桌对面，男孩将手搭在桌上，声音犹有稚意，目光明亮，认真得像个大人。

后来……

那天，还是他们留下来做了游乐场的清洁工作，因为老林带裴之和其他人一起，学习了一种新的游戏。他们最后留下来一起打扫游乐场，整理休息区、擦拭栏杆、扫地……夕阳越来越红，把云都染成了粉色。林朝夕不知道老林在裴之身上发现了什么，说真的，那个层面的交流，对她来说仿佛隔着一层雾或者一座山。或许是天才对天才的惺惺相惜，或许是裴之让老林看到了曾经的自己，又或许是只有裴之这样的人，才让老林觉得值得去教。林朝夕也搞不明白。

他们站在空无一人的游乐场门口告别。

"那么夏令营见啦。"花卷冲她挥手，还眨了眨眼，脸蛋柔嫩，看上去很好捏。

"嗯。"林朝夕伸手就捏了一把。

"在夏令营里一起殴打章亮啊！"花卷笑。

"他没那么重要啦。"林朝夕和陆志浩站在一起，对花卷和裴之说。

裴之点了点头，很难得地说："再见。"

"夏令营见。"

芝士·夏令营

第二篇章

THE HEART OF GENIUS

第24章 · 入学 ·

"绿洲基地在太阳湖畔,占地约一百公顷,是安宁市为丰富中小学生课余生活而修建的素质教育基地,共有生活实践区、野外体验区、教育活动区和集体宿舍四大区域,能让孩子们在学习之余,体验大自然,参与丰富多彩的课外文娱活动……"以上,摘自第十四届晋杯夏令营入营通知书中绿洲基地的简介部分。林朝夕合上手册。

车窗外,绿洲基地大门遥遥可见,周围是大片湖水和芦苇荡。今天天气依旧很好,她坐在给福利院送货的小面包车里,这是院长妈妈特地找的车。党院长平时言简意赅,可在送她上学这事上格外爱操心。离市里实在太远,公交车要换三趟,所以党院长给她找了车,还特地让林妈妈陪着,送她来报到。

"还是有车方便。"林妈妈也没来过这里,扶着车窗张望,很感慨,"真是大啊。"

远处,或高或矮的建筑群已经隐约现出轮廓,有宿舍、天文台,还有仿佛动物圈舍一类的东西,设施一应俱全。

"是呀。"林朝夕也跟着感慨。

曾经,老林很盼望她能到绿洲基地参加集训,甚至闲聊时,老林还会脑补自己乘公交车送她的情景,不过那次,她没能考上。现在,她终于能够走进这里,却没理由找老林来送她。其实就在临走时,她特地去专诸巷再找过老林一趟。她以为自己内心是成年人,就算要离开一个月,对父亲应该并无太多依恋,那天在路灯下,却差点问老林——"你是不是有个女儿?你女儿是不是丢了?"她就差扑进老林怀里哭一场了。然而,她莫名其妙没有勇气那么问。其实也不是莫名其妙,她好像就是这样的个性,容易瞻前顾后,害怕问完以后,老林追问她怎么知道,或者害怕事情根本不是她理解的那样。最终,她还是只能跟老林说,好歹师徒一场,有什么秘籍教她。

老林就不咸不淡地看着她,林朝夕很怕他又掏出一本心算秘籍。

最后,老林说:"爱。"

爱是什么鬼?林朝夕只能笑。

"快下车了,赶紧再检查下。"窗外,一辆黑色私家车唰地超过他们,林妈妈像在那辆车里看到了什么,回头突然说道。

林朝夕无奈地看向自己的背包。她考进晋杯夏令营后,院里的阿姨们都非常高兴,院长妈妈虽然不说,却偷偷把那张通知书压在了办公桌的玻璃底下。她来之前,阿姨们花了整整两天时间,给她准备各种生活必备品,除了通知单上的雨伞、换洗衣物、文具,还给她准备了针线包、调料包,装了满满一个大书包,很愁人。

"衣服和通知书都带好了,其他也没什么特别需要的。"林朝夕说。

林妈妈闻言,把整个身子都转过来,从头到脚认真看了她一遍:"哎,应该带你去买套新衣服的,忘了。"

林朝夕看着自己身上的T恤和运动裤:"很凉快啊。"

"你怎么像个男孩子?"林妈妈摇头,又从口袋里掏出一百块钱,塞进她手心,"有什么忘了的就自己买。"想想觉得不够,她又准备再给一百。

林朝夕赶忙按住她:"基地包三餐,您给我钱,我也花不出去。"

"那不行,还得拿钱傍身,女孩子要富养。"林妈妈很坚持。

司机大叔也插嘴:"拿着拿着,你林妈妈说的对。"

随便闲聊,车很快就开到基地门口。走近才发现,绿洲基地比想象中还要大。除他们小学生部外,晋杯初中部也在这里集训,不少学校组织夏季校外活动同样选择了绿洲。因此,门口停车场被大巴和各种私家车塞得满满当当。送她们的叔叔把车停在外面,林朝夕抢过大书包背上,牵着林妈妈的手,找集合点。

她拿到的入营手册上说,会有举小红旗的大学生老师做领队,但没等她找到地方,就被陆志浩重重地拍了下背。林朝夕几欲吐血,不过一

109

想到是她最开始用这种方式和小陆同学打招呼的,所有血都只能自己咽下去。

来送陆志浩的是许老师夫妇,在校外,老师的感觉就和在学校里时不同。许老师摸着她的头,嘱咐她要看好陆志浩,别让陆志浩乱买东西吃。小陆同学磕磕巴巴地反驳,说自己早就戒零食了。林朝夕知道,其实上次章亮和实验小学其他孩子说他的话,还是让他非常难过。

他们在一起走了几步,一辆大红跑车在他们身边踩了脚刹车。林朝夕定睛一看,嗯,还是豪车。司机是位很拉风的小姐姐,花卷从副驾驶座下来,说了句"大姐,拜拜",就冲他们跑来。

车上的小姐姐说了句"你东西不拿了",花卷掉头就去后备厢拿包。林朝夕想了想,花卷同学的童颜大佬气质,还是很有家学渊源的。

"林妈妈,再见!"见到了小伙伴,林朝夕就和林妈妈挥手再见。

"你为什么叫妈妈还要带上姓?"花卷很不解地问道。

陆志浩听到这话,重重咳了一声。

陆志浩:"花卷,我们要尊重别的同学的隐私。"用的是许老师教育他的口气。

林朝夕倒无所谓:"因为那是从小到大带我的妈妈。"

"保姆阿姨!"

"不是啦,福利院的阿姨。"

花卷震惊了,从头到脚重新打量了她一遍:"你比我想象中的,还要嚣张。"

绿洲基地大门口,参加集训的小学高年级学生已基本到齐。大学生领队举着红旗,翻看手中名册,预备点名,林朝夕踮脚张望,他们身边还少个人。

裴之这时才到。98路公交车在门口停下,来送孩子的爷爷奶奶以及父母蜂拥而至,而在人群最后,有个背简单耐克双肩包的孩子。他在最后走下车,穿着一双布面运动鞋,身边连个大人都没有。如果不是他戴的鸭舌帽帽檐上变形金刚印花暴露了年龄,林朝夕总觉得自己在看一个流浪汉。

她有些困惑。虽然裴之家世一直成谜,但从小到大,都隐约有他家生意做得非常大的传闻。就算传闻是假，普通人家也不会让小孩一个人坐公交车。

幸好花卷小朋友及时开口，第一句话是："我们要对裴之好一点。"

"欸？"

"他很辛苦。"花卷补充，"当然没你苦。"

"怎么了？"

"林朝夕，我们要尊重别的同学的隐私。"花卷学陆志浩的调子说。

"喂！"

"好啦，反正他家里人都不喜欢他学数学，这次肯定是离家出走或者闹翻了！"

闻言，林朝夕更不明白。现在还有家长不喜欢自己孩子数学好的？

"为……为什么啊……他是天才啊！"

"天才怎么了？也有家长不喜欢自己孩子是天才的啊。"花卷也很理直气壮。

"为什么会不喜欢裴之同学啊？"

"不是不喜欢裴之同学，是不喜欢裴之同学学数学，包括美术……具体来说有个禁止过分接触的表格。"花卷重复了一遍，却没有再深入下去，很有点到为止的意思。

林朝夕看着花卷婴儿肥还未消退的脸蛋，知道小朋友确实就是点到为止。那是别人的隐私，说到这里，不能再说下去。很聪明，情商很高。

之前在草莓世界的时候，林朝夕并没有机会了解裴之。虽然他们总在一个学校，裴之却始终离她太遥远。她听到的关于裴之的消息都是传闻，所有传闻里，裴之好像都是纯粹的人生赢家。现在被花卷骤然提醒，林朝夕总觉得这有点当头棒喝的意思，仿佛是在说——你曾经那么喜欢他，但你真的了解他的过去吗？你了解他之后，还会那么喜欢他吗？或者是，你了解他后，如果比现在更喜欢他了，你又该怎么办呢？

裴之到后，整个临时班级组织完毕，举着红色旗帜的领队小哥做着简短自我介绍。他脸上笑嘻嘻的，话很简短："各位同学好，我叫解然，三味大学数学系学生。"

林朝夕仰头，朝他看去，三味大学？他们竟然是校友。意思是，在草莓世界中,解然和未来的她,以及未来的裴之一样,是三味大学的学生。并且,他还是裴之未来的学长,数学系高才生。

"这一个月,将由我陪伴你们度过。"

说完,解然就开始点名,一切都从简从快。

"王风。"

"章亮。"

…………

孩子们"到""到""到"声此起彼伏,不多时,就点完名了。解然一收名单,只说了"跟我走"三个字,就带着他们五十个孩子,浩浩荡荡地进入绿洲基地。甫一进基地,四周再无车马喧嚣,骤然宁静,绿树高大,湖畔有野鸭和白鹭,孩子们都兴奋地指指戳戳。他们参观时都提着大包小包,所以前进速度很慢。然而在队伍最前方,解然走得非常快,像有什么急事。虽然他边走边逗一旁的小朋友,林朝夕却逐渐感觉到非同寻常的气氛。

"林朝夕,你很紧张吗?"陆志浩拍了拍她的肩,问。

"没事。"林朝夕随口说道,然后继续皱眉看解然的背影。

照理,类似的夏令营集合,一开始都该先去宿舍放行李,再是开营仪式,解然却举着小红旗帜,带他们向一片教学楼似的建筑走去。

"怎么了,怎么了?"花卷也凑过来,小声问。

"那不是宿舍。"林朝夕伸出手指,指向远处。

前方是一栋栋白色教学楼,窗明几净,朴素淡雅。

"哇,刚来就要上课吗?"花卷吃惊。

"可能不是。"

说话间,解然已经带他们经过两栋楼,并要向正前方的4号教学楼走。

他很自然地带队爬楼,嘴上还喊着:"加把劲,马上就到了哦!"

孩子们提着大包小包,里面是要在绿洲基地生活整整一个月的行李。刚在路上,他们已经开始互相帮提,现在一看要爬这幢七层楼高的建筑,都愣在原地,彻底呆住了。

第 25 章 · 坏水 ·

"小朋友们,怎么了?"解然已经爬上一层,居高临下地冲他们笑,但没人在看解然。楼道里,有群比他们更小点的学生,正扛着大包小包,艰难下楼。看年纪,那些孩子应该是晋杯赛小学中年级组的,集合时间比他们早一个小时。他们中有人提大行李箱,有人背双肩包,有人又提箱子又背包。有小男生在帮女生拿东西,也有两个女生一起提一个箱子,但所有人步履迟缓、气喘吁吁,累得不想说话。很明显,这些小孩子带着自己行李爬上了楼,又带着行李爬了下来。楼道充满汗水味和喘息,这就是他们这些大孩子看到此情此景呆住的原因。

"哥……哥哥,我们也要带着东西上楼吗?"终于,有孩子颤抖着,问了这个问题。

站在高处举旗的解然小哥哈哈一笑,挥挥手说:"小朋友,你真幽默呢,往边上靠靠啊。"

他笑的时候露出虎牙,看上去肚子里全是坏水,毫无真诚可言。

小孩们鱼贯而下,有人经过身边,林朝夕拉住一个,问:"同学,你们刚上楼,是在……"那个小女孩指指楼梯左侧的墙面,摇摇头,很丧气。

这时,靠左站的学生中有小骚动,林朝夕踮脚看去,似乎是墙上贴的什么东西让他们有点崩溃。仔细看去,墙上有一张 A4 打印纸,上面隐约写着——晋杯夏令营入学测验安排。

好嘛,果然是下马威。

"哥哥,您让我们上楼,是要参加这个入学考试吗?"章亮问。

虽然为人讨厌,但章亮提问时很有气场,堵在楼梯口的学生们瞬间安静下来。

"叫老师噢!"解然说。

章亮:"老师。"

解然:"不然呢,上楼带你们吹吹风吗?"

"教室在 702?"一个剃板寸的同学仔细看过"测验安排"后,退了半步,惊悚地喊道。

"对呀,有点高呢。"小哥还作势仰头。

"可是……可是老师，我们带着这么多东西！"陆志浩提着一个拉杆箱，震惊地举手。

"对呀，是很多呢。"

"那我们……我们的行李放在哪里？"

问题明明很正常，但因为解然显得太邪性，以至于学生们都觉得这么问可能不妥。

"啊，也可以先去宿舍放东西。"解然演得非常敷衍。

"不过有点远。"他说，并指着远处的别墅建筑群，"在那里，看到没有，走过去大概要半小时吧，走快点二十分钟。"

"上面写着小高组考试时间，11:00—12:00。"有手表的学生看了眼时间，对着墙面喊，"现在已经11点多了。"

"咦，原来考试已经开始了，好快呀。"他继续笑，继续"啊"。

"那怎么办？"

"要去放行李吗？"

"肯定来不及吧！"

楼道内爆发出学生们的惊呼。

"我们能在一楼考试吗？"章亮问。

楼梯左手边，明明有间空教室，教室门还开着，却非得让他们往顶楼走。

"不行呀，等下这间教室还有别的同学来上课。"

听到这里，林朝夕已经很确定了，解然说来说去，明摆着就要让他们扛行李上楼，也不知道是夏令营的下马威，还是为了测验孩子们的抗压能力、团队精神，让学生把那么多行李一起扛上去，然后再接受入学测试。如果她没猜错，马上，解然就会说入学测试后几名会被立即淘汰，以增加学生的心理压力。

果真，解然继续说道："走不走呀小朋友们？不上楼的话就直接淘汰哦，这样别的同学竞争压力就会小很多，你们很有助人为乐精神呀！"

"老师，不上去就会被淘汰，什么淘汰？"

"淘汰就是回家呀。这次测验最后五名会立即回家。"解然笑道，突然敲敲脑袋，"哦哦哦，对了！你们要不要先通知下父母别走远，毕竟一来一回挺麻烦的。"

此言一出,全场肃静。学生们你看我、我看你,他们明明刚到,居然有可能马上就走?有心理素质差的小学生,脸色唰地就白了:"老师,我刚来啊,我不能这么快回去,我爸会打死我的!"

"不会的,放心吧。"解然摇头。

"我妈好不容易才送我来的!"

"是啊,不容易。"解然摇头。

解然逗弄他们的样子,被林朝夕尽数收入眼底,普通小学生怎么斗得过一肚子坏水的大学生。

她看着满地行李,决定举手:"老师,那可以我们把行李留下,您帮我们看着吗?"

"不行,老师是监考,行李放在下面,丢了的话,学校不负责哦。"

"其实,您就是想让我们扛着自己行李上楼吧?"

她仰起头,问得非常直白。

解然顿了下,最终点点头,说:"你可以这么认为。"

"为什么呀?"

"好重的。"

"时间会来不及啊!"

孩子们很焦虑,纷纷说道。

是啊,最重要的问题是时间。现在是11点10分,考试12点结束,他们只剩五十分钟,何况还要再加上扛行李上楼的时间,考试时间可能到最后只剩半个多小时了。时间紧迫,夏令营主办方就是测验他们在疲惫和高压下答题的准确性,希望能找到心理素质更好的学生。

学生们原本还抱侥幸心理,现在终于反应过来,这一切都是安排好的测验,他们是真的要提着自己的行李上楼,并在那之后参加一场残酷的淘汰考试。

"我的包太重了,都怪我奶奶塞了太多东西!我都说不要不要了!"

第一个孩子气愤地摔包,紧接着,更多孩子开始抱怨。

"他的包比我轻,不公平!"

"我姥姥是大笨蛋,还给我带了酸菜!"

"都怪爸爸!"

林朝夕提了提自己沉重的背包,没有说话。气氛渐渐异常低沉,孩子们都垂头丧气，像被晒蔫的小草。面对此情此景，她决定尝试做最后的努力："老师，就算您要考察我们的体力、意志力或者抗压能力，但扛着行李箱上楼就有用了吗……"

解然打断她："'上来'或者'回家'，你们只有两个选项，这是规则。"

林朝夕一下顿住，说不出话来。作为成年人，其实她从内心深处认可这点。解然说的并没有错，每个地方都有每个地方的规则，社会就是这样，不会以任何人的意志为转移。她低下头，孩子们却不约而同地仰望高楼，太阳火辣，灼热和绝望弥漫，与来时的轻松愉快形成鲜明对比。这大概就是夏令营要给他们上的第一课。

沉默了一段时间，没有任何人说话。

所有孩子都在等待，等有人出头，做出选择。

这时，解然转身，径自向楼上走去，旗帜在楼梯内甩出一抹鲜红。

章亮动了，率先提起拉杆箱，拨开身前一人，踏上楼梯。滑轮敲击地砖，"嘎嗒"一声，像在所有人心头重重敲击。同时，很多孩子跟着动了，提箱、背包、拉上拉链，脚步纷乱，甚至开始争抢先后。每个人都知道，后到教室，意味着做题时间更少。这很不讲道理，但就是这么不讲道理。

林朝夕深深吸了口气，直接抬起旁边小女生的大拉杆箱，说："一起来吧。"

"等等。"毫无预兆地，在一切都混乱不堪时，一道清澈平静的男孩声音在他们背后响起。林朝夕蓦地回头，阳光下，看到背简单耐克书包的小男生。裴之一直站在队伍最后，鸭舌帽压得很低，非常没有存在感。这时说话，所有人却都不约而同朝他看去。在所有人的注视下，裴之缓缓抬头，帽檐轻抬，看向站在楼道高处的青年人。那一瞬间，他的面容一下子清晰鲜活，蝉声鸣响。

"现在已经晚了。"裴之同学用冷静的声音，对站在高处的青年人说。

解然："是啊。"

裴之看了眼手表："现在是11点12分，已经迟于开考时间，我是不是能这么认为——本场考试并无固定开始时间，但必须在12点结束。"

解然："为什么问这个问题？"

"因为，考虑到每位同学的行李件数和身体情况不同，万一有人行李特别多,走得特别慢,以至于很晚进考场,那他还能参加考试吗?"裴之很平静,从头到尾都保持着超然平静的语气,虽然面孔还很稚嫩,但就是这种冷静,让人没办法轻视他。因此就算一肚子坏水、从头到尾都嬉皮笑脸的解然,也因为裴之这份平静而变得认真起来。

"可以。"解然仔细思考,然后回答。

闻言,林朝夕突然猜到什么,心跳渐快渐强劲,难以置信地看向裴之。

裴之同时也看着她,说:"留十分钟给我。"

与裴之深邃宁和的目光触碰,林朝夕瞬间理解。他的意思是——把行李放下,我来看东西,你们先上楼,考完提前交卷下来,和我交换。林朝夕被镇住了。如果换作任何其他人提这样的建议,林朝夕只会说"你别开玩笑了",但那是裴之,虽然还很小,却有着与年龄完全不符的从容。

"这次是晋杯正规考试3倍的题量!"解然同时想到规则漏洞,想说什么,但裴之的模样让他不由得提醒道。

"慢慢来。"裴之闻言,对她这么说。

他还是没表情,却令人有十足的安全感。

她无法反驳,只有信他。

"嗯!"林朝夕重重点了点头,对在场的所有孩子喊道,"把行李给他看着,我们先上楼考试。"

说完,她很干脆地退后,在人群外肩膀一松,将自己沉重的背包扔在裴之脚下,转身,上楼。

第26章 · 接力 ·

晋杯赛常规试卷共10道题,3倍即30道,题量很大,难度也一定不小,林朝夕很清楚。从放下包开始,她就全力向楼上冲,两步并作一步,把其他人远远甩在身后。

教学楼顶层,小高组考场。林朝夕喘着粗气,跑到门口,教室有一位女老师在讲台上玩手机。看着她什么东西都没带,老师投来讶异的目光。林朝夕扒着门喘着粗气,对照门口坐序表,找到贴有自己姓名的座位,进教室坐下。单人桌靠窗,上面摆有一张草稿纸、一根铅笔和一块橡皮，但没试卷。

林朝夕立即举手："老师我到了，可以发试卷了吗？"

女老师愣了愣，很快反应过来，拿出小刀，开始拆封试卷。

楼顶的风穿堂而过，带来大湖边的水汽和原野的青草气息。

上楼前，林朝夕听见章亮那伙人在后面嘀咕。大致是说裴之太装，不用管他，反正淘汰的是他。也有好心学生劝裴之，他们可以一起把东西拿上去，实在用不上的就放下面，丢了没事。后面他们再说什么，林朝夕已经听不到了，不知裴之会怎样处理这些问题，但这些都不重要，因为裴之大概对这些无所谓。

女教师把试卷放在她桌上。一、二、三……确实是三张。风把试卷翻得哗哗作响，林朝夕一张张翻看过去，这次试卷完全是按晋杯题型来出的，所以问题还是时间太短。

她抬头看钟，现在是11点15分，裴之说需要十分钟，也就是说她必须在三十五分钟内完成试卷。平均到每张试卷是十分钟，再剩几分钟检查，并预留下楼时间，但现在有3倍题量。林朝夕决定，还要更快一些。她提起笔，这时，陆志浩和花卷也到了。

他们第二、第三名冲进教室，小陆同学还在焦虑，问："裴之真没事吗？"

"没事，30倍都能做完，变态！"花卷说着跑向自己座位，举手高喊："老师，发卷！"

30倍可能不行，3倍大概还真没问题，林朝夕默默想。

裴之同学固然自信，但更让林朝夕动容的是他的这份信任。裴之把自己夏令营和晋杯赛的未来交托给她，这份信任很难能可贵。林朝夕转了圈铅笔，开始凝神看题。试题和她判断的大致一样，难易适中，但每份试卷都有压轴题。于是她迅速过了一遍试卷，大致确定各道题目难度，做上标记，放弃最难题，抓住其余简单题。这是一种考试策略，放弃需要大量时间才能做出的难题，把所有简单题的分数抢到手。只要全班不是人人满分，不被淘汰应当没问题。

其他孩子陆续跑进教室，没人扛大件行李，所有人都轻装简从，解然在最后进来。

女老师赶忙过去，小声问他："怎么回事？"

解然于是带她往窗边走,指了指楼下,附耳小声说了几句。他们看完楼下又来看林朝夕。林朝夕能很明显感觉到两道视线移到她头顶,他们看着她,小声交谈。冷静做题,这只是一场普通考试。林朝夕提醒自己,对你和对裴之都一样,监考老师说什么都和你无关。

她继续往下看去。那是道竖式数字谜题目,一道加法竖式中出现了四个汉字,问"'我爱晋杯'的代表数字是什么"。基础题型,为节约时间,她直接在试卷上求解,并飞速写上答案。接下来是图形计算……

笔尖落在纸上,她正要写字,桌子却被猛地推了下。铅笔在卷子上画出很长一道,林朝夕抬头,发现推她桌子的人是章亮。章亮在她前面位子坐下。林朝夕甚至听见章亮嗤笑一声,像在笑他们没来由的出头和不自量力的选择。

林朝夕把课桌往后拉了拉,和章亮保持距离。

人和人真的很不一样,从小就是。

第一张、第二张……她没有再抬头看时间,也当章亮不存在,世界里只有机械性而飞速的计算。所有题目都在阅读后变成数字与数字的组合,世界非常简单纯粹。她手上不停,看向下一题,计算,翻过试卷,继续做题。时间不知过了多久,她一直保持匀速计算,没有急躁,也没有卡壳。周围一切都消失了,只剩下头顶电风扇在飞速地旋转。

笔尖落在最后一题上,填完最后一个空,她即刻把试卷翻到第一页,把答案代入检验,或寻找别的验算方式,又迅速过完一遍试题。她即刻起身,拿试卷往讲台走去,时间正好是 11 点 38 分,预留了两分钟下楼时间。

"做完了?"解然站在讲台前,皮肤黝黑,眼神却明亮,尤其是他震惊的时候。

"嗯。"

解然哗啦啦翻了遍卷子,指出三张试卷上的三道填空题,提醒她:"你还有三道题没做。"

"来不及了。"林朝夕很干脆地说,径直走到门口,想起什么,回头对解然说,"您陪我下楼吧,证明我没有和他有过题目相关的交流。"

解然用一种"你们小学生怎么心眼这么多"的目光看她,却放下她的试卷,说:"那走。"

119

他们离开时，身后教室有小规模骚动。林朝夕双手插着裤兜，没去管那些，很轻松地跑下楼。解然跟在她身后，走下两层，终于忍不住嘟囔："这算什么？舍己为人吗？你要知道，空着三道题没做，你可能会被淘汰！"

"不会。"

"为什么！"解然拉住她。

"因为其他的都对啊，老师。"林朝夕回头说。

"你还是小学生吧！"解然嚷道，"怎么这么自信！"

"我还好啊，有自信的在下面啊。"她指指脚下。

一想到楼下那位可能只花一半时间做完同样总量的题目，她这点自信还真不算什么。

楼下，裴之坐在教学楼前的台阶上，鸭舌帽压低，背影很安宁，像在百无聊赖地闭眼小憩。他面前是一大堆颜色各异的行李——背包、拉杆箱。总之，铺天盖地，甚至有点像混乱的垃圾堆。背景色纷繁复杂，远处是大片水塘和树林，听到他们的脚步声，台阶上的小男生拍拍裤子站起，最后才回头。林朝夕冲裴之挥手，裴之只点头示意，背着他的简易双肩包，向她走过来，并且很自然地往楼上走。裴之不说话，林朝夕却有种松了口气的感觉。

"喂！"解然的视线落在裴之轻便至极的黑色背包上，把人叫住，"你背的东西这么轻，干吗要留下来帮别人看东西？现在小学生都这么个人英雄主义了吗？"

裴之仰头看了眼狭窄楼道，又回头，视线扫过几个拉杆箱，目光清澈平静，只说："我觉得，这些拉杆箱太重，可能不安全。"

林朝夕有些呆滞，这是她愿意和裴之接力考试的最深层原因。她也觉得孩子提行李上楼会很累，可能会有点安全隐患，但她潜意识认为，以小孩子身份来说这些会不合时宜且尴尬，可这一理由现在被裴之用一种自然的语气说出，竟非常理直气壮。

裴之继续爬楼，任解然怎么喊他都不回头。林朝夕看着他走上去，走进更暗一些的楼道，总觉得小裴之现在的身影好像和很多年后的某个场景重合起来。那时，年长的裴之刚给很多人耐心地讲完题，离开教室。

她隔着走廊，远远望着，她看到裴之身上大片的白粉笔灰，那一瞬间让她第一次清晰地认识对方，认真、专注，认为该做什么就要去做的裴之，令人心向往之，却也令人万分遗憾。

而现在，她望着裴之少年时代的清俊背影，只能叹息。唉，你才这么小啊……

就在她默默感慨时，裴之突然在一、二楼之间的转角平台上站定，回头，像忽然想起什么。

"你叫什么？"裴之问。

"我吗？"林朝夕指着自己，感到荣幸且微微失落。怎么这么久，裴之还不知道她叫什么？

裴之摇头，视线移向解然。

解然也愣了，被一个小孩这么问，他仿佛有种被大佬点名的感觉。

"解然。"他下意识答道。

"我知道了。"裴之点头，收回视线，继续往楼上走。

"他为什么要问我名字，还说'我知道了'！"解然在一瞬间也凌乱了，露出虎牙，自言自语，"不至于半夜把我蒙头揍一顿吧？"

"应该不会吧。"林朝夕看他，而且明明你才是大学生吧……

楼梯间，裴之不紧不慢地上楼，身影消失在转角。

林朝夕忽然觉得，裴之可能还真是故意吓唬这位老师，居然记仇，真有点可爱啊。

不过，你真的知道我名字吗？她想。

第27章 · 阅卷 ·

教学楼顶层，小高组考场。

裴之走进考场，原本埋头做题的孩子们纷纷抬头，先是对他行了一会儿注目礼，随后，也不知道谁带头，有人开始鼓掌。有孩子在笑，有孩子敲桌，甚至有孩子吹起了口哨，像在欢迎什么英雄。可裴之没觉得自己是那个被欢迎的人，默默进教室，自己去角落坐下。

从裴之上楼开始，解然就一直跟在他身后观察，观察裴之上楼的步伐，观察裴之平静的神情，观察裴之翻看试卷后，不假思索提笔的动作。

121

看了半天，解然发现，裴之好像活在自己的世界里，或者说，裴之的世界自成体系，有森严法度和明确标准，与他这个年龄段的其他小孩很不一样。最关键的是，表面看着也没什么特别，但没什么特别，这才是最可怕的。

孩子们的欢庆声太响，声音将正在七楼监督阅卷的夏令营张副校长引来。脸黑微胖的中年人踏进教室，重重咳了一声后，犀利的目光扫视全场，孩子们立即噤声。解然赶忙假装严肃，喊了句"考试还剩十来分钟结束"，成功让考场恢复秩序。

"怎么回事？"张副校长把他叫出去询问。

他简单讲述事情经过，领导脸上理所当然地有点挂不住。

"卷子拿来我看看。"

闻言，解然又进教室，把林朝夕的那张卷子拿出来。

张副校长把脖子上挂着的老花镜戴上，看了一会儿，蹙眉道："做了半小时不到？"

"是。"

解然把领导带到走廊窗边，楼底下的树荫里，小女孩正蹲在地上翻书包。"确实做得不错。"

张副校长脸色缓和一些，但看到那三道空题，又皱眉："不想背书包爬楼还能想这种着儿，对学习和考试的态度太随意了！"

楼下，正在翻书包的小女孩忽然惊喜地喊了一声。她从书包里掏出什么，兴奋地高高举起，塑料包装袋在阳光下色泽鲜艳，是包干脆面。正好看到这幕的张副校长额头青筋抽了抽，把林朝夕的试卷扔回来，又走进考场，走到裴之桌前。

裴之在做题，鸭舌帽压得很低。解然看了一会儿，脸色都变了。裴之的试卷已经翻到第二张，时间才过去三分钟多。他用很稳定的速度读题，填写答案，但无论草稿纸还是试卷上，都没有任何打草稿的迹象。如果不是提前知道答案，解然甚至会怀疑裴之在瞎写。对，大概就是类似于看一遍题目然后瞎写的速度，但每道题目的答案，都精确得令人无话可说。稳定，还是稳定，稳定的低头角度、稳定的气息、稳定的字迹，一切都平静均匀，仿佛是用数字精确组合出的孩子，解然甚至有这种错觉。

渐渐地，张副校长脸上的笑容快掩饰不住了，教育工作者遇到真正的天才，毫无疑问都会狂喜。

他在裴之桌前来回转了几圈，又特地走到章亮桌前看了一圈，最后径自走出考场，还在喃喃自语："都是好苗子啊，裴之是吗？以前怎么没听说过……"

解然想：我怎么知道你为什么没听过？

"你确定没人给裴之透露过答案？"张副校长突然回头问。

"我确定。"

"这真是，不输章亮的好苗子啊……"他说着，脚步突然顿住，又嘱咐道，"裴之如果提前交卷子，拿来给我第一个看。"

解然点头。

最终，张副校长的话没实现，因为裴之没有提前交。整场考试本身也没剩下多少时间，铃响时，大部分孩子没起来交卷，这次题量太大，很多人还在奋笔疾书。

"行了交卷，时间到了哦，宝宝们！"解然随口说道，下意识看向裴之。

裴之其实早做完了，但没提前交，像要等所有人一起，绝不强行出头。女老师下场强行收卷，学生们神情沮丧，甚至有人在喊"我还有一张卷子没做"，然后哭出声。解然看着那个真心懊悔痛哭的孩子，心里也有点不好受，但这就是考试，每一次都很残酷。花了好一会儿工夫，他们才强行收齐试卷。他让女老师拿着裴之的试卷去找张副校长，自己则抱着剩下的卷子，跟孩子们一起下楼。

教学楼下，树荫里，林朝夕之前做题太快，下楼一个人待着以后才觉得紧张。为了舒缓情绪，她开始啃干脆面，啃到第二包的时候，楼梯间终于有了动静。身后传来脚步声和说话声，她赶忙站起。大批学生从楼梯走下来，先是些她不认识的人，随后是章亮那帮实验小学的学生。她张望半天，终于看到她的朋友们。陆志浩率先走下，一脸愁苦，然后是花卷、解然，他们一个个走过转角，出现在楼梯口，最后才是裴之……

林朝夕也没多想，拿着干脆面冲他们跑去。

"考得怎么样？"她站在他们面前，有些紧张地问。

"好多题目啊，根本来不及做完。"陆志浩说。

"报告，蒙了超多题！"这是花卷。

林朝夕看向裴之，裴之踏下最后一级台阶，站定，冲她点点头，有风拂过树林，这个意思大概是"没问题"。林朝夕笑了起来，总觉得正午的太阳都没那么刺眼了，很清凉舒爽。心里的石头放下，这好像是她和裴之第一次配合，好像还不错。

她下意识地拿起手里的干脆面递给裴之，可东西举到半空中，她看到裴之清亮的眼睛，突然不好意思。这袋零食她已经拆开吃过，裴之这种性格会不会有洁癖，可递都递出去了，收回来又太尴尬。

正当她犹豫时，裴之的手却抬了起来，白而修长的手指握住袋口，林朝夕下意识地松手。裴之同学拉开袋口，倒出一些干脆面在手心，顺势递给身边的陆志浩同学，一派自然，没半点嫌弃的意思。她手指上沾着同样的孜然味调料粉，耳边是裴之嚼干脆面的声音，总觉得心跳快了些，主要是开心。裴之待人妥帖有礼，也不知道家里怎么教出来的，林朝夕有些感慨。

"你这包里面是什么卡？"陆志浩想起什么，凑过来问。

林朝夕愣了愣，答："好像是时迁？"

花卷小朋友接过袋子，把剩下的都倒进嘴里，嘎巴嘎巴地嚼，听到这话，猛地摇头，指了指面，又指了指自己，"呜呜呜"要说什么话。

"你也吃太多了吧！"陆志浩受不了他。

周围好多学生在分零食吃，吃着吃着，仿佛刚才被考试搞得非常沉重的心情都轻松起来。

开心的小朋友们围着解然问："老师，我们等下要干吗？"

"等下阅卷啊。"解然很自然而然地说道，回头，指着楼梯口左手边的教室，说，"同学们，这间教室终于等到它要等的人，让我们一起进去吧！"

教学楼，一楼教室，他们把所有行李堆在门口，像被赶的羊一样走进这间新教室，很蒙。

"随便坐吧，同学们。"解然笑着说。

林朝夕找了个靠门的角落，陆志浩坐她旁边，裴之在她身后，花卷理所当然和裴之是同桌。孩子们还在互相争抢座位。

解然把卷子往桌上一放，说："我把答案在黑板上写一下，大家先自己对对答案，做点心理建设。"

林朝夕猛地抬头，这种情况下，花卷咽完干脆面，凑上来说"时迁太垃圾了，下次我来开面"的声音就非常突兀了。花卷同学自己也尴尬了下，揉揉脑袋，缩回后座。

短暂肃静后，教室炸开了锅。

"老师，这就开始上课了吗？"

"成绩马上出来吗？"

"那被淘汰的就要马上回家吗？"

夏令营的流程太迅速残酷。爬楼，考试，阅卷，出成绩，一浪高过一浪，甚至连开营仪式都没有进行，他们中就有人要走，学生们有点受不了。

解然微笑："成绩很快出来，麻烦大家等二十分钟哟。"

"太快了吧。"

"为什么这么吓人？"

"我不行，我真的要上厕所了。"

就在这种全场震惊的氛围里，教室外响起"噔噔噔"的跑步声。

先前监考他们的女教师冲进来，在解然身边附耳小声说了两句话。

全班肃静，看着讲台上的两人。

解然有短暂愣怔，后点点头，视线冲他们这边移来："裴之同学，跟王老师出去一趟。"

"又是他。"

"之前没觉得特别啊。"

"去干吗啊？"

学生们窃窃私语，林朝夕皱眉，自动过滤那些废话。裴之闻言站起，绕过花卷走到后门，那位王老师小跑过来，对裴之说了什么，然后带他离开。直到裴之身影消失在走廊拐角，林朝夕才和花卷一起收回视线，对视一眼，看到彼此眼中的担忧，林朝夕觉得自己仿佛知道了裴之一直以来表现得泯然众人的原因。

解然拍了拍手，把学生们的注意力唤回。

"我开始写答案咯。"他拿起粉笔，手上举着答案纸一类的东西，对着在黑板上抄答案。

三张试卷共30道试题，第1道题开始，孩子们瞬间忘记刚才的小插曲，注意力全被黑板上的答案吸引了。

解然很坏，选择题只写答案——CABDCA，ADBCDA，DCCAB。

"题目是什么，我不记得了啊。"

"第三题那个，记得答案是 18，但是 B 是吗？"

"C，我应该选 C 了吧？"

林朝夕简单对了一遍答案，双手放在桌上，或许因为无所事事要干等，所以有点烦躁。

在她背后，花卷忽然问："那个，第三张卷子的选择题是什么啊？"

陆志浩回头："你问哪道？"

"所有的啊！"

"你一道都不记得吗？"陆志浩很吃惊。

"对啊，我来不及做，都瞎写的。"花卷在哀号，"怎么办啊？我可能马上就要走了，舍不得你们！"

"你不会这么差，要对自己有信心！"陆志浩鼓励他，"最后一张卷子，我也有好几道题没来得及做。林朝夕，你呢？"陆志浩问。

林朝夕被点名，诚实回答："我……空了三道题没做。"

"你不会空了最难的三道吧？"

"是啊。"

"你好聪明啊！"陆志浩感慨，"我做不出来就不知道过，死盯着一道题做。"陆志浩挠了挠头，继续担忧，"唉，不知道裴之怎么样了。"

林朝夕被他一说，又开始莫名其妙地忧虑，气氛谜一般令人焦虑。不多时，带走裴之的王老师回来了，但裴之没跟着回来。林朝夕估算了下速度，这大概是上下七楼一个来回的时间。裴之肯定是被她带到哪位老师办公室里去了。想到这里，林朝夕感到有人戳了戳她的背，回头看见花卷小朋友微笑的脸："别担心啦，这种情况，他肯定早就做好准备了，他'老人家'可是很强的哦。"

讲台前，解然写完答案，扔掉粉笔。

解然："同学们，那我开始批卷啦，你们王老师也回来了，她帮我审核。"

他边说边拿起红笔，当众摊开试卷，真当着他们的面，在讲台上开始批改起试卷来。

第 28 章 · 成绩 ·

林朝夕被花卷一戳，顿时觉得自己像护崽的老母鸡。她刚才想，裴之被叫上去会因为什么？是站出来反对考试的态度太嚣张，还是十来分钟做完三张卷子太不可思议？想来想去，最有可能还是后者。天才学生，在哪儿都很耀眼。她不知道裴之会怎么应对，但对象是裴之，应该没问题吧……

林朝夕向窗外看去，远处有大湖，有大片水生植物和戏水的野鹅，明明应该是高高兴兴、边玩边看的美好时光，可他们的好心情都因一场考试而变得乱七八糟。从到达这栋大楼开始，所有测试好像都在考验他们的心理承受能力。不讲道理的考试流程、马不停蹄的阅卷和即将出结果的第一轮淘汰，所有一切都在说——这个夏令营要挑选精英学生，并且有自己的一套标准。

班级里交流答案声越来越小，解然在讲台上翻阅试卷声却越来越响。红笔画过试卷，发出"刺啦刺啦"的轻响。解然每批完一张卷子，就递到旁边。女老师会对照批完的试卷，核对一遍答案和成绩，他们还会小声交流两句，看口型，像在说——"这个能给分吗？""给吧，给一半。"

他们看似随意，却越发令人忐忑不安，时间像被无限地拉长。解然像后脑勺长了眼睛，时钟秒针走过数字"12"的瞬间，即刻停笔。教室里所有孩子都被吓了一跳。

解然看了他们一眼，笑了笑："这么紧张干吗？"

他随意说道，并把所有试卷摞在一起，竖起理齐。试卷下沿击打桌面，声音在原本不安的教室里非常清晰。"当当当"，这声音让孩子们更加紧张了。

讲台上，解然拿起一份 A4 纸大小的名单："我开始填成绩了。"

他还向他们通报一声。女老师闻言，一只手按住试卷左上角，另一只手开始翻页，报数。她声音明明像蚊虫般细小，可在整个静如冰窖的教室里，他们还是能听清一些数字。

"1 号 78 分、2 号 90 分……41 分……"当她念到"41"的时候，整个教室里都发出很长而遗憾的"唉"声，很有戏剧效果。"最后一位，65 分。"

当她念完分数后,教室外响起了脚步声。那是两种不同的声音——成年人的皮鞋踏过地砖和少年的运动鞋踩过地面。两人一前一后走了段距离,穿运动鞋的少年从后门进教室,走到他们旁边坐下。桌椅发出"吱呀"一声轻响,林朝夕悄悄转过头。

裴之回来了。

花卷:"谁找你了?"

裴之:"副校长。"

花卷:"副校长找你去干吗?"

裴之:"做题。"

花卷:"你不是刚做完题,又要做题??"

裴之:"嗯。"

花卷:"我这个问题是在问你,他让你做了什么题。"

裴之:"我没做。"

林朝夕在前排直接笑出声,一想到裴之很有可能直接对着副校长出的题干坐了二十分钟,就觉得那画面一定很美。

走在裴之前面的成年人进入教室。解然退到一旁,黑皮鞋踏上讲台前的台阶,在黑板前顿住,转过来,面朝他们。头三十秒,没人说任何话。一双犀利而冷酷的眼睛从前到后扫视他们,那道目光有时在无所谓地看,有时又很有针对性。视线先后在章亮和裴之脸上停顿,还抽空看了林朝夕一眼,最后声音才响起:"同学们,大家好,我叫张叔平,是本次安宁市晋杯夏令营集训的负责人之一,副校长,也是你们的老师之一。"张叔平四十来岁,"地中海",微胖,脖子上挂着副黑框老花镜,但没戴,他开始说话后,整个教室的温度又降了,"我先宣布一下大家这次考试的成绩。"

林朝夕打了个激灵。陆志浩甚至不敢开口说话,手攥得紧紧的——这大概是班上大部分学生的动作。解然将名单递出,张副校长接过。这一过程非常随意,却很有可能影响五个孩子的数学生涯。湖风带来水草的腥气,林朝夕觉得有点冷。

中年人将老花镜戴上,直接开始报成绩:"丁叮 72 分、王成 77 分、王若林 60……"

教室里终于有了些声音,被念到名字的孩子们或长舒一口气,或与同伴小声交流。

"王风，88。"

念到这里时，章亮那边有小规模骚动。

王风应该是章亮的好朋友，他们周围一群人在给他小声庆贺。

这时，副校长已经报出下一个名字："花卷，61。"

花卷同学一凛，全身上下骨头都被瞬间拎直。突然，教室一角响起"扑哧"一声轻笑，循声看去，嘲笑花卷的竟然是王风。王风边笑边转过头看着花卷，拇指向下，偷偷比了个"弱鸡"手势。花卷小朋友拍桌，冲他比回去。

"行了，安静。"副校长抬头，冷冷地道。

花卷吓了一跳，一边觉得憋屈一边忧愁，瞬间趴倒在桌，哭丧着脸，手指在桌上画圈圈："居然被章亮的跟班鄙视了，完蛋，我要打包行李回家了，大姐会打死我，她说了暑假不想在家里看到我的脸。"

章亮那边还有人对花卷指指戳戳，林朝夕没去管，赶忙回忆了下。花卷前面大概有九人，比他分数低的只有一个。按照淘汰百分比粗略估计，花卷还真的有点危险。

陆志浩继续回头安慰他说："别急呢，成绩还没全出来。"

"老陆啊，你要替我报仇。"花卷哀叹。

说完这句话，副校长已经报到陆志浩的成绩："78。"

陆志浩先是长舒一口气，随后整个人放松下来，他的分数在刚报过的成绩中排第六，后面还有十四个人，他妥妥地不用被淘汰了。林朝夕拍了记他肩膀。

"老陆，真不错！"花卷也喊。

可他们还没开心一会儿，章亮那拨人又作妖了。

张副校长念："陆明，80！"

陆明也是章亮的小跟班之一，他猛地回头，冲陆志浩做了个"肥猪"的口型，还啧啧叹道，像觉得陆志浩只有78分还这么开心真可怜。

陆志浩的脸又耷拉下来，林朝夕捏着他的脸，把他转回来："别不开心，理他们干吗？"

"可他考得比我好啊……"

"那又怎样？我考得也比他好，是不是就可以嘲笑他了？"林朝夕理

129

直气壮地说。

花卷、陆志浩两个人同时笑出声，情绪暂时好了点。

几人欢喜几人愁，随着张副校长念出的成绩越来越多，教室里多了很多阴郁的小角落，同样也多了很多嘚瑟的小团伙。

"看他们这么嚣张，真太气人了。"花卷小声嚷道。

花卷说得没错，和章亮玩得好的几个实验小学的学生，连续出了成绩，一个90，另一个89，不仅自己得意，还老向他们回头挑衅。明明大家刚认识，该是开始交流培养感情的时候，现在却要被迫成为竞争对手，真麻烦。

这时，林朝夕终于听到了自己的名字。"林朝夕，91分。"

张副校长念完，全班短暂寂静后，再度哗然。

"那不就错了三道填空？"

"她居然考这么高。"

"故意的吧。"

四周目光各异，有人羡慕，有人怀疑，因为大家都是对手，最多的就是不服气了。红星小学的，凭什么考这么高！大概就是这个意思。

身边，陆志浩捏着她的胳膊说："林朝夕，你真的太强了。"

她的后座上，花卷在鼓掌，边拍还边向章亮那伙人挑眉挑衅，拇指冲下对着王风，瞬间就忘记自己可能被淘汰的事情。而裴之……裴之则冲她点头致意，目光清亮。林朝夕也是同样点了点头。

"赵学，76。"

"赵在，66。"

…………

张副校长还在报成绩，林朝夕却没有放松。随着姓氏笔画越来越多，名单上所剩的姓名越来越少。她知道，马上要轮到全班姓氏笔画最多的那两个人了。

"章亮，100分。"讲台上的中年人念道，第一次停顿下来，破天荒地用正眼看章亮，说，"非常不错，下次继续努力。"

章亮身边的小团伙迅速鼓掌，还有人扭头冲她得意地笑，比了个"9"的手势，意思是比你多9分！你们好歹想想，我少做二十分钟题啊，林朝夕想。

章亮满分成绩一出,确实很能唬人,其他孩子在那几个鼓掌的人的带领下,也都下意识哗哗地鼓起掌。

教室里顿时掌声翻涌,章亮本人很骄傲地站起来,站起来前还很骄傲地看她一眼,然后才鞠躬,说:"谢谢校长。"

花卷翻了个白眼,表情生动,正要开口嘲讽,校长已经把名单放下。林朝夕抬头看他,章亮是第四十九位,全班还剩下一个人的成绩没有报,是……中年人干燥而厚实的嘴唇张开,念出最后一个人的成绩:"裴之,100分。"

整个教室,甚至是整片湖畔基地,仿佛霎时都静了下来。风吹过湖面,吹过苇丛,吹过树林,吹过整个教室,吹过教室里每一个人。野鸭"嘎嘎"叫了几声,几乎所有孩子都打了个激灵才清醒过来,但他们还是很怀疑自己的耳朵。30道题,十来分钟解决,满分。这是何等可怕的碾压,这还是人吗?当然不是。不是人、不是人!孩子们在心中纷纷大声喊道。除此之外,他们很难找到恰当的词语来形容裴之的能力。

过了一小段沉默的空白期,孩子们才开始交头接耳——

"他到底是什么人啊?"

"你们学校的啊,他怎么这么厉害?"

"之前也没听说过啊。"

反转来得太快,章亮及其小跟班都蒙了。在裴之的映衬下,章亮的成绩竟毫不起眼。他们每个人脸色都难看得像霜打的茄子。林朝夕看到这幕,简直想朗诵"萤火之光岂能与皓月争辉……"那个句子。

周围其他孩子也都不再关注章亮,他们忙着找裴之搭话。

一会儿是"同学,你好厉害"。

一会儿是"副校长刚叫你去,是不是跟你说了什么"。

裴之没有故作冷淡,很平和地应答,果然还真是对谁都一样。

陆志浩转身拉着裴之同学的手,就差拜一拜学神了。

林朝夕只能看着花卷笑:"欸,你运气怎么这么好,不是说最后一张卷子瞎做的吗?"

她这么说是因为,刚才张副校长已经报完全部学生的成绩了。

60分以下的五人被直接淘汰,花卷倒数第六,可以晋级下一轮了。

"我也不知道，我好像从小运气就好！"花卷一脸死里逃生的样子，拍着胸口说，"我妈说是因为我刚出生差点没活过来，所以这是老天爷在补偿我。"

还真符合幸运星的人设，林朝夕趁机揉了把小卷毛，笑道："那以后，干脆面统统归你拆了。"

"没问题！"

讲台上，张副校长重重咳了一声。

林朝夕立即回头坐好，全班再次肃静。

"各位同学都知道自己的成绩了，等下解老师会把大家的试卷发下去。你们可以看看，有什么疑问也可以提，但请注意，你们只有五分钟时间。"他这样说道。

第29章 · 处罚 ·

雪白试卷一张张传下，林朝夕接过自己的。她看着试卷上用红笔圈出的三道空题和余下对钩，叹了口气。座位上，很多孩子都在重新核算成绩，她朝要被淘汰的几人看去。他们中有人还在算分，有人一脸懊丧，有人在埋头哭，还有人被同桌拍着背，正在低声说着什么，但没人在整理东西，没人愿意走。临时组成的班级变得沉默，好像刚报完成绩的轻松热闹只是假象。

张副校长看了看手表，留给学生质疑的五分钟时间已到。他语气仁慈，表情却一如既往地冷淡："最后五名的同学，你们应该知道自己的成绩了，虽然很遗憾，但现在必须要请你们离开了，外面会有老师送你们回家。"

很多孩子都猛然抬头。这是真的，他们的第一反应是这个。夏令营是真的，考试是真的，淘汰也是真的，他们真会因为成绩不达标而被送回家，这些都是真的。

林朝夕也跟着惆怅。虽然他们这些人里确实最终只有五个人能代表安宁市参加最后的正式比赛，可一起走完全程和一开始就被淘汰还是完全不同的。最后五名的孩子没有逗留，在张副校长说完那句话后，他们纷纷站起，低头走出教室。

教室外，门口果然已经站着一位老师在等他们。那位老师揉着这些孩子的脑袋，小声安慰他们。林朝夕不知道老师会对他们说什么，可很清楚地知道，她不想听到那些安慰的话，她想走到最后。后门被再度关上，教室里才恢复一点热度。学生们很明显有小规模的庆祝活动。总之，还是在庆幸自己暂时不用走。

讲台上的中年人环视整个教室，缓缓开口："虽然他们走了，但很快，你们中又会有人离开。"

"啊——"讲台下的孩子们拖着调子，非常不情愿。

有胆大的学生直接举手说："老师，'很快'是多久啊！"

"老师请你起来回答问题了吗？"张副校长问。

那位学生赶忙缩手缩头，教室霎时安静下来。

"你们不需要知道下一次考试是什么时候，因为它有可能在你们吃饭的时候，也有可能在你们睡觉的时候……"

"那上厕所的时候呢？"后座发出带着轻笑的询问声。

林朝夕惊了，回头看着花卷。这孩子半仰头，小脸笑嘻嘻的，根本无所谓讲台前站的是谁，林朝夕觉得他骨子里好像天不怕地不怕。

"我允许你发言了吗？"张叔平的语气依然冷淡。

"哦，好吧。"花卷低头，缩了缩身子，眼底却没有一点惧意。

张副校长被打断两次，但也看不出不悦来，语气一直都很平静冷淡："我知道，你们发现自己暂时不用走，骨头轻了，你们很得意，但得意什么呢？我们这次夏令营的全称是晋江杯小学生奥林匹克数学竞赛安宁赛区选拔夏令营，这意味着你们的竞争对手根本不是班里这五十名……不，现在剩下四十五名同学。你们可能觉得我残酷，但学习本身就是这么残酷。到了外面，你们就会知道什么是'人外有人，天外有天'。只看到自己的这些小成绩，是远远不足够的……"

后座又有小动静，林朝夕隐约听见花卷在说："天外的天已经在我旁边了，还看个鬼啊！"

像为了反驳花卷，讲台前的男人话锋一转："没错，你们这些人里，有人很聪明，但在真正艰深的数学学习前，你们的这里都是微不足道的。"他指了指自己的脑袋，目光也很有目的性地移向裴之，再次徐徐地开口，"智力不是决定性因素，勤奋才是，因为你们学到最后，会发现学数学真的艰难和困苦，没有极大毅力，无法走下去，它绝不像你们想的那么简单。"

林朝夕越听越不对味，这几句话仿佛是专门讲给裴之听的。联想到刚才裴之被叫走的事情……这个张叔平和裴之之间到底发生了什么？

她悄悄回头，试探着开口问裴之："你没答题，所以得罪他了吗？"

"裴之同学，请起立。"

讲台上，张副校长突然点名。

后座，裴之推开椅子，缓缓站起。

张副校长对全班同学说："刚才的考试，裴之同学考了满分，并且只用了十几分钟就完成答题，让我们先为他的表现鼓掌。"

全班即刻响起震耳欲聋的掌声，陆志浩很没心眼地啪啪啪拍着巴掌，非常替裴之高兴。

林朝夕却皱眉，总觉得这句话很有欲抑先扬的意思。

果然，掌声渐渐停歇后，张副校长又说："在你们等成绩的时候，裴之同学被我叫到了办公室。我知道你们很想知道，我为什么找他，同样也想知道办公室里发生了什么，那就请裴之同学自己来说说吧。"

林朝夕半侧身，半仰头看站起的少年，皱着眉，感觉更加不好。

裴之目视前方，直接回答："刚才，张校长拿了一张新试卷，让我用二十分钟完成。"

"然后呢？"

"然后，我一题都没有做。"

"为什么？"

"因为我不会。"他很自然而然地回答。

林朝夕心里咯噔一下，旁边，章亮那伙人已经"哈哈哈"笑出声，嘲笑意味非常浓。花卷也满脸震惊，很无措地看着裴之，没想到会是这个结果。整个班级里，只有裴之本人还保持冷静。

"你为什么不会做？"张叔平还在问。

"因为我没学过。"裴之答。

林朝夕不知道该说什么，这位张副校长明显在用裴之的例子告诉大家，要对学习有敬畏之心，通俗点的说法就是"杀鸡儆猴"。她很想站起来替裴之说两句，也正准备这么做，突然，有人喊道："林朝夕！"

"到！"她猛地应答站起。

教室里再次鸦雀无声。

一前一后，她和裴之突兀站立，接受全班同学的注目礼。

"听解然老师说，你刚才在质疑我，让学生们扛着行李上楼的考试要求有什么意义。"

林朝夕先看解然，抿着嘴、撇撇嘴，意思是：你居然告密。

解然站在校长背后，虚空戳了戳中年男人宽厚的脊背，意思是：他超凶，我不敢不说。

好多学生在讲台下偷笑。

"是。"林朝夕答。

"为什么？"副校长问。

"我觉得，您让我们在极度疲惫的这种状态下参加考试，无法测试我们的真实水平。"她说。

张副校长："在精疲力竭的状态下参加考试就叫极端？你能保证你往后人生中的每一次考试都能用百分之百饱满的精神状态去参加吗？你保证你考前不会发烧、头疼、失眠吗？"

林朝夕想起自己上次夏令营考试前拉肚子、发高烧所以落榜的情况，还真无法保证，所以她很诚实地摇头。

"今天的测验情境，只是你们往后可能碰到的情境之一，设想一下，如果道路拥堵，你狂奔几公里参加考试，坐进考场就必须马上开始答题，你们有了今天的经验，是否就会稍微镇定一些？很有可能，正是这样的镇定，给了你们上名校的机会。"

中年人慷慨激昂，林朝夕却低声问："学习的目的也不是考试，为了概率很小的极端情况做准备，真的有意义吗？"她确实很疑惑。

"很可惜，对于现在的社会制度来说，大部分人学习的唯一目标就是通过考试。而这次夏令营的目的，也是考试。"张叔平像在对她说，也像对在座的所有孩子说，"如果通不过，就会被淘汰。真正的社会资源只有那么多。社会通过考试，用一种相对公平的方式，一层层筛选出不同能力的人，进行社会资源分配，这就是残酷的事实。"

林朝夕久久无言。她深知张叔平说的每句话都是很少有人会告诉孩子们的残酷事实，但这一事实，又与老林从小到大给她讲的"喜欢""兴趣"相违背。老林从不强迫她一定要成为怎样的人，因此就算她那时文理分班时强行选了文科，老林也只是生闷气。现在，她被骤然提醒了学习之路的艰难性和残酷性，竟又变得迷茫起来。她突然很想知道，如果在讲台上授课的人换成老林，会对他们说什么？想到这里，她又摇了摇头。老林现在远在几十公里外，还是名公园管理员，怎么可能来这里给他们上课呢？

讲台前，张副校长出声，打断她的幻想。

"你们是很聪明，我承认。"他说，"我也理解你们这次站出来并不是为了自己，而是为了你们的同学，但你们的行为本身确实带头破坏了考试规则，所以我对你们做出以下处罚。"林朝夕再度抬头。"在接下来这一周内，你们必须每天早上6点到食堂，为夏令营其他学生准备早餐，这是对你们两个的惩罚。"

说完这句话后，副校长说了一句"解散"，就走了。林朝夕还站着，并怀疑自己耳朵有问题，对普通人来说这是处罚，但对她来说，好像又不完全是。

她回头，看了眼裴之。

第30章 · 知之 ·

副校长走后，是解然小老师表演的舞台。

他在讲台上伸了个懒腰："小朋友们，我们现在可以去宿舍啦。"

望向窗外，果然，树荫下有几辆白色观光车，司机刚停好车，正百无聊赖地等着他们。她和裴之还站着，都省了坐下来再起立的步骤。他们俩不约而同地往门外走，花卷、陆志浩赶忙跟上。

"这副校长怎么这样！"

一出门，花卷就开始义愤填膺，陆志浩闷着不说话。

"你们别难过，我给你们说，谁这辈子没遇到过几个垃圾老师呢……"

花卷还在嘟嘟囔囔，裴之同学默默回去，拉起花卷的箱子拉杆，问："走吗？"

"走走走！"花卷受宠若惊，快走几步接过。

裴之背着他的黑色书包，很闲散地走在前面，一路都是树荫，非常凉爽。

林朝夕刚扔掉干脆面袋子回来，拍拍手上的调料粉，问裴之："副校长不会拿了高中生的卷子给你做吧？"

"有可能吧。"裴之答，"我确实看不懂。"

"这不是故意欺负人吗？"花卷又拔高音量。

"不会做很正常，没什么问题。"裴之用清脆宁静的声音说。

"欸！"花卷讶异地道。

林朝夕弯起眼睛笑了，看着裴之很清醒的目光，突然觉得自己刚才要拍桌而起的冲动也很傻。这是裴之啊，既不会因被师长当众教育而羞愤，更不会因无知而难过。所有的未知，或许才是最让他们高兴的事情吧？

"你们两个怎么一点都不生气！"

"气什么？"

她和裴之不约而同地问。闻言，花卷气不打一处来，奋力一提，将行李箱装上观光车，不说话了。

他们后面，其余学生也陆续离开教室。

解然虽然一肚子坏水，但仍比冷酷副校长好相处太多，小朋友们围着他叽叽喳喳问东问西，比如"宿舍怎么分啊""下午干吗啊""以后会不会每天都有考试啊"。

解然就笑眯眯地说："到时候就知道了。"

"解老师，我们真的要在这里待一个月吗？"

"放心啦，你们很多人都待不满一个月的。"

"哎——"学生们很不满地长叹一声。

"那怎么可以留得更久一点啊？"

解然："干吗这么问？我以为你们都想走了呢。"

他说这句话时，视线向他们这里移过来。林朝夕坐在裴之对面，他们中间是行李，裴之单手支颐，扇子似的睫毛低垂，不知在想什么。林朝夕耸了耸肩。这点小问题就要走，开什么玩笑嘛。

"不行啊，回家的话，我妈会打我。"

"太早被淘汰感觉很丢人吧！"

孩子们还在追问："你给我们透露一点通关秘籍嘛！"

"秘籍就是——找好队友，共渡难关。"

"什么意思啊？！"孩子们不约而同地问道，震得林鸟展翅。

解然笑："行了行了，赶紧上车，随便坐。"

"随便"本来就是最麻烦的词。观光车有五辆，孩子们刚才已经相互熟悉过，说过话的、一个学校的，都纷纷坐到一起，那些孤僻的，就选择没人的空位，而他们这里的情况，则有些尴尬。

"裴之、花卷，要不要来我们这里？"

有两个实验小学的孩子跑过来，很诚恳地邀请道。

花卷撑天撑地，反而对善意的邀请不知该如何拒绝。

陆志浩还在旁边说："要不你们去吧，毕竟是一个学校的。"

林朝夕目瞪口呆了，简直想捏他的脸。

这时，裴之很干脆地说："我们就坐这里。"

他"老人家"很难得地开口，甚至没找什么乱七八糟的理由，比如懒得搬东西，反而更坦诚。两个孩子意识到他的坚决，摸了摸鼻子走了，也没说过分的话。

观光车发动。艳阳在大湖边失去了原本的威力，微风徐徐，间或有白鹭和水鸟腾空而起，孩子们看得兴高采烈，早就忘记刚才的紧张考试。这才像夏令营啊，林朝夕跟着伸了个懒腰。绿洲基地环境着实优美，又刚建好，设施全新，不少学校会在这里组织暑假活动。

一路上，他们看到很多学生在拓展训练项目设施里爬上爬下，或者两两牵手跟着带队老师去喂羊，还有一片烧烤营地，烤肉香味随风而来，他们才想起自己根本没吃饭。

花卷小朋友深深吸了口烤肉的香气，感慨说："真好啊，想就这么住一个月，不用考试就好了。"

"你怎么这么怕考试啊？"林朝夕笑问道。

花卷直接扭头看陆志浩："老陆啊，我们聊聊。"

"聊什么？"陆志浩这次考试结束后情绪就不是很好，被花卷喊了一嗓子才反应过来。

"告诉这两位，我们为什么怕考试。"

"怕考不好！"陆志浩说。

花卷打了个响指，回头看她："明白了吗？"

林朝夕摇头。

"你成绩好，你不会懂。"他又看裴之，直接地道："你闭嘴。"

裴之确实刚要说话，被花卷吼了一嗓子，小脸上很难得地有笑意，他认真地说："我刚考了0分。"

"你那个不算！"花卷惊道，"高中题你都会做，那你还是人吗？"

"本来就不是人啊。"林朝夕下意识地说道。

闻言，裴之抬眸，吃惊地看着她。

林朝夕赶忙喊道："我在说陆志浩！"

陆志浩还是耷拉着脑袋，没反驳。看样子，她刚才和花卷一唱一和，再加上裴之配合，都没让陆志浩开心一点。

林朝夕没辙了，只能戳戳他，很直接地问："你怎么了？"

"我……就是觉得自己肯定留不下来，好像没什么继续的意义。"

"你没意义，那我岂不是更没意义了啊！"花卷怒道。

"所以，你是为了要参加晋杯或者说拿到那五个保送名额，才来的吗？"林朝夕想了想，问。

"啊？"陆志浩皱眉，像很难想明白这个问题，最后说，"我不知道，你呢？"

"我们每个人来说说，自己为什么来吧！"林朝夕拍了下手，提议。

"没有每个人……"花卷说，"就你。"

"为什么？"

"我没理由啊，考上就来了啊。"

"你没理由就没理由，你怎么知道裴之同学没理由。"林朝夕移过视线，目光灼灼地看着裴之。

"我也没有。"这是裴之的回答。

"欸？"这个回答让林朝夕非常意外，她总觉得无论是未来还是现在，裴之都是个非常清醒的人，永远知道自己在做什么、要做什么和为什么要做，怎么会有不知道的时候呢？

"为什么？"林朝夕问完，觉得自己又傻了。问为什么不知道为什么要来，简直是个无限循环的无底洞。看着眼前三个不同程度茫然的孩子，林朝夕自己也茫然了。是啊，为什么要来呢？

"那你呢?"裴之同学问她。

看着少年清澈平和的眼眸,林朝夕想,我总不能说是为了弥补现实世界的遗憾,为了老林,为了你吧……于是她选了个现阶段最诚实的答案:"因为我和院长妈妈打赌,如果我参加晋杯然后夺冠,就可以选择自己想去的人家。"

"'想去的人家'是什么意思?"花卷愣住。

"就是收养家庭啊。"林朝夕说,"院长妈妈给我找了个家庭,但我不是很想去。"

花卷小朋友"嗞"地倒吸口冷气:"我又忘了!"

"没事,夕哥觉得无所谓,你不用小心翼翼。"林朝夕拍了拍花卷的肩膀。说完,她才转头,发现裴之小朋友正认真地盯着她。裴之小时候总让人觉得散漫淡然,很少有那么认真看一个人的时候,尤其此刻,清澈目光中带着点不解和探究。

林朝夕顿时羞愧,很想说"其实不像你想的那样啦"……

"所以你们院长到底给你找了什么样的家庭,你这么不乐意去?"花卷打断了她,竖着大拇指,一副"哥后面有人"的样子,"如果有麻烦告诉我,我让我姐……"

"好人家,家里都是教授!"林朝夕笑。

"那你为什么不去?"花卷问。

林朝夕:"那家人很好,我就要去吗?我有自己的理想和追求。"

花卷和陆志浩听得一脸蒙,反而是裴之,像在等着听她所说的理想和追求到底是什么。

不远处,错落有致的白色洋房已经清晰可见,有花园、小河、欧式的路灯和很多在玩乐的孩子。老师带着队伍,像正在教孩子们认识路边的各种植物,而更远些的地方,还有背诵英文诗的磕磕巴巴的声音——When you are old and grey and full of sleep, and nodding by the fire, take down this book, and slowly read, and dream of the soft look(当你老了,头发花白,睡意浓浓,倦坐在炉边,取下这本书,再慢慢读着,追忆当年的温柔眼神)……

林朝夕听着那首诗,出了一会儿神,那是很小的时候,老林带她背过的一首诗。然后她才意识到,他们的话题不知为何变得那么深入,那么不符合小学生的日常。

大概是微风和四周的欢笑声太美好,以及那首诗太美,她把手背过头,伸了个懒腰,缓缓开口:"其实现阶段,我也不知道自己的理想和追求是什么。所以,我总觉得那些在很小的时候,就知道自己要做什么,并且努力坚持着,一直做下去的人非常了不起。"她看了眼裴之,继续说,"像我这样的普通学生呢,很多时候对'要做什么'和'为什么要做这件事'感到茫然,甚至包括读书……为什么要读书?为了考个好的大学,为了工作以后可以赚更多的钱?然后呢?我也不明白,然后之后是什么。不过现阶段,我想了个理由。对我来说,努力读书,可以给我更多选择机会。我可以用成绩来得到我人生的自主权,这对我来说很重要。"

她视线移向陆志浩,很认真地说:"不管怎么说,机会就是机会,它有时表现得很困难,有时看起来过程丑陋难熬,有时它的结果注定会让你觉得难过,总之,还是要努力抓住每一次机会!毕竟很多事情,往往是在认真去做的时候,我们才能找到真正的意义。如果总是觉得'这时错过也无所谓''反正做不到不去做也无所谓',或许我们长大之后的某一天,就会后悔。"

她说完,觉得四周氛围不对,突然意识到自己这段发言太不像小学生了。

果然,陆志浩看着她,很感动地说:"谢谢你,林朝夕,你后面那段背得真好,哪本课外书里写的?"

林朝夕愣了半天,最后无奈地笑了起来,她又不由自主地想到老林。风送来孩子们的欢笑声。如果老林能在这里,该有多好。

第31章 · 合理 ·

观光车在一幢四层洋房前停下,洋房纯白,有欧式尖顶,在它周围,还有鳞次栉比的白色小楼,沿一座小山坡逐渐向上。解然坐的那辆观光车已经先到,他正和其他孩子在花园里有说有笑。

天高云淡,一切都很惬意舒适。

等他们到后,花园内外就被四十五个孩子和他们的行李堆得满满当当。靠里面一点的孩子踮脚张望这栋洋房,对住宿条件很感兴趣,他们间或发出各种惊喜的呼喊声。

"有沙发!"

"还有零食、零食!"

"哦哦哦,有火炉!"

大夏天也没法烤火吧,林朝夕笑了。

她大致数了数小洋房的房间数,妥妥装不下他们这里所有人,不知道夏令营学校的主办方又要出什么幺蛾子。

过了一会儿,见人到齐,解然直接带他们进去了。

"这栋还有旁边的2、3号楼,你们都可以自由选择房间和室友。原则上男生、女生不住一栋楼,但房间实在安排不过来,3号楼可能需要男生住楼下,女生住楼上。"女老师说,"希望男孩子可以发扬绅士精神,把这栋1号楼让给我们女孩。"

"老师,那两栋楼也有这么多东西吗?"学生指着客厅的电视机、电脑和零食吧,激动地问。

"会少一点哦。"老师很委婉地回答。

"啊——"小男生们很遗憾地长叹,不过也没什么办法。

"'啊'什么?"解然敲了敲其中一个小朋友,"对女孩子好一点,不然以后找不到女朋友。"

"那老师你有女朋友吗?"

"没有。"

"哈哈哈哈哈!"男生们笑成一团,报复解然。

解然倒是脸不红心不跳,拍拍手,把所有孩子的注意力都吸引过来,说:"中午自己用房卡去食堂吃饭,下午4点在这栋楼前集合,4点30分会有入营仪式。"

说完,他转身就走。

孩子们山呼"万岁",开始抢宿舍,林朝夕他们这拨人留在最后。不是她谦让,主要是裴之同学看上去很不想争抢的样子,所以他们三个就默契地分别排在两支队伍最后。1号楼确实非常诱人,有柔软的地毯,客厅里摆着好几张可爱的沙发,不仅有电视,一边还有电脑,据说可以上网,不过林朝夕很怀疑这个时代的网速。总之,这里看上去真的很像一个温馨可爱的大家庭。

渐渐地，选完宿舍的孩子越来越多。花卷当然和裴之一间，小陆同学变得有点孤单，可怜巴巴地看着她。

"你想说什么？"林朝夕看他。

"老陆肯定想说，跟你一起这么久，才发现你居然是女孩子！"花卷小朋友摇摇头，同样表示震惊。

林朝夕："……"

因为排在最后，所以当轮到她的时候，只有混住的3号楼顶层还有房间，并且竟然还有间没人选的空房。大概因为搬东西很辛苦，又因为和男孩子住一栋楼，所以这个房间空了下来。而在另一边男生选房的队伍里，陆志浩最终和一个看着非常孤僻的男生同住，也在3号楼，不过是在二层，裴之和花卷的房间在同一楼层。他们选好房，走出来一对房间号，居然又聚到了一起。

大概是天意。林朝夕还挺高兴。

3号楼更靠近小山坡背阴处，有些阴暗潮湿，他们拖着行李进去，地板踩上去都嘎吱作响。一楼客厅没有电视机和电脑，只摆着一个书柜，有很多小玩具、乐高小车，还有一些已经被分解得看不出原样，更夸张的是，客厅竟然还有个小海洋球池。

林朝夕上了自己的楼层，刷开房间门，被宽敞的房间吓到。大床房，有独立的卫生间和衣帽间，还有开放式阳台。书桌上摆着矿泉水和水果，厕所里毛巾等洗漱用品一应俱全，简直像在住酒店。怀揣着"赚大了"的心情参观完房间，林朝夕放下行李，拿着房卡下楼。

让她非常意外的是，裴之居然已经坐在一楼客厅了。他正低头翻一本书，看得非常认真，甚至没注意到她下楼。客厅里闹哄哄的，孩子们都在玩玩具，这时，还在认真看书的裴之同学，就显得非常难能可贵了。林朝夕抄了条远路，绕到他后面，想看看他究竟看什么。然而还没等她凑近，她就知道答案了……因为书上的彩色图片实在太显眼，像素颗粒似的积木，五颜六色的构造，一步步分解和搭造小车的过程。裴之居然在看一本儿童乐高模型书。

林朝夕看向不远处吵闹的一角，陆续而来的小朋友们，有些甚至都没放行李，直接在客厅玩起了小玩具，而乐高桌附近的人最多。这个年代乐高比较稀罕，而且绿洲基地这栋小楼里准备的都是《星球大战》的正版乐高，很多孩子没见过，因此兴奋地你争我抢，玩得不亦乐乎。

你不愿意和他们一起玩吗？林朝夕边想边走得更近些。

裴之正盯着书上一台黄色的乐高拖拉机认真研究。窗外的阳光照在他身上，他皮肤很白，尤其认真钻研时，更显得可爱。林朝夕一言不发地坐到他身边，裴之又翻了两页书，觉得不对，转头，被她吓了一小跳。林朝夕笑着指指裴之手上那本《乐高微型世界：40个超逼真的MINI模型搭建实例》，又指指那张桌子，问："你干吗在这里看书，不过去玩？"

其实她那么问，纯粹是想逗小裴之，她总觉得裴之肯定会看她一眼，什么话都不说，没想到裴之很认真回答她："人太多，懒得抢。"

"欸？"

"那你不想玩吗？"

"想玩。"裴之很直白地说。

林朝夕发现裴之话变多了，感觉很意外，仔细回忆了下，裴之同学好像一直都是非常坦白的个性，有问必答，而且从来是有什么说什么，很多时候给人沉默寡言的错觉好像是因为……根本没人和他说话。花卷除外。

好吧。她仔细看着裴之的表情，为了确定自己的看法，就试探着问："裴之同学，要不过去抢位置吧？那边人这么多，如果现在不过去抢位，等会儿人会越来越多。"

裴之脸上露出思考的表情，林朝夕以为他又会说什么"算了"一类的话。

"不用抢。"裴之说，"我们先去吃饭，然后早点回来，那时候他们应该都去吃饭了。这样，我们的时间和他们错开，就可以很顺利地玩到乐高，这样应该更合理。"

合理……所以你这么早下来，是早就想好要先吃饭，然后玩乐高，还真是目的明确。裴之虽然语气平淡，但看上去非常胸有成竹。林朝夕总觉得这个方案有什么问题，但见他这么笃定，想想觉得应该靠谱。本着对小男神本能的信任，她下意识地没再想下去。

果然，很快花卷和陆志浩匆匆跑下来，花卷嘴里在喊："快走快走！"

陆志浩还在问"要不要去叫林朝夕"，就已经看到她和裴之并排坐好。他们大眼瞪小眼了几秒,林朝夕先蹿起来,指着食堂方向喊:"比谁先到!"说完,她就抢先跑了。

一路上,他们都跑得飞快,尤其是裴之。刚开始的时候,林朝夕还真有和他们赛跑的意思,谁回到小时候不想放纵地跑一场,尤其还是和自己的小男神一起在阳光下奔跑。她的确没想到,裴之同学好胜心强得远超她的想象。裴之和花卷两个谁也不肯让谁,从一开始就铆足劲向前冲。风从耳畔呼啸而过,两旁绿树苇丛倒退,阳光照在皮肤上,热辣的、飒爽的。到最后,就裴之和花卷两个还在跑,背影越来越小,简直不知道吃什么长大的。

林朝夕和陆志浩实在跑不动了,喘着粗气,对视一眼,不约而同地互相搀了对方一把。

遥望远处,陆志浩同学上气不接下气地说:"林……林……林朝夕,下……下……下次别……"

林朝夕又渴又累,非常想回到十分钟前把自己按在沙发上,痛苦地打断道:"别……别……别说了……"

第32章 · 导师 ·

总之,自己挖的坑自己跳。午饭时,林朝夕都没吃几口,实在是因为剧烈运动后根本没胃口。三个小男生却吃得飞快,好像刚才那通狂奔只是简单的饭前运动。人比人,气死人。

等他们吃完,林朝夕就想跟着起身把饭菜倒掉。她刚准备收拾盘子,裴之、花卷、陆志浩都不约而同地放下不锈钢餐盘,认真地盯着她。

陆志浩说:"墙上贴了字,说不能剩饭菜。"

花卷:"你好像很挑食,这样营养不均衡。"

"所以跑不动。"裴之做总结。

林朝夕震惊了,她,一个二十二岁的女大学生,居然被三个孩子盯着说挑食。这帮孩子可能根本不知道,未来女大学生的特权就是只要减肥,就可以理直气壮地不吃饭。可未来是未来,现在是现在。林朝夕缓缓低头,看着不锈钢餐盘边缘。她短小的手指抠着餐盘,不锈钢映出她

145

的模糊面容，用"黑、土、圆"三个字形容再恰当不过。她还不是女大学生，只是个小破孩。现实太残酷，她只能默默低头，夹起一筷子胡萝卜，慢慢往嘴里塞，并自我催眠——不能和孩子较劲儿，胡萝卜也很好吃……你肯定会有"报仇"机会的。

谁承想，机会来得非常快，有些令人措手不及。当时，他们吃完午饭，四人由裴之带队，信心十足地回到宿舍小楼。花卷一马当先，很帅气地推开3号小洋房大门，准备在空无一人的乐高台前大干一番。然而，就在门推开的瞬间，闹哄哄的声音顿时炸开。

"你不能这么搭！"
"你是不是傻子！"
"这是我的底座，我搭的！"

眼前客厅，人头攒动。乐高台前里三层外三层围着孩子，比他们走时还多。小男生们你争我抢，玩到的互相骂对方玩得不行，没玩到的努力上前抢位，各种五颜六色的乐高积木飞来飞去，场面极其混乱。门口，卷哥的手还僵硬地搭在门板上，小陆同学一脸呆滞。而裴之……裴之同学平素笃定的面孔上，也有很明显的错愕神情。大概在他的人生中，很少有这种意料之外、无法掌控的时刻。怎么和说好的不一样呢？

花卷同学用更通俗的语言翻译了下，就是："为什么还有这么多人，他们不吃饭的吗！"

林朝夕终于笑了起来，看着三位同学精彩的表情，有种大仇得报的快感。她终于知道自己刚才没仔细想下去的是什么——和他们竞争玩乐高的可都是小孩。小孩，玩起新奇玩具来谁还记得要去吃饭啊！只有裴之同学这种自律惯了的孩子，会以为先去吃饭就能和其他人错开时间，这样就能抢到玩具。他根本没想到，别的孩子很可能连饭都不吃。

大概是她脸上得意的笑容太明显，其他三人都缓缓转头，很不开心地看着她，一张"你怎能幸灾乐祸，太不义气了"的郁闷脸。

林朝夕赶紧正色，清了清嗓子，用大拇指指了指门内乐高台前热火朝天的场景，一本正经地问："那我们现在该怎么办？"

面前的三个孩子敛眉沉思，很认真地思考起来。

陆志浩说："要不再等会儿？"

花卷说:"我们晚上偷偷来?"

裴之没说话。

花卷:"裴哥,你说呢?"

裴哥还是没回答,低着头,不知道在想什么。

林朝夕刚想开口说自己的提议,就在那时,裴之动了。

裴哥抬头、迈步,和她擦肩而过,径直向乐高台走去。下一秒,让林朝夕乐得呛到的画面出现了。裴之同学找了个空隙,把手用力伸进两个男生之间,把他们分开,半个身子卡进缝隙,努力挤进去、挤进去……

一下午时间,以裴之为首的三人小组在和其他孩子抢地盘。林朝夕对乐高没兴趣,也不想玩娃娃,就在客厅小书柜里找了本数独书,百无聊赖地填了起来。周围是男孩们玩乐高的喧闹声,暖烘烘的夏风吹得人昏昏欲睡,不知不觉中,她睡着了。

开营仪式在下午 4 点 30 分,地点是绿洲基地森林区的小礼堂。

林朝夕很难得的精神奕奕。他们跟着队伍出发,还没到礼堂口,她就发现这次夏令营的规模远比她想的更大。小学生、初中生、高中生都聚在一起,礼堂门口场地上总共站着两三百人。所有学生由矮到高排队,依次入场坐好,很有誓师大会的意思。或许是礼堂内太昏暗,没一会儿工夫,陆志浩和花卷已经相互依靠,睡得口水都要流出来了,连裴之也低着头,时不时小鸡啄米似的打瞌睡。

突然,一阵尖锐的音响杂音响起,全场所有孩子被吓醒一大半,林朝夕也坐直身子。舞台上出现了一男一女两名高中生,都举着话筒,是本次开营仪式的主持人。

大灯暗下,四角射灯亮起,将小主持人照得明亮夺目。

"各位老师、各位同学,下午好,我们是本次安宁市晋江杯奥林匹克数学竞赛夏令营开营仪式的主持人,下面,让我们先有请各位领导、老师入场……"

《运动员进行曲》奏响,礼堂前方侧边门打开,一干领导、老师入场,张副校长走在最后。领导、老师落座后,林朝夕注意观察了下,张副校长旁边的位子竟然还空着。一般来说,座次按职位大小排序的话,坐在张副校长左手边的人职级肯定比他大。也就是说,整个夏令营最大的领导居然开营仪式都不出席？好有个性的样子，林朝夕感慨。

这是很小的一个细节，除此之外，整个仪式流程都再正常不过。主持人欢迎领导A发言，学生鼓掌；主持人欢迎领导B发言，学生鼓掌；教师代表发言，学生鼓掌。各年级组学生代表发言……

在主持人念完"下面有请小学组优秀学生发言"后，他们这边终于有了小骚动。前后的学生们都麻木地鼓掌，反而是他们小高组这里，大部分学生都在左顾右盼，想看看究竟谁是学生代表。其实不出意外，代表应该是章亮。

让林朝夕非常惊讶的是，在发言人起立之前，大部分孩子的目光向他们这里会聚，有人在看她，但更多的人看裴之。裴之同学本人低着脑袋，睡得正香，根本没意识到自己不知不觉就成了孩子心目中的领袖。想来也很正常吧，无论他平时表现得多么冷淡，能在关键时刻站出来力扛老师给的压力，在副校长的重压下还能很理直气壮说"我不会"的孩子，必然会成为其他小朋友心目中的英雄。林朝夕看着裴之，笑了笑，再抬头时，章亮已经在一片掌声中站了起来。

他们眼中有很明显的疑惑，章亮大概也感觉到了一些，假装不在意地走上台，举着话筒，面朝所有人，鞠躬，开口："各位老师、各位同学，大家……"

一听章亮同学的发言，林朝夕就偷偷笑了。怎么说呢？她本来总觉得章亮是比较成熟的大孩子，可章亮一开口她就破功了。他发言的表现完全是小学生的模样，拖长调子，抑扬顿挫，在每句话结尾处微微上扬，声音清脆，骄傲得像只小孔雀，发言内容也完全是正规学生发言的模板，不知从哪里找来的。她对章亮的敌意淡了些，其实他们还都是孩子。

如此又有几个学生发言完毕，开营仪式也仿佛到了结尾，张副校长缓步上台了。该说的场面话之前很多人说了，因此他上台也不再废话，大致说了下夏令营的时间安排——7月3号到8月3号是为期一个月的封闭式训练，周末休息。周末时，家长可以探访，也可在老师签字后将他们带走，但周日晚8点前必须回集体宿舍。

这些内容也都是写在夏令营手册里的东西，不过经由张副校长用严肃语气一强调，就变得格外重要。张副校长还在台上着重强调了禁令，比如熄灯后禁止活动，不能不服从管理，不能带游戏机一类……幸好移动电话挺稀罕,一般都用IC卡打电话,也没智能手机,不然禁令里肯定还要加一条。"散会后,会由各班班主任向你们分发具体课程表、布置学习任务,请各位同学不要立刻离场,听从你们班主任的安排。我要强调的内容大概就是这些……"

张副校长边说边退到演讲台后,学生们都渐渐感觉到仪式即将结束,开始窃窃私语。接下来,张副校长并未宣布仪式结束。他很严肃地举着话筒,俯视全场,一块白色幕布从礼堂舞台上缓缓降下。"在仪式最后,让我们有请本次夏令营活动名誉校长,三味大学数学系终身教授,著名数学家、教育学家曾庆然老师,为大家发表最后的开营讲话。"

投影仪打出一束光,白色幕布被逐渐映亮。

"曾教授因为国际会议,今天未能到场,特地为同学们录下这段视频,希望大家能够认真观看,有所感悟。"张副校长低声做着解释。

在场学生有小规模骚动,但骚动并不是因为孩子们知道曾庆然是谁,他们只是觉得这种出场方式很酷、很有趣。成人的学术世界,此刻仍离这些孩子非常遥远。林朝夕的感受却完全不同,她被一种浓浓的不可思议感萦绕。曾庆然,这个名字听上去很耳熟,她一定在哪里听过……想到这里,她立刻拿起手中的夏令营入学手册,哗哗哗翻了几页,到之前没仔细看的组委会介绍那栏停住。手指上移,在顶端校长那行后面,她看到了"曾庆然"三个字,也完全确定了一些事情。她非常不可思议地抬起头看幕布,光影叠加,幕布中的人像渐渐变得清晰,与多年后曾有一面之缘的人重合起来。如果她没有记错,在现实世界里,十年后,幕布上出现的这位老先生将会成为裴之的导师。而在芝士世界……她将视线移向身旁,裴之在投影幕布白光的映射下,缓缓睁开迷蒙的眼睛——恐怕这是他们第一次单方面"见面"。

第33章 · 探索 ·

幕布正中,出现了一位微笑着的老人。他穿着很朴素的藏青色工装,背后是白墙,坐在沙发上,笑容如他的衣着一般朴素无华,令人亲切。他没有演讲稿,但他的脱稿又同张副校长那样的完全不同,好像并没有计划好自己要说什么,只是对着镜头,很随意地开口:"各位同学,很抱

149

歉用这种方式与你们见面，显得很有距离感，不过我想，这样的距离应当让我们双方都感到放松。"

老人很诚恳，礼堂里的所有学生仰望他的面容，都露出轻松的笑容。

他说："其实我是个很害羞的人，要我面对很多人说话，我总要做很久的心理建设，所以组委会提议，我可以用视频的方式向你们传达我的心意，我的第一反应是，天哪，这真是太好了。"

他由衷庆幸的夸张笑容感染了台下的所有孩子，小孩子、大孩子都哈哈大笑起来，老人自己也在笑，眉眼慈爱，眼睛亮晶晶的。

过了一会儿，他才继续："刚才，其他老师应该说了很多，关于本次夏令营的意义也好，学习目的也罢，所有能做或不能做的事情，一定有人都叨叨过了，感谢他们让我不必重复这些非常冗杂的事项。那么我要说什么呢……好吧，事实上，不瞒你们说，每次类似的讲话，我最初的冲动都是告诉你们，我有多爱数学，我会毫不掩饰地告诉你们，我无比热爱它，它是那么精巧、美妙、深邃……它是这么有意思的东西，无论我花多少时间，用多么繁杂的语言向你们描述，都是远远不够的。"

老人神采奕奕，说起数学，他笑得更加灿烂，像胸中有一团火，感染着会场每一个人。

"这么来说吧，很小的时候，我父亲在哄我睡觉的时候，给我讲了一个画面。想象一下，在这个世界开始的时候，一片漆黑。所谓的'开始'，是很早的时候，早在人类诞生之前，早在恐龙诞生之前，早在地球形成之前。而所谓的'黑'，不是你们曾经见过的任何一种颜料可以涂抹出的黑色，那时候还没有光。然后有件事情发生了，一个极度微小而紧密的点发生了爆炸，它从内部翻转开来，时间铺开了，空间铺开了，我们所了解和不了解的世界都始于那一瞬间。它们不断延伸，那是整个时间和空间的延伸，并经过无数年。在那之后的很久，小团气体聚集并逐渐变亮，我们称为银河，后来，太阳出现了，地球形成了，又经过无数年，在极其渺小的一颗星球上，有人睁开了眼睛。"

老人话音逐渐宁静，他微微眯着眼，声音如琴音般令人愉悦："那个人就是你，而时间是在非常深的夜里，你仰头看到整个美妙的星空，群星闪耀，恢宏无比，有人告诉你，那叫宇宙。"

幕布上，老人笑容依旧，带着盈盈的光彩。整个礼堂内再没有任何声音，四周寂静，所有孩子都仰着头，他们在看他，也在看他带来的那个世界，四周如宇宙般，寂静无言。

思考的沉默持续了一段时间，老人笑了："小时候，父亲给我讲的这个画面，真让我觉得非常美好，我所在的真实世界居然是这么来的，实在太有趣了。后来，我读了高中，念了大学，逐渐有了更多的知识，那时我才知道，小时候，父亲所告诉我的每一句话，它可能是真理，也可能是谬误。它是我们宇宙成因的某种推测，仍在不断完善，或许某天它会被证实，又或许某天它会被推翻，这都是有可能的。你看，其实我们每一天，都站在已知和未知的边缘。如果这样来看，世界太大，而我们所知太少，一切都仿佛不确定，这太令人沮丧了，但我要告诉你们的是，未知才是最美妙的。"

老人说到这里，坐直身子，他更靠近镜头，面容也更富有神采。

"人类文明经历了漫长的黑夜，而在黑夜中的某一瞬，思维碰撞出火花，我们祖先创造出了数字'1'，从'1'开始，人类抽象逻辑概念形成。如果我们原先看到的世界是这么大……"老人笑着将拇指、食指抵在一起，比了个非常微小的手势，笑着说，"那么在这之后，我们渐渐意识到，世界永远会比我们想象的更大一些。几千年来，无数先贤前赴后继，不断完善数学这门学科。不夸张地说，正是数学打开了我们的双眼，让我们得以有机会看到整个未知世界的本来面貌。在'看到'和'知道'之间架起桥梁的，也正是数学。数学是工具，也是语言。可能在掌握这门工具或者语言的过程中，你们会觉得辛苦，相信我，和发现未知的乐趣相比，这些努力和辛苦都是值得的。一旦你意识到，我们不过是在一颗渺小星球上的渺小生物，却在试图掌握一种可以了解宇宙真理的玩意，你就会突然发现，你学习过程的本身，就已经足够了不起了！"

老人停顿下来，笑着舔了舔嘴唇，像觉得自己一下子说了太多，有些害羞。

林朝夕再次看向身边。

裴之早已清醒，正仰着小脸凝望屏幕中的老人。他的目光依旧清亮，却出现一种从未有过的、与老人同样的神采。如果从这时开始，你就想成为他的学生，并为之努力很多年，也是非常了不起的事情。

林朝夕发自内心地笑了起来。

音响中传来老人最后的声音，他说："如果你们学习中遇到什么问题，可以询问你们的老师，也可以发邮件告诉我。我由衷地希望你们感受到学习数学的乐趣，也由衷地祝你们在这一过程中感到愉快。"

屏幕中打出了一行邮箱地址，画面渐暗，已经有人开始鼓掌，但整个礼堂的大部分人仍旧处于一种深深的宁静中。

突然，画面中的老人又抬头笑了起来，面朝摄像机，拍了拍脑袋笑道："忘记说了，我为你们所有人准备了一道小题目。如果你们中有人能解答出来，也欢迎通过这个邮箱，给我发送答案。相信我，就算你们解出这道题，也不能立刻代表安宁市参赛，更得不到任何奖励。这只是在你们每天艰苦学习之余的一道美味的甜点，希望你能稍稍品尝一口，它很有趣。"

老人的面容终于消失，屏幕中出现了一个十字棋盘。

问题也被同时打出——

> 按照规则，将中间位置以外的全部棋子清空，最少需要多少步？并列出你的步骤。

在礼堂正前方，已经有工作人员起身扛起几个原本不起眼的箱子。他们从里面取出一个个小木盒，分发下来。拿到木盒的孩子们非常兴奋，没想到开会还能收到礼物，有人用力抖着盒子，也有人直接将它打开，发出惊喜的笑声。

棋盒从左侧座位被一个个传过来，林朝夕拿了一个，将手中剩下的一摞交给裴之。她将它打开，发现那是和幕布上一模一样的十字棋盘。在十字棋盘中有33个凹陷，凹陷处被摆上了32颗棋子，只有中间那个空着。

棋盒内有张小字条，写明了规则——

1. 全部棋子摆满后，取出中央的1颗。
2. 棋子只能横向、纵向地跳过相邻的棋子到空位上，不可斜向。
3. 被跳过的棋子即被吃掉。
4. 按照前面的方法继续移动，直到最后走不下去了，数数还剩下几颗棋子。

5. 剩下的棋子越少越厉害，如果只剩下 1 颗，那你就是天才。

林朝夕再度看向身旁的少年，久久无言。裴之已经打开木盒摆弄起来，灯光昏暗，他白皙稚嫩的脸庞上呈现出从未有过的兴奋。忽然，林朝夕回想起未来现实世界曾发生的某一瞬间——成年的裴之站在台阶下，问她两个她从未听过的名词。

"Fisher 线性判别函数？"

"完全解的分类？"

那一刻，她抚摸着手中温润的木质棋盒，仿佛意识到冥冥中的什么。孔明棋、最优解、旅行商问题、Fisher 线性判别函数、完全解的分类、P/NP 问题……所有的一切，都从这里开始。

第 34 章 · 小组 ·

这大概也是个很美妙的时刻，穿梭于时空中的人们，想见证的，也不过是这样的时刻。

礼堂里闹哄哄的，不如先前那般宁静，却充满一种澎湃的生命力。无论是前面的小学生也好，后面的初中生、高中生也罢，都在第一时间低头摆弄手上的小木盒。孔明棋本来就是很常见的益智游戏，有些孩子早就玩过，可经由曾校长刚才的那些话阐释后，原本熟悉的玩具忽然变得更有趣味起来。

林朝夕笑了起来，其实老林好像也是这样的大忽悠。怎么说呢……一些事情经由他们的嘴说出来，会变得令人异常向往，毕竟，他们才是有幸切身享受探索未知乐趣的人。他们能在短暂谈话中，带你领略那种美好，可惜，大部分人会在瞬间感动后很快忘记那种拥有憧憬和向往的满足感。因为太难了，非极大的热情与毅力不能够坚持，林朝夕也不知道这种魔法效力在孩子们身上究竟能持续多久。

她边想边低头走了两步棋子，棋子跳过一颗走到空位，她将被跳过的那颗取出。这完全是无意识的走位，随后她被拍了拍肩。

花卷很兴奋地摇着盒子："哇，你怎么这么认真？解老师叫我们过去呢。"

解然小老师背着手，站在礼堂的一个角落。许多小高组的孩子已经捧着棋盒，兴高采烈地围着他，他们似乎已经在谈论下一个话题了。

林朝夕和裴之被打断，一起站起来要走。林朝夕转头走了几步，发现裴之没跟上，回过头，裴之仍站在起立的位置上，仰起巴掌大的脸，在看幕布上并未完全消失的题目和邮箱，短暂停顿。

突然，裴之把棋盒夹在腋下，手抬起，面朝投影幕布，很认真地开始鼓掌。他一个人在做这件事，掌声很轻，在已经重新变得喧闹的礼堂内显得微不足道，可每一下都那么清晰。林朝夕终于反应过来，对啊，曾教授说完以后，他们忘了鼓掌呢。跟着裴之，她也面朝幕布，开始真心实意地仰头拍手。一开始，周围的其他人并未注意到他们，但三五秒后，从这个小角落开始，很多学生停下来，他们面朝舞台，再次看向那块幕布。不需要任何语言，像是种跨越年龄的默契，由前至后、由矮到高，掌声莫名其妙地越来越响亮，并向整个礼堂扩散开来。正在退场的领导、老师也感到疑惑，就在他们疑惑的当口，整个礼堂内的掌声终于连成一片，如海浪般澎湃响亮。

这是真诚的致意，绝无虚假。

礼堂角落，解然放下手，冲他们笑。林朝夕放下手，有点害羞，裴之已经大大方方地向小高组班级集合处走去。

还没走近，他们就听到早到的孩子很遗憾的声音："所以我们的班主任真的是你吗？"

"好可怕啊。"

解然哑然失笑："我真的还不错，要不然让副校长做你们班主任？"

"不要啊！"所有孩子异口同声道。

舞台上，还在收拾整理的张副校长冲他们这边投来淡淡的一瞥。

解然赶紧严肃起来："好了好了，孩子们，大家来拿下课本，还有课表。你们手册上都有绿洲基地的地图，自己先把教室找好，明天上课别迟到了。"

他说完，副班主任开始给他们分发他提到的这些东西。

"三次迟到算一次旷课，累计三次旷课你们就要直接回家啦。如果父母带你们外出没有向老师报备，或者晚于晚上8点回宿舍，都记一次旷课。记得晚上熄灯后就不要随意活动了，被抓住会算违规。不能做的具体事情手册上都有，小过太多会累积合并成大过，会被开除的。"解然絮絮叨叨地提醒他们，"你们要仔细记好换算比率啊……"

林朝夕无语，他这个意思大概是在说——可以稍微违规一下，但不要太过分。真不愧是大学生。小学生们当然没有旷课的概念，还在执着于刚才老师的问题。

"那曾校长会来给我们上课吗？"

"我们想要曾校长。"有学生还不死心，很直白地表示对解然的嫌弃。

解然震惊了，转身指着那块巨大的投影仪幕布，它正缓缓上升，所以解然指了个空。

"这位是大牛！"解然收回手指，快被这帮孩子气死了，"他都不给我们上课，怎么会给你们上课？"

"大牛是什么？"

"多大的牛？"

"可他是校长啊，校长不上课吗？"

"名誉校长！"解然纠正道，"名誉校长就是挂名，挂名就是把他老人家的名字写上去就可以镇场子，懂吗？"

"不懂……"

"不懂算了。"解然继续生气。

林朝夕觉得这位解老师也非常可爱。小孩子们根本不了解曾教授是什么级别的人物，解然又没办法把学术贡献一类的事情解释给他们听，所以只能自顾自生闷气。林朝夕并不非常了解曾教授的学术地位，但解然小老师说得没错，一般这种活动能请到曾教授这种级别的大牛来挂名镇场已实属不易。更何况曾教授并不是纯粹的挂名，还特地录了那么诚挚的讲话，留下自己的邮箱，并给每位学生都准备了小礼物，已经足够用心了，实在不能要求更多。

教材很快发下来，是厚厚两大本书，一本课本，一本练习册，白皮的印刷版，应该是内部流通材料，外面根本找不到。课表夹在课本里，详细标明了每天的日程安排，包括某天会上什么内容的数学课程，某天会安排怎样的课外活动，某天又要去参观什么地方，甚至连阶段考试的时间都标注好了，密密麻麻，让人觉得生活既丰富多彩，又很令人头大。

基本上，上课日的时间都从早上9点开始，上午安排四节课，中午有午休。下午的时间安排了自习或是体育、户外拓展一类的训练，还有几天下午安排了田间活动，让孩子们干农活。看上去，张副校长是铁了心要锻炼他们的意志。其实也不错，还挺有趣的，除了他们不能睡懒觉，要早起去食堂……林朝夕粗略看了课表，将之收起，抬头张望。

他们小高组这里突然变得有些安静，孩子们都在窃窃私语，除了裴之还在摆弄孔明棋，其他学生都有些紧张，甚至说是低落。

陆志浩在和与他同屋的小男生简单说着什么，林朝夕捅捅他的腰，问："怎么了？"

"考……考试……"

林朝夕惊了："又考试吗？早上刚考了啊，太丧心病狂了！"

她声音很大，陆志浩赶紧按住她："你小声点，不是马上考。"陆志浩又把课表翻出来，抖了抖那张打印着密密麻麻日程的表格，指着7月15号那天，上面标着"第一轮淘汰考"几个字。

"怎么了？"林朝夕蹙眉，才意识到自己刚才看得不仔细，低声宽慰陆志浩，"班长，你凭成绩留在这一轮没问题的。"

花卷也从他们身后把毛茸茸的脑袋凑过来说："对啊！老陆，你没事的，不过我肯定只能和你们待这十几天了，你们要珍惜我啊。"

"谁说的……也不一定啊……唉……"小陆同学苦着脸，很沮丧，"万一特别难呢，不过你和裴之肯定能留下来。"

"也不是这样的。"林朝夕扭头看了沉浸在孔明棋中的裴之同学，想让他也说点什么。这时，已经有学生出声问解然："老师……怎么又要淘汰考啊……"

"哎呀，早走晚走早晚要走，放轻松。"解然说。

"那不会又是突然考试吧？"

"当然不会！"解然露齿一笑，林朝夕心中又有不好的预感。

"你们是不是很怕突击考试啊？"

"是啊！"

"那这次淘汰考试啊，会给你们充分的准备机会，"解然笑，"还有选择的机会。"

他后几个字说得非常轻，孩子们迅速捕捉到了关键词。

"什么叫选择的机会？"

解然打了个响指,从身后拿出一沓纸来,轻咳一声,宣布道:"大家都知道晋杯是团体赛吧,所以你们发挥团结互助精神的时候到了。"所有孩子都安静下来,不解地看着自己的班主任。他们实在太认真,解然也不再嬉笑,他说:"下一轮淘汰考试是小组淘汰制,你们可以自由组成学习小组,最后考试会排列你们每个小组的平均分,从高到低,淘汰平均分在后一半的小组。"

小角落有短暂的安静,孩子们需要一定时间,才能对这种淘汰制度有所反应。

趁此机会,解然继续宣布规则:"每个学习小组最少两人,最多六人,由你们自由组合。"说着,他举高手中的纸片,"你们先讨论一下,决定好你们的小组成员了,就到我这里拿纸,填写队员名单和组长姓名。最晚明天上课前,告诉我你们的组队。"

"如果最后出现奇数小组总数,怎么淘汰后一半啊？"

"直接把卡在中间那组一起淘汰啊。"解然随意回答,仿佛那是非常轻易的事情。

气氛压抑起来。

"如果有人没人要呢？"有孩子很敏锐地问道。

"那很抱歉,最后不被接纳的同学,会被自动编入同一组。"解然说。

第35章·义气·

"啊——"孩子们又爆发出遗憾的长叹声,这样的声音在整个礼堂很多小角落响起。相比遇到问题先思考的大孩子们,小孩子们并没有太多心眼,下意识就按照老师的说法开始组队。

"那,周正正我们一组吧。"

"你刚才考多少分？"

"68。"

"你的分太低了,我不跟你一起。"

"啊！你这个大坏蛋！"

林朝夕捧着教材和孔明棋木盒呆滞了会儿,还是觉得不可思议。这是要干吗,怎么就变成小组淘汰了?她第一反应是小组制的问题太多。某些小组可能全是成绩好的孩子,某些组就全是成绩差的孩子,那根本就不用考试了,分组结果一出来他们就可以打包回家了。最尴尬的就是那些既有高分学生又有低分学生的小组,很有可能因为平均分处于中部而面临被淘汰风险。所以,这到底是为了什么呀?鼓励先进带后进,但直接淘汰最差组?

孩子们七嘴八舌,解然反而被冷落下来。

就在她还在思考"这种淘汰规则意义何在"时,和陆志浩同住的那名男生就跑来了。那名男生看着很沉默寡言,近乎鼓足勇气地小声问陆志浩:"我……我可以和你一组吗?"

林朝夕骤然发现,周围同学都目光灼灼地看着他们……当然,主要看裴之,顺便看下她。毕竟整个小学高年级组最粗的两条大腿,就是裴之和章亮了。

小陆同学可是个义气的北方汉子,没想那么多,直接说:"为什么不可以?"

闻言,其他学生都赶忙争先恐后地举手:"我!还有我!"

小陆同学很少有被如此众星捧月的时刻,一时有点蒙:"人太多了,不能和太多人一组,最多只能选五个,对吗?"说到这里,他去看那名想和他一组的同屋男生,问:"我们要怎么挑其他四个人啊?"

林朝夕怀疑自己耳朵有问题,包括来找小陆的同学都石化了。

她单手搭在陆志浩肩上,指着自己,问:"什么叫再挑四个,你不和我们一组了吗?"

"你们成绩这么好,我干吗要和你们一组,拖你们后腿?"小陆理直气壮道。

林朝夕做梦也没想到还有这种操作,裴之同学甚至放下手中的孔明棋,认真地看着陆志浩,目光中满是不解。场面顿时有点死寂,所有举手要和小陆同学一组的孩子都被他的爽快直白震到。和陆志浩同住的小学生挠挠头,有点尴尬地看过来。

陆志浩很快明白:"你是想和他们一组啊?"

对面的小男生根本没法接话,只有低头。

"那你得去问他们,不能问我啊!"陆志浩一板一眼地说。

尴尬还在持续，反观章亮那边，几个小男生已经迅速组织好队伍，反正就是他们的小团伙，也就是章亮的小跟班王风和陆明那伙人。章亮从解然手中接过名单，压在厚厚的书本上，直接填了起来。这下，又有更多围攻章亮的孩子立刻掉转方向，朝他们拥来。

"林朝夕，我能和你一组吗？"一个穿草莓小裙子的女孩拉着她问。

"裴之，我们能一起吗？"另一个学生问裴之。

林朝夕和裴之对视一眼，看到彼此眼中的茫然。唉，林朝夕想，原来裴之同学也会有不知道该怎么办才好的时候，那她这么不知所措也情有可原了吧？拒绝不好，答应任何一个孩子就伤害了其他孩子，也不行。很纠结，大概就是他们现在的状况了。被想抱大腿的小朋友们围在中间，林朝夕简直想冲上去掐住想出这个损招的张副校长问："你到底想干吗？"这时，她忽然听到人群边缘冒出来花卷小朋友的声音。

"喂，我也不和你们一组！"花卷说。

林朝夕下意识瞪了他一眼。你别添乱了好吗？

花卷小朋友坐在椅子上，双手抱头，先揉了揉自己满头卷发，又伸了个懒腰，嬉皮笑脸地说："我也不能拖你们后腿，所以你们两个人一组是最好的啦！"

"你们"指的是她和裴之，他们都不约而同地看向在椅子上跷腿的小卷毛，周围其他孩子也安静下来，那一瞬间有点近乎真空般安静。

林朝夕反应更快点，瞬间明白小花卷的心思。他当众表态，连他和陆志浩作为朋友都不主动和他们一队，那其他人也别凑热闹，拖累他们两个的平均分。这样的话由陆志浩来说是直肠子，由花卷来说，则是经过深思熟虑的结果。无论是直肠子，还是深思熟虑，这次简单的分组，都让孩子们体验到从未有过的残酷。

林朝夕很想对花卷说："有我和裴之拉分，你就是躺着我们也能把你拖入下一轮啊！"可这句话到嘴边她就强迫自己咽下，这不对，太伤孩子的自尊心了。她欲言又止，花卷用孩童般纯真的眼神看着她，仿佛已经看透她要说什么。他嘻嘻地笑着，摇着腿，很无所谓。

"我没那么喜欢数学啦，和你们在这个破地方再待半个月就差不多了。"他说，"我要回家玩！"

林朝夕舔了舔嘴唇，总觉得嘴巴又干又涩。怎么回事啊？就是一场

159

小淘汰考试啊,为什么要弄成这样啊?

"老师,请给我一张纸。"身后忽然传来裴之清脆的声音。林朝夕下意识地回头,裴之不知道什么时候已经站在解然面前。他手里捧着教材与练习册,小木盒放在顶端,冲解然伸出手。解然抽出一张递给他,还有铅笔,那是章亮刚还回去的。裴之直接一只手托着所有东西,另一只手唰唰地在纸上写下名字,然后递还给解然。

"决定了?"解然问。

"嗯。"裴之扭头走到过道上,看他们一眼,意思是——走了。

花卷噌地从座位上站起来,冲过去:"你选了谁?"

"你。"

"就我吗?"花卷指着自己的鼻子,又看向她和陆志浩,"那他们呢?"

"也选了。"裴之同学很平静地说。

林朝夕愣住了。陆志浩受宠若惊。

"喂,我不想和你一起!"花卷抗议。

"但我想和你一起。"裴之同学一脸"反对无效"的表情,压好鸭舌帽,扣住花卷的肩,把人往外拖。

"你不能这样!"花卷嚷道,"我不同意,我不同意。"他边挣扎边喊:"解老师,我不要跟这个人一组。"

解然一直笑盈盈地看着这边,忽然开口:"哎呀,别紧张,其实没关系的,在临考试前几天,你们还有一次重新分组的机会,实在不想和他们一组,你也可以选新队友。"

林朝夕惊了,猛地看向解然:"老师,你刚才为什么不说?"

"我说得太早,就不能看到这么感人的一幕了啊。"解然望着裴之和花卷的背影笑。

有了解然这句话,孩子们选组员时就没那么多顾虑,一下子就恢复原先的轻松状态。或许是因为裴之快刀斩乱麻地选完组员,其他小朋友居然瞬间放弃了纠缠他们,开始窃窃私语起来。

林朝夕和陆志浩快走两步,间或听到小朋友们互相在问对方刚才考试考了多少分,然后麻利地算起平均分。其实简单一算就知道,他们组里现在有花卷和陆志浩在,如果花卷考得特别差,而陆志浩又成绩一般,那他们这组也有可能在淘汰边缘。算起来,让他们加入,不如找两个成绩中上的孩子一起组队把握更大。林朝夕也轻松起来,大概是因为不用再为选谁而烦恼,更不用为没选某人导致某人被淘汰而内疚。

离开小礼堂的时候,她还挺轻松的。起码那时候,夏风吹在身上软得不像话,她看着粉色晚霞。

陆志浩在一个劲儿算自己下次要考多少分,花卷边跑边向前方抗议,裴之走在最前面,小小的身影依旧让人觉得非常可靠。

她没去想接下来会遇到的那些事情,很高兴。

第36章 · 电话 ·

晚上,林朝夕洗完澡下楼,脖子上挂着毛巾,手里拿着 IC 卡,准备按照约定,去公用电话那儿给院长妈妈打电话。楼下玩乐高的小男孩们还在,可人少了很多,让林朝夕意外的是,裴之也没在玩乐高。他坐在米黄色小沙发上,灯光让他的小脸像瓷器般白皙莹润。他低着头,仍在摆弄孔明棋,目光专注,仿佛沉浸在另一个世界里。

林朝夕走过去,笑问:"花卷和陆志浩呢?"

裴之抬头。

与此同时,隔壁楼传来小男生们的惊呼:"啊!!!"

"哎!!!"

"臭球!!!"

探头看去,主楼灯火通明,客厅里人头攒动,到处是小男孩们毛茸茸的脑袋。现在是世界杯期间,小男孩们都挤在一起看球。就在她探头的当口,裴之又低头摆弄棋子,纤小的手指捏住棋子,跳过一颗,将被跳过的那颗扔进棋盒。他动作很快,棋盘上的棋子纷纷落入棋盒,发出"咔嗒咔嗒"的轻响。

客厅内安逸静谧,很适合独自思考。

林朝夕不再打扰他,走到客厅另一角的挂壁公用电话,把 IC 卡插进去,抬手取下电话,开始拨号。第一个电话是给院长妈妈打的。听筒内响了两声等候音,很快被接起。

"院长妈妈!"林朝夕低声喊道。

"夕哥、夕哥、夕哥。"电话里却传来林爱民小朋友的欢呼声。

林爱民今天不知道干了什么，中气十足，林朝夕把话筒从耳边拉开一段距离，嘴巴凑过去笑问："怎么啦？我不在，你就这么开心？"

"张妈妈今天给我买了手枪！"林爱民说。

林朝夕花了点时间反应了下张妈妈究竟是谁，随即意识到，林爱民说的是准备收养他的沈教授妻子。果然，不用她问，林爱民小朋友已经竹筒倒豆子似的在话筒里叽叽喳喳地给她讲沈教授夫妇带他去游乐园玩的事情，还说他们下周末会一起来看她，让她做好准备。林朝夕只能"嗯嗯啊啊"应和两声，心想，下周找个什么理由躲掉才好呢？过了一会儿，大概是嫌林爱民说个没完浪费电话费，党院长终于接过电话。

"今天怎么样？"女人沉着如水的声音响起。

林朝夕一激灵，早上考试、中午被训、傍晚分组的诸多场面在她脑海中再次浮现。明明才短短一天，怎么过得这么刺激？

"今天还可以！"她挑了个非常中性的词。

"什么叫还可以？"

"就是……还可以嘛……"林朝夕笑嘻嘻地说，不经意地瞥了眼坐在沙发上安静玩孔明棋的裴之同学，"今天我们考试了，还分组了，我和超厉害的同学一组呢！"

"要好好读书，别老想着玩。"院长说。

"好咧！"

"一个人要听老师话。"

"没问题！"

"别给人家同学添麻烦。"

"绝对不会。"林朝夕笑。

"那就这样吧。"院长妈妈说着就要挂断电话。

"院长妈妈——"林朝夕软软地喊道。

"怎么了？"

"我……我要是拿不到冠军……但努力了，可不可以就不用去沈教授家了？"她很不要脸地问。

"当然不行。"院长很干脆地回答，尾音却带着笑意，电话就此挂断。

林朝夕撇撇嘴，心想，您还真小气。

窗外是属于郊区的夜色，月亮看起来也比别处更亮。公用电话就在窗边,她挂上电话,却没有马上把卡抽出。手一撑坐上窗沿,她晃着腿,吹着夜风,脑海中浮现出一串电话号码。拨号盘的金属键在昏暗灯光下现出莹润光泽,她伸手把话筒又拿下来,拨出那串熟悉的号码。"嘟——嘟——嘟——"漫长的等候音持续了"很久"——其实也就几十秒时间——林朝夕也说不上来是失望还是怎样的情绪,换了一个世界,连爸爸都不再是爸爸,那么电话号码不同也很正常吧。

不过,像所有影视作品里演绎的那样,当她准备挂断电话时,听筒那头传来低沉的一声:"喂,哪位?"

和老林现在总是无赖般拖长调子的声音不同,这个声音很清醒,虽然有点沙哑,但并没有任何不耐烦的语气。她恍了会儿神,在想,还是老林吗?

"打错了?"电话那头喃喃地道。

"爸……师父!是我!"林朝夕喊道,那个改口让她差点咬掉舌头。

"干吗?"老林问,没在意她说错的第一个字。

林朝夕能很明显地听见老林搁笔的轻响,说来也奇怪,他明明语气那么不耐烦,却还特地放下笔和她说话?

林朝夕打起精神,笑道:"师父,想我没?我在绿洲基地给你打电话哦!"

"电话费贵吗?"老林问。

林朝夕有一瞬间的感动,老林还在操心她的电话费问题。她赶忙道:"还好啦,就是IC卡,一分钟三毛钱。"

"这么贵,那你还不快挂电话?"老林惊讶地道,"等等,我接电话要钱吗?"

林朝夕:"……"

那一刻,什么"完成爸爸曾经的一个小心愿,所以想告诉爸爸一声"的微妙心思已经烟消云散了。

她深深吸了口气,告诉自己莫生气,回答道:"你接听不用钱的!"

四周越来越安静,隔壁小楼的孩子们估计在屏息凝视等进球,以至于她仿佛能听见电话那头风翻动书页的声音。

"你在做什么呀?"她问,"在认真学习吗?"

"小林同学啊……"

"到！"

"我在干什么，为什么要告诉你啊？"老林拿腔拿调地说，这个语气就很像后来的老林了。

"我今天在绿洲基地，见到很厉害的大牛了哦，大牛还送了我们孔明棋呢！"林朝夕看了眼液晶屏的显示时间，已经过去五十五秒了。这张卡才三十块钱，之后还得给院长妈妈打一个月时间的电话，所以她不和老林你来我往地闲扯了，自顾自絮叨起来："就是我们老师说，那个叫大牛，是数学界非常有名气的人，厉害到他们三味大学的学生都听不到他上课！"林朝夕顿了顿，问，"你知道三味大学吗？他们说是超厉害的学校呢！"

"哦。"老林只回了一个字。

越显得不在意就越在意，林朝夕就知道老林会有点不服气，她故意说："你也不问大牛是谁！"

"曾庆然嘛，还能有谁。"老林随口说道。

"师父，大牛这么大吗，连你都知道呀？"林朝夕继续道。

电话那头，老林果然被噎到，林朝夕都能想象他说"什么叫连我都知道"的气愤表情。

老林状似随意地说："安宁人，忽悠小学生玩孔明棋，三味的大牛，除了曾庆然还有谁。"

"师父，你果然好厉害。"

"呵呵。"

夜风拂过树林，间或有小孩们低声笑闹的声音飘散，大概是这情景太安宁，林朝夕不由得再次想起礼堂中同样静谧的时刻。

她很想和老林分享这些。"师父呀，曾教授今天做了个演讲。他说，探索未知很美妙，让我们好好学数学。"林朝夕说，"我好好在夏令营念书，好好学数学，以后也能探索未知的那个世界吗？"

"呵呵。"耳畔再度传来老林的冷笑，林朝夕总有种被泼了一头冷水的感觉。

"他说得不对吗？"林朝夕问。

"那是他说的，但你为什么要学数学？"老林问。

林朝夕一时语塞，不知道老林怎么突然又灵魂拷问了。她第一反应是回答因为上次……因为上次你想让我好好学这些，我却没有把握住机会。可抛开这些呢，她无法回答。

努力学奥数，考试，参加训练营，虽然被冠以"想要获取自由选择收养家庭的机会"的名义，可究竟为什么要做这件事，难道仅仅是弥补老林上次未完成心愿的遗憾？现在，她身边明明已经没有老林，她孤身一人，几乎毫无牵绊。就算这样，她仍是在随波逐流的过程中，很自然地被一步步向前推去。她真的知道要去哪里吗？

电话那头，老林早已挂断电话，"嘟嘟嘟"，林朝夕觉得，她再活一次，仿佛只是用一种似曾相识的方式，重复之前的老路，并没有任何区别。

窗外依旧是孩子们睡前游戏的轻微声响，客厅里有棋子"咔嗒咔嗒"落入盒子的声音。

重来一次，你真的会成为不一样的你吗？

第37章 · 范围 ·

有人说："平行世界是为了弥补遗憾。"

一定不要去做某件事，一定要去做某件事，仿佛改变那些细小枝节后，人生就能驶向完全不同的方向。这么说当然也没错，毕竟人的一生都由无数巧合组成，改变一些关键性时间点的选择，人生道路很有可能发生翻天覆地的变化。早知如此，当然就不会再犯。可在"早知"的背后，所谓的"如此"，究竟又是什么呢？

太多问题让林朝夕感到困惑，以至于她一整晚失眠。

早晨时，她迷迷糊糊醒来，窗外是小山丘和绿树，有小麻雀在轻啄窗棂。天已经非常亮了，现在不是清晨的天光，她猛地翻身坐起。糟了，她好像忘记和裴之食堂接受处罚了！才第一天她就旷工，估计张副校长的执教生涯没遇到过她这么"勇敢"的孩子！

林朝夕迅速洗漱，背着书包冲下楼。客厅再度变得人头攒动，抢乐高的抢乐高，吃零食的吃零食，还有些小男生已经开始交换干脆面袋里的卡片。林朝夕摸了摸口袋里时迁的那张，开始寻找裴之的身影。几乎没花费什么力气，她只看了一眼，就在靠墙的小沙发里看到裴之。裴之仍坐在昨天的原位上玩孔明棋，一只手拿着袋装牛奶，正在吸，如果不是他换了套衣服，林朝夕差点有种他一晚上没动的错觉。

林朝夕冲过去："早上6点，你没去食堂吗？"

裴之摇头。

"对不起对不起。"林朝夕双手合十，极其歉疚。女生楼层男生止步，裴之没法上来叫她，所以就在这里等，估计一等就是两个小时。

"没关系。"裴之轻声道，还带着牛奶的香甜气息。他把棋盘翻过来，棋子簌簌落入棋盒。他关上棋盒，站起来，边咬着牛奶袋边把棋盒递过来。林朝夕下意识地接过，不明白裴之要干什么，接下来，裴之的左手搭上右手手腕，把自己手上的儿童手表的表扣解开了过来。林朝夕看着半空中那块印着变形金刚图案的电子表，顿时羞愧了。

"我……院长妈妈说了，不能随便拿别人的东西。"她下意识挥手拒绝。

"夏令营结束还给我。"裴之说，又指了指液晶显示屏上跳动的时间，交给她后，转身就走。

表带还有小男生的体温，样式是非常幼稚的类型，四边是四个大大的凸起按钮。林朝夕低头看着表，其实知道裴之的意思，他让她有手表可以看时间定闹钟，明天就不会晚起了。可两件事裴之都没提，还提及夏令营结束还，更显得体贴。

林朝夕不再矫情，赶忙追了出去："谢谢、谢谢你！陆志浩和花卷呢？"不用裴之回答，不远处，小陆同学和花卷同学在沙坑刨土的身影非常醒目，很多学生也都在那边的锻炼设施里爬上爬下。接送他们上下课的白色观光车已经停好，解然下车，举目四望，微笑着冲他们走来。

"听说你们今天都没去食堂。"解然在台阶下竖起大拇指，"很有种嘛！"

林朝夕拍了下额头："是我忘了起床时间，对不起对不起。"她眼巴巴地看着解然。

"没事啦，反正食堂也不会因为少了你们两个而不开门。"解然笑，"顶多就是等下看张校长怎么处理你们，不知道他会不会很生气。"

前一秒林朝夕还高兴，后一秒又绝望了："校长，他也知道了？"

"那当然，不然我是怎么知道的？"解然笑了。

"您能和校长说，是因为我没起床吗？裴之同学等了我很久。"林朝夕焦急道。

"她怎么这么好骗？"解然看着裴之笑，"你们口供都没对好？"

"今天不用去,请假了。"裴之说。

林朝夕石化了,难以置信地转头看裴之。

"裴之同学早上给我打电话,说自己身体不舒服,今天早上6点的处罚申请请假一天。"解然说完,冲他们眨了眨眼,"副校长万一问起来,你知道要怎么说吗?"

林朝夕用力点头。

绿洲基地,教学楼,202室。

上课铃响,微胖的中年人站在讲台前,脸很黑,第一句话就是:"林朝夕、裴之,今天为什么没有去食堂?"

后桌,裴之放下手中的棋子,准备站起。

林朝夕看着张副校长,赶忙举手说:"裴之今天身体不舒服,所以请假了。"

"裴之自己没嘴不会说吗?"

裴之在后面重复了一遍。

张叔平点了点头,却看她:"裴之身体不舒服,你为什么不去?"

"我……我……"裴之请假的时候说的是自己的问题,为她打掩护,她当然不能出卖对方。林朝夕发现就算对了答案,也答不上来。生活要像数学题那么纯粹该多好。

"耍小聪明偷懒很有意思?去后面站着,中午补做,裴之的明天中午补,别想着偷懒。"张叔平说完,教室铃声就响了。

林朝夕叹了口气,其实本来也是她的错,这没什么好说的。她回头,歉疚地看了裴之一眼,麻利地拿起那本厚厚的教材,准备到教室后面上课。

张叔平一秒切换到上课状态,说:"关于晋杯赛你们了解得已经足够多了,我重申一遍,你们中最后只有五个人能代表我们安宁出赛,和全省乃至全国的尖子生竞争。只有最优秀的同学才能被选上,没有毅力和死磕到底的精神,就趁早放弃,偷懒只会害了自己。"

这句话显然是说给她听的,林朝夕默然。

"别的我就不多说了,我先把你们的分组情况念一下。"

张叔平拿起一张纸,把脖子上的老花镜戴上,低头念道:"第一组,章亮、王凤、陆明、陈成成;第二组,林朝夕、裴之、陆志浩、花卷;

167

第三组……"

林朝夕边听边回忆昨天这些名字对应的分数，并大致分析了下，果真有点"高分孩子和高分孩子玩，低分孩子和低分孩子玩，不好不坏的一起玩"的意思。

反应快的学生已经把名字和分组都抄了一遍，林朝夕居高临下看得特别清楚，瞬间就记住了那几个小机灵鬼。反观他们这边，陆志浩一个人坐着，手里拿着铅笔，回头问刚才报的谁跟谁是一组，昨天多少分，他得记下来。花卷摇了摇头，指着裴之说："老陆不用记，要相信裴哥的脑子。"

教室里有小规模问来问去的讨论声。

张叔平放下纸，犀利的目光扫射过整个班级。

"你们很在意别人的成绩吗？"

"我们忘了。"

"老师，能不能……能不能把昨天的考试成绩再报一遍？"有学生问。

张副校长脸上露出一丝尽在掌握的笑容，只听他说："可以。"

昨天的成绩单被重复了一遍，班级内的讨论声被奋笔疾书的沙沙声取代。

林朝夕仰头看站在黑板前的铁面无私男，终于明白这个分组用意何在了。平时，孩子们最多只在乎自己和成绩最好的那些人，对其他人的成绩不以为意，一旦让他们按小组来学习，他们就有了明确次序的概念。他们瞬间知道自己的成绩不是单纯的数字，而是代表了一种位置。学生与学生被绑成一个小团体，不仅能让小团体之间时刻处于竞争状态，还能让小团体内部时刻处于先进带后进的状态。不知道谁说过："能让人拼命去做的事情，只有团体荣誉。"真的太变态了。林朝夕一激灵，几乎可以预见未来近乎高考前冲刺的地狱式训练了。

果然，张副校长在报完成绩后，又说："我不知道昨天解然老师是怎么向你们解释我们现在的小组学习制，请你们不要误会只有7月15号的淘汰考试才是最终具有决定性质的。在那之前，你们每天的测验成绩都会被计入平时分，平时分占30%，7月15日考试成绩占70%。最后按总成绩算小组平均分，进行淘汰。"

小学生们还不了解这个套路，但林朝夕太熟了，大学老师最喜欢玩这套，主要是为了保证大学生的出勤率和完成作业的质量，防止期末考试临时抱佛脚的现象。放到小学奥数竞赛培训里，就变成拿着教鞭每天抽他们一鞭，一定要他们拼命学习，绝不能有片刻放松。

林朝夕站在教室最后，皱起眉头。

"老师，那我们今天考什么呀？"胆肥的小学生举手问。

"你想考什么？"张副校长问。

"今天能不能考简单点的呀？"

"可以啊。"

"真的吗？"

张副校长点头，说："今天考什么，包括之后每天考什么，你们都会提前知道。"

"真的假的啊？"学生们异口同声地问道。

张叔平说："我们夏令营主办方，在绿洲基地图书馆布置了一间阅览室，里面有很多数学相关书籍。前一天，老师都会准备好第二天的考试范围，并在阅览室的书上标注出来，你们当然知道第二天要考什么了。"

"这么简单吗？"学生们都觉得不可思议。

"那我们今天干什么呀？"

"今天我们的第一节课，就是参观阅览室。"张副校长说。

第38章 · 目录 ·

那是非常大的一间阅览室。林朝夕发现自己回到小学后，形容能力有显著退步，但面对半个小学足球场大的阅览室、六个顶天立地的大书架，以及分散在阅览室各处的书桌，除了"非常大""非常夸张"，她想不出更恰当的形容词。

他们是第二批来这里的学生。

在阅览室尽头，比他们大很多的高中组学生们已经占据了十几张课桌，安静地学习。没有老师，没有黑板，只有翻书的脆响和很低的讨论声，静到能听见窗外禽鸟啁啾的甜美声音。从进阅览室开始，原本还在叽叽喳喳的孩子们都像被下了噤声咒，顿时没人敢说话。跟着张副校长，所有孩子屏息凝视，沿阅览室中轴线，向阅览室深处走去。灰色地砖、白色墙面，他们左侧是大他们几倍的高大铁制书架，右侧是一张张拼起的课桌,书本特有的气息清晰浓郁,各种色泽不一的书籍令人眼花缭乱。

林朝夕走得很慢,趁校长不注意的时候,钻到书架间,仰头看上面到底摆着什么书。图书正反两排背对背摆放,除了最高三层放的书学生拿不到,所以空着,其余都被厚薄不一的各类书籍填满了——《数学奥林匹克小丛书·初中卷》《数论基础》《线性代数》《数学小神探》……林朝夕倒吸一口凉气,放眼望去,这些书架上果真全部是数学相关的书籍,有些陈旧,有些很新。有些上面贴着安宁市图书馆、安宁大学的馆藏标签,有些像从二手书店里淘来的旧书,有些新到仿佛刚从书店买回来。夏令营主办方这是差不多把市面上所有数学相关的书都搬来了,简直疯狂!

渐渐地,噤声魔法解除。队伍里发出长短不一的惊叹声,越来越多的孩子发现,这六个大书架上竟然真的摆满了数学相关书籍。

老实讲,那个年代很多小学生也都没有正经去过图书馆,更何况,他们现在面对的是浩如烟海的数学相关书籍,不由得生出一种震撼的感觉。

书架与书架隔得很远,张副校长带他们参观了一圈,又回到第二个架子前站定。书架前的位置已经被好奇而激动的学生们挤满,林朝夕在后面踮脚仰望。仔细看去,书架上塞满了小学、初中的奥数书,还有很多思维训练方面的书籍,大量的《趣味数学一千题》《推理逻辑题》等。

"哇!"小学生们保持着同样的仰望姿势,发出长长的惊叹声。

"我们要学这么多吗?"

"这怎么可能看完啊?"

林朝夕数了数,每个书架共五层,正反面摆满后,总计十层。今天是7月4号,7月15号考试,总层数和他们扣去休息日后在考试前还剩的学习日差不多正好吻合。

总不会是……

她的视线移向站在书架前的中年男人。

张副校长用衣角擦了擦眼镜,任由学生们发出叽叽喳喳的询问声,一言不发。

终于,等所有人都没有声音,他才开口。

"这几天的学习安排,以自学为主。"这是第一句话。

"有什么不懂的,可以问你们的老师。"这是第二句话。

"所有考试范围都在书架上,一天一层。"这是第三句话。

书架前霎时安静下来,孩子们听到这句话,都张大嘴,像一条条缺氧的小金鱼,包括林朝夕,都疯了。开什么玩笑,大学里划范围最多说整本书都是重点,也没有像现在这样,说所有书架上的都是重点,没有这么玩的啊。

在图书馆另一侧看书的高中生也听到这话,有人冲他们这群小破孩投来同情的一瞥,偷偷摇了摇头。估计这拨高中生一大早也被这么整了一轮,现在还身心俱疲。而靠近书架的小学生们,有的已经下意识要去拿书翻翻看,更多的孩子还在石化中。

张叔平的视线扫过所有目瞪口呆的孩子,近乎无奈地笑了:"一天一层就怕了?"

"太夸张了吧!"有小男孩双手张开,比拟着书架的长度,"这么长啊……"

"骗你们的。"张叔平摇了摇头。

"欸!"小孩们再次惊了。

"每组各拿一本书。"张叔平说,"随便拿一本。"

哗啦啦,全场孩子都动了,拿书的拿书,聚在一起的聚在一起。不知道谁第一个坐下,总之没一会儿,所有学生都盘腿坐在地上,毛茸茸的黑色小脑袋挤在一起。这时,花卷已经偷偷摸摸拿了本书架上的书回来,招呼他们一起看。花卷拿来的是本《奥数题库——小学三年级》,花花绿绿的封面,一翻就发出脆响的黄纸,充分体现了这本题库的时代感。花卷和陆志浩都翻了一遍,书随后到了林朝夕的手上。

"书里有什么呀,校长?"有小女孩仰头问张叔平。

林朝夕也席地而坐,书在膝盖上,她翻书的手停在了目录上,一项项看下去。

"把书翻到目录页。"张叔平说。

孩子们跟着张叔平的指示,哗啦啦将书翻过去。

"无论什么时候,无论你们拿到什么样的书,第一件事就是要学会看目录。"林朝夕抬头,发现张叔平看了她一眼后这么说道。她再次低头,手指在目录上抚过,发现她拿到的这本书的目录每个章节后,都用铅笔写着不同的数字,比如三年级奥数第一章"速算与巧算"内容后,就有一个用铅笔写的"2",第六章"填算式"、第八章"巧填运算符"后面,同样也是"2"。

除此之外,有些几何类项目后写着数字"7",数论相关则写着"1"。

"这些数字是什么意思呀,老师?"有的学生也发现了目录的猫腻,举手问。

林朝夕又大致看了看旁边那组的书,目录后标的最大数字也不超过"10",所以它应该代表的是天数。

"目录上,每一章节后标的数字n,代表第n天的考试范围。"张叔平顿了顿,继续道,"所以啊,不是一层一天,其实这一整面书架里每一本书,都有可能是你们每天的考试范围。"

"啊?!"学生们再次震惊了。

如果有什么比一天考一层书架更可怕,那肯定是一天考一整面书架啊。

"这么多书,怎么学得完啊?"小陆同学愁苦地说。

"那就不学了。"花卷抱着脑袋,很无所谓地捅了捅裴之:"我现在拖一点你们的平均分,最终分组考试之前,你把我踢出去就行了。"

"不行。"裴之回答得很干脆。

花卷瞪他。

不仅是他们,其余坐在地上的小团体也爆发出不满的抗议声:"老师骗人!"

"根本学不完啊!"

"太多了啊。"

"我骗你们什么了?"张叔平看孩子们被打击得很惨,估计心情很好,所以难得和颜悦色。

"你说只有一层的,又变成一整面书架了!"刚才那个张开手臂的小男生,用手臂在空中画了个大圆。

"不是你们嫌一层太多?"

"我们没有!"小学生们异口同声地道,包括花卷也跟着起哄。

"我说的'一层',是老师已经提前帮你们稍作归纳整理,相近或有联系的内容都放在了同一层,这还不好吗?"

好⋯⋯这当然是很好,林朝夕看着每本奥数书目录后标出的数字,想起她自己整理的知识点表格,心情有点复杂。其实夏令营的老师真的在认真准备，也想要认真教他们一点东西。学生们你看我、我看你，不明白这有什么好的。不过小孩子的天真，就是老师既然布置了任务，他们最多嘴上嘀咕几句，但还是会很听话地去做。于是话题一下就变了。

"老师，那我们今天就不上课，在这里看书了吗？"一人说。

"这就是你们的课堂。"张副校站在高大铁制书架前，回答。

"但是老师，我们不知道要学什么。"另一人又说。

"书上有什么，你们学什么。"张副校长很认真地回答。

"这个标'1'的是今天要考的内容？"有孩子手快，已经从书架上抽出书，唰唰翻了两页，指着目录上的一章问，"这后面也写着'1'，但这是初、初中的奥数书啊。"

"有什么问题吗？"

"可……可……可老师没讲过，我……没学过，就做、做不出题目！"

"那就考 0 分。"张副校长说到这里，看了看手表，"10 点的时候，你们解然老师会出现答疑。"说完，他似乎有点想走。

这下，坐在地上的小学生们炸开锅了。

"今天真的不上课吗？"

"那明天也不上课吗？"

"那今天考试的试卷，明天也不讲吗？"

"我们一个个问解老师吗？"

"解老师忙得过来吗？"

"这怎么学呀？"

问题实在太多。每一张小脸上的神情都各不相同，对于小学生来说，这种自学步骤实在太难理解。林朝夕舔了舔嘴唇，突然想起什么，从书包里拿出夏令营发的两大本材料，打开目录，简单翻看起来。

"林朝夕，你来说说看。"突然，张副校长在书架前点名了。

第39章 · 结构 ·

林朝夕猛地抬头，放下书，慢吞吞地站了起来。和张副校长大眼瞪小眼了一会儿，她只能问："您……让我……说什么呀？"

"他们问什么，你回答什么。"张副校长说。

林朝夕又蒙了,张叔平见此情形,摇了摇头,说:"就回答最后一个问题。"

最后一个问题是——"这怎么学呀?"

"就这么学啊。"林朝夕看着那个提问的同学,直白地道。

对方扑通一声向后仰倒,一副被她击败的模样,还闭着眼睛躺在地上喊:"她根本不知道!"

林朝夕看到小破孩这个样子,不由得想起自己曾经被楼上张阿姨的孙子嘲笑游戏打得很烂的情景,十年前、十年后的熊孩子一样熊,就很让人生气。

"书在那里。"林朝夕指着墙,又指了指在地上演戏的小男生,说,"你人在这里。这不是很清楚吗,还需要什么?"

"还需要老师!"小男孩说。

"老师已经教你了啊。"她昂着头,老气横秋地道。

"才没有教我,老师没有上课!"

"学习不是靠老师教的,老师只是帮助你,你还是要靠自己。"林朝夕蹲下来,随便拿起一本架子上的书,教育他,"不是老师站在黑板前面,告诉你'1+1=2'就是上课。"她有点奶声奶气地说。

"那么,在你拿的这本书里,老师上了什么课?"张叔平问。

"联系。"她答。

"什么联系?"

"知识之间的联系。"

"翻开书具体说,举个例子。"张叔平看着站在他面前的小女孩,说。

林朝夕今天还是穿着很随便的校裤,她明显长高了,裤子吊着,露出很长一截脚腕,皮肤很黑,整个人看上去灰扑扑的,唯独眼睛很亮。在三个问题前,她小脸上写满了"你差不多可以了"的字,越这样,张叔平越想看看她到底还知道多少。

果然,他问完后,林朝夕虽然满脸不情愿,但还是举起书,说:"例子是,一年级的'数一数''填图与拆数'和二年级的'认识简单数列''自然数列趣题',以及三年级的'从数表中找规律'这些……"

地上的小学生们都开始翻书,有些人手上的书不全,就去看别人的。

很快他们发现,她提到的章节后面,都标有明显的铅笔字"1"。

"这些书，都……都在讲数字？"

林朝夕一本正经地道："我也不知道，你要自己去看书，看它们之间究竟有什么关系呀。"

"但没有老师，我不知道自己找的关系是对还是错啊？"

孩子们又有了新的问题。林朝夕仰头看他，意思是"老师，该你回答了"。

"对错不重要的……不是最重要的。"张叔平说，并且自动纠正了下，"当你们看了很多书，按照自己的理解，把这些知识点归纳整理出来，将它们在你们的脑海里分门别类地摆好，这些知识才真正变成你们自己的。"张叔平指指脑袋，"你们如果不确定自己整理的东西有没有问题，这个阅览室里有的是书，你去找到那本，拿出来看一看，比对一下，就知道了。"

"噢！"坐在地上的小学生们齐声道，像打开了新世界大门，非常兴奋。

林朝夕听到这里，很想说"你说的对"。不过张副校长的神色，还是像先前那样冷淡，凶巴巴的，眼神里也没有对她的任何欣赏。她耸耸肩，心想，还是算了吧。

"所以，如果碰到从未教过的知识，该怎么处理？"张叔平问。

林朝夕很确定，这位大爷就是想借她的嘴巴，告诉孩子们这些道理。那你自己干吗不说，傲娇吗？他们又大眼瞪小眼了一会儿。她输了，撇了撇嘴，回答："我觉得，遇到没学过的内容，就要像老师刚才说的那样，先把那个东西放到曾经学过的知识框架里，试着去理解它，简单来说，就是预习啦。"她停下来，回答结束。

张叔平却说："继续。"

"继续什么？"

"预习之后？"

"报告老师，我不知道！"林朝夕算是明白了，张副校长今天是什么话也不想说。她觉得自己已经说得太多了，再回答就不像小学生了，干脆闭嘴。

于是张叔平说："第一，尝试用自己的方式，建立你们自己的数学知识体系；第二，抱着尝试的态度，去了解陌生的内容；第三，通过考试来检验知识框架里的薄弱环节；第四，带着问题去听老师第二天讲的内容。这些步骤通过互帮互助的小组学习来完成,这就是我们这十天要遵循的学习步骤。"

张副校长终于漫不经心地抬起眼睛,认真看着她,说:"之前,你回答得很好。"

林朝夕怀疑自己耳朵出了问题,她居然被张叔平表扬了?其实林朝夕也想说:"你能尝试教孩子们用自己的方式来理解数学体系,这也很棒。"不过她现在还是个小学生,夸老师好像不恰当,所以就还是闭嘴了。

"是谁教你这些的?"张叔平最后问。

林朝夕心里有一个很确定的名字,但此情此景,她怎么也不能说。

"报告老师,我不告诉你!"她喊完,自动蹲下,不理张叔平了。

"书这么多,自己看啊。"这是老林的名言。

林朝夕蹲在那个巨大的铁书架前,四周是数不清的数学书籍,又被张副校长这么问,不由得想起老林第一次带她去图书馆的情景。那时她还很小,具体几岁已经不记得了,也就小学一二年级。安宁市图书馆还是老馆,在老城区很深的巷子里,绿树成荫,建筑很破。老林牵着她的手走进去,老林看他的书,她看自己的书。那个年代没有专门的儿童图书馆,所以她就蹲在少年儿童文学区,翻一本标着拼音的科学书。

书籍具体内容她当然不记得了,只记得有非常多的科学小实验。她随手哗哗哗翻书,看那些彩色插图,然后被老林制止。老林蹲下来,拿着自己手上那本书,很耐心地翻到封面,捧好,然后告诉她,在图书馆拿到一本书要做什么——看书名,再看作者,然后要做的,就是看目录。他说看书名和作者代表尊重,并对这本书要讲的内容有初步概念,然后看目录,了解作者编排这本书的思维方式,了解组织结构和大致框架。呃,对七八岁的孩子来说,听到"组织结构"和"大致框架"这些,连名词都很难理解。老林仍旧非常有耐心,牵着她的手,对照书里的内容和标题,给她一点点讲什么是框架,什么是骨架。比如有一章节讲的是水实验,他们就翻到具体的章节,老林带她一项项看所有的小实验究竟有什么相似点,然后她发现,所有的小实验都以水为载体或者和水有关。

在大人看来,这好像是非常简单的理解过程,对于很小的孩子来说,仿佛发现了什么新奇世界——原来书应该这样看，原来每页纸之间都是有关系的。它们一团一团，又仿佛在不断生长，非常有趣。这是她那时候惊喜的发现。

在那之后的很长一段时间，每看一本书，老林都会有这么一个带她阅读的过程。她不会写太多字，他们就用画的，因此每看一本书都会花很长时间，看完以后，他们就合上书，一起画花和茎叶，以此来回忆整本书的内容，从此以后她变成了简笔画小能手。

再后来老林就教她该怎么挑书。按照老林的说法，市面上良莠不齐的东西太多了，你要自己判断，什么是好书，什么是不那么好的书，这就要求她对不同书本中的内容进行横向比较。最后，老林还亲自带着她，试着组建起自己的知识体系。虽然她记得很清楚，老林第一次带她整理知识体系是关于奥特曼的，但还是很厉害啦。

总之，老林真的教了她很多。那些曾经她认为很寻常的内容，现在被张副校长这么突然提起，看着所有小学生不理解的模样，她才意识到老林究竟教了她多少。很多孩子在不停地上课、不停地学习，可究竟该怎么学习呢？不是所有家长和老师会像老林那样，充满耐心地、一点点地手把手去教孩子。而方法，明明该是最先去学的东西。

唉，好想老林，老林真好。林朝夕很颓丧。

张副校长离开，他们小组抢了个靠窗的位置。陆志浩翻开书，悄悄捅她，问："是、是公园那个叔叔教你的吗？"

林朝夕托腮看着窗外的大湖，扮忧郁小女孩，没回答。

"所以这就是你的学习方法了吗？"陆志浩咂了咂嘴，换了另外一个问题，"难怪你成绩这么好！"

林朝夕回过头，伸了个懒腰，和陆志浩打趣："夕哥是不是超厉害，要不要教你？"

"喊——"小陆同学拖长调子。

"很厉害。"这是裴之的回答。

林朝夕没想到裴之同学竟然这么诚恳，有点不好意思了。

花卷趴在桌上翻书，有点百无聊赖："听上去好像很简单，但这么多内容，光抄一遍目录，一上午就过去了，我觉得自己肯定学不完。"

林朝夕一拍桌子:"你不信任夕哥吗?"

"没有啦。"花卷翻了个身,指着书架,"我就是想说,第一层的书,好像……已经被拿完了。"

林朝夕缓缓回过头,果然,就在她思念老林的当口,书架第一层已经空空如也。而他们的桌上,只摆着花卷刚才拿来的那本三年级奥数书。

"你们为什么不去拿?"林朝夕震惊了。

"因为我们有夕哥!"花卷同学理直气壮地说道。

林朝夕被这种甩锅惊到了,转头扫了眼书架,其实还有很多成套的教材:"先随便拿一套书来。书架上这么多书,我们又不可能全看完,只要找准一套看,然后整理就行。"

"可是今天主要的考点内容都在别人手上啊。"陆志浩犹疑了,"我们要去和他们换书看吗?他们不肯换怎么办?"

"考点什么的,记一下大概目录是什么就行啊。"

"但我们还是要去借他们的书看看,不然答不出来。"陆志浩果然还在忧心考试。

闻言,林朝夕正对裴之同学,说:"裴哥……"

第40章 · 难易 ·

林朝夕话还没说完,裴之已经推开椅子站起来。他先到后面一桌,拍了拍其中一位同学的肩膀,低头说了句话。对方小朋友下意识看着摆在他们桌子中间那摞高高的书,但因为提要求的是裴之,好像无法拒绝,于是他点了点头。裴之伸手拿起一本,开始翻,翻完后放下,然后拿起第二本。他翻书的速度非常快,基本上就是纯粹在翻,以至于把那么高一摞的十几本书翻完,也就花了正常孩子做一道题目的时间。一张桌上的书看完是下一张桌子,章亮那组除外。不多时,裴之把其他小组拿的书都翻了个遍,最后坐回原位,开始写字。

书名、作者、版本……陆志浩很蒙,花卷大概知道他看了什么,震惊地看着林朝夕。裴之低着头,写得很认真,伴随时间推移,练习册上出现了一个又一个章节名。

——"数数与计数"p3—5。

——"填图与拆数"p22—25。
——"自然数串趣题"p35—38。
…………
《小学五年级奥林匹克数学》，作者，庞天。
——"质数合数分解质因数"p12—16。
…………

练习册页面被逐渐填满，陆志浩的嘴已经可以塞下鸡蛋。林朝夕看着裴之默写下的目录，有点心感甚慰。谁承想，她有一天会有机会把小男神当人脑扫描仪用。是的，因为他们没有那么多参考书，所以得先把别人书中标有"1"的条目抄下来，然后和他们自己的这套教材对比，查漏补缺，快得很。

虽然方法是好的，也有很强的"扫描仪"，能帮他们省很多工夫，但真正做起来并不简单，问题主要还是出在陆志浩和花卷身上。林朝夕属意让他们先按一套教材整理知识点，在书架上挑了一套还挺经典的教材，让他们先对着整理。其实关于究竟该怎么挑书，老林讲过两点。第一是自己横向比对，每本书看一遍就知道什么好、什么不好，这就有点考验读书人本身的素养了，很变态；第二就是选修订版多的，一本教材，如果被反复修订、反复出版，就在很大程度上说明编者的态度，以及它的经典程度。就算选好了教材，两位同学坐到一起，光把目录都抄一遍就花了不少时间。更何况，两个人越写就越陷入机械性抄写的局面，陆志浩和花卷都非常认真，可越到后来，将一个新知识点组合进框架所需的时间越长。

林朝夕越坐，眉头皱得越紧，这种情况下，当然最好有人引导，可她看了眼自己在窗户里的幼稚倒影——这个人肯定不能是她啊。裴之光把所有标"1"的章节默写下来，就花了一个小时。林朝夕接过一看，密密麻麻的章节名，内容实在太多。她当然能清晰分辨哪些是哪些类别，哪些又该和哪些归类，可普通小学生光辨析这些内容，就要花一两天时间，他们根本没这么多时间。

她赶忙歉疚地看了眼裴之，先把本子默默藏了起来。

午饭时间，绿洲基地食堂。凡是看上去脚步虚浮，手里还拿着本子在看的学生,无论年龄大小,一定是参加晋杯夏令营的学生。光林朝夕他们整个小高组,就有一半同学不肯出来吃饭。因为按照原定计划,午饭后2点就是考试时间,大家都在拼命看书、做题赶时间,生怕遗漏一丝内容。这里面,当然包括小陆同学。最后林朝夕还是与花卷、裴之合力,硬把他拉来吃饭,理由是"考前要放松,饿肚子会考不出来"。

三个小男生在外面吃饭,她则去食堂后厨报到,接受处罚。林朝夕站在食堂主管阿姨面前,后厨到处是蒸腾的水汽和油烟味,很呛人。

"今天早上等你老久了。"阿姨抱着手臂,在看一个懒孩子。

"我……今天起晚了。"林朝夕很诚实地说。

阿姨看了一圈后厨,又看了看她的身高,咂了下嘴,非常嫌弃:"你能干什么哟,现在有些老师都有点毛病的。"

林朝夕差点笑出声,心想,您说得还真没错呢。

"去拿块抹布,把外面收拾收拾,擦擦桌子,没收走的盘子收一收,现在不自觉的人太多了。"

"好嘞!"林朝夕勤快地应声。

在后厨工作和在餐厅工作的区别在于,后者是公开"处刑"。好在林朝夕脸皮很厚,又经常在福利院食堂帮忙,根本不在意这些。食堂拥有几百张餐桌,大人、孩子都挤在一起用餐,人来人往,热闹非凡。在一群收拾餐盘,负责清洁桌面的老阿姨里,夹着一个身影飞快的小学生。她一手拿抹布,另一手收拾餐盘,每每有人起身离开,她总能最先发现没收走的不锈钢餐盘,又仗着身材矮小,钻来钻去时很灵巧,抢了很多阿姨的活。她实在太快,以至于有些大人、孩子还没走两步,落在桌上的餐盘就嗖地被收走,收他们餐盘的小女孩会认真地把弄脏的桌子擦干净,然后还会对他们笑笑。这一来,就搞得很多大人、孩子非常不好意思,不等她把东西拿走,就折回来把自己应该收走的东西收走。

林朝夕经过陆志浩那桌,小陆同学手上捏着支铅笔,在问裴之某道题目该怎么做。裴之同学在用叉子吃芹菜,一边看题一边吃得很慢,满脸不情愿,但还在吃。林朝夕发现,无论什么固定配餐,裴之总会认真吃完,绝不剩一粒米饭。难怪以后能长那么高,林朝夕想。

那是道数字找规律的题,陆志浩套用几道公式都觉得不对,书不在手边又不能翻。裴之从来不背公式，就讲了讲自己思路。陆志浩的脸又皱起来，于是裴之也不知该怎么说，芹菜吃得更苦了。

林朝夕凑过去一看，觉得这是个很好的教育机会。"班长你想想看，这道题提到了自然数和倍数，那么它应该属于哪个知识点的哪个内容？你刚才整理过的，你想想看。"陆志浩把本子往前翻，看了半天，还是不能明白。"这里说，'加1是2的倍数'，那说明这个自然数是奇数，题中还说它是质数，2和3互质对不对？……"林朝夕循循善诱。

陆志浩听了半天，也翻了半天，最后说："你把解题过程写一遍吧，我看下就能懂。"

林朝夕觉得自己失败了。

教育绝对是个大难题，她还是师范类的学生，真遇到实际该怎么教孩子的问题，就变得有些束手无策。以前老林怎么就能做得那么顺利？林朝夕觉得，要不就是她天赋异禀、乖巧聪慧，要不就是她爸在教她这件事上真的下了很大功夫。

下午2点整，解然准时走进阅览室，手上拿着一沓试卷。

所有学习小组的书桌上都堆满书本和练习册，一个个小脑袋埋在书堆里，露出黑乎乎的后脑勺和不断书写的手，学习氛围浓郁，堪比期末考前的大学图书馆。

解然小老师很满意，他拍拍手说："好了同学们，让我们来愉快地进行考试吧。"

"不要！"

"能不能晚点考！"

"我们还没看完！"

抗议声此起彼伏。

林朝夕身边，陆志浩抖着腿，频率非常快，还在抓紧时间做题。

"老陆，你是不是尿急？"花卷小声地问。

"不……不要和我说话，还有一点。"陆志浩憋得嘴皮子都哆嗦。

"快去。"裴之也说。

林朝夕见状，一把抽掉陆志浩的笔："赶紧赶紧，我保证让小解老师推迟考试时间。"

"真的？"

"我保证！"林朝夕发誓。

闻言，小陆同学唰地站起，头也不回地朝阅览室外疯跑出去。

"这是怎么了？"解然笑眯眯地问。

林朝夕站起："报告老师，能不能推迟一点时间再考今天的内容？"

阅览室小桌前，所有学生都目光灼灼地看着她。

"不能呢。"回答很有解然的风范。

很多孩子失望了，很苦闷，开始准备收拾东西。

"那能不能要考的先考，我们晚点考，把两边人桌子分开，你坐在中间，我们保证不和他们说话！"林朝夕说。

"早考晚考，早晚要考，多看几个小时书，其实没什么用。"解然劝道。

"求你。"林朝夕很干脆，双手抱拳鞠躬。

解然也没见过这样的，愣住。

她此言一出，很多孩子都理解了技巧。

"求你啦。"

"求求你老师。"

孩子们眼神和声音都很软，又那么努力，再怎么狠心肠的人都不忍拒绝。

没办法，解然最后只能点头。

"那你们想几点考？"他问。

"4点！"

"不不，5点！"

"那5点30分好不好？"解然拖长调子问。

"小解老师最好啦！"林朝夕喊。

"不许叫我小解老师！"解然嚷道。

其实……其实解然说得并没有错。数学这个玩意对于普通孩子来说，多几个小时的复习时间，不可能让你的成绩有质的飞跃。总的来说就是，该怎样还是怎样。

下午5点30分，孩子们都已经复习得晕头转向。

考卷发下来，林朝夕看了遍题目，发现基本上还是晋杯赛那套出题模式，只是多了一道10分的整理知识点的问题，还有一道题是关于费马小定理的。林朝夕看到的时候都震惊了，这怎么看好像都是初中竞赛知识，她做得手都抖，尽量回忆相关内容，可还是很吃力，很没把握。

考完以后，整个班级的情绪都非常低落，平常他们都觉得自己是天之骄子，起码在数学这项上，很多人是班里的佼佼者。可这份卷子让所有孩子开始怀疑人生。

林朝夕也有点闷，今天一天只顾着想帮陆志浩和花卷，没有去整理分析，或看书上究竟有多少她还没掌握的内容。感觉接下来不能走，还得"开夜车"。

"我觉得我可能有20分！"花卷举手道。

小陆同学眼睛都红了："好难啊，怎么能这么难啊？"

见此情形，林朝夕隐隐有不好的预感。

第41章 · 进度 ·

第二天，林朝夕很早就爬起来，多亏裴之的变形金刚手表，她没重复第一天的错误。她冲下楼，裴之果然还坐在那张小沙发上等她去食堂工作，坐的位子都和昨天一模一样。

前一天晚上离开阅览室后，他们一伙人又在楼下小客厅看了一会儿书，一不小心就到了10点。最后，是被来巡视的宿管阿姨赶回房间的。

"早。"林朝夕故意很有朝气地和裴之同学打招呼。

破天荒地，裴之仰头打了个哈欠，再举了举手，算作和她打了招呼，看上去困得不想说话。

"你昨天几点睡的？"林朝夕和他迎着晨光走在路上，周围只有松鼠和小鸟，连个人影都没有，静得不像话。

"夜里1点吧？"裴之同学揉着眼睛。

"怎么这么晚？"

"花卷在背书。"

"什么！"林朝夕震惊了。花卷同学嘴上说着"要走要走"，身体居然这么诚实，背书背到夜里1点，但数学有什么好背的？

"背今天可能会考到的公式。"裴之想了想，说，"神奇吧？"

"很神奇！"

"他背书会影响你睡觉吗？"林朝夕问。

"陆志浩也在，在问题目。"裴之又打了个哈欠，声音里满是倦意。

"那不是违反规定？被老师抓到要被处分！"

"嘘。"裴之把食指竖起，让她小点声。

清晨6点，绿洲基地食堂。蒸包子的蒸包子，炒菜的炒菜，后厨早干得火热，热气蒸腾，像个大工厂。林朝夕和裴之站在后厨的一扇小门门口，面对从跟前到尽头的各式料理台和巨大灶台，咽了口口水。

昨天那位食堂主管阿姨双手叉腰，站在她面前，说："去，还是跟昨天带你的打扫大姨干活，先跟着把外面弄干净点，等开门。"

"好嘞！"林朝夕扭头，裴之跟着要走。

阿姨却说："你等等。"

裴之站定，林朝夕回过头。

"你这小身板能干什么呀？"阿姨慈爱地看着裴之。

林朝夕昨天也听阿姨对她说过这句话，却和今天对裴之说的语气完全不同，今天阿姨像被夺舍了！

"喜不喜欢吃面包啊？"阿姨俯身问裴之，"来来，阿姨带你去，找个叔叔教你做面包好不好？"

林朝夕一激灵。

"我还是跟她一起打扫外面吧。"裴之有些不好意思地说。

"那不行，老师让你们过来，你们就要服从安排听指挥！"阿姨伸手牵过裴之的小手，一只手捏了捏他瓷白的脸，笑容里透着说不出的慈爱，并且不由分说就把人往后厨带。

喂，您这偏心得也太明显了吧？

林朝夕呆在原地，震惊了。

6:00—7:30，绿洲基地食堂的人越来越多，林朝夕忙得脚不沾地。擦桌、收盘子，看到有人不小心把汤汁倒在地上，她还要换一块抹布去擦。陆志浩和花卷因为要早点去教室看书，连饭都不来吃，让他们给带馒头。

"阿姨,不要粥了,就要面包和鸡蛋,好带走。"经过打饭的窗口,林朝夕看到他们小高组的一个同班小女生也在买东西,小女孩背着书包,拿了个保鲜袋,把阿姨递出来的食物往袋子里装。

"张小草,不喝点汤汤水水的吗?会不会干呀?"林朝夕拍了拍对方的肩,然后问。

张小草同学看到她,先打了个哈欠,随后摇头:"我妈妈给我带了牛奶,这些可以路上吃,方便。"

林朝夕于是稍稍观察了下,但凡是他们奥数夏令营的孩子,无论大小,基本上是买好早餐拿了就走,步履匆匆,像能抓紧时间多看一分钟书都好。面包卖得最快,后厨里又出来一个推车。穿白衫的面点师傅旁边跟着个慢悠悠推车的小男生,正是裴之。面点师傅和裴之合力把面包上好架,面点师傅慈祥地揉了揉裴之的脑袋,从架子上拿了个面包给他。

林朝夕气不打一处来,贴到窗的一边,冲裴之挤眉弄眼。裴之接过面包,扫了眼窗外面,慢腾腾地朝她走来,隔着玻璃窗站定。因为离得近,林朝夕很清晰地看到他左侧脸颊有大片白花花的面粉痕迹,隔着窗户,用手指戳戳裴之的脸。裴之一只手正准备把面包递出来,只能用另一只手蹭蹭脸,却把面粉痕迹擦得越来越大。林朝夕忍不住幸灾乐祸地笑了起来。

裴之同学的面包递到一半,她刚要去接,面包却缩了回去。你怎么这么记仇?林朝夕瞪了裴之一眼,又马上不笑了,保持严肃认真站好。窗子里面,裴之见她态度端正了,伸手把面包撕了一半,这才递了出来。面包金黄酥香,泛着刚烤好时的黄油香气。林朝夕接过,隔着玻璃窗,和裴之同时狠狠咬了一大口。

瞌睡是会传染的。他们在食堂"打完工",又喝了碗粥才跑去课堂,一进门,却发现整间教室趴了一半人。8点30分,解然走进教室,手里捧着昨天的考卷,放眼望去,只看到一张张打着哈欠的小嘴和一双双蒙眬的眼睛,全班学生仿佛都被瞌睡虫附体。见此情形,解然笑道:"你们昨天晚上都干吗去了?"

"看书!"全班小朋友异口同声地道。

"还以为你们通宵看足球了。"

185

"才没有!"

"昨天德国队1:0赢了,要我给你们讲讲比赛过程吗?"解然举起试卷。透过白纸,可以看到最后一张不知道谁的卷子上鲜明的红叉。

"老师,你快发卷子吧。"

"别讲了别讲了,没时间了。"学生们嚷嚷。

解然笑得更开心了:"怎么一个个这么热爱学习了?从没有这么认真看过书吧?"

"快发卷子!"学生们拍着桌子喊,一点都不怕解然。

"王风,68。"

"陆明,72。"

"章亮,91。"

"陈成成,66。"

讲台上,解然慢条斯理地报成绩。一开始他报到"68"的时候,还有同学很遗憾地"啊"出了声,很快,章亮的成绩一出,教室就陷入了沉寂,章亮小学霸原本志得意满的脸上现出难以置信的神情。

"第一小组组长上来领卷子吧。"解然念完,把四人的试卷抽出说道。

章亮黑着脸上台,接过试卷,走下来的时候还在翻。他先拿出自己的卷子,最后给那个陈成成递66分试卷的时候,小学霸有很明显的嫌弃表情。他们小声说了几句,章亮看上去脸更黑了,那个叫陈成成的男生扭过头去看窗外,林朝夕总觉得他好像哭了。第一小组基本上已经是最强组合了,但平均分74.25,连良好都没达到。解然故意在课前拖了那么长时间,大概也是觉得这次考试结果太惨不忍睹,所以故意用活跃气氛的方式,想让大家先放松一点。

第一小组下面就是他们第二小组,陆志浩趴在桌上,紧紧闭着眼,就差把耳朵捂住不想听成绩了。林朝夕也很紧张,心跳得非常快,瞬间把注意力从陈成成身上抽回。万一没及格怎么办?她开始忧虑了。

"陆志浩,62。"解然念道。小陆同学愣了一下,随即开始搓脸,既庆幸又懊丧。

"花卷,45。"花卷听完,揉了几把头发。

"裴之,97。"

林朝夕心里咯噔一下。完了完了，裴之都没有满分。

"林朝夕，98。"解然继续念道。

报完她的成绩，全班都短暂安静，像空气被抽干净了。林朝夕第一反应是，费马小定理的题她做对了？她基本上是连蒙带猜的，这都能对？然后她才意识到，她好像……比裴之考得还高？班级里爆发出低声惊呼，视线从四面八方射来，怀疑的、惊叹的、羡慕的……像在说："这怎么可能？她怎么可能考得这么好？"

林朝夕也蒙了一阵，直到解然说："第二小组的组长来拿卷子。"

听到这话，他们小组四个人开始面面相觑。花卷冲她使了个眼色，裴之点点头，陆志浩推了她一把，说："去啊。"

众目睽睽下，林朝夕走上讲台，接过试卷后反而清醒了。

"考得不错。"解然说。

"谢谢老师。"林朝夕翻着试卷回座位，大致看了看各人的答题情况，裴之其实还是全对，不过在整理知识点题目上的思路不如她清晰，所以比她多扣了1分。陆志浩呢，他小学奥数的知识点掌握得还不错，但对超出普通难度的内容，就束手无策了。而花卷……林朝夕看到花卷全选C的选择题时，震惊了。

"你以后能不能不要都选C？"她把卷子递给花卷，并小声地说。

"那我都选D吗？"花卷问。

"四个选项正确概率一致。"这是裴之的回答。

林朝夕摇头："你记好——三长一短选最短，三短一长选最长，长短不一要选B，参差不齐就选D。"

"没问题！"花卷笑。

陆志浩也"扑哧"笑了一声，很服气地竖起大拇指，暂时忘了自己成绩的事情。

这大概是一天以来他们最轻松的时刻，不管怎样，他们小组第一天测试平均分75.5分，比章亮他们小组高了1分多，还有什么比看章亮吃瘪更高兴的事情呢？

但轻松的时刻，也确实只有那么一会儿。

上午三节课。解然花了一节课讲昨天的试卷，全班人都被成绩打击了一遍,情绪很低落。第二节课讲的是拓展延伸的内容,主要是一些初中奥数知识点,时间非常紧张,解然重点讲了昨天考到的同余定理和费马小定理的内容。第三节课,解然开始讲昨天让他们整理的东西,即知识结构。比起拓展内容,孩子们更陷入一种"你在说什么"的蒙圈状态中。

解然手撑在讲台上,随意地道:"所有标'1'的章节究竟有什么共同点,经过昨天一天的刻苦钻研,各位小朋友有什么新发现?"

"和数字有关。"所有学生异口同声地道。

"把'字'去掉。"解然说,"准确来说,是'数'。"

"谁能说说,数和数字有什么区别?"解然问。

小学生脸上都很茫然,对他们来说,这几乎是种全新的观点。数和数字不同,他们从未做过这种辨析,虽然这确实是学数学前最应该弄明白的问题。

解然很干脆地说道:"具体来说,数和数字有四个主要区别。第一……"

解然讲得非常快,基本上都是理论性质的内容。作为三昧大学数学系高才生,他站的高度远远在这些小学生之上,讲解的内容就更要求学生们有抽象理解能力。林朝夕观察了下,他说的区别,除了小部分孩子大致能懂,更多学生只能埋头抄板书。

"在对自然数有了初步了解后,我们就要讲到数系。自然数序列永远是没有止境的,在任何自然数后,我们可以写出下一个自然数 n_1……你们所遇到的大部分数列题,问第几位数是什么的这类问题,都可以归到对数系的研究……"解然边说边在黑板上写下内容。林朝夕随手圈了个重点词,她渐渐发现,解然讲的内容非常基础,也完全没有问题,比那些上来就讲公式的老师好很多,但又因为太基础,这些内容离孩子们平时学的内容就更遥远了。林朝夕想,如果他放慢速度,用一种深入浅出的方式来讲当然更好。可要厘清的知识点实在太多,解然根本没时间停下来详细讲解,只能不断向后推进度。这种推进度的速度实在太快,就算班级里的这些孩子已经算数学基础很好的那批,脸上的表情仍旧越来越严肃。

所有孩子脑袋都快炸了。

幸好在课堂最后,解然发下了一份昨天整理知识点的标准范例,差不多像是丢了根救命稻草下来。林朝夕仔细阅读了一遍,发现那更像后来的思维导图,详尽的同时,也让孩子们对应该如何整理知识点有了新的理解。

"班长!这、这是秘籍!"她刚想和陆志浩说说这份材料,下课铃响了。全班孩子不约而同地把纸塞进书包,看都不看一眼,背起包就要往阅览室冲。

第42章 · 很累 ·

林朝夕跟着收拾东西,把铅笔盒、课本、练习册通通往书包里塞,她的课桌突然被几个孩子围住了。

"林朝夕,你是怎么学的?"

"能看看你整理归纳的东西吗?"

"老师已经发了这个呀。"林朝夕举起解然刚发的纸。

"我们说的是今天要考的'2'。"

"全班就你知识点整理得最好了。"

"借我们看看吧。"小女孩作"求求你"状。

孩子们一个接一个,连珠炮似的说。林朝夕看了一圈,才发现这几个孩子好像是第六小组的,成绩中上,所以更想冲一冲。

"我……我还没整理好……"她很不好意思。

"等下5点30分就要考了。"在她课桌前站着的几个孩子都很震惊。

"不……不好意思……了……"

"你整理好后能不能先给我们看看?"

"对啊对啊,我们先排队,排第一!"

"欸?"

"不行不行,第一明明是我!"花卷在后面喊。

林朝夕扭头,问后座的小卷毛:"你也要看吗?"

"对啊,全背完,好歹能多拿几分!"花卷很有志气地说。

这下,林朝夕彻底没时间吃午饭了。她一进阅览室,就冲到书架前开始找教材,比昨天更拉风的是,她身后跟着好几个小跟班。

"你要找什么书？"

"要我们帮你找吗？"

"你口渴吗？我给你倒水吧……"

同学们非常积极，向她提供各种帮助。她从书架上抽出一套教材，就有殷勤的小手要顺势接过。许多孩子围在一起的声音更加吵闹，好多已经开始复习的学生冲她这里投来不满的目光。

林朝夕超级不好意思："不用不用，我自己来就行。"

她指指第六小组空着的桌子，小声地说："你们去自己座位好不好？我很快的！"

摊开书和课本，林朝夕开始奋笔疾书，现在有种大学期末考前拼命复习的感觉，而她明明在念小学。

已经没时间想这么多，她的手指从教材章节名上滑过。昨天的重点在"数"，今天的考点全在计算，包括所有速算与巧算、比大小、估算，以及基础的因式分解。并且，今天还包括昨天所整理内容的后续应用题，什么容斥原理、抽屉原理、加乘法原理、染色问题……其实她越整理越觉得，让小孩子们在短时间完成这项工作真不是容易的事。如果你翻开书，会发现每个名词下的数学题你肯定都做过，但合上书，光看名词，它们又变成完全陌生的内容。因为对数学的学习仿佛总是割裂开来，按年级增长，东学一些，西学一些。学一些公式定理，老师讲一遍证明过程，你便学会了用这些公式定理解题目，如此循环往复。总体来说还算全面，可很少用一种全面的观点回过头看看自己到底学了什么，这些对她来说还相对简单。当初老林是怎么让她记住这些的？林朝夕用铅笔蹭了蹭头，继续写。

不知过了多久，她终于写完最后一笔。她把自己从教材里拔出来，扔掉铅笔，伸了个懒腰。

"裴之呢？"她对面座位空了。

"去买零食了！"花卷说，"我们都没吃午饭。"说着，他冲门口举了举手，裴之正好提着塑料袋回来。林朝夕这才想到要去看墙上的时钟，已经2点30分了，难怪她饿得胃都有酸水了。

"我们去外面？"她边说边把整理完的练习册交给花卷。

190

花卷接过去,悄悄用铅笔头指指陆志浩的方向。

"底数为 10 的各整数次幂,恰好是十进制数的各个位数……""二进制,即计数法,就是用'0''1'两个数码,采用'逢二进一'……"小陆同学念念有词,在背东西,根本没听到。

林朝夕听了两句就觉得不对,轻轻推推陆志浩:"班长,这个内容昨天已经考过了,今天等下要考的是计算问题和昨天计数问题的应用题什么的。"

陆志浩茫然抬头:"啊?"

"十进制、二进制这个,昨天有的。"

陆志浩闻言,赶紧翻了两页课本,又去对目录,然后慌忙地改自己整理好的表格。

林朝夕冲花卷使了个眼色,花卷小朋友把她刚整理了半天的练习册推过去:"我们直接抄标准答案吧!"

陆志浩犟得很:"老师说了,这个东西要自己理解,变成自己的,才有用。"

但你光是没有辅助地、凭自己理解来认识这些内容,时间根本来不及啊。林朝夕很想这么说,可这又太挫伤陆志浩的自尊心,她只好换了个说法:"我们是小组嘛,要互帮互助!"

"对啊。哇,这个后面还有题目?"花卷吃惊了。

"对,对应每个小知识点我都挑了一道非常典型的简单题目出来,这样你们就能知道这个内容大概讲什么啦。"

林朝夕也没办法,谁让孩子们最熟悉的永远是题目呢。

"超棒!老陆来,等下吃零食,你坐裴之的位子,反正他不用看书!"花卷说。

窗外,天暗成靛青色的,繁盛的水生植物随风摇曳。岸边亮着一圈寂寥的路灯,但水岸的景色再静谧,也没有阅览室内安静。

很累,非常累——这是结束下午 5 点 30 分的第二日考试后,所有孩子不约而同的反应。很多人交卷时,手都是抖的。

林朝夕拿起试卷,递给解然。

解然冲她眨眨眼:"又要考第一了?"

这种打趣没法让她的心情好一点。

陆志浩坐在位子上,把头埋在臂弯里,很安静很安静。与之相反,花卷则叼着笔,双手抱头,开始抖腿。

"对……对不起,是我选的例题太简单了。"林朝夕觉得很抱歉。

今天下午,她一直带着花卷和陆志浩辨析知识点,和他们看最简单的题目,了解那些名词和数学内容背后究竟代表什么。她已经放弃了先前"小学生不能教小学生"的观点,因为其他每个小组都在这么干。她讲得很认真,时间不知不觉就这么过去了,等到考试拿到卷子一看,发现和她挑选的例题完全不是一个难度的东西。她自己也有两道题很不确定,甚至可以说是百分之百做错了。最让她难过的不是这个,而是她带着陆志浩和花卷浪费了那么长时间,做了无用功。

"不是,是我的基础太差了。"陆志浩抬起头,也没有哭,但总像在憋着什么,"我就是脑子不好,根本想不出来要怎么做。"

"才没有呢!"林朝夕赶忙打断他。

"你和裴之都会,你们聪明,我是真的笨。"陆志浩用笔重重敲了两下头。

林朝夕看了眼裴之,很想说:"真正聪明的只有他,我只是比你们多念了几年书,以及曾经有个好爸爸而已。"

"好了,老陆!"花卷一把钩住他的脖子,"如果你脑子不好,那我不是大笨猪了吗?"

"我才不是这个意思呢!"陆志浩赶忙解释,"我就觉得可能是因为这种学法太高级,不适合我,我还是做我的题,多做点我就能多懂点。"

花卷点头,看了过来,很闲散地说:"我是真觉得数学没意思,也学不会,反正到时候,我肯定退出。老陆成绩要不行的话,也跟我一起。林朝夕,你和裴之一定要两个人一起!"

夜里,3号楼宿舍。如果说,昨天晚上的客厅还有种热闹的讨论氛围,那现在的客厅就变成了学习的坟墓。林朝夕也不知道自己这个形容用得对不对,因为很有可能再过两天,那时的氛围会比现在更压抑,她却找不到更贴合的形容。没有人说话,客厅里只能听见翻书声和沙沙的密集写字声,如蚕食桑叶一般。

陆志浩和其他小组的孩子一起，挤在客厅的几张小餐桌前拼命做题。而原本热闹非凡的乐高桌前面，只剩下花卷一个人在百无聊赖地搭乐高积木。他把花花绿绿的塑料片越插越高，并不断在上面添上稀奇古怪的分支，让手里的玩具变成一个巨大而扭曲的怪物。花卷小朋友的脸蛋在灯光下显得吹弹可破，满头卷发很嚣张地乱翘起来。明明听裴之说，他昨天晚上还是兴致勃勃要背书的样子，现在只是一次测验成绩加上一次更难的测验，就把他变成这副对数学完全没兴趣的样子。

林朝夕站过去，手里拿着练习册，里面是在阅览室关门前，她整理的第三天知识点。还没等她开口，花卷的手就斜斜伸了出来，要接本子。

"咦，"林朝夕很意外，"你还想学吗？"

"好歹先背完，加上你的秘籍，明天起码可以拿20分！"花卷笑了。

看着小孩浅褐色的纯真眼眸，林朝夕反而有点交不出去她整理的这些东西。她是在干吗呀？她好像在为了小组荣誉，强逼孩子背根本不感兴趣的东西，数学学习明明不该是这样。可究竟该是怎样，林朝夕又说不出来。

裴之坐在他的专属座位上玩孔明棋，没有看书。他花了几天时间，应该已经把只剩中间一颗棋子的解法解了出来，可没有停下来，还在接着玩下去。林朝夕注意到，在阅览室看书的时候，裴之就大致把延伸拓展的初中部分内容看了一遍，然后继续研究他的孔明棋。有时候，他甚至会去高年级组那边的书架借棋类游戏相关的数学书籍，但又不是很明白自己想研究的那部分内容在哪里，因此往往会拿一些内容非常艰深的书籍，引得高中生围观。

时间是晚上9点40分，再过一会儿，宿管阿姨就要来赶人回去睡觉了。

看着眼前的一切，林朝夕握了握手中的IC电话卡。宿舍小楼公用电话就挂在客厅的时钟下面，可屋子里这么静，无论她说什么，都会被这些孩子听得一清二楚。

总之，让其他孩子听见还是不好。

屋外夜色浓重，她咬咬牙，冲出屋子，记忆里，在稍远一点的地方，还有个公用电话亭。

第43章 · 坚持 ·

路灯下,夜风微凉,银色数字键被磨得很旧。

林朝夕穿着宽松运动服,站在公用电话前,将电话卡塞进插口,手指在键盘上犹豫了一会儿,才拨出号码。

"喂?"不像上次那样会经过漫长等待,这次几乎在拨出的瞬间,电话就被接起,里面透出低沉却清晰的男性声音。

"师父——"她吸吸鼻子,软软地喊道。

"怎么了这是?"老林有些讶异地问。

"你是在关心我吗?"

"不是。"

"口是心非。"林朝夕笑,"是不是因为我昨天没打电话,你有点担心?"

"为什么站在外面打电话?"老林问。

她下意识地朝四下望去,除草丛和灌木被风吹得乱颤外,周围并没有人。她才意识到,老林应该在电话里察觉了四周空旷的风声,就像她察觉到,老林在接起电话后,立即搁下手中钢笔的声音。

"你上次问我为什么要学数学……"林朝夕用这句话作为正式开场。

其实她想了很久,内心已有清晰结论。因为曾经你为了我放弃数学,又总在引导我学数学,我没有抓住机会,现在来到芝士世界,我想弥补这个遗憾。她默默地想。

"为什么?"老林问。

"没有为什么,之前觉得好像有意思,现在觉得没意思了。"她故意这么说。

"恭喜你。"老林停顿,"迷途知返。"

在噎人这方面,老林才是专家。林朝夕却没有很在意,自顾自地说:"师父,你知道吗?我们现在要用十天时间,把所有小学奥数的知识融会贯通,还要学初中的一些内容。每天都有考试,要算小组平均分,十天后,小组平均分排在后50%的小组就会被淘汰,很累很累。"

"这么斯巴达?"老林也有些讶异。

"对。我的同学,就是陆志浩还有花卷,你那天见过的,已经有点坚持不下去了。我该怎么办?"

电话那头,老林沉默下来,林朝夕也不知道他在想什么。

"那就放弃吧。"老林说。

林朝夕握着电话的手,微微颤抖:"放……放弃吗?"

"对,既然不喜欢,觉得累了,为什么不放弃?"

"可是……"她想说些什么,如果是那个世界的老林,会给她炖鸡汤,会循循善诱,现在这个却让她放弃。她不知道,哪个才是真正的老林。

"可是什么?"

"可是你难道不应该说'再坚持一下,光明就在眼前',或者说'数学其实很有趣、很美妙,值得努力继续学下去'?"就像任何正常父母都会鼓励孩子的话一样。

她有些激动。

"别人说的话,就有用吗?"老林嗤笑一声,"如果其他人的话有用,那我让你放弃,你干吗不放弃?同理,我让你坚持,你就会坚持了?"

逻辑还真是完美。

"而且很多时候,无意义的坚持,本就没什么价值。"老林在电话那头说。

林朝夕心头巨颤,仿佛回到了某个极度迷惘又极度清醒的时刻,是她看到天才与凡人之间深不可测的鸿沟的时刻。

她握住手中电话,感到从未有过的沉重:"师父,你也觉得,数学,是只为天才开放的领域吗?"

她听见自己用清脆却略低落的女童声音说这句话,夜风拂过,她有种很奇怪的抽离感。那时,她以为老林又会嘲讽两句,却听见他在那头说:"当然……不是。"父亲的声音还是那般低沉,却不再有曾经的漫不经心的感觉,老林很认真地回答了她的这个问题。

林朝夕清醒过来,心头微热,终于有些开心:"那,师父,你干吗说无意义的坚持没价值!"

"还是那句话,我说什么重要吗?你这么容易被影响,是算术平均数吗?"

林朝夕蒙了会儿,才意识到这是个冷笑话——在诸多集中量数中,算术平均数反应最灵敏,最容易受极端数值影响。

195

"而且我说的'坚持',很明显是指,你们通过自己不能接受的方式去学数学。"

"师父,你也觉得这个方法不对是吗?"

"定义'对'和'错'?"

"不适合,就是错的。"

"如果他的初衷本来就不是为了适应你们大部分人呢?"

"说到底,师父你是不是也觉得,奥数只适合部分聪明孩子学习?"林朝夕问老林,"那天你只教裴之,却没有教我,你一定觉得他更聪明?"

"你这孩子怎么这么小心眼?"老林反问。

"你正面回答我,不要避开,我好不容易才问出口的。"

"是,他比你更聪明,却没你那么幸运。"

林朝夕有些无言。如果你知道我现在是个孤儿,还会觉得我很幸运吗?

"你为什么会这么觉得呢?"

"拥有热情,本就是最幸运的事。"

她想,老林说的,应该是对数学的爱。

但明明,不是这样的。

沉默了一会儿,她问:"那么,趁我们还有热情的时候,你可以帮帮我们吗?"

"定义'帮帮'?"

"就是来绿洲基地,偷偷……教我们。"

老林在那头也沉默了一会儿。

"林朝夕同学……你师父我,是一个勤勤恳恳的公园职工。"

"我知道。"

"所以我不要上班啊?"

最终,她没得到老林正面回复。吼完以后,老林就挂断电话,以至于她还没来得及说她看到了绿洲基地食堂在高薪招聘兼职。

太遗憾了。

夜风徐徐,带来湖水和土木的潮湿气息。

林朝夕拔出电话卡,笑了笑,向灯火通明的宿舍小楼走去。

第三日,小学高年级组竞赛班教室。林朝夕和裴之起了大早,在食堂忙完，赶到教室，第一节课快开始了。不大的课堂里，孩子们却不像昨天那样都埋头看书，反而交头接耳、窃窃私语，像小片微微沸腾的泉水。

落座后，她发现身边座位空了："陆志浩……呢？"

花卷见他们来了，一把拽住裴之的胳膊，虽然像松了口气，神色却更加愁苦："我……我也不太清楚，就早上我和老陆一起来的时候，他说昨天晚上打着手电筒看书被阿姨捉住了。"

"然后？"林朝夕心里咯噔一下，微拔高音量。

"然后刚刚张副校长来，把他叫走了。"

花卷焦虑地舔舔嘴唇，然后推推裴之："裴哥，你是不是去过大魔王办公室，到底在哪里，我们……要不要去看看？"

裴之摘下鸭舌帽，敛眉深思。林朝夕抿唇，想到很多唯恐发生的事情。裴之很快点头，却在看向窗外的瞬间愣住。窗外走廊，一大一小两道身影在缓缓前行。微胖的男人走在前面，在他身后，小男生低着头，额发挡住他的脸，仿佛隐在一片阴影里。

张叔平带陆志浩走进教室，看她一眼，林朝夕缩回手，缓缓坐正。

"回去坐吧。"张叔平低头，对陆志浩说。

陆志浩步履迟缓，向他们走来。林朝夕想说什么，陆志浩却只将手里的纸放下，随后趴在桌上，头埋入臂弯。原本总是中气十足的小男孩，现在却像一个完全干瘪的气球。林朝夕更加担心了。

"昨天晚上发生的事情，各位同学，差不多应该都知道了。"张叔平在讲台前说话，她趁机扭头，小心地戳戳陆志浩。小男孩没有任何回应，肩膀也没抖动，并不在哭。"在开学讲演时我反复重申过，希望让你们去看手册，尤其注意哪些事情可以做，哪些不可以做，并要求你们严格遵守，但为什么会有这么多规定，你们思考过吗？"

她的视线移向桌上一角，陆志浩刚才拿过来的纸应该是昨天的试卷，隐隐可以看到红色的批改痕迹。

张叔平继续道："学习耗费精力、体力，规定了不允许做的事情，是希望你们能够保持充沛精力来应对白天的学习，晚上'开夜车'，白天疲惫不堪，这样真能学好吗？"

学生们都在沉思，有人偷偷打哈欠，有人在看陆志浩。看着桌上的试卷，林朝夕隐隐知道，陆志浩现在为什么这么低落。就像老林说的，有些坚持毫无意义,恐怕张叔平也对陆志浩说了类似的话。

像为了印证她的猜测,严肃的副校长最后说道:"我希望你们把努力用对地方,用错地方的功,就是无用功!今天是第一次,只做警告处分,下次再有类似情况发生,我一定会按入营手册上的规定,从重处罚。"

林朝夕同时伸手,拿过陆志浩的试卷。

第44章 · 想要 ·

讲台前,张副校长摊开昨天的试卷报成绩,进入每一日的正常流程。讲台下,林朝夕低头打开陆志浩的考卷,手指微微颤抖了下,映入眼帘的是成绩栏后巨大的红色"49",整份试卷遍布红叉。仔细看去,陆志浩的知识点整理题拿到9分,剩下40分属于四道选择题,填空题全灭。对任何孩子来说,这个成绩都是巨大的打击,何况是一直数学优秀的陆志浩。

张叔平:"林朝夕,79。"

教室内再次爆发出此起彼伏的惊叹声。

林朝夕低头,看了眼桌上陆志浩的试卷,坐着没动。

张叔平说:"上来拿你们组的卷子。"

花卷在背后戳了戳她,她才慢吞吞地站起来,拖着沉重步伐,走到教室正前,站定仰头。中年人的脸近在咫尺,目光中带着平静、冷酷和令人难以揣摩的深意。林朝夕很想问:"你为什么要打击孩子的自信心?考试,淘汰,越来越多的人离开,只有这样才能选出你最后所需要的精英吗?除精英外的其他孩子呢,他们怎么办呢?"可这些话堵在胸口,无从说起。

"你有什么想说的吗,林朝夕同学?"张叔平问。

远处大湖烟水迷蒙,林朝夕站在教室最前方,她很想做点什么,可又觉得自己无比渺小,面对强大权威,她又能做什么呢?最终,她还是接过了三张试卷,回到原位,没有说话。

上午三节课,林朝夕根本没有心思去听,觉得自己很对不起陆志浩。她一直以为自己在这群孩子里是手提宝剑斗恶龙的勇士,其实一直还是那个怯懦的小女孩。陆志浩再没和他们讲过一句话。课后,孩子们照例去阅览室抢位,陆志浩也麻木地收拾东西,离开教室。

教学区,林荫道。陆志浩背着书包走在最前,步履急促,幸好前进方向还是阅览室。林朝夕和裴之、花卷跟在后面,微微松了口气。

"老陆怎么了?"花卷问。

林朝夕噤声,裴之压了压帽檐,没说话。

"你们都不说话,可急死我了,破学不用上了。"花卷嚷嚷。

"那就不用上了!"侧后方传来男孩的嘲笑声。

章亮的小跟班们你追我赶,跑得飞快。一眨眼,他们冲到陆志浩身后,狠狠推了他一把,陆志浩重重地踉跄了下。

"49分。"王风凑近陆志浩,笑道,"没及格。"

"肥猪崽。"陆明伸手捏捏陆志浩的脸颊,"半夜看书还不及格。"

他们喊完就跑,动作太快,林朝夕反应过来时,已经追不上了。风吹过,却吹不散空气里的恶意,连风都带着腥气。前前后后,不少孩子在看陆志浩,笑嘻嘻的,或带着同情。这时,章亮双手插袋,慢悠悠地经过她。林朝夕扭头,男孩嘴角一提,挑衅似的吹了声口哨。

她猛地转身,直接扭住章亮衣领:"想干什么?"

"我怎么了?"章亮仰着头,尖尖的小下巴快要戳到她的鼻子了。

"为什么找人欺负陆志浩,他哪里得罪你了?"

"我没有啊,你有证据吗?"

"陆明、王风不是你的好朋友?"

"他们是他们,我是我,再说,说实话也叫欺负吗?"

林朝夕攥紧拳头。

"而且我刚才和陈成成在一起,怎么会叫他们欺负陆志浩?"章亮说,并喊:"陈成成,你过来。"陈成成走在最后,听到章亮招呼,才拖着缓慢步伐,来到他们跟前。

"你给我做证,我没叫人欺负陆志浩。"

"不是……章亮。"陈成成吞吞吐吐,柔软头发遮住脸,他谨小慎微,像小团湿漉漉的海草。

林朝夕心里憋着一团火,被陈成成怯懦的样子彻底点燃。

"章亮,你真的不怕我揍你!"

"是啊,你也只敢打同学,你怎么不敢打老师呢?"

章亮转头，看了眼教学楼顶层，那里仿佛正有森严的目光，关注他们的一举一动。那又怎样？林朝夕毫不犹豫地想挥拳揍章亮。突然，手被拽住，林朝夕挣扎两下，发现钳住她的手纹丝不动，转头，是裴之。陆志浩不知何时走了回来，胖乎乎的脸上湿漉漉的，挂着泪水，也伸出同样胖乎乎的手指，抓住她手腕。

　　"别……别打架。"陆志浩小心翼翼，嘴唇颤抖，"会被开除的。"

　　大湖边，青绿色芦苇随风摇曳。今日天气阴沉，蓄积着潮湿闷热的水汽，令人呼吸迟滞。他们四人排成一排，并肩坐在水岸边。裴之把饼干拆开，花卷递来一袋面包，林朝夕把干脆面给陆志浩，他们每个人手上都拿着一盒牛奶。

　　"刚才是我太冲动了。"林朝夕说。

　　"是……是我……没考好，让你们，担心了。"陆志浩强行想咧嘴笑，闭口不提在办公室里，张副校长究竟对他说了什么。

　　花卷："哇，老陆你说什么呢？信不信我推你下去，然后跟你一起跳？"

　　林朝夕："你冷静点，不要企图和老陆私奔。"

　　花卷双手抱头，就这么躺在水泥地上，仰头看天："说真的夕哥，我真想走了。老陆认真点，还能学点，但我好像真的学不动，我天生不适合学数学。"

　　"没有……天生不适合的说法。"

　　裴之："如果你们退出，我也会走。"

　　曾经的裴之也没有在这个夏令营坚持到最后，现在林朝夕终于知道原因了。

　　她小声地说："我们走了，章亮肯定很开心。"

　　"你不能走。"

　　小男孩们的视线齐齐地看向她。

　　陆志浩："就算我们走了，你也不能走。"

　　花卷："何况我就是说说。"

　　裴之："放心。"

　　林朝夕这才意识到，他们留在这里，或许只是为了陪伴她。因为她说过，她要靠这次考试争取自由的人生，但越是这样，她越不知道怎么做才对。

浪花带起灰白色浮沫，不断冲向堤坝。

她想起，她曾经对他们大概说过，无论机会多么丑陋或艰难，都要紧紧抓住它。就算不理解为什么要做，或者做了注定没结果，也不要放弃，因为人小时候如果总抱着"我还有另一条路"的心态去活着，那么长大后的某一天，就一定会后悔。可面对讨厌的同学、无法适应的老师，为什么还要在这里坚持？

绿洲基地，阅览室，周围是密密匝匝的沙沙声，大家仍在做题、写字、轻声翻书。林朝夕的手指在课本上来回移动，曾经熟悉的名词，忽然变得陌生起来，她一直没能集中精力。

陆志浩就坐在她身边，非常认真地做题。很快要到下午5点，陆志浩什么问题都没有问过她或者裴之，沉浸在自我奋斗的世界，拒绝任何外援。还有半个小时，第三日的考试就要开始。林朝夕的手压着她昨天整理好的知识点，陆志浩从昨天到今天一眼都没有看过她做的整理。

林朝夕抿抿唇，还是将练习册推了过去。

"班长，"她小声地说，"送分题，不拿可惜。"

陆志浩的笔停下，没有抬头。

"就这一次……不要跟我说话，让我一个人复习完这点，好不好？"

雪白试卷一张张传下，接到试卷时，它是扣着的，甚至有那么一瞬间，林朝夕不敢去翻开它，但该发生的事情，并不以个人意志为转移。林朝夕拿起笔，打开试卷。答题时，陆志浩的身体一直在微微颤抖。他缩得很紧，每块肌肉都非常僵硬，像面对巨大怪兽无能为力的小骑士，却还想要拼命挥剑，拼命……拼命……

林朝夕低头看向面前的试题，笔尖停滞，说不出是怎样的心情。那是陆志浩，也仿佛是曾经的她。就这样过去了整整一个小时，在铃响那一瞬间，陆志浩终于哭了。他扔掉笔，把所有东西塞进背包，推开椅子背起书包，不顾一切地向外冲去。阅览室的宁静，被"刺啦"一声划破，身后是章亮等人无情的嘲笑声。林朝夕也不知自己哪来的勇气，扔掉笔，跟着冲了出去。

201

走廊内回荡起噼里啪啦的追赶声，除此却极度安静，像暴雨落在巨大而空旷的宇宙。陆志浩知道她在追，没回头看，更没让她滚，只是不断向上攀爬，一层又一层。小男孩爆发力太强，林朝夕终于跟不上，眼睁睁看着他的身影消失。最高层是许多间封闭阅览室，一扇扇木门紧紧合上。林朝夕走到尽头的门前，看了眼门上的男厕所标志，下一刻，毫不犹豫地把门推开。充满消毒水味的白色空间，传来小声而压抑的抽噎声。林朝夕走到正对洗手池的那间前，双手一撑，坐上洗手台。她面前，是扇紧闭的厕所隔间门。

林朝夕："班长，开开门。"

沉默。

"你不开门，我去揍章亮了。"

门内传来重物落地声，像书包的，林朝夕跳下洗手台，就要向前走，脚在瓷砖上敲了几下，门打开了。陆志浩坐在马桶上，因为压抑剧烈的哭泣而浑身颤抖。他双手捂住脸，胖乎乎的脸蛋上全是眼泪鼻涕，那是一个孩子真实的伤心模样。林朝夕让自己冷静下来，走过去，蹲在陆志浩面前。她把手缩进校服袖子里，然后高高举起袖管，递到陆志浩面前。

"你……你干吗？"

"擦擦眼泪啊。"

"会弄脏的。"陆志浩赶忙推开她的手，"你……你……走好不好？"

"不好，我走了你就走了。"

"我……我……我……"

陆志浩抽噎得厉害，从地上捡起书包，把头埋在里面，不再看她。林朝夕也不再凑到陆志浩面前，退回洗手台，手一撑，坐回去，隔得远远的。她说："我有个超想要的奥特曼，它一直摆在橱窗里，特别贵。"

陆志浩没抬头，像只胖乎乎的小鸵鸟。

林朝夕晃了晃腿，不管他，继续说："你知道高斯奥特曼吗？就是那个变身棒超好看的，要一百九十九。每天呢，我们福利院的林妈妈会给我一块二，让我买牛奶。我就把钱偷偷攒起来，一百六十六天不喝牛奶，就能买得起它了，突然有一天……"

"奥特曼被人……买、买走了？然……然后……林妈妈发现你、你偷偷藏钱……"陆志浩边哭边说。

"你怎么知道？"

"阅……阅……课外阅读上，有这篇，买……买洋娃娃的。"

林朝夕快笑死了。完蛋，她真要变成专门背书骗同学的骗子了。

"那课外阅读上，最后的结果是什么？"

"承认错误，妈妈……妈妈带你去商店，买了别的。你长大以后，终于又看到那个奥特曼，然后发现，自己其实没那么想……想要它。"

"我还是很想要的！"林朝夕打断陆志浩，"就算被妈妈打了一顿，我知道那个奥特曼我还是超想要，所以一定还要买！"

陆志浩缓缓抬头，泪眼汪汪地看着她，像在说："你怎么可以这么任性。"

林朝夕："不能这么攒钱，那我就换个方式，只要不偷不抢，我总能赚到钱！"

"但……但书上说，你长大以后会发现……"

"长大以后是长大以后的事情，我只知道，我现在想要什么。"林朝夕停了下，又说，"鬼知道写这个故事的人，长大以后会不会看到别人家里的奥特曼，然后酸溜溜说，'其实我才不想要呢'。"

依旧是沉默，林朝夕回头，裴之和花卷不知何时也来了。

陆志浩终于鼓起勇气，说："张、张老师说……奥数，只适合很少……很少的孩子学。"陆志浩抽噎，"我……现在能学，但到了初中、高中，肯定跟不上……我、我……"

"那你还想学吗？"林朝夕打断他。

"我不知道，为什么……"

"不知道为什么还想学？"林朝夕停顿了下，"你管它为什么，搞就对了！"

她跳下洗手台，转头看花卷："你呢？你觉得奥数没劲儿、没意思，是真这么觉得，还是纯粹因为考不好，感觉它对你不友好，你才不喜欢它了？"

"那当然是奥数先动手的！"花卷忽然认真起来，"我现在还想要那个奥特曼，虽然我也不知道为什么。"

哪有那么多能被很清楚知道的"为什么"。

我们往往不知道为什么想要那个奥特曼，却一定会在说"我不想要它"的时候，添上无数个理由，仿佛理由越多，就越能说服自己。

我是真的真的……不想要了。

林朝夕点了点头,再看向裴之。

最终,她只拍了拍他的肩。这个小男孩,是不需要被征求意见的。

第 45 章 · 魔王 ·

空旷走廊,林朝夕独自向阅览室外走去。

故事虽有改编成分在,但她没骗陆志浩,在她曾经的童年时光里,真有那么一个她非常想要的奥特曼,的确是高斯奥特曼。高斯拥有全部奥特曼里最好看的变身棒,高举时,会有水一样的蓝光倾洒而下,但和叙述里有些微差别的是,其实,她最后得到了那个高斯奥特曼。因为她的家长是老林,而不是课外阅读里的那位母亲。老林知道她偷偷攒钱后也很生气,现在想来,大概是气自己女儿不敢光明正大地提出自己的诉求。

老林把她带到商场里,面对空空如也的橱窗,问她:"现在该怎么办?"奥特曼都被人买走了,她一个小破孩,怎么知道该怎么办!踌躇半天,她害怕爸爸生气,就很懂事地说:"我已经不想要了。"可老林不说话,就黑着脸,拉着她的手,站在橱窗前面。扎着羊角辫的小女孩和黑脸青年,在柜台前成为"亮丽夺目"的风景线。围观的人很多,林朝夕受不了,就吵闹着要回家。老林拉着她的手就走,可当他们逆着人流,要离开人流如织的商场时,她又莫名其妙地号啕大哭,仿佛心脏被剜掉一大块,拼命漏风,就像再也吃不到肯德基那么难过,总之,真的非常伤心。

然后老林就停了下来,又问她:"现在到底该怎么办?"虽然还是有很多人围观,对她指指点点的也好,劝老林买东西哄哄她的也罢,声音很多,可老林都不为所动。那一瞬间,她安静下来,发现了自己内心的真实想法,哭着对老林喊:"我不要回家,我还是想要个高斯奥特曼。"然后老林就笑了,变脸超快。

接下来的一天时间里,老林整个人都乐呵呵的,带她逛遍市里所有的玩具店、商场、小卖部,终于,他们很顺利买到了她心心念念的玩具。就是在从售货员阿姨手里拿过玩具的那个瞬间,林朝夕发现,她说的

"不想要"，并不是真的。

老林告诉她，如果她想要什么，就应该努力争取，不管用说的也好、做的也罢，一定努力争取才对。因为畏惧他人或者害怕失败，而把真实愿望藏在心里，直至腐烂，成为一个自欺欺人的人，是非常不正确的做法。

在她来这个世界之前，那个奥特曼还在她的书房里，并摆在书架最显眼的位置，她还是很喜欢它。对孩子来说，曾经真心想要的东西，或拥有极其强大纪念意义的东西，并不会那么快失去它的价值。更何况，它真的很有纪念意义。

林朝夕站在公用电话机前，插入IC卡。四野空旷，蓄积了一天的暴雨，终于痛痛快快落下了。她把身体缩在狭窄的公用电话亭里，拨出曾经非常熟悉的号码。四周是铺天盖地的雨声，天空和地面的界限变得模糊，白茫茫一片，可她又好像没有任何时候比现在更清醒。童年的回忆让她骤然发现，其实人总在小的时候勇敢无比，长大后反而会变得越来越胆怯，而这种胆怯的代名词，有时叫成长。

"喂？"电话接通，里面传出带着雨水湿意的男声，冷冰冰的，很不耐烦。林朝夕紧紧握住塑料话筒，握到手心发疼。

"师父，是我……"

"哦，干吗？"

她深深吸了口气，鼓起全部勇气，又竭力让自己的声音听上去没有那么颤抖，她很轻地说："你不是一直在问，我为什么知道你数学很好很好，为什么知道你住哪里，为什么天天缠着你吗？其实我有一个秘密，如果你来绿洲基地教我们数学，我就告诉你，好不好？"

那几乎是她来到这个世界后最有勇气的时刻，雨噼里啪啦地下，她把自己所有身家都放在银盘里，蒙着布高高举起，希望大魔王能够看上一眼，走出魔窟，帮她斩杀恶龙。那一瞬间，她的心态就是这么悲怆，话机里传出轻飘飘的男声："哦，那你现在就可以说。"

"我……我……你要教我们，我最后才告诉你……"她很没底气。

"这么小气？"

"不是的，师父。"

"你是觉得，告诉我秘密了，我马上就会走？师父不是这么没有契约

205

精神的人，要相信合作方的人品……"

"什……什么人品？总之，不行！"

"为什么不行？"老林笑，"你是不是真有小秘密？"

父亲的语气变得充满调笑意味，拖长调子，像闲聊。为什么这种时候还闲聊？林朝夕的心跳得越来越快。

"师父……"

"来，回头。"老林说。

如果说，世界上一定有什么大魔王，那一定是你的父母。他们或待你漫不经心，或待你太过严苛，却也往往是那个在你最需要他们的时候，为你披荆斩棘的人。只不过，往往他们在你需要时出现的次数太多，就变得不那么显眼了。

林朝夕缓缓回头，白茫茫的雨帘中竖着一把黑伞。伞下的男人没那么高大，他皮肤黝黑，衣服湿答答地贴在身上，眼神充满沧桑意味。仔细看去，那双黑而圆的眼睛、那挺直的鼻梁，还有和她一模一样的单侧酒窝，不是老林又是谁呢？林朝夕推开公用电话亭的门，冲入雨幕，猛地扑进老林怀里，号啕大哭。雨声还是很响，水天连成一线，可万物破土而出，生命欣欣向荣，林朝夕仿佛听到那样的声音。

"师父，你怎么来了啊？"林朝夕边哭边问。

"不是你说有个秘密要告诉我吗？"

"明明是你先来的啊。"

"是吗？"老林摸着她的发顶，不说话了。

芝士·老林的补习班

第四篇章

THE HEART OF GENIUS

第 46 章 · 区别 ·

后来,老林提起这个场景,就说总觉得是因为认亲现场提前,之后那次就没什么父女相认的感觉。

不愧是老林。

绿洲基地,食堂,天已经彻底黑了。林朝夕、陆志浩、花卷、裴之坐成一排,老林坐在对面。他们三天来第一次没去晚自习,而是来食堂吃晚饭。他们每人面前摆着碗白粥,很有歃血为盟的架势。陆志浩因为哭过,眼睛又红又肿,却用充满希冀的目光看着面前的怪大叔。

"叔叔,你真的是来教我们的吗?"陆志浩问。

"我也不是很想的。"老林说着,瞥了林朝夕一眼,"是你们林朝夕同学说,有个秘密要告诉我,非要让我来。"

林朝夕默默低头,头发长了没去剪,就用橡皮筋扎了个髻在头顶,她正低头拨那个小髻,装作什么都没听到。

陆志浩:"叔叔,您的数学那么好,我们要怎么和您学习……"

"哦,我数学一般般。"

陆志浩被噎住。老林又把天聊死了。

林朝夕猛地抬头:"师父,你严肃点!"

"为什么要严肃?学数学而已,又不是喝粥,要什么严肃?"

说着,他端起桌上的碗,夹了一筷子乳黄瓜,自顾自喝了起来,坐姿端正,像真在非常严肃地做这件事。花卷和裴之对视了一眼,总觉得好像前途渺茫的样子,林朝夕抚额。

喝了两口粥,老林才抬头,忽然问:"你们想学什么?"

花卷:"数学!"

陆志浩:"奥数!"

老林:"到底哪个?"

"就……你看着办。"林朝夕随意地说。

老林放下碗,继续严肃:"我这里没有'看着办',你们先搞清楚奥数和数学有什么区别,再回答我的问题。"

"有区别吗?"花卷迷茫了。

"好歹笔画都不一样,这什么观察力。"老林说着就放碗要走,"这课没法上了。"

"你快回来。"林朝夕喊。

老林又坐回位子,摸了摸下巴,一秒进入状态:"每个人说说,在你们的概念里,奥数和数学有什么区别。"

他举起筷子,点了点裴之:"天才兄,你先。"

裴之也愣了,从没被人这么明确且光明正大地喊过"天才",很不适应。

"习惯一下。"老林看穿了他的心思,"以后会有越来越多的人冲你'哇噢''他好聪明啊''天哪'。"老林惟妙惟肖,最后平静地道,"是天才并不可耻,毕竟我也是。"

林朝夕继续抚额。

裴之敛眉,在明晃晃的灯光下,开始认真思考老林的问题,好像他们坐的地方不是食堂,而是很严肃的课堂。过了一会儿,他才看向老林,说:"数学,是一门学科。"他顿了顿,"奥数,我不理解。"

老林打了个响指,粗糙的手指移向陆志浩。

"数……数学简单,奥……奥数难?"陆志浩说完,自己都觉得不对,只能皱起脸,胖乎乎的小脸上布满褶子,眼巴巴地望向老林。

"你觉得呢?"老林问林朝夕。

"我觉得,数学是一辆车的话,奥数就是训练你弯道飘移的老司机?"她说。

闻言,老林咂了咂嘴,默默低头喝了两口粥,最后放下碗,说:"好像有那么点道理。"

被老林夸了,林朝夕很开心。老林是个真人,意味着他不说假话。

老林的目光落在陆志浩脸上,说:"你的看法,在某种程度上也是正确的,一年级奥数比你的一年级数学课本难,显而易见。"

最后,他看向回答得最少的裴之,说:"天才兄,你很诚实,你非常认真地思考了我的问题,所以更加困惑。"

裴之点头。

"要明白数学和奥数之间究竟有什么不同,我可以根据你们的看法,按照一、二、三、四、五……总结出很多句子,但这些都没有意义,我希望你们忘记这些东西。"老林说。

"那你干吗还问我们?"花卷大佬式地跷腿问。

"我是说,忘记具体的句子。你们自己来感受一下,奥数和数学的区别,究竟在哪儿?"

老林说到这里,背后传来食堂阿姨的一句高喊:"老林,别聊天了,过来收盘子!"

"来咯来咯!"老林乐呵呵地站起,跳过长凳,说走就走。

"这个大叔真的靠谱吗?"

见老林跳走,花卷赶忙问。

"那天叔叔玩石子,你也在啊!"陆志浩说,"叔叔真的很厉害。"

"但他数学好,也不代表能把我们教好啊。"花卷说着,捅捅裴之:"天才兄,你说呢?"

裴之同学正在喝粥,被他一捅,差点喷出来。

过了半天,裴之才慢腾腾地说:"你这么想学好,就试试吧。"

花卷低头喝了两口白粥,终于品出裴之这句话的意思,立即辩解:"其实我也没那么想学好数学,真的!"

林朝夕听笑了,看着远处。老林穿着绿洲基地食堂的白色制服,背影干瘦,正帮阿姨把不锈钢餐盘往推车上搬。他完全没有学者的架子,随意和周围很多人聊天,更像是个普通工人。食堂灯光总是非常充足,空气里有米饭和小炒菜的香气,孩子们欢声笑语不断,而老林在白炽灯下,像在发光。林朝夕至今仍有种做梦的感觉,没想到老林真的会因为她的一个电话,很随意地辞去公园管理员的工作,来到绿洲。她更没想到的是,老林真的会同意在食堂打工,一边干零活一边教他们点什么。

陆志浩和花卷当然也偷偷问过很多次:"叔叔为什么要来教我们?为

什么愿意教我们？"林朝夕也不知道老林的真实想法，总做不出很确切的回答，但以她对曾经那位老林的认知，老林大概会回一句："有什么不可以？只要我乐意，怎么活都可以。"

第 47 章 · 课堂 ·

老林穿梭于食堂大厅和后厨。过了一会儿，他拿了一个布袋过来，扔到桌上，发出一声重响。粥已经喝完，他们几个盯着那个布袋，好奇地看老林。

老林："伸手。"

一只只小手摊开，老林打开布袋，不由分说地从里面掏出一把东西，放在他们手心。黄色颗粒，圆滚滚的，居然是黄豆。

"数数看。"说完，老林又继续去干活。

他们四个都拿着把黄豆，面面相觑，有点莫名其妙。

既然师父说数，那就数呀，于是裴之率先点了起来。

第一把数量很少，很快，他们每个人都数完了。

老林也正好擦完桌子，手里转着抹布回来，问："有什么收获？"

"我的黄豆有 12 颗！"陆志浩说。

"我 9！"这是花卷。

林朝夕很开心："我比你们多，我 13！"

裴之没有说话，把黄豆排成一排，抬头看老林。老林也不说话，继续一人一把黄豆地给，然后转头擦桌子干活去。"有什么收获？"每次转一圈回来，老林都会问这个问题，但他们都没什么正经答案。陆志浩小心翼翼地按第 1 行 1 颗、第 2 行 2 颗的顺序，摆老林发的黄豆。裴之把老林给的黄豆凑整，一列 10 颗，10 列一组。花卷点完，就随心所欲地把黄豆扔进喝光的粥碗里。一袋子黄豆终于空了。

老林终于忙完，坐了回来："黄豆数好了吗？"

他们点头如捣蒜。

"现在，假设你们都不会加法，但我要你们马上告诉我，你们各有多少颗黄豆？"

林朝夕低头，刚要下意识算每次数黄豆的总和，就听老林这么说，于是赶紧去点自己有多少排黄豆。她是 10 颗黄豆 1 列这么排下来，共 11 列，余 3 颗，所以是 113 颗。

"125。"裴之已经报完答案。

林朝夕去看裴之的。裴之早就排好一个横 10 竖 10、共 100 颗黄豆的方阵，剩下的 2 列余 5 颗。陆志浩对着自己的黄豆三角形憋了半天，实在没办法，开始 1、2、3、4、5 这么一行一行老老实实数了起来。花卷单手托腮，只能看着他扔在粥碗里的那堆黄豆发呆。

"恭喜你们，重演了最早数学诞生的过程。"老林笑，"是不是要给自己鼓鼓掌？"

老林的笑话很冷，他们每个人都看着自己的黄豆阵，冻得说不出话。

直到花卷打了个饱嗝，大家才清醒一点。

老林问："有什么问题吗？"

"啊？"陆志浩抬头，"您刚说了什么？"

"我说最早数学诞生的过程，非常伟大而巧妙，你们配合一下，给自己鼓鼓掌好吗？"

包括裴之在内，他们每个人持续呆滞。

"来，我们想象一下，人类社会发展最初，就是大家还穿着虎皮小裙子，'哦哦哦哦哦'地围着火堆跳舞的时候，那时候当然还没加减乘除，甚至连 1、2、3、4、5、6、7、8、9……这些数字都没有。"老林学野人拍胸脯，惹得孩子们咯咯咯大笑起来，"每天，原始人都要出去打猎，不然活不下去。一开始，大家都随便打猎，也不管自己每天打了多少只小动物，突然有一天，花卷发现不行，说我得记一记每天有多少猎物，不然隔壁陆志浩来我家偷吃怎么办？于是，他开始在墙上刻字，每一个'丨'，代表今天打了多少猎物。"

老林边说边在花卷面前放了一颗黄豆，比拟着刻"丨"的动作。他学着花卷的声音配音："今天，这么多只鸡。"他又放下几颗，代表多刻了几个"丨"，"明天，这么多只鸭。"如此重复几次，花卷面前的黄豆已经数不清了。"啊呀，问题就来了！突然有一天，花卷想知道自己到底打了多少猎物，一回家看到整墙的'丨丨丨丨丨……'崩溃了。"

老林说着，摇了摇花卷那整整一碗黄豆，让它们在碗里哗哗作响，象征着野人小花卷家整墙无序的计数方式。

"叔叔，你好幼稚！"花卷抗议。

当然幼稚，林朝夕想，这是我五岁听的故事。

老林放下碗，突然又认真起来："花卷的问题，不仅是花卷的问题，同样也出现在部落很多人的家里。原始人总要面对日常生产生活中各种需要计数的问题，却不像你们现在这么幸福，他们甚至没有现成的数字可用。"老林摸了摸陆志浩的脑袋，"所以，为了解决生产生活中诸多'数不清''记不准'的问题，他们开始创造。"

老林的手移向陆志浩面前的黄豆三角形，手指从每行黄豆上依次点过，语气非常庄严隆重："而数字产生的过程，大抵如此。"老林说，"如果你们有幸看到古代巴伦时期的泥版，会发现，他们用一种断面呈三角形的笔来雕刻，我们现在称为楔形文字。那时的人们，用一道刻痕来表示我们现在的数字'1'，两道刻痕来表示我们现在的数字'2'，以此类推，但到'10'的时候，他们创造了一种新的计数符号。"

老林在桌上画了一个"<"。

"它长这样，请注意，同学们，这是人类文明的伟大飞跃，运用符号来计数，代表着更伟大的算术即将出现……"

老林正讲得兴起，手舞足蹈，马上要把视线移向第三组逢十换列的黄豆方阵。

这时，陆志浩突然问："叔叔，你见过那个泥版吗？"

老林的手顿时停在空中，他顿了一会儿，才低头看陆志浩，怒道："这是重点吗？"

"我觉得好厉害啊。"陆志浩憧憬地望着老林，"真想见一见啊。"

"我也觉得，好厉害啊。"

这句话不是来自他们四个。不知何时，老林身后逐渐围了几个他们也不认识的孩子。那些孩子一开始是在围观老林究竟在演什么，渐渐地，都安静下来，很认真地在听老林讲故事。

食堂的白炽灯依然灿亮，他们面前摆着的，依然是那数不清的黄豆和还未收走的粥碗。数学被老林剥去了看上去困难重重的外衣，变成了一个纯粹朴实，运用创造性思维解决问题，并与人类文明演进息息相关的学科。老林不断地讲故事，从计数的诞生讲到了计算的诞生，从十进制的加减法讲到了乘除法。每次，他都很简单地摆弄眼前的黄豆，还原

213

抽象数字背后的具体含义。到最后,他甚至带他们用不干胶,做了一个由1000颗黄豆组成的立方体。极其变态。

最后,老林说:"其实,数学诞生之初,和无数摆在人类面前的现实问题息息相关。没有那么多高阶工具,就像算术要数黄豆没加法,分东西没除法,就像人类面前永远都有那么一条条浩荡长河,阻碍前行。过不去了怎么办?那很简单——搭桥。于是数字出现了,算术出现了,代数、几何都出现了……"

老林开始收拾桌上的黄豆,并带着笑意。

"数万年以来,我们的前人,一点点用他们搭好的桥,把我们从茹毛饮血时代,引向现在的文明社会,而他们发现的无数的公式、公理、定义、证明,到我们手里,就变成了我们现在使用的数学工具。"

"就是老师折腾我们的玩意!"老林身后一个虎头虎脑的小男孩抢白。

"说的对!"老林用手指弹了下他额头,笑问,"你喜欢车吗?"

"喜欢!"

"喜欢开车吗?"

"我不会开!"

"不会就要学。"老林把黄豆通通装回布袋,"你们现在在学校上课、做题,就像在学怎么开车。"

"如果我对学开车没兴趣呢?"

"那也完全没问题,"老林说,"但你总要有好的师傅带着卜手,撑两把好车,再弯道飘移一把,全试过了,再说自己不喜欢,对吗?"

林朝夕撇撇嘴:"你的意思,最重要的还是要有个优秀的老司机吧。"

老林拍拍胸膛:"那是自然。"

"那么奥数呢?"裴之问。

"奥数。"老林眨了眨眼,对他说,"以下是我个人的看法。奥数,是让你们面对困难时,放弃那些高阶工具,试着像无数先贤那样,用突破性的思维解决问题,就像拿着小木剑斗恶龙的勇士。每解出一道题目,过程就足够了不起。更有趣的是,或许有一天,当你们在数学领域里走出一段距离后,会看到属于你们自己的长河,那时,可能就需要你拿出自己的斧子,伐木造桥,做第一个造出那座桥、跨过那条河的人。而所有的这些训练,都会让你的这里——"老林指了指脑袋,又指了指手,

"更有能力，指挥这里。"

老林说到这里，本应停下来，但还是说："请不要把最后的'或许有一天'，当作你们学奥数的意义，那样会失去很多乐趣。毕竟现在数学家研究数学，主要是因为——"

"因为无聊——"花卷拖长调子。

老林惊："你怎么知道！"

"我瞎说的！"花卷喷了。

在场的所有孩子都笑成一团。

他们离开食堂是被赶走的，老林背着简单行李，食堂主管给他安排了临时宿舍，和他们住的小别墅不在一个方向。雨后，空气清新，月明星稀，他的身影晃晃悠悠，消失在小路尽头。

花卷背着头走了半天，突然想起什么："糟了，被大叔忽悠了一晚上，明天要考的内容都没看！"

"回去还看书吗？"陆志浩问。

"你还没看吐啊？"花卷震惊。

"现在……好像觉得，还可以再看看？"

"那冲吧！"林朝夕喊，"斗恶龙去！"

她喊完，发现每个人都静静地看着她。

"干……干吗？"

陆志浩："林朝夕，你这个笑话有点冷。"

花卷："你居然能喊出这句台词，很羞耻啊。"

"确实。"这是裴之。

裴之话音刚落，他们三个对视一眼，开始狂奔。

少年们的笑声在夜色中遥遥传来，有人回头冲她喊："比比谁先到宿舍！"

第48章 · 几何 ·

老林的数学课，总体来说就是这么随意。夏令营的教学日到了第四天，除去周末，离中期淘汰考试还有六天。林朝夕和裴之的食堂"打工"

215

活动继续。但这次，花卷和陆志浩不再睡懒觉，少年们早早起床，和他们一起到食堂干活。

不过，这份义气主要是因为老林。

绿洲基地食堂，陆志浩殷切地站在老林面前，表示想继续上课。

老林打着哈欠，正在拖地。

"大早上的，上什么课？"

"师父，我们马上就要中期淘汰考了。"陆志浩说。

林朝夕困得不行，还在揉眼睛，听他这么喊，顿时精神了："这是我师父，你不能抄我！"

"那……那我叫什么呀？"

"都是虚名。"老林转头，慈爱地抚摸着陆志浩毛茸茸的脑袋，说，"就叫师父吧。"

陆志浩："师父！"

老林："哎！"

林朝夕简直要气死了，她发现，自从那天在雨里"父女情深"一把之后，老林就变了。

陆志浩很高兴，老林居然肯认他作徒弟。他受宠若惊，赶忙把书拿出来，认真请教："师父，今天您能教我们几何吗？"

老林继续拖地："为什么突然想学几何了？"

"因、因为今天要考……"

"那就考啊。"

"可、可我还有好多不懂的，我怕写不出来。"

"为什么怕写不出来？"

老林越问越漫不经心，陆志浩却越来越头大。

陆志浩："因、因为……"

花卷："因为写不出来，我们就要打包回家啊。"

老林终于停下来，回头看着花卷。

老林："你是不是以为我要问为什么怕打包回家？"

花卷用力点了几下头。

老林："可这和我有什么关系？"

林朝夕："……"

这时，老林才语重心长地说："你们能不能考好，这和我没有关系。因为如果我有孩子，我会告诉他，学习本身就是足够幸福的过程，享受知识的同时，不要畏惧挑战。所谓的'考试'，本质是由整个社会制定的残酷淘汰标准，它可以要求很多人，但如果你不在意，那它也没那么重要。"

花卷和陆志浩都听蒙了，仰头看着老林。

林朝夕却低着头，鼻子有点酸。她爸真是开明得过分了。

老林大概是以为他们都听不懂他在说什么，撇撇嘴，换了个说法："我是说，主要是我也不能打包票你们能考好，所以，你们还愿意继续跟着我看看数学是什么吗？"

陆志浩、花卷、裴之不假思索、异口同声地道："愿意！"

"你呢，聪明的小女孩？"老林慵懒地将视线移向她。

林朝夕："我觉得你嘴上这么说，但……"你说的话一句也不能信。"好吧。"

"很好！"老林说着，把手掌伸到她面前，"既然大家都差不多愿意，那我们就达成一致了？"

他们四个下意识地把手搭上去。

老林："既然大家也没什么太大追求，基本也是闲得无聊，那就随便学学？"

大家又莫名其妙地一起开始点头。

老林问陆志浩："那这位小朋友，你想随便学点什么呢？"

陆志浩整张脸都皱起来，似乎很想说："那师父，我想学几何……"

老林沉思片刻，说："那今天我们来讲讲数论吧。"

林朝夕被老林逗了那么多年，基本已经免疫了，但陆志浩、花卷这种纯真小可爱，基本还是处于团团转的状态。其实后来，老林还是讲了几何。老林能使用的教材有限，看了半天他们的书包，很干脆地带他们撕练习册，继续画图做手工。长餐桌上传来此起彼伏的"刺啦"声，天还没有完全亮起来，食堂蒸米饭的香味传来，让他们沉浸在一种很奇怪，却又温暖、轻松的氛围中。

老林点名陆志浩："你刚才说了几何，那讲讲，你觉得什么是几何？"

"图形……圆、三角形、正方形什么的。"

"还有线段!"花卷补充,"线段和点也算。"

老林点头笑:"刚才让你们做的等边三角形做完了吗?"

陆志浩、花卷都各举起一个。林朝夕和裴之还要干活,就偷偷过去听一耳朵。

"你凭什么说,你做的三角形每条边相等?"

"我……我量的!"

"光量可不够。"老林不置可否,笑道,"昨天我们已经说过,数学这门学科是从无到有的的,不光是数学,物理、化学等自然科学,都有很漫长的学科构建过程。请注意,当时的情况是,所有与数学相关的知识,都是相对零散的,这时,有一个人用一种方式,将所有零散的认识组合起来,为数学建立了一种严格的演绎论证体系,开人类文明之先河,并为后世所有学科树立了典范。所有的这一切,都在一本书中集中体现,叫《几何原本》。"

"欧几里得!"花卷抢答。

"对,请记住这个名字和这本书。"老林说,"在某种意义上,人类现代的科学文明,是建立在这本书的逻辑系统上的,它最精妙处在于它的演绎方法和严密的论证过程。"老林撇撇嘴,"如果学数学的人告诉你们别看《几何原本》,因为它上面讲的几何对现代数学来说已经过时,那一定是因为他小时候没读过这本书,我们要同情他。"

"所以幸运的小朋友们啊,"老林让他们拿出笔,继续讲道,"让我们一点点来看看,《几何原本》究竟讲了什么,首先它在开篇做出了二十三条定义……"

裴之放下托盘,坐到老林面前,开始认真听讲,林朝夕却起身去做别的事情了。

在她小的时候,她也曾经坐在靠窗的小书桌前,听老林热情洋溢地给她讲《几何原本》。热情本就是最能感染人的东西,那是她第一次体会到数学思维的严密和美妙,那种得证瞬间豁然开朗和激动人心的感觉,她至今仍能感受到。

早上的学习时间很短,尤其讲课的人还是老林,两个小时时间,仿佛一眨眼就过去了。陆志浩和花卷离开食堂时还意犹未尽。裴之背着书包往前走,一言不发。上学路上的人越来越多,很多孩子捧着书,但四人中,就算是陆志浩,也没有再抓紧时间看书了。

花卷蹦蹦跳跳几步,又退回来,拍了拍裴之的肩膀:"天才兄,还觉得数学无聊吗?"

裴之:"很早就不无聊了。"

林朝夕闻言,竖起耳朵。

"但那些东西对你来说,不会太简单吗?"

"简单和美妙之间,并没有矛盾。"

裴之这样说。

花卷愣了愣:"你为什么说话都像师父了?"

"听那么久,当然就像师父。"

听到这里,林朝夕觉得很不对,为什么连裴之都开始叫老林"师父",还喊得那么认真?

"你们等等,那是我师父!"她跟着认真抗议。

"是啊,师父就老喜欢说那些词。"花卷和裴之边聊天边往前走。

"师父还喜欢说'卷哥',哈哈哈。"陆志浩也凑过去,根本没在听她说什么。

红花绿树随风轻晃,通往教学楼的小径上,阳光透过枝丫缝隙漏下。

看着他们三个的背影,林朝夕忽然笑了起来。

虽然对他们来说,数学学习因为老林的到来变成一种看上去随便学学,却又很不一样的过程,但对于晋杯夏令营小高组的其他同学来说,成绩太差就要打包回家的阴影仍旧存在。

教学楼,小高组教室。第四天到课堂时,林朝夕发现,教室里的座位好像有了变化,所谓"座位的变化"并不是指有人移桌子,而是原先坐在一起的小组变了,有些人往前坐了,有些人去了角落。总之,看上去,很多原先关系要好的小组成员间产生了裂痕。

她戳了戳裴之,指了指教室的座位,小声地问:"天才兄?"

裴之扫了眼教室,言简意赅地回答:"第七组昨天31分的、第五组44分的,还有第六组45分的学生,都被踢出了各自的小组,换到了别

219

的地方。"

林朝夕倒吸口冷气。

花卷冲他们抱拳："感谢三位同学对我的仁义，我花卷没齿难忘！"

陆志浩突地推了他一下。

裴之继续："第六组昨天 76 分的同学去了第三组，第七组 82 分的那位，去了……第一组……"

裴之说到这里，林朝夕的视线移向第一组，也就是章亮他们小组。果然，章亮前面的位子上换了一个新人，那名同学正转头和章亮他们聊天，说着说着，还哈哈哈地笑起来，显得很合群、很开心。林朝夕不由自主地去看陈成成。陈成成同学还是坐在章亮后面，没被踢出小组，但一直趴在桌上，显得情绪非常低落。快上课的时候，章亮他们不知聊到什么，忽然所有人都去看陈成成。章亮对陈成成说了句什么，陈成成同学回头看了她一眼，头压得更低了，林朝夕皱了皱眉。

这时，章亮突然用挑衅的目光看了她一眼。林朝夕觉得很莫名其妙。干什么？她又没有见义勇为，组建什么差生学习小组……

但是……说了一万遍，总之人还是不要提前放话。

第 49 章 · 一起 ·

铃响后，张副校长和解然一起进了教室。中年人严厉的目光像 X 光一样扫过教室，最后停在她的脸上。林朝夕很奇怪地想，总不会是章亮去打小报告了？

"昨天，有同学向我举报了一起暴力事件。"张副校长说。

林朝夕闻言，将视线缓缓移到章亮挺拔的背影上，很不可思议。

"林朝夕，跟我来趟办公室。"张叔平说。

陆志浩猛地抬头，花卷在后面也有个推桌子的动作。

林朝夕站起来，风吹过她汗津津的运动衫，她反而最先冷静下来。

"有人举报我？"她站在座位上，仰头问，"我想知道，是谁打的小报告？"

中年人站在黑板前，转头要往教室外走："根据那名同学本人的意思，他不想被你知道名字。"

"校长,所以我打了谁?"林朝夕说,"先不说我是个女孩,我昨天一天和陆志浩、花卷、裴之在一起,他们可以给我做证。"

张叔平宽大的身影在门缝里,解然在他背后,冲她做了个"有种"的口型。张叔平站定,犀利的视线又在班级里扫了一遍,林朝夕总觉得他也不是很信这件事,所以才在教室里公开来说。

片刻后,张副校长缓缓开口:"陈成成。"

林朝夕以为自己耳朵出了问题。

张叔平:"起立吧。"

陈成成已经竭力让自己不起眼,但现在,他用非常缓慢的速度站了起来。他还是低着头,仔细看去,能看到他脸上的大块瘀青。林朝夕心底猛地一颤。

"把你昨天告诉我的事情,对林朝夕说一遍。"张叔平说。

陈成成的头垂得更低了,他身材矮小,这时更像要低进尘埃里。

张叔平:"说话。"

"我——"小男孩用蚊蝇般的声音吐了一个字就哽咽了,再也说不下去。面对这种情况,林朝夕想要大干一场的心情全然消散,甚至连对质都不愿意了。张副校长的视线从章亮等人脸上移过,看得章亮不由得低下头。

"无论发生什么,只要你诚实地说出来,老师都会处理。"张叔平说。

林朝夕紧紧抿着嘴唇,班里其他孩子的视线已经从她身上移到陈成成那里,他们窃窃私语,小声说着什么。陈成成听到那些声音,更加害怕起来。

"我……我……"他仍旧说不下去,这时,章亮有个小幅度回头的动作。林朝夕心里沉了沉。果然还是章亮吧,他自己告状是她打陈成成当然不像,但让陈成成来告状,反而很可信了。

"林朝夕,你说呢?"张叔平问。

林朝夕沉默了。骨子里,她是一个成年人,而对方,只是个被欺凌已久的孩子。大人面对备受欺凌的孩子,不提供帮助还踩上一脚的话,那良心会过意不去:"可能昨天下雨,我走在陈成成后面,不小心推了他一下。"

全班哗然。

花卷在背后喊:"你说什么呢?"

221

陆志浩:"明明我们都没碰到他。"

"林朝夕——"甚至,连裴之都开口了。

然而陈成成很久都没有说话,脊背颤抖得越来越厉害。过了很久,林朝夕听到他用很艰难,却又很肯定的语气说:"没……没有,林朝夕没有推我,我……自己……我不小心摔的……对……对不起……"

全班有短暂的静默,章亮等人突然扭头,愤怒地看着他。

昨天暴雨,今日天气晴朗。远处是大湖和清晰可见的水鸟,林朝夕难以形容自己的心情。她没有说话,甚至班级里的每一个人都没有说话。

张叔平的神色变得耐人寻味起来:"那这么说,这是一个误会?"

陈成成再没有开口。

孩子们的计谋或许没那么老辣而毫无破绽,但一定足够坏。第二节课后,陈成成哭着开始换座位,趁解然离开一会儿的机会,章亮勒令陈成成不许坐自己后面。王风和陆明合伙把他的文具全部扔到教室最后,还在书上踩了几脚。陈成成低头捡东西,不停地吸鼻子。

看着小男孩低落至极的脸色,林朝夕跨出座位,走了过去。她走到他面前蹲下,陈成成的小脸迷茫地抬起。林朝夕深吸了口气,所以说人还是不要提前放话。"陈成成,来跟我混吧!"

一束阳光透过窗口落下,她很直接地伸出手。

差不多一个白天的时间,林朝夕都履行着自己的承诺。他们带陈成成一起吃午饭,一起看书自习,傍晚,绿洲基地食堂外,他们也准备一起去找老林。夕阳西下,炒菜和蒸米饭的香气弥漫开来,陈成成一步三拖地跟在他们身后,头发像海藻似的,乱糟糟地低垂着,给人一种他很想乘机溜走的错觉。

下午的时候,她拉着陈成成跟他们一起看书。没被老林洗过脑的孩子,和他们一道阅读《几何原本》,做老林挑选出来的数学题,却完全不知道自己在学什么。就算陆志浩尽力讲解,他还是非常茫然。是的,陆志浩大概在陈成成身上看到了自己的影子,虽然他们一胖一瘦,陆志浩已经把陈成成当作自己人了。

现在,也是陆志浩走过去拉住陈成成的手,非常真诚地问:"你想走吗？不想和我们做好朋友吗？你还想和章亮好吗？"

"我……我想回去看书。"陈成成小朋友回头看着阅览室方向，吞吞吐吐。

"一个人坐阅览室有什么意思，我们一起去学习啊！"

花卷拍了拍陆志浩："老陆，你现在怎么这么热爱学习，刚才考得很好吗？"

陆志浩被他一戳，脸又皱了。"还是很难吧！"花卷说。

陆志浩："你又全靠蒙吗？"

花卷笑，很开心："不对，有一道超难的，我想出来了！"

陆志浩也跟着他笑："我也是！"

两个小朋友在荷花池边莫名其妙就面对面哈哈大笑起来，搞得站在旁边的陈成成很不好意思："我……我……成绩太差……不……不和……你们在一起了。"陈成成努力想挣脱陆志浩的手，脸在夕阳下红通通的。林朝夕和裴之并肩站着，她叉着腰，刚想说什么，只听裴之开口了："一起走吧。"裴之只说了四个字。闻言，陈成成抬头，眼神中充满希冀。

"花卷都在，你不用担心。"裴之补充道。

"裴哥，你什么意思！"花卷嚷道。

"让你好好看书的意思。"裴之一边说边偷跑起来。

花卷开始猛追他："你站住！"

陈成成站在他们身后，看着裴之的背影，忽然备受鼓舞，用力点了点头。

林朝夕笑了。怎么这么好哄？学神的影响力真可怕。

"咦，不是说很怕被淘汰吗，怎么又找了个人？"

绿洲基地食堂，老林正站在橱窗里打菜。他盛了一大勺菜放进陆志浩的饭盆，看着跟在他们后面的陈成成小朋友，问道。

陈成成缩着脑袋，什么话也不敢说。

"师父，陈成成比我聪明，他很厉害的，你教教他吧！"

"我有的选吗？"老林看了她一眼，戴着口罩，说话瓮声瓮气的。

林朝夕正在纠结吃不吃今天的胡萝卜炒芹菜，下意识地喊道："那个少一点少一点！"

老林直接给盛了两勺。

林朝夕看着餐盘里像小山高的蔬菜:"为什么这么多!"

老林:"吃完,我教他。"

林朝夕:"……"

食堂里人来人往,确实不像什么正经读书的好地方,尤其教书的人还是一个穿着食堂制服忙东忙西的大叔。老林给学生打完菜,就去拖地板,帮阿姨们整理餐盘,中间还抽空爬上梯子,换了个坏掉的灯泡。林朝夕非常愁苦地吃完了一大盆蔬菜,老林也践行了自己的诺言,干活的时候把陈成成贴身带好,传授秘籍。

而他们几个,现在成了师父的旧爱,只能凑在角落的一张小餐桌前,完成老林布置的任务——把所有简单的几何定理亲自验证一遍,能想出更多的验证方式当然更好。

做之前,他们都以为这会是份很枯燥无聊的作业,做着做着却发现更多的趣味。就算是最基础的勾股定理,仔细研究,发现它不仅和边长有关,也和面积有关,甚至蕴含乘法分配律。背下的公式定理只能算是背下的,自己亲自证明过的东西才是自己的。原本枯燥的知识,现在越深入下去就越有趣,甚至有时觉得自己仿佛也站在历史长河中,能感受到先贤智慧闪光瞬间的那种兴奋和愉悦。

不知过了多久,林朝夕抬起头,发现陈成成站在桌边。也不知道老林到底教了陈成成什么,小朋友脸上充满一种兴奋感。他站在灯下,试探着问她:"林朝夕……我……我还有个同学,和我一起住,他……我能带他一起来吗?"

林朝夕:"??"

第50章 ·人多·

"当然可以!"片刻后,林朝夕肯定地说。

陆志浩、花卷,包括裴之,都不觉得她的回答有任何问题,甚至连头都没抬,沉浸在自己的世界中。陈成成很高兴,少年脸上终于有了笑容,像白月光一样好看。陈成成带来的同学名叫安贝贝,和他的名字很搭，都是"ABB"形式。安贝贝不像陈成成那么胆小，很大大咧咧。林朝夕回忆了下，安贝贝好像是被第七小组赶到边上的另一个孩子。

"这个也太简单了！"刚坐下来的时候，安贝贝还对他们在学什么很不理解。林朝夕看了眼他们面前的题目。《几何原本》的证明题，对于见惯复杂平面几何题的奥数生来说，确实有些简单，但就像老林说的，它本身最精妙处不在于证明，而在于从公理一步步论证出结论的过程，对训练逻辑思维非常有好处。

"甚至连爱因斯坦都说：'如果欧几里得未激发你少年时代的科学热情，那你肯定不是天才科学家。'"以上这句话，是陈成成用略带奶气的声音一板一眼教育安贝贝的。

安贝贝小朋友大概没见过好友这么有文化的一面，过了一会儿，真心实意地说："陈成成，你现在好厉害啊！"

陈成成脸又红了，赶忙摇头反驳，继续给安贝贝讲几何。

食堂的人已经越来越少，显得非常空旷。大吊灯下，两个小男生凑在一起，一个讲得认真，另一个听得用心。陈成成有时有忘了的内容，就跑来问她。她讲一遍，如果还有不确定的地方，就把本子一转，去问裴之。

裴之的笔迹和说话一样，总保持一种很清晰平静的状态，他会耐心地把过程一步步写出，最后还会问一句："我讲清楚了吗？"

他们一桌人点头如捣蒜。

"谢谢你！"陈成成捧着本子向学神道谢，又转头去给安贝贝讲。

在他们头顶，白炽灯亮着，电风扇哗啦啦转着，空气里有食堂打烊前的消水毒味道。是的，因为老林还要打工，太忙了，没时间一个个教他们，所以在向陈成成面授秘籍后，就安排陈成成给新来的安贝贝同学讲课。

林朝夕转着铅笔，其实这也是小时候老林经常和她玩的游戏。老林给她讲完之后，她用自己的方式给老林讲一遍刚才的内容，不仅可以整理思路、加深理解，更重要的是，只有当她复述一遍的时候，才知道自己到底还有什么不会的地方。而这种教学模式放到现在就更有突出的优势了，主要很方便老林本人。

9点20分的时候，老林才穿着雨靴走出来。他刚在厨房帮忙清洗完地面，身上不知是汗水还是自来水，但老林并不在意这件事，一边脱下工作外套一边跷着二郎腿,检查他们写的证明过程,并随口说:"以后能不能收齐一拨人来?一个个讲很累的。"

林朝夕咂了咂嘴,总觉得,这种话不能乱讲。

第五天,人果然又多了。可这个不能怪她乱讲话,全怪陆志浩。小陆同学也不知道开了什么挂,在昨天的几何考试里,不仅没不及格,还破天荒上了 75 分。

陆志浩本人捧着试卷,和小解老师大眼瞪小眼了一会儿。

解然抚摸着他胖乎乎的脸,问:"你昨天吃了什么?"

"老师,您问早饭、午饭,还是……"

"请坐吧,考得不错。"解然一本正经地说,然后逃了。

"陆志浩同学,想问问你,为什么你的成绩突然这么好了?"

陆志浩其实是个非常认真的人,带着北方孩子特有的憨厚和执拗。因此,当和他们交好的第六小组来问原因时,他知无不言、言无不尽。

"因为我师父教得好!"他说。

林朝夕在旁边无奈抚额,花卷也跟着轻咳一声。

"什么师父?"第六小组女孩的眼睛都亮了。

陆志浩大概也感到不妥,转头凑到花卷耳边,小声问:"我不能说吗?"

他中气十足,阅览室又安静,这句悄悄话实在不够悄悄。

林朝夕都快把头上的小髻拽掉了,挥挥手,破罐子破摔:"说吧说吧……"

到晚饭时,跟着他们一起蹭课的孩子,总数已经达到十一个,还差一个就能坐满一张长桌了。

填了这个位置就能凑齐十二圣斗士。看着空位,林朝夕很无聊地想。

餐盘里是红烧肉和糖醋藕片,还有没下蛋的番茄炒蛋,她刚美滋滋地吃完炸鱼,准备对红烧肉下手,忽然,两道阴影覆盖下来。"能带上她吗?"在她桌边,花卷拉着小姑娘的手腕,问道。林朝夕不可思议地抬头,发现那是个瘦瘦小小的姑娘,短发蘑菇头,好像叫姚小甜。姚小甜被花卷牵着小手,很害羞。

"卷哥？"林朝夕憋着想笑的心情。

"就说带不带吧？"

"卷哥，你说带肯定带！"

姚小甜本人却低着头："我……还是算了吧。"

林朝夕："为什么算了呢？"

她抬头时才注意到姚小甜小妹妹的眼睛红红的，纤长的睫毛上还有泪水，这恐怕是卷哥英雄救美的原因。

"女生，天生数学就不好。"姚小甜吞吞吐吐。

"丫头，她说你不是女生。"

林朝夕刚要反驳，背后却传来一声拖长调子的感慨，声音低沉沙哑，回头，老林不知什么时候来了。老林的手还按在她头上，那声"丫头"当然在说她。

"叔叔，不是的，我……"姚小甜急了，"我没说林朝夕，是我太笨了，她很聪明。"

老林："老陆，你和她对过台词吗？'你笨她聪明'这类话我仿佛很耳熟？"

陆志浩顿时脸红了："我没！没有！"

老林拉开他们旁边的餐椅，带着姚小甜在她身边坐下，手还搭在她的脑袋上，强迫她正视盘子里剩下的西红柿。林朝夕迫不得已拿起叉子，默默开始吃那盘被她吃完蛋的西红柿炒蛋。

"智力因素会不会影响学习成绩？"老林看着姚小甜，自问自答，"会。"

"下一句是不是'以大部分人的努力程度来说还轮不到拼天赋'？"林朝夕边吃酸溜溜的番茄边嘀咕，口水都滴下来了。

"不是。"

正当林朝夕以为老林又要高谈阔论智力和数学成绩之间的关系时，只听老林说："事实上是，初等数学随便学学，傻子都会。"

林朝夕："……"

爸爸，你这个打击面有点广。

5点30分到8点是用餐高峰期，老林一直忙个不停。几何的部分，他已经差不多放手了。在讲完概要后，他就让听过的孩子去教没听过的。在忙碌间隙，他才抽空回来提几个问题，了解他们掌握知识的情况。而

227

作为几何小能手的陆志浩,承担起和陈成成一起给新同学上课的责任,花卷也凑在一边听。林朝夕和裴之面对面看书,突然,他们旁边的孩子都笑了起来,也不知讲到什么,每个孩子都很开心。

花卷把笔用上嘴唇卷起来,眉飞色舞的。陆志浩笑得脸上的肉都在颤动。其实她觉得,陆志浩的几何成绩能突飞猛进,一来是他本来的底子不差,二来他只是恢复了学习时应有的轻松状态。而老林嘛……老林的教学内容,说不定只占很小一部分。

林朝夕拆开桌上点饥的小饼干,递了一片给裴之。

绿洲基地,食堂。老林忙完差不多就要9点了,离他们必须熄灯上床的时间只剩下一个多钟头。食堂一角,聚集的学习小组人数越来越多,主管阿姨忍耐了他们两天,到这第三天的时候,终于来赶人了。

"去你们自己的宿舍读书啊!"阿姨单手叉腰,"我们这里灯光不好,又吵,等下要开紫外线灯消毒,你们老在不行的!"

孩子们面面相觑,看着冲他们挥手的大人,很茫然。

从小到大,只要是读书,他们的父母都会非常高兴,会拿出百分之百的精力来伺候他们。怎么会想到,有一天他们想学习,还会被赶走。

"可我们今天的课还没上。"陆志浩说,"明天还有考试。"

安贝贝:"不对,明天是周末,不用考试!"

林朝夕被他一提醒周末,又想到那个电话。院长妈妈不会真找沈教授夫妇来接她去游乐园玩吧?她顿时忧愁起来。

"周末啊,惨了!我大姐要让我去陪她逛街,我没时间看书啊!"花卷说道,"感觉今天还什么都没学呢!"

明天可怎么办……孩子们的注意力马上从"等下怎么办"转移到了"明天怎么办"。

林朝夕也感到无奈,这帮孩子的学习热情怎么这么高涨。

"那就收拾收拾呗。"有人说。

七八道视线不约而同地移向上方。

老林浑身是汗,臂弯上搭着制服。他站在他们身后,很随意地对他们说:"今天夜色不错,我们去散个步吧。"

第51章 · 质数 ·

深夜,植物园区,大部分孩子都已经上床准备听睡前故事了。

蜿蜒的石板路上已经没有人了,路旁遍植香樟和矮灌木,更低些的地方种了薄荷和天竺葵。夜风轻拂,空气里隐隐有植物清新的香气。路灯洒下轻柔的光,老林领着身后的十二个孩子,在这条一切都很安逸祥和的小路散步。除了……

"师父,没月亮啊,夜色哪里不错了?"林朝夕张望了半天,终于问出声。

"对啊,没月亮。"

"星星也没有。"

"好黑啊。"

小朋友们七嘴八舌地说着,站在最前面的大人尴尬地停下脚步,静谧祥和的氛围瞬间被打破。

老林连咳几声:"心中有月,处处是月,如此良辰——"

"您还是讲数学吧。"花卷打断他。

"数学有什么好讲的……"老林对吟诗的热情再次被打击,"你们想听什么?"

"应用题!"

"对对,星期一就要考了,老师讲讲应用题吧,有什么秘诀?"

老林笑了,摸着那个孩子的头,很不死心地说:"这么想学应用题啊,那不错,我们来讲讲'数'吧。"

"啊——"小朋友们拖长调子,"那超级无聊的。"

"对对,尤其是什么质数,分解质因数。"第六小组的某个小男生说。

闻言,老林眼睛都亮了:"不得了,你居然懂这么多!"他转头,点了声音最大的那个:"来讲讲什么是质数。"

"一个大于 1 的自然数,除了 1 和它自身,不能被其他自然数整除的数叫作质数。"小男孩背得非常顺溜。

想起曾经在星空下木门前的某一场景,林朝夕不由得替这个小朋友捏了把汗。

229

"不错,那什么是自然数?"

另一个小朋友抢答:"就是1、2、3、4、5、6、7、8、9,还有后面好多好多整数!"

老林:"好多好多是多少?"

"无限多!"小朋友举起手,双手张开,在夜空下像要飞起来。

时空仿佛有短暂的静止,老林站在路灯下,头顶飞虫轻舞。他笑盈盈的,眼角牵起很淡的纹路,却像在发光。也是在那一瞬间,林朝夕很清楚地知道,老林很高兴。比起在公园碌碌度日,他更喜欢和孩子们在一起,也更喜欢再次接近数学的感觉。

老林笑了一会儿,才缓缓开口:"十九世纪末的时候,意大利数学家皮亚诺提出五条公理定义自然数,我背给你们听一下,一……"

一、二、三、四、五,他很帅气地背完五条公理,所有孩子都以为自己听了外语,根本不知道他在说什么。

看着一张张完全蒙了的小脸,老林问:"知道什么是自然数了吗?"

"不知道!"孩子们整齐划一地摇头。

"因为'背出这五句话'和'懂得它是什么'之间,有天壤之别。"

学生们用力地点头:"所以背书不重要!"

老林笑:"相反,我的重点是,'懂得它是什么'更重要。所以,现在让我们好好来看一看,什么叫自然数……"老林指着路边的树,开始给孩子们讲最基础的——自然数是什么。

…………

植物园的小路很长,但它同样也很短,就这么从头走到尾,矗立在山下的白色小楼已经近在咫尺了。他们一群孩子站在道路中间,遥望宿舍小楼,但没有一个人愿意离开。

"早点回去睡吧。"老林打破沉默,转身要走。

"我还不想睡!"

"您刚还没讲完,明天没时间学了!"

"快考试了,题目都没做,您要给我们讲题的。"

学生又开始窃窃私语,十二个小朋友一起叽叽喳喳的声音,在夜晚非常有穿透力。

老林才不管他们,说走就走。

这时，不知道哪个胆子肥的说："我们查了房以后再跑出来？"

"对哦，反正明天不上课，而阿姨来过一次，不会来第二次的，我上次被发现是因为手电筒掉出来了……"

林朝夕循声望去，发现是陆志浩说的，吸了口气："老陆，你这个思想太危险了。"

上次被张副校长逮住，然后被狠狠教训的人明明也是你，但孩子们才不会管这么多，讨论了一会儿，考虑到学时实在太紧张，按照现在的进度，到期中考试前根本学不完，那么晚上跑出来还真是个可行的主意。

"老师，好不好嘛！"

不知谁喊了一嗓子，也不知谁开始先冲，老林站在下坡的背影顿住，很快被一群学生团团围住。有人抓衣服，有人抱胳膊。总之，就是不让走。林朝夕收回视线，发现只有她和裴之还站在原地。他们对视一眼，不约而同地笑了起来。

"我只说一点。"老林盘腿坐在席子上，"被抓了，不要把我供出来。"

房间里有轻薄烟雾，空气里是蚊香味道，安静下来的时候，能听到屋外的虫鸣和蛙声。夜里，他们还是悄悄地来到了老林的临时宿舍。绿洲基地也没什么别的优点，就是房子很多，因此老林这种临时工的宿舍居然也是罕见的单人间。地方很大，但没那么多桌椅，勤快的小女孩们就把地拖了一遍，他们在地砖上席地而坐。老林则坐在蚊香旁边，整个人被衬托得很有仙气。

"我记得，刚才你们都说不喜欢做和数论有关的题目？"

"对，就是觉得学这个没用！"一名学生说着，开始哗啦啦地翻书，"就比如这道题目——有 30 枚 2 分硬币和 8 枚 5 分硬币，5 角以内，共有 49 种不同的币值，哪几种币值不能由上面 38 枚硬币组成？"

"确实。"老林笑了，"那什么不无聊啊？"

"我……我觉得应用题还有点意思！"

老林笑："我觉得鸡兔同笼也很无聊嘛，难道买菜的时候真的去数鸡、数兔子？"

学生们没见过有老师自己说自己教的东西无聊，又被噎得说不出话来了。

"一定会有很多人告诉你们,数学很美,它在生活中有广泛应用,可我们低头一看——什么呀,明明都是很无聊的题目。"

"对啊对啊!"孩子们应和道。

老林:"所以说,大人都是骗你们的,你们不要信他们。"

林朝夕:"……"

"还是那句话,大部分数学家研究数学,是因为——"

"他们很无聊。"花卷很配合地回答。

"对,但如果没有那么多'很无聊'的人,我们现在的世界,肯定不是你们看到的这样。"老林坐直身子,神采奕奕。他继续说:"刚才你们提到了质数,对质数的研究可以追溯到距今两千多年前,甚至更早的时候。你们也做了相当多和质数有关的题目,定义也背得滚瓜烂熟,但对于'质数是什么''我们为什么要学它',仍觉得很茫然,对吗?"

"对啊对啊。"

孩子们快变成老林的应声虫了。

"非要知道有什么意义你们才觉得不无聊吗?"老林语气耐人寻味,"我倒是大概能讲出质数研究有两种必要性,你们需要听吗?"

"要啊要啊!"

"Primes are building blocks of all numbers."老林说,"这是其中一种说法。"

孩子们仰头看着他,像一条条瞪眼的小金鱼,非常蒙。

"啊,老师你说什么?"终于有人反应过来。

"老师,你能说中文吗?"陈成成弱弱地问。

老林:"孩子们,学好一门外语很重要啊。"

林朝夕:"……"

老林:"来,我大致翻译一下是这样的——质数是构成自然数的基本要素。举个例子来说,科学家总在探索,是什么构成了物质。分子、原子,那原子一直分下去是什么?"

"是什么啊?"

老林:"我也不知道,有种说法是'弦'。"

"那质数对自然数,也像弦对物质吗?"有反应很快的孩子问。

"因为质数除 1 和它本身外分无可分,所以对自然数来说,它超级重要的!"安贝贝也喊。

"我知道,'block'是砖,你刚才这句话是说,质数是组成自然数的砖头!"另一个孩子说。

老林脸上惊喜的笑容越来越明显:"英语真不错啊,小朋友!"

孩子们一个个地说自己的观点,宿舍里响起此起彼伏的声音。老林只是耐心倾听,对每个孩子的回答都点头赞许,并不批评。光这个话题,他们就讨论了近半个小时。从最浅显的质数题目入手,老林深入浅出地给孩子们讲解了不同种类的质数题目,又从质数拓展到了数论相关,仿佛因为刚才的讨论,数论这种纯粹数学的无聊玩意,瞬间变得重要起来。

不知过了多久,突然有孩子想到什么,问:"那质数的第二个意义呢?"

老林笑了,仿佛等他们问这个问题等了很久:"关于质数,数学家无聊地钻研了两千多年,你可以想象,两千多年来,某些特别无聊的数学家起早贪黑,找质数的分布规律,计算一定范围内的质数有多少个……"

"那得算多久啊?"

"我也不知道算了多久,可能是某些人的一生。"老林笑,"总之,他们和这些无聊的数字死磕到底,两千多年来,数学家们一直在做这种仿佛一点也找不出现实用处的事情。"

孩子们都沉默下来,静静地看着老林。

"你问有什么意义,我想他们也不知道有什么意义,他们纯粹想找点乐子。穷极一生,找点乐子。"老林笑了,"直到两千多年后,人类进入信息化时代,质数才显露出一点它的作用来,它被应用于公开密钥密码体系,决定了现在的信息安全。"老林说到这里,就停住了。孩子们似懂非懂地点点头。

林朝夕看着父亲在灯下微笑的面容,其实知道老林是想说——"不用去找那么多意义,数学研究本身,就是意义所在。"可他没有这么说,大概是希望孩子们自己去体会这些。在心中种下一颗小种子,或许某天,它会长成参天大树。老林大概是这么希望的。

当天的学习进行到了很晚,甚至可以说是"很早"。偷偷离开老林宿舍时,孩子们都没有半点倦意。他们在夜里悄悄结伴行走,随意交流,讲不会的题目,讲今天学了什么,讲明天要去哪里……老林跟在最后,林朝夕走在他身边。林朝夕仰头,看了看漆黑的夜空,空气湿润,有花

233

草的清香。嗯，是知识的芬芳，她找了个很文艺的比喻。

"丫头，"忽然，老林叫了她一声，"明天要回家吗？"

林朝夕猛地扭头，愣怔地仰头看着老林："大……大概不回……"

"那不错。"老林转头问裴之："你呢，小子？"

裴之扭头看他，很干脆："不回。"

"那不错，"老林笑了，"明天带你们去野炊？"

林朝夕受宠若惊，用力点头，很高兴地转头去看裴之，却发现裴之同学用若有所思的眼神望着她，仿佛在说："你明天真的可以吗？"

林朝夕猛地想起那个电话，院长妈妈说过……周末……沈教授夫妇……老林问完，就背着手走远了，假装什么事都没发生。林朝夕却头皮发麻。万一明天沈教授夫妇带着林爱民小朋友来看她，可怎么办？

第52章·考虑·

其实没有"万一"，该发生的事情就一定会发生。早晨，林朝夕在床上打了个滚，勉强睁开眼睛，阳台外阳光灿烂无比。她把手腕搭在枕头上，看了眼裴之借她的电子表。10点15分啊……这样的想法在她脑子里遛了一圈，在即将沉底前，数字终于和时间联系起来。林朝夕立即惊醒，赶紧洗漱换衣，冲出楼道时，她看到不少成年人的身影。父亲提着孩子的书包，母亲拉着孩子的手，一家三口迈着轻快的步伐，向楼下走去。林朝夕只能压低步频，跟在他们后面。

楼梯上，那位母亲回头指着她，悄悄问自己的孩子："你同学啊？"

"啊对！她叫林朝夕，成绩超好的！"那个小姑娘很爽朗地说。

"哦哟，看看人家，你要好好学习学习。"

林朝夕只能挥手，打招呼："阿姨好。"

阿姨："小林同学好，你爸妈来接你吗？"

"呃，"林朝夕想了想，只能说，"其实我也不大知道。"

"哦哟，说不定你爸妈要给你个惊喜了，到楼下人就在了。"

林朝夕尴尬地笑了笑，心想，那就是惊吓。当她跟着这个三口之家走过转角，楼下客厅一览无余时，惊吓就成真了。"姐！"楼下，林爱民小朋友首先喊了一声。沈教授夫妇分别坐在林爱民左右两侧，他们带着温和的笑意看向她。这对夫妻的气质实在过人,见到他们,走在前面的同学妈妈瞬间眼睛都亮了。林朝夕惊讶到说不出话,因为不仅看到林爱民和沈教授夫妇,还看到正坐在沙发另一头的裴之同学。裴之手上还拿着那盒孔明棋,像是"休息日终于可以玩会儿自己喜欢的游戏"的样子,非常超脱物外,对一切概不知情。

林朝夕收回视线,同学妈妈已经走到沈教授夫妇面前打招呼:"你们好,也来接孩子啊?"

沈教授夫妇赶忙站起来,还没说话,那位阿姨又接着道:"你们家女儿成绩老好的,我女儿刚还在说呢……"

沈教授夫妇有明显的尴尬,林朝夕一时间也不知该如何处理。

这时,一直默默在沙发上玩棋的裴之抬头,少年用很平和的语气说:"沈教授好、阿姨好,我也是林朝夕的同学。"他的声音清澈明朗,同学妈妈本来还在笑,但笑容忽然尴尬地凝固住。

裴之的话极具技巧,看上去像个孩子在随意插嘴,但也同时点出"沈"姓和"林"姓的区别,聪明的大人很容易发现里面的问题。片刻后,有风吹过,整个现场的尴尬才略微缓和。

"您好您好……"

"谢谢谢谢……"

大家心知肚明,成年人又开始相互寒暄。林朝夕冲沈教授夫妇点头致意,没有故意给他们难堪,摸了把林爱民的头,在沙发中间坐下。裴之同学放下手里的孔明棋,视线扫了过来。隔着小半张沙发,林朝夕看着裴之微微侧着的脸,语塞。

"师父说,中午他在食堂忙完,才能带我们野炊,大概2点。"

没等她问,裴之已经善解人意地回答了。

"你已经去找过师父了?"

"嗯。"

"大恩不言谢。"林朝夕悄悄地冲他抱拳。

"还是需要的。"裴之说。

"什么?"

"谢。"裴之同学很认真地说,"先欠着吧。"

林朝夕:"……"

235

后来林朝夕才知道，沈教授夫妇已经正式办完领养林爱民的手续，因为林爱民总吵着要来看她，他们也受了福利院的嘱托，所以开车带林爱民过来。他们和她吃个午饭就会回去。沈夫人在和她并肩走去餐厅的小路上，是这么解释的。

林朝夕低着头，她的破运动鞋和沈夫人的黑色浅口皮鞋始终保持着一定距离。

"谢谢阿姨。"林朝夕说。

沈夫人温柔的目光落在林朝夕脸上，风吹起沈夫人的鬓发，她像要开口说什么，却被林爱民打断了。

"夕哥，你怎么突然像超级赛亚人了！"林爱民握着小飞机冲过来，突然喊道，"别人都说你成绩超好。"

林朝夕这时才想起什么，狠狠敲了敲林爱民的脑袋，睁大眼睛瞪他，平时都叫"夕哥"，为什么刚才非要叫"姐"。林爱民吐吐舌头，那点小心思一览无余。

"因为姐姐读书用功，你也要向姐姐学习。"沈教授摸着林爱民的脑袋，像每个大人都会说的那样，随口给了个解释。

"不是，因为姐姐聪明。"鬼使神差地，林朝夕想起老林说话的调子，接了下去。她说完，下意识地去看沈教授。中年人愣了愣，片刻后，和他夫人相视一笑，都被她逗乐了。

沈教授揉了揉她的脑袋，发自真心地笑道："我们朝夕当然聪明。"

中午，绿洲基地餐厅，周末是举家出游的高峰，食堂二楼的大小圆桌都被坐得满满当当，服务生端着餐盘穿梭其间，孩子们和大人们欢声笑语不断。从二楼靠窗的位置看下去，能看到大片的荷花池，花蕊初绽，湖风怡人。林朝夕托着脑袋，心情却没那么愉快。是的，她早出晚归，在食堂混了一周，居然不知道绿洲基地的餐厅就在食堂的二楼，只是因为它们入口不在一起。

沈教授夫妇说去餐厅吃饭的时候，她还在想——挺好，应该不会撞上老林。但现在他们直接到了食堂二楼，一切就不好说了。林朝夕揉着额头，悄悄左右四顾，也不知道自己干吗这么怕被老林看到。老林肯定还不知道她是他的女儿，看到了应该也不会伤心吧？

服务生端了一扎鲜榨橙汁上来,沈夫人给她和林爱民一人倒了一杯,边翻菜单边问:"朝夕有什么想吃的吗?"

"随……随便!"

"吃点鱼吧,这个季节湖鲜不错,你读书辛苦……"

"不……不用太贵的!"

虽然这么说,但菜最后上完时,还是有满满一桌,大大小小十来个盘子,完全超出了两大两小应吃的分量。林爱民倒是很开心,高喊着"哇哇哇"就要去抓鸡腿。沈夫人笑着拍了拍他,拿出湿巾,给他擦了遍手,又盛了碗汤放在他面前,笑道说:"先喝汤。"

"妈妈,你也喝。"林爱民懂事地说。

沈夫人含笑点头。

一家几口其乐融融,餐厅里到处都是这样的景象,看得人心生羡慕。远处过道,正在端餐盘的服务生忽然停下,因为站在他前面推小推车的师傅停了下来。小车上是要从二楼运到一楼的餐具,油腻腻的。服务生顺着前面推车师傅视线看去,看到一家四口在窗边其乐融融用餐的景象,看上去就是有钱人家,点了一大桌,但每道菜只动了一点。

"林师傅?"服务生问了问前面的人。

"没事。"对方答。

一顿饭,林朝夕一开始吃得胆战心惊,到后来就坐得难受。没接触的时候不知道,她还以为他们是非常和蔼可亲的教授夫妻,接触多了,才发现,沈教授夫妇有种很明显的书香世家的矜贵气质——吃饭要有规矩,说话要有规矩。总之,处处都要有规矩。倒也不是说不好,但别说是活泼好动的林爱民,就算是她,骨子里是个大人,吃到最后也觉得凳子上像是有针。

饭后,沈教授夫妇就要带林爱民回去,林朝夕和他们又走上植物园的小路。沈教授故意牵着林爱民的手走在前面,沈夫人留在后面,走了一段后,沈夫人温温柔柔地开口:"朝夕,我们是真心还想要个女儿。"林朝夕低着头不说话。"听你们院长说,你可能因为年龄偏大,所以对被领养这件事有些抵触。你有什么顾虑,都可以跟阿姨说。"

林朝夕想了想，抬头说："阿姨，其实我没什么顾虑。"

"那为什么不喜欢呢？如果我们有什么让你不喜欢的地方，也欢迎你提出来。"

"没有不喜欢，"林朝夕很诚实地说，"但也没有喜欢。"

前方传来父子俩的欢笑声，沈夫人脸上有片刻错愕，没想到她还真敢说。过了一会儿，沈夫人才说："怎么办，听你这么一说，我反而更喜欢你了。"

"为……为什么？"

"你是个很真实的孩子。"沈夫人说。

四周依旧是高矮不一的灌木，地上的大片薄荷同天竺葵迎风轻摆。

"你说自己很聪明，但我和老沈都觉得，孩子最重要的品质不是聪明，而是真实。"她半蹲下来，看着林朝夕的眼睛，"党院长把你教得很好，我们还是真心实意希望你能考虑我们两个，给我们一个成为你父母的机会，我们确实很喜欢你。"

林朝夕看着自己面前诚恳的女士，不知该说什么好。

耳边一直是沈夫人最后的话，送走他们一家三口，林朝夕再次回到一楼食堂。扑面而来的朴实饭菜味道，让她顿时浑身轻松起来。一进门，她就看到靠门边的一桌上，有一大一小正相对而坐，正是老林和裴之。下午1点多，食堂已经没那么热闹，老林抽空在和裴之一起玩孔明棋。林朝夕悄悄走过去，发现餐桌上还摆着个袋子，里面是青菜和米，这就是老林准备的野炊用品？

"回来了？"老林问她。

"嗯，是啊。"

林朝夕随口说完，突然觉得不对——老林知道了？

她怎么有种干坏事被抓包的错觉？

第53章·陪伴·

"你告诉师父了？"林朝夕问裴之。

"没有。"

"那师父为什么说什么'回来了',他只有知道我出去,才会说'回来'吧?"

"应该是自己看到了。"

林朝夕"咝"地倒吸口凉气,回头偷偷看了眼老林。

他们此时正走在去野炊的路上,老林叼了根烟,让他们走快点,自己则在后面慢慢抽,怕熏到他们。

老林挑选的野炊营地,也就是绿洲基地3号营地。和环境优美的餐厅比,这里基本处于半原始状态,小树林包围着一大片草坪,面朝大湖,主要为让家长和孩子有在野外的感觉,草坪上除了用砖头砌好的小灶、烧烤炉什么的都没有。老林交了使用费,领到一捆柴和铁锅,就带他们随便找小灶。

"选哪一号?"老林问。

林朝夕把米和菜随便一放:"这还要选吗?"

"请时刻保持对数字的敏感度。"老林很嫌弃。

林朝夕:"那88?"

老林立即转头:"小子,还是你来。"

"88为什么不行!"林朝夕抗议。

"好歹上次还能说点亲和数。"老林小声嘀咕,拍了拍裴之的肩,委以重任。

裴之于是向前走去,找了小灶,然后盘腿坐下。

老林走过去,看了小灶的编号,很满意。

"17,这确实是个有趣的数字,你来说说看,为什么选这个?"

"因为这个灶离我们最近。"裴之答。

老林难得被噎到,叉腰看着裴之,说不出话来。

林朝夕笑到踉跄。

老林坐在17号小灶前生火,她和裴之被派去很远的水池边洗米、洗菜,老林本人绝不会承认这是报复。夏日天高云淡,但又不会太晒,附近有很多家庭在带孩子玩,有人踢球,有人打羽毛球,还有家长在带孩子玩些小游戏。林朝夕一开始在洗菜,洗了没两下,裴之就默默把青菜接过去,把米推给她来淘。淘米很快,林朝夕三下五除二就干完了。她擦了擦手,认真地看裴之洗东西,先掰开青菜,再清洗底部泥沙淤积的部分，最后轻柔地洗着叶片。林朝夕看着裴之同学认真而娴熟的动作，下意识地想去帮忙。

"不用了，别把手又弄湿了。"裴之说话时一派自然，但带着成年人的语气，大概因为母亲经常对他那么说。林朝夕愣了愣，只听水流击打水池瓷砖的声音。裴之同学平和的目光扫视过来，也大概察觉到语气的问题，又默默转过头。

林朝夕想起花卷曾经说过的话，想了想，笑道："裴哥，你在家经常干活吗？洗得不错啊。"

"不干活。"

"哦。"

"以前我爸还在的时候，他很喜欢做菜。"

"嗯。"

林朝夕拖长调子，忽然觉得不对，为什么说"以前……在"？

她不解地望着裴之，裴之正把青菜沥干水，说："他去世了。"

"对……对不起……"林朝夕有点无措，下意识求助似的看向远处的老林同志。老林正在埋头点火，根本没看他们。

"为什么要说'对不起'？"裴之倒是很平静。

这个问题太难回答了，林朝夕低头想了半天，回答不出，以至于他们洗完菜，回去找老林的时候，还保持着沉默状态。老林那边，灶头的火还没点燃。他拿着一面放大镜，见他们过来，让他们赶紧放下东西，准备观察即将腾起的青烟。

"你们马上要见证的，是自然的奇迹。"

老林很兴奋地说。然而无论是她还是裴之，都没说话。

老林很快察觉到异常："洗个菜而已，这就吵架了？"

"什么自然的奇迹？"林朝夕迅速扯开话题。

"怎么了？"老林问，"这么尴尬？"

林朝夕拼命摇头，示意老林别再问了。

"正好讲起我家里的事情。"裴之说。

老林随口问："对啊，你家里怎么了，连她在周末都有人来看，你为什么没有？"

"因为我妈反对我来夏令营，我一个人来的。"

240

"哦，那你爸呢？"老林随口一问。

"去世了。"裴之再次说道。

老林握着放大镜的手没有一丝颤抖，语气也很寻常："丫头也是刚才问了这个，所以特别不好意思？"

"应该是吧。"裴之非常平静，如实回答，"她说'对不起'，我问她'为什么要说"对不起"'？"

"对啊，你为什么要说'对不起'？"老林同样也抬头问。

林朝夕站在风里，说不出话。

"这既不是你的错，也不是他的错，你不用觉得抱歉。"老林说，"而且死亡有很多含义，有时是遗憾，有时是解脱。"

闻言，裴之认真地点头，像非常赞同老林的观点。林朝夕抿了抿唇，她看着老林和裴之，总觉得老林这句话意有所指。裴之当然也很快反应过来。

裴之说："师父，那天在公园，为什么特地叫住我？"

他指的是和章亮一起进行雏鹰小队活动的那天，老林最后叫住他后，碾压他的事情。

"看你长得帅，有点不顺眼啊。"

"我觉得不是。"

他目光清亮，就这么看着老林，像不得到正确答案便誓不罢休。

裴之认真起来，连老林都不是对手。

阳光不断汇聚，洞穿枯叶，火苗终于蹿起。

老林放下放大镜，终于看向裴之："我见过你们，你爸带着你逛公园，和你下棋，带你坐小火车……"

老林这么回答，裴之却问了一个截然不同的问题。

裴之："他有次在公园发病，您也在？"

"是啊。"

"听说是位公园管理人员把他从河里救起来的，是您吗？"

老林表情纠结："好像是我，但我一直不知道是不是做对了。"

"我不知道他怎么认为，"裴之说，"但对我来说，谢谢您那次救了他，让他又多陪了我一年。"

他们坐在土灶边，闲谈间，火已经生起来，烟味非常清淡。故事非

241

常简单，甚至完全可以从对话中了解全貌。裴之的父亲也很喜欢带他去那个公园玩，老林记性太好，很早就认识了这对父子。儿子很聪明，而父亲显然也是个聪明人。真正让老林记住裴之父亲是因某日清晨，他从公园的那条河里把人救了上来。不像那些对生活绝望而自杀的人，裴之父亲始终保持一种游离而兴奋的状态，甚至想再下去，老林花了很大工夫才把人制伏。那时老林知道，裴之的父亲是个精神分裂症患者。裴之说，直至最后，他的爸爸一直都没有过太清醒的日子。他又说，其实他爸爸每天都活得很"清醒"，只是在自己的世界里，这也挺好，因为不管怎么样，爸爸都还陪着他。他知道自己很自私，但没办法……讲到最后，故事讲完了，铁锅内传来菜饭的香气，又有点焦味。裴之自始至终都没有红过眼眶，像在讲别人的事，又像因为这件事已经想过很多遍，他完全厘清条理了，所以再也没什么好伤心的。

"哦，那的确很遗憾。"老林说。

"遗憾什么？"像刚才反问她一样，裴之也这么反问老林。

"你太小了，不应该懂这么多事。"

老林很平静地说，往前坐了一点，把孩子的脸按在自己的肩头，像男子汉对男子汉做的那样。风里有细小的草屑，像浪花带起的浮沫。林朝夕看着他们，揉了揉眼睛。

后来，老林带他们躺在湖边草坪上，她在老林左边，裴之在老林右边。

天渐渐暗下，周围的人越来越少，到最后只剩下他们。郊外没有光污染，头顶是颜色最纯净的夜空，像璀璨白沙撒在黑丝绒背景上。老林一开始想带他们认星星，但他本人的天文知识储备并不那么丰富，除了北斗七星，说不出什么来。在被裴之纠正几回后，老林又开始讲数学史。他说，数学的发展和人类最早对星空的关注有密切关系，占星祭祀、天文历法，数学最好的人都被派去干这些事情。古希腊那些人不用说，柏拉图的学生欧多克索斯用了二十七个球来试图描述天体运动。日心说和地心说的问题纠结了一两千年，到文艺复兴时期才由哥白尼掀开了一角……

林朝夕听着父亲徐徐讲述的声音，间或还有裴之问询的话语，到最后，他们两人开始讲相对论。她听见父亲说起那个把她带来这个世界的公式，脑海中却回响裴之说的那句话——"但对我来说，谢谢您那次救了他,让他又多陪了我一年。"

对于儿女来说,父母的存在不可或缺,就算裴之深深明白死亡是父亲的解脱,也仍会抱有这样的想法。爸爸在身边多一年也是好的,但就像她之前总在想,如果没有她,老林是否会更幸福一样,裴之也一定会想,如果没有自己,父亲是否会更早地做出极端的选择。无论是曾经的她,还是现在的裴之,始终都没有得到答案。

夜空有种在强光边缘会出现的迷蒙雾色,看久了,会让人觉得头晕眼花。

"师父,你是觉得一个人好,还是有个孩子好呢?"

林朝夕回过头,终于问出了在那个世界的那个老林从来没有正面回答过的问题。身边是她年轻时的父亲,她变得很小。他们现在保持着一种不远不近、不咸不淡最恰当的距离,现在,大概是她得到答案最好的机会——

老林同志呀,我的存在是不是终究还是拖累了你?

"当然一个人的时候好。"老林一脸"你到底哪来的错觉"的表情。

"这样啊。"林朝夕竟有种松口气的感觉。

"但有孩子,我大概会更有活着的感觉。"

"什么叫活着的感觉?"

"就是有牵挂的东西。"

"你之前没有吗?"

"之前没有,现在渐渐有了。"

林朝夕再次转过头,望着父亲带着笑意的眼睛。夜色朦胧,他眼角皱纹清晰,和很多年后的面容重合起来。她心里有点难过,但也很高兴,说不清是什么感觉,但那一瞬间她知道,这也是那个世界老林的真实想法。

头顶星光璀璨,露水在叶片中凝结。

父亲的大手按在她的脑袋上,像很多年前那样,从未变过。

第54章 · 提升 ·

明月悬于夜空,给整个绿洲基地蒙上一层轻薄的光晕。

员工宿舍位于基地北侧,大片松树林环绕,夜晚时更加静谧。除了间或有小动物踩过厚厚的松针,发出一点点轻软的声响。

"老陆,你选的这条路真的 OK 吗?"

"应该可以的,直接到师父那后门。"陆志浩拉下帽子,低声道。

"你说我们这像什么?现在读个书怎么和做贼一样了?"

花卷小声抱怨,神情却很高兴,眼睛亮亮的。陆志浩知道他很兴奋,因为自己也一样。他们出去了两天,回来得都很晚,刚才假装睡下,躲过宿管阿姨查房,现在又偷跑出来。为了赶上夜里这堂课,他甚至没去吃肯德基,就吵着要早点回来。

月光透过松针漏下,周围是很轻很轻的虫鸣声。

不远处,窗口透出黄色的灯光,已经近在咫尺,屋子里站着他们的老师,还有他们的同学。虽然看不清表情,但陆志浩觉得每个人都在笑。人已经聚得很多,仔细数数,他们差不多是最后到的。

"快快快,不能迟到。"花卷拔腿就跑,开心得不行,书包在他背后一颠一颠的。陆志浩跟在后面,他也跑得非常快,清新的空气顺着口腔涌入肺部,清甜无比。学数学什么时候变成让人想起就兴奋的事情,他也不知道。

他们到的时候,撞上从大路来的陈成成。

"你们……干吗从那里来?"陈成成问。

"你在路上没看到保安叔叔吗?"陆志浩也问。

"没见到啊。"

"要小心点,万一被抓到呢?"

门推开,屋子里暖烘烘的。师父看了过来,林朝夕坐在地板上冲他们挥手,笑得非常开心。地上是很多小纸片,仔细看去,他们做了很多鸡和兔子,而陆志浩之所以能认出来,是因为每只小鸡和每只兔子上,都写着"鸡"和"兔子"。

"今天讲应用题哦!鸡兔同笼。"林朝夕往旁边坐,空出位子给他们,"你刚才说什么抓到?"

女孩头上的发鬏扎到陆志浩的脸,他退了退:"我们刚才在路上看到保安叔叔巡逻。"

"那是要小心点。"林朝夕问,"如果被发现,要怎么说呢?"

"梦游!"花卷喊。

房间里的所有人都听到了他们的对话,跟着一起笑了起来。

过了一会儿，不需要任何提醒，被他们中断的讲课很自然地继续。

师父讲的鸡兔同笼，和他们曾经听到的有些不同。地上是很多兔子和鸡的纸片，两条腿的是鸡，四条腿的是兔子。

老林问："我们现在知道什么？"

"鸡和兔子一共有 12 个头、34 条腿。"

老林问："要算什么呢？"

"一共有多少只鸡、多少只兔子，而它们每只只有 1 个脑袋，算出它们头的数量就等于算出了只数。"

"很棒。接下来我们得看看，脑袋的数量还和别的什么有关吗？"

同学们纷纷低头，把鸡的腿掰起来 1 条，兔子的腿掰起来 2 条。

可以很清楚地看到，鸡只剩下 1 个脑袋和 1 条腿了，脑袋的数量和腿的数量完全一致了。

陆志浩愕然地看着大家的动作。

"这笼鸡、兔还剩下几条腿呢？"

"34÷2=17，一共还剩 17 条腿。"安贝贝抢答。

"现在呢？"

"减了一半以后，现在鸡脑袋的数量等于鸡腿的数量，用腿的总数'17'减去脑袋的总数'12'，对于鸡来说，它已经被全部减掉了，17-12=5，'5'中已经不包含鸡了。"

"哦，那么兔子呢？"

"对兔子来说，腿是 2 条，头只有 1 个，腿是头的 2 倍。"安贝贝边说边把兔子剩下的 2 条腿又掰起来 1 条，"但是刚才'17-12'的时候，每只兔子又跟着减了 1 条腿，剩下的腿数就是兔子的总数，所以兔子还剩 5 只。"

安贝贝一口气说完，之前他虽然会算，但肯定没办法说得这么清楚。陆志浩马上听明白了，虽然他现在已经会用二元一次方程解这道题，也不是没听过这个巧算方法，但加上了直观的纸片，解题过程变得一目了然。好巧妙，好棒！摸着地上的鸡和兔子，他只有这个感觉。

老林师父又换了个动物出题，这次是有 3 只"脚"、2 只眼睛的鳖和 6 只"眼"、4 条腿的乌龟，题目比之前更难一点。有人还在画图，但也有人在心算，老林师父都没有阻止。这里没有规矩，没有一定要用什么方法，每个人都可以有自己的主意。大家都很开心，陆志浩也非常开心。如果能一直这么学下去就好了！最后离开宿舍时，看着漫天繁星，他只有这个念头。

旭日初升，周一，绿洲基地，会议室。解然打着哈欠走进会议室，把刚泡好的速溶咖啡晃了晃。他早上7点起床，随便吃个早饭就已经8点了。8点整的例会会开到8点20分，还剩十分钟给他收拾东西，8点30分又要去给孩子们上课。孩子辛苦，其实老师也不轻松。大领导早上8点准时进会议室，和他们简单点头致意，迅速进入会议流程。

"先由各组负责老师，总结一下一周教学情况，从高中组开始吧。"

晋杯高中组的那位负责老师教了二十来年书，比解然有经验多了，直接报了几个平均成绩，表示在淘汰竞争制度下，学生们的成绩都有了显著提高。解然一听，那几个名字都是第一次开会就提的特优生，而且说不定是能冲省集训队的好苗子，提这种样本证明学生成绩有显著提高，毫无代表性。初中组也依样画葫芦。解然听得犯困，拧开塑料杯，喝了口咖啡，然后就被点名了。

"解老师的小高组呢？"

"凑合吧。"解然说。

办公室里，本来大家讨论得火热，因为他的一句话顿时静如冰窖。

"之前我已经说过，希望诸位老师能用更为精确的数据来描述孩子们的情况，而不是选择非常模糊的词语，尤其是——凑合。"

解然笑了笑，不是很在意。

这时有人看了他一眼，摇摇头。

那是之前就提醒过他注意领导难搞的小高组老冯教师。

解然："就不好不坏吧，我们试卷的难度并不固定，所以成绩确实看不出什么。"

张副校长沉默了一会儿，最后说："讲讲你认为最后能参赛的几个孩子吧，他们的情况怎么样？"

"裴之、林朝夕、章亮、王风、陆明都很聪明，成绩很稳定，不过他们有些人之间的关系不好，很难一起组队参赛。"解然据实以告。

"小孩子，哪有什么关系不好的？"一位老师说。

"一起参加比赛而已,也不是要求团队合作,只算平均分。"另一位老师说。

解然没说话,谁说他都笑着点头。

"成绩稳定就可以了。"张副校长总结完,点名小中组。

大家说完一轮,已经差不多到点了。

"最后,要辛苦各位老师,再次和同学们重申纪律问题。"

张副校长看了看本子,说:"周日晚上,高中组查到两个学生夜不归宿,已经被开除了。基地很大,夜不归宿非常不安全,你们再和同学们强调下。"

闻言,解然继续笑了笑,没说什么。

会后,他握着塑料杯,打了个哈欠,准备下楼上课。

小高组的冯老师拉过他:"你怎么又顶张校长?"

解然无奈地笑了起来:"我太冤了,冯老师。"

"你那声'凑合吧',很明显有情绪问题。别忘了,你的实习报告可是要他签字的。"冯老师说。

"我明白,谢谢您。"

"我知道你对张副校长有意见,忍忍吧。"冯老师拍了拍他肩,赶紧走了。

解然想,自己能有什么意见?只是个需要在实习报告上有个章的大学生而已。之前因为偶然机会,安宁市晋杯训练营在他们学校招人,他试着投了份实习简历,就应聘上了。当时招他的也不是这位张副校长,据说是后来市教育局的领导特别重视今年晋杯赛,说一定要搞出成绩,所以空投了一位数学大省的知名老师过来管,就是这位张副校长。

其实解然本人对张副校长的心情挺矛盾的。一方面觉得他太严格,另一方面觉得他的某些教育理念又挺有道理。他是学数学的,对教育实在没什么心得,只能别人说什么他做什么。不过和孩子们相处那么久,说没感情也是假的。其实在张副校长问那个问题之前,他倒是很想说,班级里有几个孩子的成绩好像进步挺大,不过领导并不关心这个,他也就闭嘴了。

"你们想先听成绩,还是先上课?"

小高组教室,解然往讲台前一站,就开始逗学生。

林朝夕打了个哈欠,跟着全班同学一起说:"先上课——"

解然笑:"那我还是先报成绩吧。"

果然又是这个套路,简直毫不意外。

解然说:"周五的考试,是这几天里相对最简单的一次,主要是为了让你们有好心情回家玩玩,所以这个成绩不要太当真了。"

"老师,你又打击我们!"学生们纷纷抱怨。

"好吧,换个说法。有几位同学的成绩让我很意外,进步很大,感觉期中会考得难解难分。"解然笑,"下面,我着重表扬一下……"解然翻开卷子,开始念名字,"陈成成、安贝贝、罗小娟、姚小甜、花卷……"

被念到名字的孩子都非常高兴,互相不可思议地看来看去。而听到陈成成的成绩突飞猛进,章亮同学的脸色臭到不行。林朝夕这时已经没空从章亮的脸色上感到暗爽了,越听越惊悚,除了罗小娟,其他都是他们这拨孩子。老林难道自带数学仙气,沾上他,成绩就会好?

"林朝夕同学,看着我干吗?"解然停下来,看着她,"你已经知道自己又和裴之并列第一了?"

"不是不是。"林朝夕猛地摇头,然后突然顿住,"什么?"

"还要我再表扬你一遍?"

"不用了,老师!"

"上来拿你们组的卷子吧。"解然说。

她走上去,解然把第二组的卷子分给她,随口问道:

"昨天晚上去干什么了,这么困?"

林朝夕顿时悚然,不解地看着解然。他知道了?

"晚上好好休息。"解然嘱咐道。

第55章 · 现形 ·

"为什么——这么快——就到12点了!"安贝贝喊了一声,举着书,伸了个懒腰。

从老林员工宿舍出来时,眼前是回宿舍的漫长柏油路,夜色里,路灯像项链上的珍珠般点缀两旁。路途漫长,让人犯困。

"能睡林老师那儿就好了。"一个孩子说,"回去还有好长的路。"

陆志浩:"睡不下吧,我们这么多人。"

"打地铺!"

林朝夕打了个哈欠,孩子们凑在一起,总叽叽喳喳个没完。如果他们都住老林那里,那今晚可能就不用睡了。就像刚才还在老林宿舍,不知是谁先把夏令营考卷向老林炫耀的,半分钟内,大家都把卷子掏出来,举到林老师面前求表扬、求夸奖。

老林扫了眼一张张试卷,摸了摸下巴,很满意地说:"我怎么这么会教?"

这就是老林,永远让你摸不透他接下来会说什么。想到这里,林朝夕又打了个哈欠,一切都安详静谧,亏她还因为解然的话担忧一整天。

"很困吗?"裴之问。

夏天夜风温柔,月光勾勒出小男生清浅的身影,他捧着书和她一起落在人后。花卷和陆志浩则凑在前面,和小伙伴们一起叽叽喳喳。林朝夕下意识地想摇头,又用力点了点头,因为就算问这种问题,裴之好像都一副很认真的样子。

裴之却说:"我随便问问,你不用这么认真。"

林朝夕:"……"

他们前面,小学生们的话题变换速度超快,等她回过神,他们居然开始表扬小解老师。

"对啊对啊,而且小解老师对我们也好。"

"反正比张校长好多了!"

"之前听不懂,觉得他得讲太快了,不过现在有点理解他在讲什么了。"

大家一阵低声哄笑,他们的宿舍小楼已经近在咫尺了。

"你……不觉得上课无聊吗?"她是很真心地问这个问题的。

其实经过那天野炊后,她才真正谈得上对裴之有一些了解。她知道裴之一直很努力生活,却因为父亲的关系总下意识地和所有人保持适当距离;她知道每天的奥数课程内容对裴之来说算得上无聊,可他还坚持在听;她知道裴之的形象从前是模模糊糊的,现在才变得越来越清晰。

"其实还好。"裴之答。

"什么叫'还好',不够精确哦。"

"无聊的时候,可以想点别的。"裴之说。

"孔明棋吗?"林朝夕问。

他们有一搭没一搭地闲聊,经过1号楼门口,两个小女生和他们告别,月光下,白色小楼好看得像在梦里。

"师父说,还有另一种解法,让我试试。"裴之声音轻柔平和。

"试出来以后呢,发邮件吗?那边就有电脑。"林朝夕和她们道别,收回视线,"两种解法的,曾教授肯定会看的。"

"我会发的。"裴之很确定地回答。

如果你真发邮件,那大概是有史以来最早联系导师的学生了。

林朝夕笑了起来,抱着很奇怪的喜悦心情,推开宿舍楼的门。

大门敞开,灯光骤亮,夜风忽地灌入整个大厅,把书架上没收起来的那些乐高书吹得哗哗作响。明明周身是雪白灯光,她却如坠冰窖,从头顶冷到手指尖,连腿瞬间都麻了。

她觉得自己就是躺在阴暗泥沼上的小动物,前一秒还在享受吹过皮肤的舒适的风,后一秒却惊惧无比,恨不得立即钻进泥里。屋里恢复光明后的几秒,强光刺得人睁不开眼,她紧紧闭着眼,好像只有闭眼,才不用面对接下来发生的事情。可无数想法不由分说,强制性地钻进她的脑子里。谁开的灯?有人在等他们吗?他们被发现了吗?怎么办,该怎么办?与此同时,夜风带来1号楼里小女孩的惊呼,听上去尖尖细细的,林朝夕的心又沉了沉。她强迫自己冷静下来,客厅里有对讲机的沙沙声。

"让保安队不用找了,人回来了。"低沉又严肃的男声响起。

林朝夕试图睁开眼,也确实睁开了眼,眼前情形是她能想到的最坏的那种。开灯的是宿管阿姨,宿管阿姨握着点名册,手还在轻轻颤抖。拿对讲机的是他们的班主任解然,平素一肚子坏水的青年不再笑,甚至比张副校长还严肃沉默。而张副校长呢……中年人没有穿正装,随便套了件T恤,像刚从睡梦中被唤醒没多久,连额发都微微翘起,但他神情庄重严肃,令人不会因为他的穿着而错误估计他的心情。

不知过了多久,张副校长终于开口:"进来吧。"

像解除禁令的魔法,所有人在那一瞬间都恢复了清醒,也正因为恢复了清醒,每个人都意识到——没救了,他们被发现了……大理石地面反射出吊灯森冷的光,夏风变冷,他们依旧在门口,老师依旧在里面。

沼泽地里有条巨大鸿沟,令人望而生畏。

在所有人都不知该怎么办时,裴之首先动了。他挺直脊背,迈开步伐,向屋里走去,他们跟在后面,鱼贯而入。一个、两个、三个……包括从1号楼被带来的两名女生,他们十二个人站在了一起,随后还是沉默。像是看不过去一样,解然轻轻咳了一声。空气灌入,那种因氧气稀薄而窒息的感觉终于缓和了一些。

"这么晚去哪里了,集体梦游吗?"张副校长刻意压低声音,但那种"隆隆"声响,打在大理石上,又沉重又冷,在整个屋子里回荡。

"因为你们十二个人,整个基地大半夜出动了多少保安、老师找你们,你们知道吗?

"去哪里了,谁先说?"

对讲机里传出应答的沙沙声,仿佛在印证中年人的话。

林朝夕抿了抿唇,没能开口,再强迫自己镇定也无法冷静。她要怎么办?不能把老林扯进来,可孩子们不知道。

"我们去……学习了。"安贝贝说。

林朝夕心里再度沉了沉,有种鞋袜都被浸湿的凉意。

该怎么办?要找什么借口?不能让他们提到老林。

正当她还在搜肠刮肚时,老师已经开始熟练地"逼供"。

他声音柔和:"去哪里学的?所有教室都关门了。"

"我们……去了一个老师那里,老师的课讲得……很好。"陈成成鼓起勇气回答。

六组的小女生也说:"对啊,林老师每天晚上都教我们。"

"因为白天时间实在太少,所以只能晚上再学一会儿。"

孩子们你一言我一语,越说眼睛越亮,越说越大声,甚至有种想替老林表功的意思。在他们的概念里,他们是在努力学习,遇到了一个很厉害的老师,鼓起勇气在努力,这不是错,绝对不是。林朝夕越听越难过,凉意已经漫过膝盖。她之前没有提醒过他们,她是成年人,应该能想到这些,却因为和老林在一起的纯粹快乐而忘记担忧。

张副校长从招供中攫取关键:"这么说,你们每天晚上都偷偷溜出去?"

"是……是啊。"

"那么，林老师……谁给你们找的老师？谁带的头呢？"

林朝夕和裴之对视了一眼，她看见裴之张了张嘴，却听见自己的声音已经响起。

"是我。"她说。

裴之平素清澈平和的眼神里终于有了片刻错愕。

来一趟，总得改变点什么，起码你别再退出了，林朝夕想。

第56章 · 借口 ·

无论出什么事情，都要找带头人。法不责众，大概就是这个意思。时间已经很晚，剩下的十一个孩子很快被带回房间休息。临上楼时，裴之在楼梯上看了她一眼，林朝夕仰头扯了扯嘴角，应该在努力笑了。

转过一层楼梯，壁灯昏黄，照在他们身上，在木地板上拉出长而细黑的影子。

陆志浩落在最后，逼仄的楼梯令人烦躁，他终于憋不住，抬起手拉住前面的人。"就……就这么结束了？"他很小声地问。

"不会。"裴之言简意赅。

"不会，什么不会？"

陆志浩顿时后怕起来，刚才在楼下他整个人都是蒙的，现在终于离开，才清醒一点。林朝夕说是她带的头，但张副校长为什么要那么问？是不是要处罚带头的那个人，把她赶走？可是林朝夕不能走啊，她是最想留下来的。

"不行，不是她，她是不是想一个人扛？"他声音又大了一点，慌乱扭头。

转瞬，他的手臂被裴之紧紧握住。

"干什么！"走在最前面的阿姨转头骂道，"还嫌今天闯的祸不够大！"

"阿姨，对不起。"裴之强行压着他，鞠躬道歉。

林朝夕仍站在客厅，并没有听清二楼转角的小声争执。对讲机里时不时传出来来回回的讲话声，有人收队，有人汇报情况，有人随意闲聊。

夜晚，电波声沙沙作响，张副校长回了下头，解然关闭对讲机。整个客厅霎时静如黑夜。林朝夕吸了两口夜风，试图让自己更平静一点。她现在唯一的希望是，裴之能把那帮孩子都劝住，不要下楼添乱。她抬头，直视站在她面前的中年人。他头顶是"地中海"，脖颈肉很厚，因为常年伏案的关系，微微驼背，整个人由内而外都透着严厉。

"你从哪儿找的优秀老师，来教别人？"张副校长问。

"是一个叔叔。"她答。

张叔平："你的那位叔叔现在在哪儿？"

"如果我不说，您是不是会上去问其他人？"

张叔平："你觉得呢？"

"那如果……我说了呢？"

这句话显然触怒了他，张副校长一拍书架："现在你还想藏着掖着什么？别以为我不知道你心里在想什么，从第一天开始，你就对整个夏令营充满敌对情绪，觉得老师在害你们，老师都是坏人，就是为了折腾你们才树那么多条条框框的！"

"我没有这么觉得。"林朝夕很平静地说。

"那你觉得什么？从外校找个老师，就能帮你的同学们提高成绩，大家都不用走，你脑子里到底在想什么？"他的声音很低，像藏在厚重云层里的"隆隆"雷声。

林朝夕的视线却落在大厅角落的乐高台上，积木被堆到一边，很久都没人玩了。台边放着几张椅子，还有没收走的橡皮和铅笔，晚上从阅览室出来后，一定又有孩子在那里看书。

"我想，大家都不要讨厌数学。"她说。

张副校长有片刻语塞，脸色更加阴沉："是啊，老师让你们讨厌数学了？"

"因为太难了，淘汰赛。课程总是拼命往前走，有人会跟不上，然后就没自信，就不想学了。"林朝夕说得很慢。

"然后呢？"张叔平问。

"然后，就不想学奥数了。"她答。

解然站在张叔平身后，用一种若有所思的目光看着她，然后，冲她摇了摇头。

张叔平："你既然很想讨论这个问题，那我倒要问问你，你认识谁是因为真心喜欢所以想学奥数的？"

张叔平问完，却没有给她回答的机会。

张叔平："有啊，可能是裴之，是你，或者还有几个。"

"我也不是因为喜欢，可能，只有裴之是吧。"林朝夕很诚实地回答。

"别拿你和裴之这些特例来要求所有人！我教了这么多年，知道那么多孩子为什么辛辛苦苦要学奥数，不过是爸爸妈妈觉得这玩意考试能加分，学了能聪明，学了能数学好，还有什么？"

"能忍受得了枯燥乏味、淘汰痛苦的人有几个？"张叔平问，"这只是安宁市、晋杯、小学奥林匹克、小高组比赛……"

张叔平用了几个停顿，突出这种微不足道感。

"在你们上面，还有那么多哥哥姐姐，整个安宁晋杯夏令营就有三百七十八人，你放到整个江省想想会有多少人？再放到整个国家呢？我可以告诉你，全国那么多人上奥数班，真正进到国家集训队的只有六十个人，而这六十个人里，真正能出赛的只有六个人！"

林朝夕看着他，知道张副校长是气急了，才会说这么多话，但他说的那些，她也回答不上来。因为她很清楚，张副校长说的是某种意义上的人间真实。

夜风再次穿堂而过，澎湃涌动。

她鼓起勇气，说："但……能代表国家出赛这种事，我们想都没想过，只是想……多学一点，学得愉快一点，待得久一点，这也不行吗？"

"想愉快就不要走竞赛这条路！"张叔平愈加严厉，"真正的数学，研究到后期都是艰深困苦的，前进一小步都要花上很多人一辈子的工夫，那不是阳春白雪，是浑浊的泥潭，走一步都费劲儿，那么多家长、那么多孩子，你确定要把他们都拖入这摊泥水？"

"我……"

"你很聪明。"张叔平问她，"你以为，你最讨厌的那些东西……为什么我要设置那些？小组淘汰赛、扛东西上楼，还有可能会发生的那么多环节。"

"为什么？我不明白。"

"都是借口。"

林朝夕猛地抬头。

"爸爸,我回来是因为楼梯爬得太累了,没力气考试;妈妈,因为我们小组某某考试太差,所以我才被淘汰的;奶奶,夏令营那个老师特别凶,我受不了……相信我,每个孩子回去,都会这么说的。"张叔平声音很轻,像孩子唯唯诺诺的语气,林朝夕的心都揪起来了。

"大家都需要借口,孩子需要,父母需要,都是借口。"张叔平这样说道。

林朝夕说不清内心是什么感觉,那一瞬间,仿佛有人打开强光,照进她心中最阴暗的角落,一切都无所遁形。她甚至觉得,张叔平只是某一部分夸张化了的她,把她的真实想法用一种直白残酷的方式明确地讲了出来。在真正的现实世界里,她就是找了某些借口才放弃数学的,因为她深知艰难的路和难越的鸿沟。她望着面前的中年人,看着他的"地中海"发型和微驼的背。现在的情况有些可笑。她之前不是没有想过,回去后要抛下一切去学数学,她也觉得自己可以做到。可她真的不会再找借口吗?太难了,太累了,她的基础太差了……甚至是很简单的——她觉得自己做不到了……只要想放弃,人总能找到借口去支持放弃的理由。

是啊,借口,人太需要借口了。

林朝夕哽咽了,好像全世界都变得漆黑一片,只有她心中写满"软弱""怯懦""逃避"的那个角落还亮着。

再来一次,她还是她,不会变的。

"所以,您的意思是……"她问,"跟不上的、想放弃的,就让他们放弃吧?"

"因为他们总会放弃,早晚而已。"张叔平说。

林朝夕再没有说话,她现在好像还是没有办法说服自己。

"所以,既然你主动表示你是带头者,那我把你逐出夏令营,你还有异议吗?"

林朝夕低着头,脚下是一片白到反光的大理石地面。

张叔平问:"那么,你找来的那位老师现在在哪儿?"

林朝夕觉得自己开口说了什么,但已经听不到自己的声音。那之后,张副校长应该嘱咐解然将人请走,他们好像拍了拍她的肩,让她上去休息。林朝夕眼里都是泪水,不敢抬头。黑色皮鞋渐行渐远,即将消失在门的尽头。沾着些泥的裤脚,却在越出去的一刹那,停了下来,有声音响起。"不过我由衷地希望,你不要放弃数学学习。因为在真正想要坚持下去的人眼里,像我这么讨厌的老师是不存在的。"张副校长最后说道。

第57章 · 故事 ·

回到自己房间,林朝夕靠着房门坐下来。这大概是影视剧中许多主人公都会选择的姿势。以前她以为,那样纯粹是为了好看;现在才知道,人到了某些时候,第一反应是坐下来,因为实在走不动了。她在袖管上蹭了蹭脸,把眼泪擦干,但眼睛还是湿漉漉的。

延伸至房间尽头的木地板、敞开的阳台、飘荡的窗帘,还有更远处低沉的夜空,那是个很大的世界,同样也小得可以。直到现在,她都想让自己冷静下来,仔细思考张副校长与她谈话中的漏洞,冲出去狠狠给予反击,像幻想中会出现的剧情——勇者斩杀恶龙,小镇重获平静,英雄荣归故里。

但她没办法做到,因为满脑子都是他的那些话,像空旷山谷里的吼声,或者崖边浓如墨汁的暴雨,在脑海中隆隆作响,反反复复,把她从头到尾浇透。事实上,听得越久,她就越觉得那些话似曾相识。她好像用另外一种方式,在陆志浩最低落时,对他说过完全相反的内容,大致来说是——"无论如何,别放弃。"凶残的反鸡汤主义者却说:"想放弃的人总会找到借口放弃,因为放弃才是他真正想要的。"逻辑堪称完美。

月光从窗外照进来,门边有她的小团影子。虽然她很想指责张叔平,但事实证明,张叔平说的才是她曾经历过的现实。该怎么办呢?她怎么才能想出那些能彻底并狠狠反击对方的句子?

然而,时间一分一秒过去。淡蓝色窗帘在夜空中飘来飘去,离福利院来接她的时间也越来越近。说不定天亮后的某一刻,她的房门就会被敲响,门口会出现院长妈妈的身影,告诉她"该走了",但为什么不可以走呢?

她现在找到了爸爸,张副校长又那么讨厌,就算回去,他们也可以组一个数学学习班,让老林继续带大家学习,应该没什么遗憾了。这么想的话离开也可以,为什么还是走不动呢?林朝夕将头埋进臂弯。随便什么人,任意来一个都好,她这么想。

解然醒来时，总觉得像做了一整夜吉米多维奇习题集，脑子里充满被搅乱的函数曲线，线条在坐标轴中上下抖动，毫无规律可言。他坐起身，看了眼时间，快7点钟了，按照昨晚给林朝夕家里打电话的约定，福利院的人大概会在8点30分来接她。

他也是昨晚才知道，那个小姑娘是孤儿，他得知实情的瞬间，其实非常后悔。他也说不清楚到底在后悔什么，大概是觉得，在那种生活环境中生活，能乐观开朗已实属不易，林朝夕却还搞出那么多事情，想以一己之力带动更多的孩子学习数学，这多了不起啊。

现在，他们却要把这样的孩子赶走，抹杀她努力坚持的东西。解然隐隐觉得，不应该这样，但应该怎样呢？他只是个来实习的，从没有人告诉过他，他该怎么做。

陆志浩躺在床上，整夜未睡。他这辈子就没失眠过，就算被张副校长逼得最狠的时候，他也倒头就睡。他从没像现在这样，像躺在油锅里的肥肉，浑身都"欻啦欻啦"作响，备受煎熬，却还继续躺着。其实昨天回宿舍后，他不是没想过要冲下去和张副校长大吵一架，但没多久，他听见林朝夕上楼的声音。他很后悔那时候没冲出去，就算裴之临走时说了别去，他也可以去的，男生不能上女生楼层的规定又算什么。然而因为错过了一次机会，他就一直在犹豫，等到现在天都亮了，才发现自己浪费了一整晚时间。可他也不是裴之，能做什么呢？他完全不知道自己能做什么。

陆志浩翻了个身，用力抓了抓乱七八糟的头发。

天亮了，林朝夕也不知道自己究竟在犹豫什么。她抱着膝盖，看到太阳升起，听到禽鸟啁啾，直到天光大亮，都没有一个人来。她期待过裴之、期待过花卷、期待过陆志浩，甚至搜肠刮肚地想找个励志剧里的人物，期待自己成为对方……但在所有期待中，她最想要的，仍旧是大魔王会突然而至。

她期待老林能用最凶残的言语点醒她、帮助她、拯救她，像他之前一直做的那样，告诉她应该怎么办。然而裴之没来、花卷没来、陆志浩没来，最重要的是，这个晚上，老林也没有来。就算她试图传递信息，请求老林来帮帮她，但这次，老林没有来。

林朝夕说不清楚是什么感觉,她看到自己变小的手脚、破旧的球鞋,朝阳刺得她眼睛发疼。就这么结束了吗?她会背那么多心灵鸡汤,努力从世界上所有励志故事里汲取力量,却忘记最最重要的事情——故事永远是故事。现实中并没有能让人瞬间转变的神奇作品和可怕人物,因为就算是超乎一切力量的重生,也无法使她脱胎换骨。她以后可能会因困难退缩,可能会找借口来开脱,甚至可能注定无法成为自己梦寐以求的那种人,像裴之那样的人。那一瞬间,她明明身体沉重,腿有千斤,内心却忽然轻松下来。她翻过身握住门把手。既然如此,那就简单一点,去他的以后,这次先爬起来再说。

"你有完没有!你不要睡我还要睡!"陆志浩又在床上翻了个身,和他同屋的男生终于吼了他一句。就在这时,房门被敲响了。像抓到救命稻草一般,陆志浩噌地从床上坐起,疯狂地跑向门口,拉开门的瞬间,所有心情同时消失。

花卷靠在门口,顶着黑眼圈看他:"干吗,看到我这么失望?"

"你……你想干吗?"

"我不知道,所以来问问你,我们接下来要怎么办?"

"我……我也不知道。"陆志浩探头四望,走廊却空空如也,所有人还睡着,"裴……裴之呢?"

"不知道。"

"什么叫'不知道',他没和你在一起吗?"

"没,早上起来人就不见了。"花卷这么说。

"谢谢您,是他们,请放进来吧。"解然含混地说道,吐掉嘴里的牙膏,重复了一遍。电话来自绿洲基地门卫,时间是 7 点 30 分,林朝夕家长到得比他想象的更早一些。他挂断手机,将水杯灌满,喝了一大口自来水,在口腔中漱了两下,薄荷的清凉味道激得他把水吐了出来。脸部湿冷,手机却在口袋里微微发烫。镜子里的他还是个年轻大学生,买不起口袋里这个电子设备,拥有它,只因为夏令营主办方希望学生有困难的时候能及时联系上老师。是啊,他还是个老师。

解然也不知道自己在想什么,等回过神时,已经拨通门卫的电话:

"麻烦您让他们在门口稍等一会儿,我马上过去。"

打开房门时,林朝夕第一眼就看到地上的不锈钢餐盘。盘子里是羊角包,她甚至能嗅到空气里的黄油香气。视线顺着餐盘移到走廊一侧,并没有任何人,她扶着酸软的腿,刚站起来又得蹲下。她拿起面包,指尖感受到余温,面包应该刚出炉没多久。她仔细回忆,刚才有人来过吗?她好像只听过一遍脚步声,以为是隔壁女生起来自习,但……真的只有一遍。她不可思议地望着刚推开的门,厚重木板阻隔了她的视线,心跳渐快渐强。

"早。"隔着门板,平静的声音,终于传来。

党爱萍站在绿洲基地门口,铁门缓缓移开。大湖边的晨风吹得她浑身发冷,她不由得拢了拢衣衫,看着眼前可以说得上令人觉得雄伟壮观的建筑群,心情比出门时平静了无数倍。

凌晨接到电话时,她一夜未眠,既觉得愤怒,又感到心酸。电话里的老师只是要求她第二天早上来接孩子,原因是林朝夕带领其他孩子夜不归宿。等她还要再问时,电话已经被挂断。她没再拨一遍电话,因为尊严不允许。作为家长,她甚至不认为夜不归宿是错。孩子而已,总会淘气贪玩,只因为这种问题就要被夏令营开除?早上起来时,她心中仍旧充满这种震惊、愤怒、不可思议的情绪。昨夜是她值班,早上她带着这种情绪检查了一遍福利院,就匆匆推开院门,准备去大吵一架。然而当她推开门的瞬间,轻薄的晨光倾洒而下,她看到有人和衣睡在台阶上,地上满是烟头。听见推门声,地上那人微微睁开眼。

"你怎么又来了?"看着对方,她记得自己是这么问的。

"你们稍等一下。"保安突然探出头。

党爱萍收回思绪,看向身边的男人,对方和她一起停住脚步。

第58章 · 选择 ·

"你刚才干吗不敲门啊?"林朝夕走在楼梯上,啃着面包问。她的视线移至身边,比她稍高一些的小男生微微转头,举起一只手,遥遥指着

259

她的眼睛。他睫毛纤长，覆盖着静水般宁和的眼眸。虽然很少能从孩子眼里看到这样的目光，但又觉得，这样的目光出现在这个孩子眼中完全正常。因为这是裴之。

林朝夕看着他，愣怔一会儿，抹了抹眼睛，手背上有湿意，她顿时就羞愧了。裴之是在说——"你肯定在哭，所以我不能进去。"

"不是……"她刚说完这两个字，就抽噎了下，简直像最好的佐证。

她很想问"你怎么知道我在哭"，但这种话肯定问不出口，她想了半天只能说："我们水象星座，内心戏就是那么丰富。"

裴之："……"

林朝夕："你是什么星座？"

裴之没有回答，林朝夕觉得自己聊天的水平也在向老林靠近。当她彻底拉开门，看到盘腿坐在地上的裴之同学后，说不震惊是假的，但震惊很快就被一种温暖的伙伴情谊取代。她不知道那些时间，裴之坐在门后究竟在想什么，但他在想什么都不重要，陪伴本来就是最好的安慰。

她看着裴之手里的不锈钢餐盘，问："你已经去过食堂了……你起得很早吗？"林朝夕试探着问，"还是没睡？"

"没睡。"

"欸？"

过了一会儿，裴之才说："昨天晚上，我听到张副校长说的话了。"

林朝夕又揉了揉眼睛，裴之这句话，显然是回答她第一个问题的。

——你刚才干吗不敲门啊？

"我在想，你为什么不反驳他，明明你对陆志浩说的话就是很完美的驳斥。"

"因为，他说的是对的。"林朝夕又抽噎了下，这种哭唧唧以后的生理反应完全无法控制，"就像现在，我不喜欢他，我很难过，我特别想走，甚至想大家一起走也没问题，但如果我走了，是不是也像他说的那样，在找借口放弃？"

他们说话间，已经走出宿舍小楼，整个基地沐浴在透亮的朝阳中，每片叶片都像在发光。

"太难了。"林朝夕吸了吸鼻子，"对陆志浩说的时候简单，自己做起来就难得要命。借口包装得太完美了，比奥特曼还吸引人，香香甜甜，所以我觉得张副校长说的真的很对，他这个人怎么这么讨厌。"林朝夕咬了口面包，说，"但我更讨厌自己，老容易中计，我这么弱小，说不定以后还会继续中计。"

"嗯，然后呢？"裴之问。

"天才兄，现在不该是你给我灌鸡汤的时候吗？"林朝夕扭头，"告诉我在钻牛角尖，让我别想那么多，走就走了，没什么大不了的……"

"你如果想听，我可以说。"裴之已经开始模仿，"林朝夕，你别想那么多——"

"别别。"她赶忙打断他，做了个"求求你"的动作。

裴之适时住口，问："那么接下来，你要怎么办？"

"我也不知道啊。"林朝夕说，"最难的是永远都做出正确选择，不过这次我决定，什么难办就办什么！"

说完，她转头看裴之，用期望的眼神，希冀对方给点鼓励或加油打气什么的，然而没有。

"我是摩羯。"裴之说了一件几乎完全不相干的事情。

迎着朝阳，林朝夕愣了会儿，随后笑了起来。

摩羯嘛，不达目的，誓不罢休。

所以，不用问了。

解然冲到基地门口，门卫室前站着一男一女，应该就是电话中来接林朝夕的福利院工作人员。他看着他们，狂奔的腿忽然停住。真的面对学生家长，解然却一时想不起来要做什么。

但来都来了，他只能硬着头皮走上去打招呼："您好，我是林朝夕在夏令营的班主任。"

"三昧大学数学系的？"靠在门卫室前，正在抽烟的男人微抬起眼皮看他。

"是。"

"哦，昨天就是你派人把我赶走的？"

"您昨晚就走了？"

解然瞬间明白，这位不是福利院工作人员，而是林朝夕找来教夏令营学生的老师。昨天晚上，他通知保安去把人请走，总不会……

"大半夜让我滚出绿洲,你是不是不想要学分了?"男人吸了口烟,说。

解然:"???"

"您……是我们学校老师?"

"哦,不是。"对方顿了顿,很自然地说,"我被贵校开除了而已。"

解然看着眼前这个穿破汗衫的男人,震惊到了极点,是怎样厚颜无耻的人才能说出这样的台词,他根本接不上。

"你少说两句。"幸好,旁边的女士适时打断他们,手伸了过来,谦和地道:"您好,我是红星福利院的院长,党爱萍。"

"党院长,您好。"解然得救似的和对方握了握手。

党院长探了探头,假装问:"我们林朝夕呢?学校劝退她,都不送到门口吗?"

这句话明显有火气。

解然很后悔,这一男一女,看上去没有一个好惹的。

他突然很想重新站队,继续做张副校长的狗腿子……

张叔平并不知道解然的心思,更不清楚发生在绿洲基地各处的那些小事。他今天起床后,照例慢跑半小时。

时间上,裴之说完那个"早"字,林朝夕红着眼睛拉开房门的时候,他刚坐在食堂开始用早餐。今天,他特地从食堂二楼教师用餐区下来,环顾四周。桌椅缝隙不一,人声嘈杂。很难想象,那个被他罚来食堂干活的小女孩,怎么能在这么几天时间里干出那么大的阵仗。也是后来,他才知道,林朝夕找来的老师这几天一直在食堂打工,用间隙时间抽空给孩子们上课。他没见过对方,无法评价教学水平,但在这里……他抬头,看了一圈嘈杂纷闹的环境,这显然不是合适的教学地点。大概是因为太吵,某个瞬间,他觉得自己仿佛看到林朝夕穿梭在桌与桌之间,笑着收拾盘子。当然,这是不可能的,她已经被退学了。

张叔平的思考到这里就点到为止,像他这样的人,并不会因为一些格外的努力或坚持不懈而感动。如果你见过无数哭着倒下的孩子、努力爬半天也只能爬到别人起跑线的学生,也会让自己努力保持这种清晰的认知,不然早疯了。张叔平自嘲似的想。他擦了擦嘴,喝完最后一口粥,从座位上站起来。

"确定是这里吗?"教学楼七楼办公室门口,林朝夕很小声地问裴之。眼前木门紧闭,门上没有窗,根本看不清里面究竟有什么。

"是,我就是在这个办公室考试的。"裴之补充,"0分那次。"

林朝夕反手关上门,听到后面那句话,又把手缩回来。裴之微微转头,站在她身边,显得非常轻松,像不理解她为什么这么犹豫。

裴之:"那要不回去?"

林朝夕摇头。她深深吸了口气,看着面前的赭红色木门,大脑有种缺氧般的空白,就算这种时候,她也知道,既然来了怎么能回去?她鼓起勇气,抬手,敲了三下——"咚咚咚"。在那之后是难耐的沉默。为了听清门里的动静,她的脸和门板贴得非常近,心跳的速度甚至在一秒钟内提到极致,紧张得不能再紧张。然而办公室里没有传出任何声音,桌椅声、脚步声,什么都没有,木门顶着她鼻尖,关得死死的。呼吸间是很淡的木质气息,林朝夕有些泄气,果然不在。她退后半步,放下手,但就在这样的瞬间……"你们有什么事吗?"

张叔平低沉严肃的声音骤然响起,林朝夕猛地回头。十几米开外的楼梯口阴影昏暗,脸色比阴影颜色更深的男人沉默地站在那里,握着保温杯,看着他们。像所有影视剧一样,决战必然发生在出其不意的瞬间。也不知道为什么,林朝夕觉得自己真的胆小极了,看到张叔平时,觉得自己应该说点什么,却突然忘词。

长风横贯走廊,湖风湿冷,张叔平一步步走向她。他是如此坚定,不可动摇,无论她说什么,他都不会改变心意。就在稍作犹豫间,张叔平已经走到他们面前。

林朝夕看着对方,上前一步,喊住他:"张副校长。"

中年人在门边站定,态度随意地打断她:"来干什么?不管你想说什么,我只能告诉你,我已有决定,不会更改。"

他从口袋里掏出钥匙,准备开门,林朝夕知道他是认真的,张了张嘴想说什么。

"没听明白吗?"张叔平回头,"你已经被开除了。"

"您真的很讨厌。"那一瞬间,林朝夕脑子突然炸开,她直截了当地说。

张叔平的手顿住,视线低垂,静默地看着她。

"来之前,我一直在想要好好和你说话,但我现在真的很讨厌你。因为每个人的起跑线或许不同,但只要尽力,哪怕只尽力一次,对于我们这种人来说,都是非常了不起的事情,你却从骨子里不认可这种努力!"不知道为什么,林朝夕决定好好商量的行动变成了吵架,她的眼眶也不争气地红了。

"哦,然后呢?"

张副校长依旧非常平静,让林朝夕觉得他就是那条浑身漆黑、盘踞洞窟的恶龙,身躯庞大,意志坚定,不可动摇。

她努力抬头,放弃所有既定台词,认真地说:"反正我说什么都没有用,你不会认可的!既然这样,请给我个机会,让我用行动证明给你看。"

张叔平的身体终于完全转过来,对着她:"是什么让你认为自己用尽全部勇气冲上来对我赌咒发誓,我就会同意你说的东西?"他语气中带着不可思议,"我不是宠爱你的家长,看着一个哭哭啼啼、竭尽全力的小女孩就会心软,我为什么要给你证明的机会?"

"我会抱着你的腿。"林朝夕终于平静下来。

"我会缠着你,用你一定受不了的方式,会不停在你面前哭哭啼啼、大喊大叫,就算把我扔出去,我也会回来。"她吸了口气,完全下定决心,眼泪一瞬间止住,"老师,我知道我很没用,也不认识什么能动摇你想法的大人,但这是我唯一能做的事情!我不会放弃的,因为我不能让你用那些我不认为正确的方式,来教我的同学。"

张叔平眯起眼,冷酷地勾起嘴角,像觉得她说的东西实在太有意思。"我不同意。"他只说了四个字,并且毫不犹豫。走廊中的空气仿佛都被瞬间抽空,然而就在张副校长说完那四个字的瞬间,电话铃声响了起来。中年人的动作有片刻迟疑,他顿了顿,随后从口袋中掏出手机。那是一部老式诺记,他看了眼泛黄的屏幕,神色紧张,即刻接起手机,走了几步到窗边,恭敬地道:"曾教授?"

战斗突然中断,张副校长俯在窗口,单方面撤退。风带来他的另外一种语气,谦卑有礼,不再咄咄逼人。不知道这是什么巧合,曾教授会突然打电话来。犹疑中,林朝夕突然想起什么。夜晚,她和裴之站在白色小楼前,对着客厅里的电脑说着什么。

——试出来以后呢,发邮件吗?那边就有电脑。

——我会发的。

声音消失,她头皮发麻,即刻转头找裴之。

"曾教授为什么会打电话来?"她问,"你给他发邮件了?"

裴之还没来得及回答,张叔平挂断电话,气势汹汹地走了过来。

"你给曾教授发邮件了?"他问了完全一致的问题。

"嗯。"小男生依旧保持宁和的面容。

林朝夕却觉得并不只是这样,他还一夜未睡?

张叔平:"曾教授说,你给他发了两种答案,请求他给我打个电话,给你同学一个机会。"

"两种?"林朝夕根本没在意后面那半段,她只知道,在昨夜之前,裴之倾尽全力才解出一种。

"你说的,如果给出两种解法的话,他应该会看。"裴之说。

"一个晚上?"

"多点希望。"裴之说,"这好像也是我唯一能做的。"

就算乌云密布,此刻也浓云骤散,天朗气清。裴之依然是那个穿着简单随意的小男生,也依然会在若干年后变成极其优秀的青年人。林朝夕却完全释然,再次回头,张叔平依旧伫立在她身后。她一直以来无法战胜的人却骤然褪去巨龙的伪装,变成一个很普通的中年人。是啊,有什么可怕的呢?

"很不错。"张叔平真心实意地看着裴之。

"所以你准备向我证明什么?"

他视线转瞬移来,林朝夕被紧紧盯住。

"我想证明,您是错的。"她答,"淘汰制就是为了选拔更优秀的学生,所以我觉得和放弃或不放弃都没关系,这主要看成绩。如果方法得当,普通学生变成了更优秀的学生,那您就是错了。"她说。

张叔平敛眉深思片刻,然而缓缓开口:"章亮。"

林朝夕瞪大眼睛,不明所以。

"不是更优秀,而是最优秀。"张叔平摇了摇手机,很干脆,"曾教授说要给你个机会,那么现在,机会是——同样小组淘汰制。期中考时,用你想用的方法,让你们十二个人的平均分高于章亮他们小组的,能做到的话,你们可以留下来,不然十二个人一起走。"

他顿了顿,补充道:"可以先回去征求你的那些同学的意见。"

闻言，林朝夕迟疑了。张叔平怎么这么难缠？这个问题，她没办法立即回答。

这时，楼梯口再次响起脚步声，应该有三个人来了。

她还在思考，却已经有人拖长调子，提前替她回答了。

"好啊。"

第59章 · 试试 ·

随意的白汗衫，鞋子还是基地食堂配发的那双胶鞋，他走出楼梯口，裤脚一只卷，另一只未卷，看上去风尘仆仆，就在林朝夕转过身的瞬间，他原本眯成条线的眼睛舒缓地睁开来，嘴角一并弯起，笑了。林朝夕很清楚地看到这个变化。前一秒紧张严肃，之后却云淡风轻，很看不起人的样子。是的，老林来了。

现在情况突变，类似电影结束前的大高潮，双方准备决一死战，足以改变局势的大人物突然而至，一切向不可预知的方向发展，但有靠山就是令人充满底气。林朝夕扶住腰，收回视线，准备去看张副校长。这时，楼梯转角又走来一人。

第二个爬上来的人是位中年女士，烫卷短发，鬓角斑白，因一口气爬上七楼而胸膛快速起伏，不过也有可能纯粹是因为生气。看着来人，林朝夕再度愕然。今天的转角惊吓超标了！为什么党院长会和老林在一起？这一疑问炸得她头皮发麻，各种疑虑从她脑海中呼啸而过，以至于完全忽略了最后走上来的解然。

就在她石化的时间里，老林已经走到张副校长面前。老林站定抬手，姿态自然，张叔平以为他要握手，下意识地也举起手，但老林的手一秒转向，从口袋里摸出盒烟，抽出一支咬住。张副校长的手停在半空，脸色很难看。

张叔平："这位先生，教学楼内部严禁抽烟。"

"哦，我叼着。"老林笑，"显得有气势点。"

说完，他又举起手，五指伸开，放到张叔平胸前。张副校长的手已经放下，一时间没有再抬的意愿，只皱眉不语。

老林："这位老师，握个手吧，基本礼仪。"

266

被老林闲扯两句，林朝夕紧张的心情又舒缓不少，党院长也走上前来，很客气地举手："党爱萍，红星福利院院长。"

面对两位家长，张副校长只能无奈地再度抬手应付："您好。"

"你什么学校毕业的？"老林叼着烟，靠在窗台上问。

张副校长："这恐怕和您没关系。"

"我就问问。一般成年人不是问工资，就是问有几套房，我什么都没有，只能问这个。"

"问教学资格的话，如果党院长质疑，我可以——"

老林打断他："不是，我看你招了小解，觉得你还挺有想法，不像个傻子，所以出于礼貌问问。"

"不是小 jiě！那个字做姓念 xiè！"解然在背后抗议。

张叔平很坦诚："解然老师不是我招的。"

老林："哦，那就是教学理念不同，道不同不相为谋，但这么随便地把我的学生和我本人踢出去，可不行哦。"

林朝夕扯扯老林，赶忙插嘴："师父，刚才已经聊完了，而且你说了'好啊'。"

"我就听到'能做到的话'，前面说了什么？"老林问。

林朝夕想，你都不知道就答应了，于是重复了一遍他们刚说的约定。

"所以，你们的平均分要高过章亮他们，花五天时间？"

"对——"

"行啊。"老林很干脆，"不用拖长调子，犹犹豫豫的。"

林朝夕："师父，这个我们不能擅自做决定，还要问问其他人的意见。"

"问问吧，不过挺有趣的。人生嘛，没有几次真正奋力拼搏的机会，错过多可惜。"

今天阳光灿烂，湖风舒畅，老林说的话比湖风更飒爽。

他对张叔平说："我要留下来。"

"可以。"

老林点点头："行吧。"

说完，他看了看他们，说："走吧。"

"走什么走，你到底是什么人？"党院长问老林。

老林没回答她，转身离开了。

林朝夕赶忙问她："您怎么来了？"

"来接你回去。"党院长有些没好气地说，"昨天晚上 12 点接到的电话，说我的孩子违反规定，被劝退了，让我早上 8 点 30 分过来接人。"说到"我的孩子"四个字时，老林潇洒离开的背影停顿了下，很快又恢复如初。

"校方真的太过分了！大晚上用这种小事打扰您！"林朝夕瞥了一眼，义正词严地说。

党院长看她一眼，还是没缓过来。

"您怎么和我师父一起来了？"林朝夕小声问，"你们之前认识啊？"

"不认识。他来福利院，装成有领养意愿的人，看了一遍你的基础资料就走了。"党院长一贯有涵养，此刻也忍不住吐槽，"你从哪里认识这种乱七八糟的人的？！"

林朝夕却没听进去后一句话。是啊，她缠着老林那么久，老林就不怀疑？老林又不是傻子。她勾起嘴角，老林城府真深，其实一直在默默关注她吧？

她悄悄松开党院长的手，跑到老林身后，拍了拍他的后背，笑问："师父，你从哪里知道我是红星福利院的？"

"我又不是傻子。"老林无语，近乎碎碎念地说，"大早上没人送，大晚上不回家，成天野来野去的，不是家长心大，就是没人带。"

"这位先生，是我们给了孩子极大的自由，这是别的福利院都做不到的！"党院长在后面喊。

"知道了，谢谢您啊！"老林也喊。

两人隔着走廊喊话，大概就是这么一停顿的空当，林朝夕清醒了点，觉得有问题。院长妈妈说，老林是装作有领养意愿的人，特地去福利院的，这必然是有所怀疑才会做的事情，但在那之后，老林就这么走了，对她的态度也没有太大改观，所以应该档案上有什么东西不符合……档案？生日？

想到这里，许多甚至称不上线索的东西串联起来，她仿佛明白了什么。走廊中，老林快走到尽头了，他的汗衫后面破了两个小洞，脚步声"嗒嗒"地响起，听上去很轻松，但或许是沉重。

时间像一双手，将整个空间揉捏在一起。

在面店里偷偷夹起猪排的老林，告诉她无论何时决定再次开始都不算晚的老林，公园里一脸厌世冷漠的老林，雨天里撑伞出现的老林，食堂里给孩子描绘瑰丽数学世界的老林……很多面容重叠起来，变成她的父亲。无论在哪个时间，或者哪个空间，他永远都是她的父亲。

那么父亲对女儿的心情，也永远都不会变。

林朝夕看着他的背影，问："师父，你为什么要去看我的档案？"

"看看而已。"老林脚步未停。

"你想领养我吗？"

"呵。"

"你是想领养我，还是想去找什么人？"

瞬间，勇气突然而至，不需要任何铺垫和心理建设。

对林朝夕来说，她不知道为什么选择这样的时间和地点，既然决定什么难办就办什么，那么就算只有一天也好，成为有勇气的人，不找借口逃避任何问题。老林前行的脚步终于停顿住，听到她最后问的那句话，他扶在楼梯上的手颤抖了一下。

林朝夕缓缓走上前去，每一步，她好像都比前一步长大了一些。

她看到曾经念小学的自己，为考入名牌初中而庆祝的自己，高中放弃理科转投文科时的自己，到大学时参加各种活动，却在毕业面对人生道路选择时自欺欺人的自己……那些兴高采烈的她和悲伤低落的她，那些是她，也都不是她……她走到老林面前，拉过那只大手，放在自己头上。

身体微微前倾，她把脑袋抵在老林胸口，缓声道："师父，我不知道你是不是弄丢了什么很重要的人。如果有的话，你带我去验DNA，试试看，我是不是你要找的那个人，好不好？"

第60章·鉴定·

蔚蓝色湖面上有风吹过，天上仿佛下起星屑颜色的雨。

林朝夕靠在老林胸前。

说出那句话后，她就像站在梦与现实交织的边境线上，脚下是扭曲的空间分界线，周围是如宇宙般深沉的空间。她既感到极端宏大的壮阔，又感到难以言说的渺小酸楚。因为在那一刻，如醍醐灌顶般，她骤然窥见自己离开时的瞬间。那有一个确定的时间和明确的情境——她坐在公园长凳上,吃着光明冰砖,摇晃着腿,和老林挥手。然后,她会把这个老林留给这个小林朝夕。也在同样的时刻,她终于明白,一切的关键都在于主动告诉父亲真相,和张叔平,甚至和数学本身都没有关系。不在于那些特定时刻,而在于人生的时时刻刻,成为有勇气的人,不再犹豫彷徨。林朝夕抹了抹眼泪。

湖风刮过,星屑隐去,空间变得完全明亮。

老林剧烈的心跳声从她耳边进入血管,心脏泵出血液,周身逐渐温暖。

她还在这里,幸好,现在还不用离开。林朝夕脚跟落地,让自己站定,恢复正常,但老林的手还按在她发顶,掌心颤抖,无法抑制。林朝夕有些不好意思,视线向下移开,看向周围。陆志浩震惊的面孔出现在她的视野里,还有花卷、安贝贝、陈成成……他们十个孩子,拥有近乎完全相同的神情,将整条楼道挤得满满当当。林朝夕顿时觉得,勇气这玩意还真困难。

"你们怎么来了?"她轻声问道。

"啊,我们来找张副校长!不是你的错,要罚就罚我们所有人!"

陆志浩喊道,楼道内的所有孩子纷纷点头,显得义愤填膺。

"对,还有我们。"

"又不是你一个人的错。"

此时,走廊尽头传来一声低咳,打断了这些自陈罪状的孩子。

小朋友们循声看去,发现他们点名要找的人就站在那里,并且神色不善,他们顿时就缩成一团。被孩子们一搅和,林朝夕更平静了些,微微笑着。总会好起来的。这么想的同时,她抬头看向老林。也是那刻,她终于看到老林得知真相后的表情,血瞬间冷下来。

老林蓦地收回按在她发顶的手,脸上说不上有什么情绪,但原本紧绷压抑的面部肌肉松垮下来,眼神中有浓浓失落和酸楚。林朝夕不明所以,疑惑地看着他,只听老林用极端压抑的沙哑嗓音缓缓开口:"我知道你需要父亲,但我不可能是你的爸爸。"

是"不可能",而不是"可能不是",老林言之凿凿,说完转身要走。

林朝夕顿时慌乱,下意识地开始拼命思考她离开那刻的场景。她的表情到底是什么样的?是轻松圆满,还是遗憾失落?尚未发生的事情任何人都无法预知,那个画面被完全从她脑海中抹去。不管怎样她都很确定,草莓世界里,她从小在老林那儿长大,记忆清晰,毫无疑问。

"你错了。"她很坚定地对老林说。

"朝夕!"院长妈妈一把拉住她,"你是从哪里知道的?"

"你为什么不问我是从哪里知道的?"林朝夕却问老林。

老林几欲离开的身影顿住,林朝夕能很明显地听到他深吸气后强行镇定下来的动静。

"可能是因为年纪大了,会突然没勇气。"老林回头看她,停了下来,"抱歉,我刚才的反应不像个大人。"

林朝夕:"你那么确定,觉得不可能,是因为我的年龄和你女儿不符合吗?那你为什么要去福利院看我的档案?"

老林:"谁告诉你我有个女儿?"

"我就是知道。"林朝夕说,"你可能会觉得我在说谎,或者要我说理由,我都没有,但你信我好不好?"

老林皱紧眉头,面色微白。他花了一秒钟时间走到她面前,拉起她的手,拉住就不松手。后来林朝夕才知道,这大概是他的理性人生中唯一超越理性的时刻。

老林:"不需要理由。"

"你说什么?"

"有事实,就可以不需要理由。"

轿车内,气氛沉闷,从郊外到市区会经过一大片湖区,窗外大湖茫茫,林朝夕坐在后排正中。

"谢谢您,我们大概还有一刻钟到。"

"左转,上通安路。"

副驾驶座上,党院长一直在打电话,严肃的指路声间或响起,使车厢内气氛更加紧张。车速平稳,大概还有两个红绿灯,他们就会驶上城区主干道。刚才说完那句话后,老林就再没开过口,只是握着她的手下楼。堵在楼道口的孩子们呆若木鸡,他们很快被党院长逮住了。

林朝夕从没见过党院长那么失态,她先对老林破口大骂,又训斥林朝夕整天脑子里不知道在想什么东西,知道亲生父母是谁还瞒得死死的。

271

她真是生气极了，先认为是老林抛弃了林朝夕，又心疼林朝夕，甚至带着一种养大的女儿要离开的绝望感。

林朝夕不知如何是好，只能停下来安慰院长妈妈。

但一人要求说清楚，另一人什么都不肯说。

老林却坚持带她去做鉴定，有着孤注一掷的狠决。

一时间，孩子的提问声、大人的叱责声，还有她慌乱无助的声音，让整条楼道内一片混乱。林朝夕看向正在开车的中年男人……最后，是解然天才般地说了句"张副校长有车，可以带你们走"，才摆平了这里兵荒马乱的情况。

桑塔纳轿车，前排驾驶室。

张叔平踩了脚油门，让车辆驶上跨湖大桥，前几分钟还和他们针锋相对，后几分钟就要帮他们父女相认。他抬头看了眼后视镜，脸色铁青，很不愉快。后视镜下，写着"一路平安"的吊坠轻轻晃动。车内是持续且低沉的引擎声、轮胎碾过石子声、转弯的抓地声，这些声音格外清晰。

林朝夕向身旁看去。老林就坐在窗边，双目正视前方，下颌紧绷，拉着她的手，像陷入极端紧张的思索，每分每秒都在试图从迷雾中辨析真相。

林朝夕不知真相究竟是什么。如果老林的人生是一本书，曾经，她只读过老林愿意让她读的部分，另外的很多重要章节则被老林紧紧封藏，书页紧紧粘连，最锋利的拆信刀都无法裁开。为什么老林那么肯定他不可能是她的爸爸？又为什么在下一刻孤注一掷，带她确认事实？

"你最好趁现在给我说清楚。"副驾驶座上，党院长挂断电话，回头说道。

林朝夕摇摇头。

她明白老林为什么不说话，也知道自己什么都不需要说。

事实面前，无须理由。

安宁大学司法鉴定中心在学校老校区内，门面不大，却总有人来去匆匆。党院长和中心有长期合作关系，他们到后，直接上到二楼。在一间小办公室里，工作人员拿出一份DNA亲权委托鉴定申请表放在桌上。"个人鉴定是吧，非司法委托？"

风把鉴定中心的蓝色窗帘吹得哗哗作响，老林神情紧绷，站在老式实木办公桌前弯腰写字，什么话都没说。

党院长看他们一眼，说："先是个人吧，能快点。"

"那五个工作日，加急。"

林朝夕坐在后面的椅子上，并不知道这之间的区别。老林依旧握着她的手，姿势非常扭曲，她看着老林一笔一画地填写申请表格，在"姓名"那栏写上他和她的姓名。轮到"称谓"时，他有很明显的停顿。

林朝夕抿了抿唇，老林深深地看她一眼，最后转过头，在上面那栏写了"父亲"，在下面那栏，写上了"女儿"两个字。工作人员拿着鉴定表格，带他们去采血室。

一位抱着婴儿的母亲排在他们前面，针头扎入婴儿手臂，孩子"哇"的一声哭了出来。林朝夕看着暗红色血液被一点点抽出，母亲随即泪流满面，林朝夕不由得下意识去看老林。老林从头到尾神情凛然，但在那刻，一直握着她的手又紧了紧，似同安抚。

针管抽出，棉花按上婴儿手臂，母亲抱着孩子站起，林朝夕和她擦肩而过，深深吸了口气，坐了下来……

第61章 · 概率 ·

鉴定中心门口有棵参天银杏，树冠繁茂，展开时亭亭如盖，据说有五百多岁。

走下楼梯时，林朝夕一直在看那棵银杏。草莓世界里，小时候老林很喜欢带她来安宁大学玩。春天时，他们会在银杏树边的大片草地上放风筝；秋天时，他们会花一整天时间看安宁大学的园丁打银杏果。大概因为他们父女俩从早到晚地看，园丁总会在最后送他们一大袋银杏果。银杏果放到铁锅里炒一炒，剥开时还有一点臭，入口却非常清甜。老林每天都会给她炒上几颗，当上学路上的零食。那时她真觉得那是再平常不过的生活，放到现在来看，却是令人向往的日子。

林朝夕用手按着棉花止血，老林早就把棉花扔了。党院长挎着挎包走在前面，踏下最后一级台阶，回头深深看了他们一眼。就在她要开口前，老林打断她："给我几分钟，我要打个电话。"

他从绿洲基地出来后说的第一句话，就是这句。林朝夕还站在旁边，下意识缩手想回避，老林却紧紧拉着她。他拉着她走出鉴定中心，横穿小路，快走几步，在银杏树下站定。大树投下一片阴影，又有小块光斑点缀其中。老林拿出手机，点亮老式诺记的屏幕。他虽仍保持着冷漠克制，可青筋凸起的手背还是出卖了他。

林朝夕想了想，问："你要不要抽根烟？"

这是他们离开基地后，她对老林说的第一句话。老林低头看了她一眼，自嘲似的笑了笑，随后飞速按下一串数字，没避开她。林朝夕很轻松看到显示屏上的号码，"021"开头，这是一个长途电话。等她想看全，最后两位数字却因为反光而看不清晰。

老林举起电话等待，林朝夕听不清电话里的声音，但能清晰感知在电话接通的瞬间，那头有人"喂"了一声，老林还在沉默。

过了一会儿，大概在对方就要挂电话前，他说了两个字："是我。"

风吹动银杏叶片，千万片齐齐扇动。

老林用很平铺直叙的语气说："现在，有个女孩拉着我的手，说她是我的女儿。我们刚从鉴定中心出来，我想问问您，我们之间出现亲缘关系的概率是多少？"

电话那头的人不知说了什么，但也有可能直接挂断了电话，几秒钟后，老林冷笑了下，收起手机。甚至不用几分钟，整个电话连带等候时间不过三十秒。老林把手机扔回口袋，虽然是冷笑，但脸上终于出现人类正常的情绪反应，几块漏下的光斑落在他嘴角和眉心，很明亮，因此也显得其他部分更加晦暗。他一个人吹了会儿风，才低头看她。

"概率是多少？"林朝夕仰头问。

老林下意识想摸口袋拿烟，最后还是忍住，蹲了下来，换了个姿势看她。

林朝夕看着比自己还矮的父亲，低头问："是谁啊？你当年干吗把我扔到福利院？"

这两个问题像是封印解除的咒语，老林缓缓笑了起来，说："你知道的明明比我多，为什么还问我？"

林朝夕一时语塞。她清清嗓子，自己那套解释终于可以派上用场："我跟你说啊，事情——""情"字最后一个音还未吐完，老林伸开手臂，用宽大手掌按住她的后脑勺,将她紧紧按在他的肩头。老林仍半蹲着,她仍站着。银杏明亮的绿色映在她的视网膜上,仿佛又在瞬间化成软塌塌的夏风,被密密匝匝的血管支撑住,有非常坚强的骨架。

林朝夕的手轻轻搭在老林背上,她能感到老林紧扣她身体的手臂中蕴含的千钧力量,老林仿佛卸下了一直以来的所有重担。她能感到,却说不出任何话来。

党爱萍站在台阶上,一直看着他们。

她看到小女孩好奇探究的目光,看到他们短暂的对话,目睹男人挂断电话后缓缓搂住孩子的动作。她最后长长地叹了口气。她一直在想,为什么人们总要一定给孩子一个家,其实不光是孩子,成人同样也需要。

太孤单了。

回程路上,党爱萍拒绝再回一趟绿洲基地,直接让夏令营头头儿把车开到红星福利院门口。眼前是熟悉而逼仄的小巷,她打开车门,一直沉默坐在后座的男人也同时开门。林朝夕想跟下来,却被男人反手关上的车门挡下。车门"咔嗒"一声落锁,小女孩扒着车窗,指着驾驶室的张叔平,敲了敲窗,表情非常惊恐。

隔着车窗,看着小女孩精彩丰富的表情,党爱萍觉得既温暖又酸涩,她养大的孩子大概真的要走了,银杏树下的拥抱让她这个感觉非常清晰。她将视线移向身边的男人,给林朝夕非缠着喊"爸爸"的这位青年取了个绰号,叫"暂定林父"。她问了句"怎么回事","暂定林父"带她走了几步,到一个僻静转角。这些年的福利院生涯,她见过太多人情冷暖和迫不得已,但"暂定林父"回答的仍是她从未听过的一种借口。

"我不知道。"男人指间夹着烟,在垃圾桶边点了点,这么说。

"什么叫你不知道?"党爱萍皱眉,用经验补全故事,"你不知道她的存在,所以孩子是她妈妈未婚先孕后遗弃的?"

男人眉眼低垂,吸了口烟,摇了摇头。

"摇头又是什么意思?是指你没孩子,一切都是朝夕的妄想?你如果没孩子,为什么要去福利院看她的档案?"党爱萍火气又有点上来了。

"我去福利院纯粹是因为不知道这个丫头是从哪儿冒出来的,她成天缠着我,所以我去调查看看她是哪儿来的。"

"调查背后的动机是什么？"

"当时没有，可能是太闲了。"

"你没正面回答。"党爱萍犀利地道，"你是不是有过孩子，然后孩子丢了？如果一个男人从没有性生活，绝不会没事去调查福利院的孩子。"

"我有过孩子，但我以为孩子已经死了，所以不存在遗弃和调查。""暂定林父"很平静地说完，补充了句，"您非常犀利。"

"我见多了。"

"是，我明白。"

党爱萍看着这个男人，知道他在说实话。她每个月都要接待一些家长，他们中很多人不远万里而来，抱着万分之一的希望，来福利院寻找他们走失的孩子。她不清楚这位"暂定林父"到底是用怎样的心情去看林朝夕的档案，或许比那些人还难一些。

"你做人怎么这么糊涂？"党爱萍回头看了眼轿车，林朝夕和张叔平都维持着僵硬的姿势，"还不如林朝夕。"

"暂定林父"也看了那边一眼，又抖了抖烟，露出手上的抽血针口："我是不如她。"

党爱萍说："但你有没有想过，如果你们DNA不匹配，你准备怎么办？"

"您这么问，是想我说我还愿意领养她？""暂定林父"按灭烟头，反问。

"是她铁了心跟你走，之前还跟我说什么用晋杯冠军打赌，如果她拿了第一名就想要自由选择家庭的权利，也是因为你吧？"党爱萍说，"不知道她脑子里整天在想什么，从哪儿知道的这些你都不知道的事。"

"孩子有秘密。"老林说，"大人也好不了多少。"

他往停车场走去，说："等五天吧，您别问她了，我来问就行。"

老林和党院长的谈话很短，林朝夕一直在张望。党院长肯定会问老林究竟是怎么把她弄丢的，这是她非常想知道的往事，但之前那么多年，连她做女儿的都不清楚父亲的过往，那么党院长三言两语肯定也问不出什么。到最后，院长妈妈肯定又要把矛头对准她，说她爱藏事，古古怪怪，脑子里不知道在想什么……其实，这才是林朝夕最怕的事情，她怕被他们逼问。

然而呢，她想象中三堂会审的情况并没有发生，回程路上，老林提都没提这些，张叔平在教学楼前把他们放下。停车时，从头到尾一个字都没说过的张副校长拉好手刹，终于开口："按照规定，这是封闭式夏令营，家长不能和孩子待在一起。"

从头到尾围观了一场父女认亲的戏码，张叔平在乎的居然还是夏令营的规定？饶是老林也愣住了，更别说林朝夕了。

张副校长看了眼后视镜："不然呢，问你们到底是不是亲生父女，让你们一人给我讲一个小时心路历程？这跟我有什么关系？"

"DNA鉴定结果五天后才出来。"老林说。

林朝夕："所以这五天里，我们还不是父女。"

张叔平很不屑地"呵"了一声，再没说什么，让他们滚下车，自己把车开走了。

也就离开了四个小时不到，绿洲基地没什么变化。解然的讲课声从七楼传出，林朝夕环顾四周，找不出感叹词，只能抬头看老林，有些欲言又止。这是认亲后他们第一次的独处时间，老林一定有很多话想和她说。林朝夕抬头看老林，做好和父亲促膝长谈的准备。

老林却摸了摸她的脑袋，说了四个字："去上课吧。"

他说完转身就走，毫不拖泥带水。

"爸，你要去干吗？"林朝夕急了。

"去上班啊。"老林掏出手机看了看时间，"马上到饭点，食堂忙。"

林朝夕："？？"

第62章·不对·

五天时间如白驹过隙，转瞬即逝……林朝夕默念了一遍课本里会用的过渡句，向教学楼走去。她倒不觉得这五天难熬，注意力已经完全被老林的那个电话分散了。为什么老林要打那个电话？电话那边是谁？为什么打完以后，老林就紧紧搂着她？无数疑问向她袭来，而最关键的问题是——究竟在芝士世界里，哪一个选择出现了问题，造成她和老林分开？想到这儿，林朝夕有个大胆猜测，电话那头会不会就是她的母亲？

她从没见过她的妈妈,孩提时,她也曾问过老林"妈妈在哪儿"这类问题。那时老林拉着她的手,很认真地告诉她:"妈妈放弃了抚养权。每个人都有自己的人生和情非得已的原因,希望你不要恨妈妈。"其实哪有恨意,从未感受过母爱,谈不上失去,就更谈不上恨了。

林朝夕慢慢爬着楼梯。这个世界里,她和老林分开的原因,很有可能是打开老林过往的钥匙。她知道这点,却又犹豫,是不是真的要去看呢?她爸爸总不会是中国队长吧?一直隐姓埋名生活,总有一天托尼·斯塔克要找他去拯救世界……想到这里,林朝夕忽然停下,赶忙掉头往回走,但已经来不及了。大批下课的学生从楼梯上冲下,赶去食堂的赶去食堂,往图书馆去的往图书馆去,她还没走下一层半的楼,就被陆志浩、花卷他们团团围住。花卷给其他人使了个眼色,钩着她的脖子把她拖下楼。

一到空地上,孩子们憋不住的提问声终于响起。

"林老师是你爸爸?"

"你是福利院的孤儿吗?"

"你怎么知道的?"

"你们去验 DNA 了吗,结果怎么样?"

林朝夕视野里全是兴奋的面容和不断开合的小嘴巴。

她看来看去,发现连陆志浩都满脸通红,问了句:"到底怎么样?"

所有人里,只有裴之还夹着书,站在几步远的地方看他们。

她很绝望地看着裴之,道:"你们怎么这么八卦?看看人家裴之同学。"

裴之笑了笑,看着她,很高兴地说:"别看我,其实我也很想知道。"

林朝夕:"……"

"要是林老师真的是你爸爸,你会搬去和他一起住吗?"食堂里,安贝贝扒了两口饭,又问。

林朝夕"啊"了一声,把脸埋进饭盆,要有勇气可真不容易。这帮孩子的注意力完全被她和老林的关系吸引,一路上问个不停,就算吃饭,也只消停了两分钟,又开始讲。林朝夕现在很期盼老林能出现,在背后冷冷地说一句:"不然呢?"可是没有。老林不见人影,他说要回来食堂上班,但他们在食堂的这段时间里,根本没看到老林。林朝夕甚至有那么一刻怀疑老林可能吓跑了……

安贝贝坐在她对面,又要开口说什么。

林朝夕吮了吮筷子尖,赶忙打断。

"他们跟你们说了吗,期中考那件事?"她找了个话题,希望能分散他们的精力。

"说了啊!"花卷很元气地回答。

"那你们觉得呢?"林朝夕问。

"觉得什么?"安贝贝问,"大家一起组队多好啊!"

"就是如果我们考不过章亮他们的话……"

林朝夕说到这里,看了眼安贝贝:"等等,安贝贝,你什么时候也不喜欢章亮了?"

"陈成成是我哥们儿,我怎么可能和章亮好!"安贝贝指了指坐在角落的陈成成小朋友,很义气。

安贝贝:"而且,我们成绩本来就不行啊,反正期中考也要走的,古语有云——'死有重于鸿毛……'"

小话痨安贝贝同学开始闲扯,林朝夕不由得打断他:"是'轻于'。"

"反正差不多!"

"但是,你们本来也不用陪我……"

"哎呀,我跟你这儿磨叨的!"六组另一个姑娘拍了拍桌,说,"你要一个人扛事,那把我们当什么了!"

小姑娘义愤填膺,林朝夕被吼了一嗓子,愣了半晌,最后只能看着陆志浩问:"你老乡吗,东北的?"

"对啊!"

陆志浩:"你哪里的?"

小朋友就是忘性大,转瞬就开始聊起各自家乡,好像根本没把她担忧的事情放在心上,林朝夕低头吃了两口饭。

裴之在她身边舀了勺汤,边喝边说:"正好你也来了,我们做个计划。"

"啊?"林朝夕看着身边的小男孩。

"平均分要超过章亮他们组,我们每个人大致要达到怎样的成绩,做这么一个计划。"

整条长桌上所有人都齐刷刷地看向裴之,餐具落下的声音丁零当啷。

裴之不明所以地微微歪头，看着他们。

"超……超过章亮？"

裴之说："超过章亮，我们才可以留下来继续学习……"

"不是不是，我们十二个人的平均分怎么可能超过章亮他们组的？"

"对啊。"

"他们是我们班上成绩最好的了！我们很难超过他们吧？"

疑问此起彼伏。

林朝夕这才明白裴之为什么要说那句话，她看向其他孩子："那你们是怎么打算的？"

"当然是跟你一起走啊！"

"你们认真的吗？"看着大家很讲义气的面孔，林朝夕心情复杂。

她一方面觉得这样也不错，孩子们不用背负什么热血的目标，不用追求成绩，纯粹为兴趣而学数学，一起来一起走，这很好；可另一方面，说内心深处不觉得遗憾，也是假的。她是多么希望大家能一起努力，最后靠成绩赢过章亮他们，获得最完美的胜利。事实上，这种热血和胜利恐怕只存在于小说或者热血漫画里，现实嘛……

"是啊，开心点就好嘛。"

林朝夕重新拿起筷子，笑了笑，就在她要下筷时，在最角落的位置，有很轻的声音响起。

"我想考85分。"陈成成说。

林朝夕缓缓地看向他。

"我想试试看，我能不能考85分。"少年又说了一遍，很坚定。

"我要95分以上！"陆志浩说。

林朝夕转过头，去看她的同桌。

陆志浩低下头，用力吃了一大口饭："我想赢的！"

饭桌上陷入一种说不清、道不明的沉默。

他们两个都没有说为什么想赢，其实也不用说，谁都知道为什么。

过了一会儿，才又有声音响起："那老陆要95，我考80。"

花卷小心翼翼地说。

"80会不会有点少？章亮他们平均分起码有90。"坐在花卷身边的姚小甜小妹妹低声说道。

"那我要85？"花卷问。

"你都要考85了，那我要90了！"安贝贝一拍筷子，喊道。

"什么叫'你都'！安贝贝我告诉你，我运气可好了！"花卷说。

像被什么激励了，孩子们突然开始一个个报目标。林朝夕欲言又止，又有点想笑。怎么变得这么快啊？她还是在看陈成成，一直以来像海藻一样湿漉漉的小朋友低头吃了两口饭，像感受到她的目光，忽然把头抬了起来，冲她用力点点头。加油啊！林朝夕也点了点头。她想，孩子果然比成人更有勇气，因为渴望什么东西时的情感更加纯粹。想要什么就是哭着、闹着，满地打滚都一定要得到，这就是孩子。

"还是算一下吧！"六组的小组长举手打断讨论，"谁还能记得第一组每次的平均分啊？"

"74.25、83、89、79、82.5。"裴之直接报了出来。

全桌静默。

六组小组长咽了口口水，只能问："那么，我们每个人这五天的平均分呢？"

裴之："林朝夕95、陆志浩72.5、花卷62……"

裴之还要再说，花卷打断他："你别别、别说了，直接把我们每个人要考多少分告诉我们吧！"

"这个算起来不仅要考虑到平均成绩，还有……"

裴之说到这里时，一张字条从旁边递了过来。上面用铅笔写着他们十二个人的名字，旁边是两栏成绩。字条上是成人的字迹，潇洒俊逸。林朝夕缓缓抬头。

"挺好，既然你们都有意愿，那就按这个来吧。"老林的到来毫无预兆，瞬间，他冷冷的声音在他们身旁响起，林朝夕惊得差点站起来。他已经换上食堂的白色制服，穿黑色塑胶鞋，戴了副红色塑料手套，推着推车上一人高的托盘经过他们。大概之前因为他完美隐藏在推车后面，所以他们谁也没发现。

"师父，你去哪儿了？"陆志浩问。

"突然有个女孩叫我'爸'，我当然要一个人去静静。"老林随口说道。

林朝夕用头撞了撞桌沿，刚冒出来的一点点温暖亲情荡然无存。

"林老师，之前是你扔了林朝夕吗？"

281

"你把她找回来了？"

孩子们一见老林，刚忘掉的问题又全部想起来。老林跟没事人似的，在孩子们目光的注视下把手套摘了下来，拍了拍坐在最边上的陆志浩小朋友的肩，冲他搓了搓手指。

"师父，"陆志浩不明所以，"你真的是林朝夕的爸爸吗？"

"课本。"老林说。

陆志浩赶紧翻出夏令营给他们的白皮书，递了过去。

老林翻到后面的题库，根本没回答他的问题，而是很顺溜地说："p317，第1~5题。p318全部。应用题部分不用说了，今天都做完吧……"

"都做完吗？"孩子们震惊了，"这也太多了！之前我们不用做这么多题的啊。"

"看你们问题这么多，还是题做少了。"老林笑着放下书。

老林先前递来的字条已经被依次传下去，孩子们又嚷起来："我要考这个分数吗？我之前都没上过90。"

"还好吧，多做点题问题不大。"

"要做很多题吗？"孩子们问。

"不然呢，光靠意念能让成绩飞速提升？"

"对，靠我们的努力才能。"安贝贝喊。

"不对，"老林笑，"当然是靠我。"

林朝夕觉得，她爸爸还是她爸爸，真是半点没变……

就在她想说什么的时候，忽然听见老林慢悠悠地开口。

"说不定要当人家爸爸，让我女儿被赶走算怎么回事。"老林这样说。

第63章 · 五天 ·

林朝夕不清楚老林的笃定从何而来，但很可能只是为了让她宽心。张副校长把自主学习的权利交还他们，他们不用再去阅览室看书。

"就算最简单的题目，也要分析清楚未知量是什么，已知数据是什么，未知量通过什么条件与已知数据联系。"

和曾经他们习惯的做题方式不同，老林让他们进行习题训练的要求不太一样，不求正确率、速度，而要求思路。在解题前写出求解思路，在追求速度的训练中，这就是一个慢下来的过程。很多题目对林朝夕来说太基础，既然老林要求每个人都做，她也没把自己排除在外。从数论到几何，从求解到证明……写完最后一个答案后，她抬起头，窗外路灯已然亮起。已经晚上了啊。她这么想时，周围声音才如开闸潮水，闹哄哄地涌来。

　　一盆绿豆粥放了下来，正好压在那张目标成绩的字条上。老林给他们打来晚饭，没说话，只是默默把粥分舀开来，盛在一只只小碗里。其他孩子都沉浸在自己的世界中，还在埋头做题，只有裴之放下了笔。林朝夕凑过去看了看他的习题集，发现书已经差不多被翻到最后。她向裴之示意，想看他的习题集，裴之点头同意，往后坐了坐。她靠过去，把书从头到尾翻了一遍，发现裴之根本没按老林挑的去选择性地做，而是把所有习题从头到尾做了一遍，虽然笔迹还很稚嫩，但解题过程一丝不苟。就算看一眼就知道答案的题目，他也按老林说的，详细写出全部过程。小男生的呼吸落在她的发顶，林朝夕翻完最后一页。

　　"全部都做了？"她悄声问。

　　"是啊，反正没事做。"

　　反正没事做……

　　老林放下最后一碗粥，眯着眼睛看他们。

　　林朝夕赶忙站起来，想帮老林把盛完的粥分给其他孩子。

　　"我要去拿馒头。"老林特地说。

　　林朝夕想跟上。

　　"你坐着。"老林对她说，然后他点了点裴之，说："你跟着。"

　　两人走了一圈回来。

　　老林手里多了盆馒头，裴之开始收拾桌上的书本。

　　林朝夕："怎么了？"

　　"师父让我和姚小甜换个位子。"

　　"为什么？"

　　"他这么闲，可以教教其他人啊。"老林这么说。姚小甜的座位正好在长桌对面的另一头，和她隔着十万八千里。老林拿个馒头塞到裴之手里，让他坐那儿吃去。

　　林朝夕看着老林，觉得很不可思议。

283

换座位只是紧张学习生活中的小插曲,更多的时候他们一直在做题,老林下狠手布置的题量相当大,每个人必须全身心应对。

"林老师,这些排列组合题,它们长得都一样!"安贝贝喊。

"怎么一样了?"

"我看它们都像面条,一条条的。"

"这样啊……"老林打了个响指,仿佛把排列组合部分的训练题捏合在一起,问,"你看现在像什么?"

"什么?"

"当然是一碗面条啊。"老林笑。

"老师,你以前不是这样的,你变了!"

被老林的冷笑话一刺激,孩子们哀号声迭起,可喊完后,又埋头计算,仿佛刚才抱怨题目太多的人不是他们。其实就算是小学生也知道,想在短时间内提高成绩,除了大量刷题,没有任何捷径。而对数学来说,大量练习,反复巩固,是熟练运用工具的最好方法。

倒数第四日。

"安贝贝,78。

"陈成成,83。

"姚小甜,75。

"陆志浩,82。"

…………

课堂上,解然每报出一个成绩,教师里都会响起惊叹声。除当事人外,其他学生都对他们突飞猛进的成绩感到非常讶异,尤其是对一直被章亮他们欺负的陈成成。第五、第六次测验,陈成成的分数都超过了第一小组的平均成绩,比章亮找来填他位置的学生分数还要高,这意味着章亮把成绩好的组员踢出去,换了一个成绩差的。

"这道题你不会做吗?为什么会算错,知道拖了我们多少平均分吗?"

下课时,章亮同学的指责声格外响亮。

"陈成成,你真厉害!你是怎么学的?"

同时响起的,还有陆志浩小朋友真心实意的夸奖。

章亮怒目圆睁,瞪着陆志浩,而他那伙小跟班也趴在桌上,像随时要来吵架。林朝夕的五指在桌上敲过,看了眼窗外的解然小老师,冲他笑了笑。解然回头看着他们,章亮憋得难受,只能砰地坐回位子,重重捶了一记课桌。从头到尾,陈成成一直没说话,只是在看自己试卷上的错题。那天说想考 85 分之后,他非常安静,默默向目标努力,这种沉默理所当然感染了其他人。

食堂一隅,阳光从玻璃窗透下,吊扇转得飞快,动笔的沙沙声充满整个角落。除下午 5 点 30 分去阅览室考试外,他们一直待在这里。食堂并不是适宜学习的绝佳环境,因此总有带孩子的家长在他们身边驻足。
"你们在这里能看进去书吗?"家长们总会问这个问题。
林朝夕已经找到最佳应答方案,所以被小伙伴们留在最外面应付各种人。她头也不抬,递出一张字条。问问题的家长接过一看,发现上面是几行大字,把他想问和接下来要问的问题统统说了一遍。

——看不进也得看。

——读书不好只能在食堂学习。

——为什么要学数学?

——因为数学真有意思啊!

有时家长看到这几句话,恍恍惚惚拿着字条就走。
"阿姨,还我还我,这是我刚写的,还是新的!"林朝夕总会这么追着喊。
其实待久了你会发现,在哪儿读书都一样,只要沉浸其中,环境根本影响不了什么。

倒数第三日。
越临近期中考,每天宣布成绩的时候,孩子们就越紧张。平均成绩会计入总平均分,就算是 0.5 分的差距也可能决定去留,大家都非常在乎这个。

"裴之，99。
"林朝夕，97。
"陆志浩，80。
"花卷75.5。"
…………

一轮成绩报完，林朝夕上去将十二张试卷领回，分发下去。教室里当然还夹杂着其他学生的惊叹声和老师的表扬声，湖风飒爽，拿到试卷的那刻，他们这边就安静下来了，各自看着自己的答题结果，其余的声音已经听不太到了。因为成绩突飞猛进，不少人特地来问他们的学习方法。

——其实也没什么方法，我们学习比较认真而已。

被问到时，林朝夕是这么真诚回答的，然后被"暴打"一顿。

当然也有其他学生想加入他们，但解然说，他们是因为违反规定，所以被迫组成了临时小组。想加入完全没问题，但要和他们一起算平均分。"平均分要到全班第一，才能留下来，不然就会被淘汰。"解然没提章亮，只是换了个说辞，但谁都知道，平均分全班第一也就是要超过章亮那组。考虑到他们这组可是实打实的差生联盟，虽然进步大，但分数仍和顶尖学生有很大差距，很多学生听到这里，就不再问了。

虽然老林为他们制定了目标，其实也没真耳提面命，天天要求他们反思自己还差多少。可他们每个人心中都憋着股劲儿，总在算自己现在的成绩和章亮他们的差距。

倒数第二日。

"都是我拖了大家后腿，要是我能考上85……"陆志浩算了一遍平均分，瘪着嘴，很严肃地说。闹哄哄的教室里，章亮那伙人向他们投来不自量力的嘲笑眼神。自从得知他们必须考第一才能不被淘汰后，章亮同学的态度已经发生一百八十度大转弯。"就你们也想超我们吗"，他脸上写满这行字。

离期中考还有两天，十二人小组的平均分是80.5，对于差生联盟来说，从70多的平均分到现在，已经有近10分的进步，但很可惜，第一小组的平均分是85，比他们高一截。而80分到85分，这5分的提升，远比从70分到80分要困难许多。

中午吃饭时，他们照例在食堂总结考试心得。

"这道题目，我的思路是对的，但最后做的时候，漏加了这个点。"安贝贝非常懊丧，挖了一大勺芹菜，看也没看就嚼了，"不然就能考到90了。"

"还不是因为我这粗心了。"花卷挠着头，一手握着试卷，另一手拿着勺子，"这个进位我都能错！"

"这道题我不会。"姚小甜看着坐在一旁的老林说，"老师，我是不是要再多做点同类型的题目？"

孩子们一个个反思，认真得像业绩不达标的营业员对老板的态度。

老林扫了他们一眼，喝了口汤，然后说："不，主要因为她没能考满分。"

林朝夕被老林敲了敲后脑勺，捂着头认错："是我大意了，居然只考了92。"

她说完，整张长桌上其他十一人都放下餐具瞪她，包括裴之。

"很欠打，对不对？"老林笑。

小陆同学难得地用力点点头。

"那你们这么自我反思，也一样欠打。"老林说，"为什么看不到进步，而执拗于失误？自己不开心，还给别人造成很大心理压力。"

"因……因为……"

"因为我们从小接受的教育就是——做错题都是不应该的，要认真反思。"裴之说。

"做对题目就不需要反思了吗？"老林问，"为什么会做出来，究竟哪个思路最巧妙，成功的经验也非常重要。"

裴之点头："您说的对。"

老林汤勺一转，指着姚小甜："着重表扬下姚小甜同学，主动要求多做点题，那今天下午每个人都再做点？"

一听又有题目做，孩子们山呼"万岁"，没有一个不高兴的，极其变态。林朝夕笑着塞了一大口胡萝卜进嘴里，咔嚓咔嚓嚼了起来。要说老林究竟有什么能力让孩子们短时间内有长足进步，其实一是心态，二是

287

态度，排第三位的，才是能力。

考试前一天。

他们和第一小组的差距又缩小了 2 分，就算这样，差生联盟要反超第一好像仍不现实，但再没有人为做错题而捶胸顿足、懊丧不已，甚至连讨人厌的章亮小分队在他们眼里都消失不见了。每个人都埋头做自己的事情，基础不扎实的做基础题，要冲高分的刷难题，连裴之都按老林要求的，在用多种方法尝试对所有公式定理进行证明。

抓紧时间并不代表他们很紧张。

午饭时，老林拿出一道很有趣的题目，给大家玩。

那道题大致是说——有只熊从 P 点出发，向正南走一英里后改变方向，往正东走一英里，最后左转，往正北走一英里，此时正好到出发点 P，求问熊的颜色。

"什么颜色？熊能有几种颜色？"

"黑、白、棕？"

"别忘了还有大熊猫。"

"好像只有北极熊比较特殊，因为北极熊是白色的？"

"而且普通的地方，怎么可能用这种走法回到原地？所以这么阴险的题目，一定是在问 P 点在不在北极。"

"还是算算？"

"算算就算算。"

孩子们的讨论声此起彼伏，不一会儿又拿出笔画了起来。

最后大家群策群力，发现老林根本在蒙他们。

P 有两种情况，可能在北极，同时也可能是南极附近的一个点。

"南极有熊吗？林老师，你诓我们！"

"让你们了解人心险恶啊。"老林笑了。

就这样，轻松的午饭时间过去，下午时孩子们重新过了一遍知识点，最后一天学习就这样平淡地结束了。

晚上 10 点，老林准时赶他们回去睡觉。

"林师傅，我采访下你？"

林朝夕留下来，和老林有要事相商。她假装举起话筒，问老林。那时，老林刚把所有衣服扔到屋外洗衣池要洗，郊外星光灿烂。"采访我什么？采访我为什么这么能忍？不问你从哪里知道自己是我女儿？"

水龙头的水哗啦啦冲击着水池，林朝夕张开嘴，心情和满池的水一样。那天从鉴定中心回来后，老林一次也没问过她父女关系的事情。她以为老林早忘了或者就是憋着不说，没想到老林会哪壶不开提哪壶，让她一点准备也没有。

林朝夕清了清嗓子，说："那你想知道吗？你想知道的话，我可以说啊。"

老林："说你做了个梦，梦中知道自己有个爸爸。梦里出现你的生日，还有亲和数的哏，所以你特地找到专诸巷284号确认事实，发现里面走出的人果然如你梦中那样，更加确定梦境的真实性……"院子里有很轻的虫鸣声，一只蚊子正趴在她胳膊上吸血，但林朝夕只能呆滞地望着老林，什么动作也做不出来。她有一瞬间怀疑，老林像×教授那样读取她的意识，不然怎么会把她编的故事原样复述出来。

老林意味深长地笑了笑，林朝夕才恢复了一些。

她捂着心口说："爸爸你这样的话，我明天会考不好的。"

"你有没有想过——"老林关上水龙头，很平静地开口。

"想过什么？"

"不管明天鉴定结果如何，只要到了明天，我永远都听不到真的故事。"

真的故事，当然是指她究竟怎么知道他们有血缘关系的实情，所以选择这个时间点吗？夜色下，老林的面容充满说不清、道不明的意味。那一瞬间林朝夕非常想向老林和盘托出一切，但更理智的部分硬生生拽住她。她最终还是会离开这里，会把老林交还给小林朝夕。

不能给后续造成麻烦，她很清楚地知道这点。

头顶星空闪耀，父亲的目光带着慈爱和坦然。

林朝夕摇了摇头，说："我真的就是做了个梦，梦到自己掉进兔子洞，兔子洞里有一整副扑克牌，红桃皇后告诉我，你有个爸爸……"

"这样啊，听着怎么有点耳熟？"老林用湿漉漉的手弹了记她的脑门，说，"早点回去休息吧。"

第64章 · 努力 ·

晨起时天气炎热,太阳终于释放出威力,炙烤着整个世界。

林朝夕跪坐在床上,收拾了一会儿书包,考试本来也不需要带什么。最后,她在书包里塞了三袋小浣熊干脆面,就心满意足地下楼了。裴之坐在他本人的专属座位上。十多天来,他永远坐在靠门那张沙发的左侧,永远比他们所有人起得早,令人很怀疑他的睡眠时间。

林朝夕扫了眼客厅,发现孩子们差不多都到齐了。他们大部分围在乐高台前,研究一台黄色的乐高拖拉机。塑料积木由下至上,相互叠加,变成很完整精致的模型。阳光温暖明亮,幼年安纳金坐在拖拉机驾驶室的位子,看样子改行改得还不错。她盯着拖拉机,越看越眼熟,好像裴之有那么一段时间沉迷于拖拉机模型,无法自拔……想到这里,她不由得向沙发上的小男生看去。你搭的?裴之竖起食指,悄悄对她比了个"嘘"。

乐高拖拉机当然没有缓解压力的特殊魔法,它只是个很普通的玩具而已。裴之因为睡不着,要早早爬起来搭乐高解压,那么其他孩子的情况肯定不会更好。

"受副热带高压影响,我市最高气温仍将达到三十七摄氏度左右,白天为晴天,请各单位注意防暑降温……"

小学组、初中组、高中组……所有等待夏令营期中考开始的学生都已站在考场外。不知哪里的气象播报声隐约传来,和着蝉鸣,以及背诵数学公式的声音,使整个考前氛围异常紧绷。

"这次卷子肯定很难,我觉得自己一定会走。"

"我的错题本落在宿舍了,有道题目我一直没弄懂,我想回去拿。"

"你们闭嘴,烦不烦!"

大孩子里爆发出一声怒吼,场间顿时死寂。陆志浩汗如雨下,不停地松T恤领口,吓得打了个嗝,脸色更苍白。很多小孩子噤若寒蝉,试图离那些暴躁的高中生远一点。只有裴之像没事人一样,缓缓展开随便带的练习册,递了过去。

"扇扇吧。"他的声音随之响起,打破了沉闷的氛围。

太阳格外刺眼,林朝夕也反应过来,抽了张餐巾纸递给陆志浩,又分发给身边的其他人,像派发传单一样,见人就往手里塞。

"你们不紧张吗?"陆志浩把脸擦了一遍,问。

林朝夕和裴之对视一眼,就在他们开口前,花卷赶紧打断他们。

"别问了,他们肯定说:'反正也是满分,为什么要紧张。'"

"我……我还是紧张的!"林朝夕赶忙举手。

"为什么啊?"花卷讶异。

"万一考不到满分怎么办?"

她话音未落,很自然地被小伙伴们"围殴"。

打闹声由下至上,飘到高一点的楼层时已经不太清晰了,有人站在办公室窗边。"我儿子高考前,我都没这种鸡皮疙瘩起来的感觉。"高中组老师俯瞰着底下像焦躁蚁群的学生们,这么说道。

"因为你儿子保送了百草大学。"另一位老师嘲讽他。

"不要这么说嘛。"

他笑着回头,张副校长正好拿着试卷袋走进办公室。

全体老师顿时噤声,纷纷回到座位,装作考前严阵以待的样子。张叔平坐下,简要叙述了考试流程,将试卷袋一一发下。"维护考试公正是第一要务。""希望各位老师严肃考场纪律。""严禁作弊行为。"最后是这么三句话,说完,楼下传来孩子们闹哄哄的打闹声。他很清晰地听见林朝夕的声音,小女孩在笑着哀号求饶。

"这帮孩子啊……"

"就一点也不紧张!"

老师们拿过自己班级的试卷袋,有些气愤。

"散会吧。"他说。

窗外骄阳灼热,楼下的笑闹声逐渐散去,办公室里的老师也走得差不多了。

"有什么事吗?"张叔平抬头。

解然站在桌边,按着试卷袋,离他很近。办公室里只有他们两个人。

解然问:"您还坚持吗?如果我们班那十二个孩子的平均分拿不了第一,就要被淘汰?"

"当然。"

"那期中考以后，我想辞职。"

"可以。"张叔平说。

"但要超过章亮他们组的平均分，我们一次都没超过。"进考场前，不知道是陆志浩还是安贝贝，总之他们中一个，又把话题带到"考不到第一就要被淘汰"上。

林朝夕正好撕开一袋干脆面，吃进去却差点喷出来："怎么又聊章亮，能不能换个话题？说说我为什么又拿到了一张这个卡。"

"都说让我拆了！"花卷抢过卡片，扼腕叹息，恨不得把干脆面重新拆一遍。林朝夕瞪着他不松手，耳朵却紧跟孩子们的讨论。

"你们这么想留下来，张叔平难道比我们林老师有魅力吗？"听了一会儿，她很不服气地问。

"不是不是，好像就是因为……"安贝贝顿了顿。

"因为什么？"

"很丢人？"

"对啊，就这么被淘汰，太没面子了！"陆志浩说。

"那就努力考试啊！"林朝夕说。

花卷掏了一大块干脆面，边嘎巴嘎巴嚼边说："不如这样，要是最后我们成绩还是不如章亮，走之前把他打一顿？"

心里还装着好多段鸡汤，却被这帮小破孩堵得什么都说不出，林朝夕简直怀疑他们的紧张都是装出来的。话题很快进行到"怎么半夜去张叔平房间吓人"，孩子们脸上写满"幸福"，明明前一刻还在紧张害怕，后一刻却恨不得故意考得差一点，这样就能干坏事了。他们聊得兴起，以至于当林朝夕把铅笔、直尺、橡皮放在课桌上，才发觉都不知不觉坐进考场了，而大家好像还没有互相加个油什么的。总之，和想象的开考流程不一样。

熟悉的教室，熟悉的湖风，电风扇在头顶哗啦啦转起，一切焦虑烦躁被隔绝在外。小高组四十五人被分坐在两个考场，她所在的考场里没有同组成员，章亮和她恰好坐在同一个考场对角线的位子。她在看章亮时，章亮也在看她。阴鸷的少年坐在后门的阴影中，没有挑衅，虽然强行装出一副"你们输定了"的冷酷模样，但抿紧的嘴角还是出卖了他。

连章亮都在紧张。林朝夕发现了这点，指指讲台上的试卷，又指指自己，比了个"100分"的手势，随后冲章亮笑了笑，回过了头。很奇怪，在那一时刻，林朝夕既不觉得章亮可恨，又好像不再讨厌张叔平，仿佛没有任何情绪。

监考老师在讲台上分试卷，一沓考卷，一沓答题纸，还有一沓鹅黄色草稿纸。穿堂而过的湖风将试卷吹得一张张翻起，有两张飘到地上，教室里发出一阵吸气似的惊呼。老师赶忙压好桌上的那些，低头去捡。也就这么一来一回的工夫，时钟走到8点55分，铃声响起，该发卷了。

周围很安静，像空寂的宇宙，或者是冬天铺满积雪的森林。一张又一张试卷被传下，雪片般飞到每张课桌上。林朝夕低头试了试铅笔，笔头没有断裂，橡皮也在，没什么问题，然后她才将试卷摊开。10道题，6道选择、4道填空，是晋杯赛的标准试卷。张叔平这次不再搞什么奇怪的考试流程或者猎奇题型，而是出再正常不过的奥数题，林朝夕一道道题目看下去，有些吃惊。难度分布均匀，考点明确，能很好区分出能力水平不同的学生，简单题差不多一眼能知道答案，而最难的那道题，她一时间也没有把握。这是份非常扎实的考卷，林朝夕在心里暗暗评价。

考试铃响，二十个孩子齐齐举起铅笔，班级里很快响起沙沙动笔声，仿佛春蚕啃食桑叶。林朝夕同时也拿起笔，不去看最后那道试题，而是从头开始。

数学本身，还是数学。仿佛冬日林中清澈的小溪，小溪中有灵活的鱼在游动，她像机敏的猎手，伺机将鱼叉出。

D、A、C、B……前面9道题目毫无障碍，而到第10题时，她的笔停下。9个赛跑团队，每个团队有3名赛跑运动员，每一团队以数字"1~9"编号，并以9种颜色区分，但在终点线上，他们所处位置和图形结构发生如下变化……问终点时运动员组成的图形结构。这道题粗看是逻辑推理问题，但又涉及序列，所以肯定不会那么简单。这是决胜题。

她非常清楚这点。看了一会儿，她依稀想起，在大学准备智力竞赛题库时看到过答案，但现在完全回忆不起来，说没有几秒钟懊恼是假的，这时候回忆答案毫无用处。之前能依靠成人的经验优势，可面对这道实打实考验能力和智力的试题，任何前期优势都不复存在。她和所有学生

293

都在同一起跑线上,除了竭尽全力解答,没有任何捷径。

林朝夕将注意力完全放在题目上,再次拿起笔。回忆老林曾多次强调的思路问题,她一步步在纸上写出想法,然后开始尝试。一种探索不了再换另一种,整张草稿纸写满后,她开始在试卷后面打草稿。时间一分一秒过去,她完全沉浸其中,甚至连老师提醒"离考试结束还有十五分钟"的声音都没有听见,但碰壁、碰壁,还是碰壁,像横亘山谷的峭壁,她换去最后一个解题方向,发现似乎除了暴力破解,找不到任何正确思路。还有十分钟考试就将结束,但走这条路,十分钟内她可能只能尝试很小的方案,她需要一点耐心,以及运气。

——世界上所有事情,都可能发生在任何一个人身上,没什么大不了。

林朝夕深深吸了口气,没来由地想起这句话,开始动笔。

走出考场时,林朝夕还有种不确定的恍惚感觉。灼热暑气扑面而来,骄阳灿烂,树叶缝隙间净是钻石般刺眼的阳光。四周是学生这样那样的声音,他们在说什么,林朝夕并不能听得很清晰,但觉得那很像愉快或者不快的乐曲,说不清调性,总之,非常清澈。她看了看手掌边缘黑糊糊的铅笔印,还没从最后一道试题中走出来,跨下台阶时,有人拍了拍她的肩。裴之正把鸭舌帽戴上,看着她。

林朝夕赶忙问:"最后一题的答案?"

"只有唯一正确解。"裴之说。

林朝夕想了想,悬着的心突然放下,两人相视一笑,点了点头。不光是她,每名走出考场的学生都有类似的恍惚感。好多天来的高压学习生活,拼尽全力不想被淘汰的心情,在考完这一刻突然烟消云散,说不出是什么滋味。明明在他们的人生中还会有那么多考试,但这次仿佛很不一样,他们好像从没这么努力过,也从没这么不想输过。不知不觉,他们十二个人相互拍肩、打招呼,重新聚到一起。

老林双手插兜,站在远处树林里,靠着一棵有风铃般花朵的树,密密匝匝而厚实的白色鲜花一串串缀下,让人看不清他的神情。当然也有可能是太阳光实在耀眼,林朝夕知道,那就是她的父亲。她跳起来,冲他挥挥手。老林却没有举起手,只是远远看着她,像无所事事,也像在等待什么。大概是在等她结束,之后一起去鉴定中心拿报告。

林朝夕朝老林走了两步,身后有人叫住她。

"回教室了。"陆志浩喊道。

考试完马上出成绩,是夏令营惯例。越重要的考试出成绩越快,也是惯例中的一条。四十五名学生集体回到教室,大概半小时后,一半人要离开。他们在这里不过待了十几天,但大概这十几天的经历太刻骨铭心,以至于连课桌上写的"张叔平大坏蛋"都散发着令人恋恋不舍的气息。

窗外还是那片大湖,也就十几天,湖中的野鸭都没长肥。

孩子一开始在低声交流答案,但说着说着,又觉得马上就出成绩,聊这个没意思。

林朝夕拿出最后一包干脆面,扔给花卷。

花卷按住袋口:"你还缺哪张卡?"

"高俅啊。"

"这张我还没拆到过,啊,根本不存在的卡。"

"我……我们学校一张高俅卖三百!"

一听集卡,安贝贝很激动地凑过来说。那个年代的三百块可不是个小数目,足以显示不存在的高俅卡有多么难得。

"卷哥,你行不行?不行不要浪费我的最后一包干脆面。"林朝夕趴在桌上要抢。

花卷赶忙把干脆面拿到桌板下,不让她碰:"我试试看,试试看。"

"要真能抽到高俅,我们说不定真的能考第一了……"陆志浩在旁边嘀咕。

"是吗?"

"快抽快抽。"

孩子们顿时双眼发亮,就差对她那包干脆面拜拜。花卷高高举起干脆面,双手捏住袋口,就在即将拆开时,一只手突然冒出来,从下面把干脆面直接抽走。

"刺啦"一声,裴之直接撕开包装袋口。

解然走进教室时,整个小高组教室爆发出如海啸般的欢呼声。

"哇!真的是高俅!"

"三百块、三百块!"

295

"给我看看,给我看看!"

几乎男生都围在后门边,那里人头攒动,数不清的小手伸来伸去,像在抢什么东西。解然在讲台上站了半天,都没人理他,他低头看了眼试卷和那张薄薄的成绩单,有些怀疑人生。终于,他清清嗓子,问:"什么宝贝?"

一开始时间仿佛静止,所有孩子都像中了定身魔法,随后有人缓缓回头看到他,不知道谁喊了一声"解老师",哗啦一声,像碎掉的鸟巢,孩子们终于反应过来,齐齐飞回自己座位。

十多天前,夏令营第一次考试报成绩时,他们还会七嘴八舌地问这问那,而这次大家坐回座位后,再没人说一句话。

教室寂静无声,湖畔的野鸭叫声传来,格外孤寂嘹亮。

"成绩出来了。"解然说。

四十五张小脸绷得紧紧的,解然一时间也有点紧张,他很想说什么,却发现什么缓解气氛的话都不合适。

"那我直接报成绩了。"他说。台下依旧没有任何回应。

解然低头,拿着成绩单,半举起。刚填完的成绩单,带着油墨未干的湿漉漉感,风一吹,纸页轻轻翻折了下。

解然稳了稳气息,念道:"第一小组四人。章亮,90分;王凤,80;陆明,80;徐钊,90。期中考平均分85。"教室里还是安静的,这组成绩已经很高了,但原本每次成绩出来后的短暂庆祝停止了,孩子们屏息凝视,在等待下一组人的成绩。解然看向角落里那群男孩女孩,低头,念道:"安贝贝,80;花卷,70;陈成成,90;陆志浩,90……"

随着一个又一个成绩被念出,教室里越来越静,林朝夕迅速计算平均分,如坐过山车般,心情忽高忽低。解然报得很慢,在十个成绩后,他们总分840,平均分84,离第一组平均分还差1分。如果最后两名是90分,那么他们将与第一组同分,除非……她和裴之同时满分。

不光是他们,全班其他人都在等待。就在这时,解然却停了下来。年轻的大学生终于不再是从前满肚子坏水的样子,仿佛从某一时刻开始,在他身上的某个部分就发生了变化。或许连解然自己都不知道,但认真的眼神从来骗不了人。

解然放下手上的成绩单,说:"这么多天来,我虽然是你们的老师,其实也只是个大学生,我也处于人生迷茫而不知所措的时期。数学到底是什么?为什么要学它?我忽然不太明白了……"他像在喃喃自语,又像说给他们听,"教了你们这么多天,我好像又看到那些曾经熟悉,后来淡忘,实际上非常美妙的东西。我也说不清那是什么,但非要总结一下,我认为那是在学习数学的过程中,你们所展露出的天赋、努力,以及决心……说起来可能有些肉麻,但我希望,为天赋和毅力,为智慧的偶然闪光和艰苦卓绝的努力,为你们自己鼓鼓掌吧……"

一开始,孩子们不了解他在说什么,还感到茫然,渐渐地,大概是回忆起自己每天的学习,回忆起和困难搏斗的日日夜夜,回忆起解出题瞬间的狂喜感觉,全班的掌声渐次响起,越来越响亮,如同暴雨倾盆,落在身上却在沸腾。

在一片掌声中,林朝夕听到解然说:"林朝夕,100分;裴之,100分。第二组平均分,86.7分。"

听到成绩的时候,大概是湖边吹来的风还带着暑热,林朝夕觉得很不真实,但有人在推她,有人在拍她,有人在冲她吹口哨,这种闹哄哄的感觉让她和世界像隔着一层薄膜。她低头看着桌上的高俅卡,卡上覆膜,带着反光,所以人脸和大半片衣服看不清晰。她摸了摸卡片,大概是金钱的刺激,她才有了点真实感觉。

她做对了?她做对了!

他们赢了?他们赢了!

她再抬头,薄膜消失,周围声音完全灌入。孩子们非常兴奋,甚至有人拍桌庆贺,"啪啦啪啦",声音隆隆作响。就算不是他们小组的成员,仿佛也被这种兴奋感染,冲他们挥了挥拳。讲台上,解然神情很欣慰,却又带着一些惋惜。

教室逐渐安静。

章亮原本一直低头,拳头握得紧紧的,在抬头看到解然表情的那一瞬间,突然像抓住什么希望,高举手喊:"老师,他们前十次考试的平均分是多少?"

"78分。"解然平静地道。

"那我们呢?"

"83.5。"

那天，张叔平站在讲台上说过的那句话，再次回荡开——"平时分占30%，7月15日考试成绩占70%，最后按总成绩算小组平均分，进行淘汰。"

章亮拍桌而起，用手指着他们，故意喊得很大声，装作非常理直气壮的样子："你们总分只有84.09，我们有84.55，你们输了，我们才是第一！"章亮喊完，他们一伙人已经开始高声庆祝。他们喊了两声，整个教室都很安静，孩子们都用一种质疑的眼神看着他们，他们尴尬地停下。林朝夕算了下，章亮的计算确实没有问题，他们是在总分中少了0.46分。

"那又怎么样？"她非常平静地问。

骄傲如孔雀的小男生眼神游移，很明显地缩了缩。

"总分就是我们更高。"章亮说。

"那又怎么样？！"这是花卷。

"还不是因为你最后换了成绩好的人进组？"这是六组的小女生。

"我们到最后就是比你们高啊！"这是安贝贝。

"我们以后会比你们更好！"

"我们会比你们更好！"

孩子们你一言我一语，脸很红，但目光明亮，透着绝不服输的劲儿。是啊，他们已经努力了，结果也是好的，可以问心无愧地冲喜欢或者不喜欢他们的人大喊。章亮还要再说什么，这时，陈成成的声音响起了。

"我们就算被淘汰，也会继续学下去。"他说。

这是再普通不过的一句话，一直以来像海藻似的小男孩昂起了头，对曾经总是欺负他的人说。周围还是闹哄哄的，但现在的吵闹和刚才相比，显得非常真实。努力过后就有好结果，大概是小说或者热血漫画里才有的玩意，真实世界总是不好不坏，不一定会带给你最想要的结局。

这就结束了吗？林朝夕很不确定。脑海中闪过无数片段，她非常清醒，最清楚的就是张叔平说的那句话——"因为他们总会放弃，早晚而已。"但他们没找借口，更没有放弃，他们已经赢了，只是那该死的、0.5分都不到的差距……林朝夕握紧拳头。要离开了吗？差生反超最优等生，这样的离开已经足够光荣，但就这样了吗？所有人都已经竭尽全力，但她真的已经竭尽全力了吗？林朝夕抬头看着天花板，看着比天花板更高的地方。最后，她按住课桌，站了起来。

解然愣住了，全班学生都用不理解的目光看着她。林朝夕毫不犹豫地冲出教室，左转上楼梯，开始狂奔。风刮过她耳畔，她觉得浑身上下血液都在沸腾。最难的就是这样的时刻，所有预兆都在告诉你——已经可以了，离开吧放弃吧，无谓的坚持毫无意义，甚至连你自己都不知道究竟还在坚持什么，但她还在爬楼，眼前漫无边际的楼梯像是没有尽头。这不对，她仍觉得遗憾，她仍为所有人遗憾。这不是她想要的，她还不想放弃。

站在那扇熟悉的赭红色木门前，林朝夕呼吸困难，但还是举起沉重的手臂，用力敲了三下。

"请进。"

推开门，刺目阳光骤然铺开，中年副校长坐在落地窗前，只能看清他的轮廓，深沉幽暗，巍巍峨峨。

"有什么事吗？"张叔平问。

林朝夕喘着粗气，知道张叔平叱责过她，甚至骨子里看不起这种死缠烂打似的努力，但还是一步步走到他面前。她离张叔平足够近，但又非常远，她看着他，盯着他深沉而不知喜乐的眼睛。也是那一刻她才知道，这不是巨龙，这是那座山。即使是山，人在没有死之前，仍旧可以去搬，就算死了，也有子子孙孙可以去努力。人对人如是，人对数学也如是。人类世界的一切努力，本来就是在不断搬开那座山。

林朝夕说："我们期中考成绩比章亮他们组高。"

"我知道。"

"但总成绩差了不到 0.5 分。"

"我也知道。"

"但你还是错的。"

"我错在哪里？"

"我们足够努力，也足够优秀，你用成绩来衡量的，只是很小一部分的我们，还有你无法丈量的很多东西，决定我们有资格留下来！"

张叔平看着她，目光中有探询，他意味深长地注视，林朝夕不知道那是不是嘲讽。"所以，你就算那么讨厌我，还是上楼来求我？"

"不是求你。如果我们就这么走了，难道不像你说的那样，还是放弃了？不管怎样，为了证明我不会放弃，我要再试一次。"

"我知道了。"张叔平看着她，站了起来，他把刚才在办公桌上整理

299

的东西全部塞进包里,"所以,你赢了。"

下楼时,林朝夕仍旧头脑混乱。跨下倒数几级台阶,她看到老林同志黝黑的面容。父亲手上拿着一块光明冰砖,冰砖看上去软塌塌的,但还是透着洁白。林朝夕三级并作一级,跨下最后的台阶,冲上去,紧紧搂着老林。

"等等,雪糕滴下来了。"老林挣扎。

林朝夕拉着他,强迫他和她视线平齐,她强行咬了一口冰砖,然后说:"师父……"

"叫爸爸。"

林朝夕已经足够浑浑噩噩,听到这句话时,又有好几秒的愣怔,耳朵里像塞了湿漉漉的棉花,声音失去形状。"你偷偷去鉴定中心了?"

"没去啊,不过这个世界上还有样东西,叫电话。"

老林面容黝黑,除了眼角有些红,几乎看不出任何情绪。

"你为什么一点也不激动?"林朝夕追问。

雪白的冰激凌滴在她手上,她努力试图从父亲脸上分辨出情绪,发现那应该是高兴,一种如梦初醒的不真实感觉。

"以后就有拖油瓶了,为什么要激动?"

林朝夕目瞪口呆,觉得什么如梦初醒或高兴一定是她的幻觉,下一刻,老林就用力按着她的后脑勺,将她紧紧搂在怀里。

直到冰激凌化成奶油,一点点滴下,滴在她手上,将他整片肩头变成白色,她才听到老林低声道:"对不起。"

"对不起什么呢?"

"我会好好照顾你。"老林没有回答,只是这样说。

依旧是夏日灼热的风,炽热干燥,带着要融化一切的决心,令人皮肤温热,血液滚烫。蝉鸣填充夏日正午的空间。林朝夕把手环绕在父亲肩头,和他的额头蹭了蹭。

不用说对不起啊老林。我已经承蒙你多年的关爱照料,以后应该由我来照顾你。而这个世界,你的女儿,她才真的需要你。她是我,她也不是我。她或许还是个孩子,而我,大概已经长大了。

第65章 · 未来 ·

离开安宁市前一天,林朝夕住进了老林家。夏令营结束时,老林就想让她回家,但院长妈妈坚持要走完正规流程。反正他们辩论了半天,最后参加晋杯考那天,她还是从福利院出发的。

代表安宁市出赛的二十五位学生在体育中心集合,一起坐大巴去省里参加考试,带队的是张副校长,指导教师则是老林。是的没错,在她冲上楼之后,张副校长的态度发生了一些变化,主要体现在教育方针和老师选用上。张叔平睁一只眼、闭一只眼,慢慢地,老林莫名其妙地开始教整个班级的学生。最后决定和他一起带队,主要是因为他单口相声说得比较好。这是张副校长说的。

她、裴之、徐小明、陈成成,还有章亮一起坐上那辆大巴,他们是小高组正式参赛队员,陆志浩也在,他是替补。老林说,陈成成最后能脱颖而出,和他的韧劲儿有很大关系。而章亮能入选,连章亮自己都很意外。不过按照老林同志赛前动员的说法——"我们是宽大的组织,要给予'极端分子'一定的争取宽大处理的机会。"所以张副校长说的没错,老林单口相声真是讲得不错啦。

8月15号是正式比赛,他们14号就到了省会永川。前一天是开幕式,15号当天是比赛日,16号宣布成绩。

酒店离永川大学很近,是家老式五星级。大堂里喷得香香的,站满登记入住的参赛学生。酒店工作的叔叔阿姨对他们态度很好,有外国友人问起时,大堂经理还向对方介绍他们是来参加数学竞赛的学生,那些竖起的大拇指和赞叹声让他们的虚荣心得到极大满足。数学大概就是这样的玩意。虽然很多人讨厌数学,可一定不会讨厌数学学得好的人。敬而远之嘛,"敬"还是排最前的。

开幕仪式在永川大学举行。十几支参赛代表队,按去年总成绩排的座序,他们在倒数第二。这里要再简要说明晋杯团体赛制度,团体赛按小中、小高、初中、高中划分不同组别,将决出不同组别的团体冠军。而每支参赛队四组队员分数相加,会得到团体总分,团体总分最高者为总冠军,会有只超级金光闪闪的奖杯。正因为他们安宁市去年团体总分不理想，所以现在只能坐在礼堂最后。有时候张副校长说的也没有错，到外面没那么多人惯着你。很奇怪，虽然坐在倒数第二，但无论张副校长还是老林，都没有半点羞愧。

"同学们高兴点，我们给倒数第一的朋友们留点面子。"老林同志给大家鼓劲儿，差点被倒数第一的天目市领队和全体学生殴打。

考试前想什么都多余。别的队伍有赛前动员或者晚上做套题热身一类的活动，他们就由老林带队，一起去吃了顿烧烤。

章亮最不情愿："我妈妈说了，小孩吃烧烤会变笨。"

"你不吃也没多聪明！"他们举着羊肉串，异口同声地对章亮喊。

"这种团队训练才能加深友谊。"老林喝了口可乐，冲反对吃烧烤的张副校长笑。那时烧烤店外暮色四合，路灯微黄，是最美好的梦境中才会有的景象。8月15日考试当天，太阳火辣，据说达到永川有气象记录以来的最高温度。

考试过程嘛，总体来说有惊无险。"惊"是在考试到一半，教学楼竟然停电了；"无险"的意思是，虽然所有风扇停转，他们每个人被高温"烤"得汗流浃背，但所幸没人中暑。主办方给他们紧急配发了扇子和清凉油，不过拿到东西时，考试时间只剩下五分钟，林朝夕正在检查试卷。今年题目比往年更难，她对其中两道题没太大把握，可见竞赛题有多变态。她边做边吐槽，总觉得高中组要难得突破天际了。

事实也差不多啦。考完出考场，他们拿着印有"全民奥数，利国利民"标语的扇子乱扇，坐在树荫下等高中组。10点40分，高中组考试结束，隔着教室窗户，里面的少男少女经过智力的碾压，全都生无可恋。

"不知道我们高中的时候，考试会不会也这么难？"候补队员陆志浩感慨。

章亮冷哼："我高中要进国家集训队，不会参加这个。"

听到这话，林朝夕和裴之互相看了一眼。

"你们什么意思！"章亮冲他们喊。

"没什么啦，你不要想太多。"林朝夕宽慰道。

"别想太多。"裴之也说。

章亮一开始还没听明白，但老林"扑哧"笑出声，章亮才反应过来，差点气吐血。总之，晋杯赛就在这种吵吵闹闹的氛围里到了第三天。他们安宁市代表队绝对不是最团结的队伍，但一定能在最不团结的队伍中名列前茅。

颁奖典礼时宣布成绩，整个会场里鸦雀无声。他们还是坐在倒数第二的位子上，离主舞台很远。更大的会场，更多的学生，宣布成绩时的紧张感觉也呈指数级别增长。一组组成绩不断揭开，冠军、亚军、季军。林朝夕一开始还能握着老林的手，到后来就闭上眼、堵住耳。

直到最后颁奖嘉宾宣布："获得本次晋杯赛小学高年级组团体第一名的是——安宁市代表队！"

她才用力攥紧拳头，向天挥去。

"啊啊啊！"陆志浩大喊出声。

全场掌声雷动，在一片激动的噼里啪啦声中，夹杂着章亮和陆志浩对喷的声音。

章亮："你又没参赛，有你什么事？"

陆志浩："要你管！"

章亮："肥猪！"

陆志浩："傻子！"

老林坐在最外面，也不管他们，就慢悠悠等他们吵完。

"安宁市小学高年级组，请上台领奖！"主持人开始催促。

听到这话，老林才慢悠悠站起来，拖长调子说："这里这里，座位太靠后了，您稍等会儿啊。"看着父亲难得的西装革履的背影，林朝夕突然觉得他就是故意的，为坐了两次后排而报复主办方。

最终，他们获得了晋江杯小学高年级组团体总分全省第一名。有点可惜的是，因为他们市的高中组发挥不算理想，所以在团体总分上还是输给了永川市。看着永川市代表队合力抬起象征冠军的奖杯，说不遗憾肯定很假。

夕阳西下，林朝夕推开房门。专诸巷284号，这里有她从小就熟悉的房间，小书桌、木书橱，窗口摆了盆吊兰，床上是粉色蕾丝蚊帐，老林为了接她回家已经尽力布置了。虽然房间不大，墙壁也微有霉点，不过整个氛围都是她熟悉的，这才是家的感觉啊！

老林在外面做饭，她在房间里巡视了一圈，暂时没看到她要找的东西。虽然房间收拾得很干净,但总体来说,人的习惯不会变……林朝夕走到书橱边,熟门熟路地打开书橱门,哗啦一声,书橱底层滚出一大堆乱七八糟的东西,杂志、糖果盒、只有盒子的鞋盒……草莓世界里,老林就最喜欢把杂物塞在书橱底下,果然在芝士世界里也没有变。

她蹲下来,在"垃圾堆"里检视半天,终于找到她要找的东西——那是个圆形的蓝色马口铁盒。铁盒上印着"丹麦蓝罐曲奇"几个字,边缘有点轻微脱漆。她花了点工夫才把盒子打开,和预想中一样,盒子里除了残留的饼干屑,什么都没有。

林朝夕非常高兴,在草莓世界,老林就曾给过她这个铁盒,让她把有重要纪念意义的东西收到盒子里。因为用习惯了,所以那个铁盒陪伴她走过小学、初中,以及高中……甚至到大学,书橱底层仍旧摆着一个已经锈迹斑斑的丹麦蓝罐曲奇盒。就算在芝士世界里,她没从小和老林在一起,但习惯真的不会变,果不其然,她还是找到了这个铁盒。

林朝夕把铁盒倒过来拍拍,在左手边地上放好。而她右手边是一沓彩色纸张,还带着香味。夏令营结业前,她请全班同学都各写了一份同学录,包括家庭住址、电话、未来想从事的职业,还有梦想中的大学。

陆志浩
梦想:科学家
未来大学:三味大学

花卷
梦想:演员
未来大学:既然大家都要读三味,那我也读三味大学算了

裴之
梦想:学数学
未来大学:三味大学

夕阳下,小朋友们的字体特别稚嫩。林朝夕很不要脸地把他们的家庭电话和住址都背了一遍。虽然十年后的情况谁也说不准,但总的来说,

有备无患,到时候上门堵人也方便。她折起纸,将它们放进铁盒,而这一动作,让地上原本被遮住的相片露了出来。

相片是在晋杯赛颁奖台上拍的,当时章亮为了卡位,非要挤在中间,他们在颁奖台上推推搡搡,最后"咔嚓"一声,闪光灯亮起,合影照上每个人都变得歪歪扭扭,张副校长脸都气黑了。手指轻轻点了点照片里脖子上的金牌,林朝夕将照片也放入铁盒。

窗外橘色夕阳正好落在盒子里,金灿灿的。看着被染成金色的相片和同学录,林朝夕合上了盖子。如果芝士世界会影响草莓世界,那么这些东西就会出现在未来,但不知道在未来的你们,会是什么样的呢?

想到这里,她听到老林在院子里大喊:"吃饭了!"

"好嘞!"林朝夕站起身,把铁盒放回书橱,关上书橱门,拉开了房门。夕阳下,她的父亲系着围裙,正端着一碗鲫鱼汤,在小院的石桌上放下。

傍晚阳光暖融,碎金一般。

草莓・一回

第五篇章

THE HEART OF GENIUS

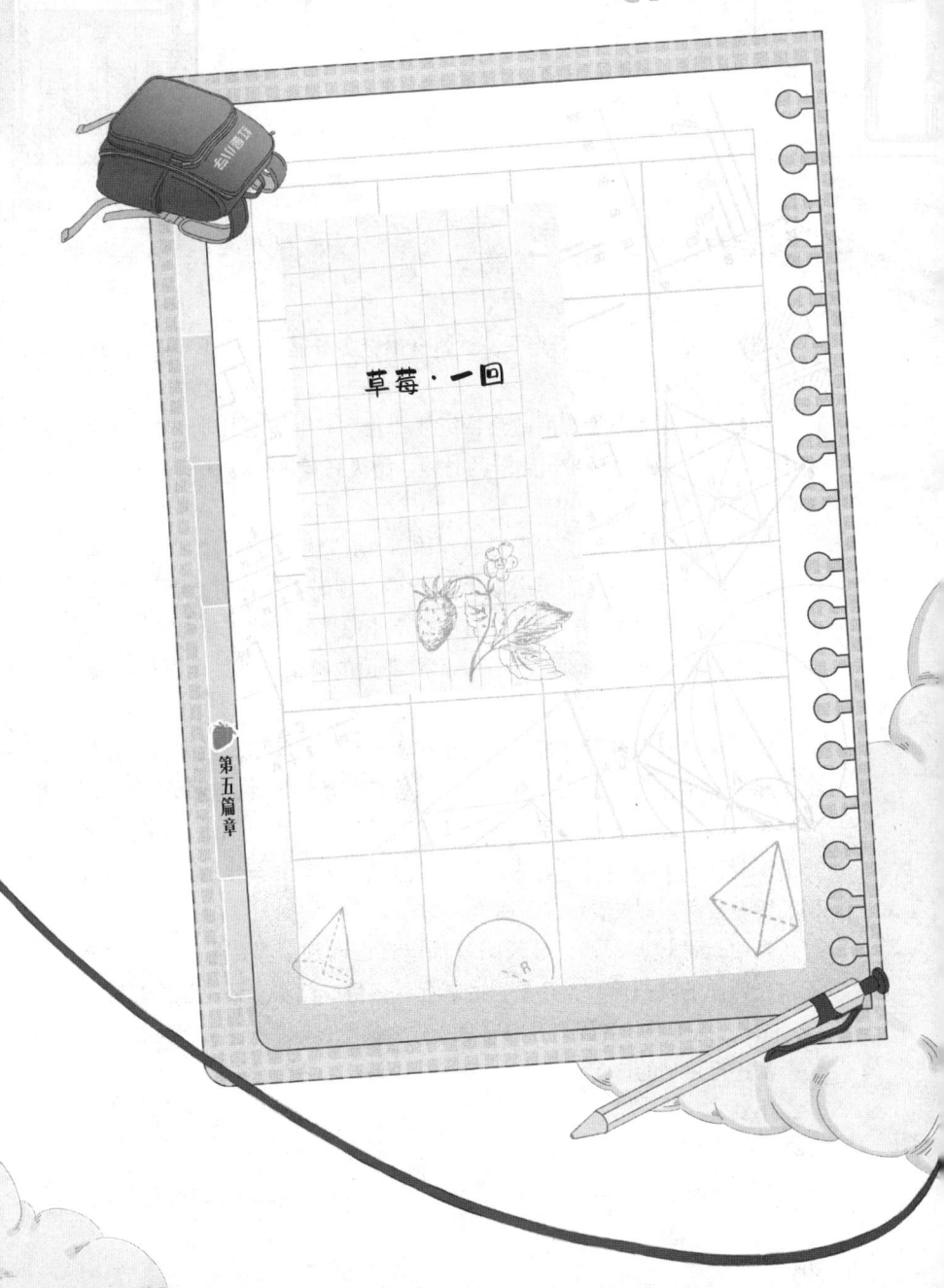

第66章 · 回来 ·

021-576323××……阳光下,林朝夕捧着实习笔记,一不小心又把这串电话写了出来。

讲台上,热衷于做媒的政治特级教师兼教务主任王老师在给学生们提中考重点,说到"一带一路"的时候,她拔高音量:"'一带一路',同学们,今年的重中之重!"

粉笔"咚咚咚"敲了三下黑板,林朝夕赶紧用手蹭了蹭本子,但是很惨,圆珠笔印更大了。果然,回来以后,她时不时还有点精神恍惚。是的,她从芝士世界离开已经超过十二个小时,又变成那个二十二岁光荣的女大学生。虽然有时心里还会吊着那边的事情,不过大部分时间,她非常清醒。

她知道自己回到了草莓世界,正在永川市二中实习;她知道自己拒绝了相亲对象,现在正在等讲台前的那位特级教师下课;她知道自己即将向对方汇报相亲失败和不准备继续实习的消息;她也知道,她写在实习笔记封面左上角的这串电话,是亲子鉴定那天老林拨出的,她记得前面的所有数字,却没看清最后两位。

当时,过程非常快,她瞬间就确定自己回到了草莓世界。因为她还站在熟悉的院门前,天还是黑的。夜深人静,门板上还是她刚写完的"$E=mc^2$",周围景物和她离开前完全一样,甚至连她手机上收到的那条微信,都还挺热乎的。

小刘——

我爸爸认识六院的脑科主任,明天一起吃饭,我介绍你们认识。

手机时间是 21:32，而微信显示的收信时间是 21:32。

虽然在芝士世界过去了两个多月，那么久的时间，但在草莓世界现实中，不过弹指一瞬，甚至没过去一分钟。林朝夕握着手机，路灯斜射下一束光，她毫不犹豫地输入：

非常感谢您愿意帮忙，但因为我不想和您发展恋爱关系，所以接受帮助会非常不好意思，再次感谢。

21:33，她放下手机，推开门，穿过庭院，回到家中。鲫鱼豆腐汤的香气还没散完，老林房门半掩。她推门进去，走到父亲床边，借着门外客厅的光，端详了一会儿老林熟睡的面容。除了脸上皱纹变多，老林还是那个老林，在哪儿都不会变。脑海中理所当然地回忆起那些她以为淡忘，实则再经历一遍后，变得非常清晰的幼年细节。她在老林床前站了会儿，有些感慨，很明白她该干什么。她吸了吸鼻子，转身离开。

回房间后，她做的第一件事就是打开书橱。生锈的丹麦蓝罐曲奇盒安静地躺在底层，她把盒子拿出来，撬开盖子。里面有她的身份证、成绩报告单、三好学生奖状、大学录取通知书，还有小学、初中、高中、大学军训照……却没有她要找的东西。没有他们登上晋杯领奖台时那张歪歪扭扭的照片，同样也没有那沓带着香味的彩色同学录。果然是这样的吧。林朝夕合上盖子，把东西放回去。她觉得挺好，不用困于过去，才能重新开始。

而在睡觉前，她做的最后一件事是打开电脑，查找所有与时空有关的资料。她试图给刚才那场不那么科学的"旅行"找一个科学解释。她最想知道的是，为什么她会清楚知道空间旅行的起始点和终点，明白平行世界的来源和定义。她翻了半天，看到一种解释是这样的——为了使逻辑合理，所以世界本身可能会把运转规则告诉外来者，将外来者编入世界运行的统一场中。但也有可能是写世界脚本的那位想偷懒吧，毕竟像传功似的醍醐灌顶可比花半天工夫弄明白简单太多了。因为搜索无果，睡觉前，林朝夕这么想。

睡觉没让她再度去往芝士世界。早上起床后，林朝夕和老林在早餐摊儿共进一份大饼油条早餐。周围是烘烤芝麻的香气，她抿了口豆浆，郑重向老林宣布她准备重新学数学的消息。老林是怎么说的来着?"公众号说的没错,果然只有爱情才能督促人成长。"林朝夕拿过他的手机一看,收藏夹里果然放了无数情感向长文。"你少看点鸡汤!"她愤怒地告诫老林。

7:00,早饭结束,她坐公交车上班实习,在车上又用手机搜了遍陆志浩和花卷的名字,但搜索结果并不理想。陆志浩的名字太大众,而搜"花卷"的百度词条,都被"花卷的一百零八种做法"占满,她真的没法确定她的朋友们现在的踪迹。"三味大学陆志浩"的搜索再次失败,林朝夕又在搜索栏里敲下"花卷"两个字,百无聊赖地看了遍百度百科。

窗外阳光暖融融的,林朝夕边下移页面边想,陆志浩可能不像他小时候写的那样,最后上了三味大学,而花卷,或许也没成为他想成为的演员。她心情复杂,一边觉得这很正常一边又有些遗憾。

公交车停靠永川二中时正好7点30分。大概受复杂心情的影响,她在办公室坐下,很平静地翻了遍老教师们的课表,选了节政治课来旁听。王主任还在黑板前强调"'一带一路'意义的三种问法",这时,一张字条从旁边听课座位递来。林朝夕把字条叠在电话号码上,翻展开来。

陈蓓:下午翘班,回学校看拍电视剧?

递字条的人是陈蓓,她的大学室友,现在和她一起在二中实习。林朝夕想了想下午的安排,冲陈蓓摇头。

陈蓓见状抢过字条,写完字扔了回来——纪江的剧,小纪本人要来!

陈蓓在"小纪"两个字上画圈,着重提醒。林朝夕当然知道纪江是谁,当红小生。不管怎么说,他和他们学术圈有距离⋯⋯然而就在她提起笔,准备在字条上写字时,她的脑海中突然闪过纪江的脸——卷发,瞳孔颜色很浅,有点像混血,但好像又不是,关键是,纪江很剽悍,就算她不是纪江粉丝,也大概知道他个性是真的撑天撑地的那种。林朝夕顿时悚然,顾不得正在讲台上讲课的王主任,用实习笔记挡了下,开始搜索纪江。按下搜索键的一刹那,几十张照片倾泻而出,不同角度、不同妆容、不同背景的纪江,她翻来覆去看了一遍,越看越像花卷同学⋯⋯她不由得找到纪江个人简历,拉到最后,然后看到一行字——纪江,曾就读于安宁市实验小学。

鬼使神差地,林朝夕想起"花卷"百度百科里的一段典故。据说,诸葛亮经过泸水渡江时，用米面黑牛白羊捏塑出四十九颗人头祭江，后经工艺简化，有的成了包子，有的变成花卷。

纪江，祭江？？？哪有人这么改艺名的！

林朝夕握着手机，一种不可思议感袭来，只觉得阳光都灿烂不少，空气里是初中生们朝气蓬勃的气息。为她实现梦想的朋友，她忍不住扬起嘴角，无声地笑了。陈蓓目睹她搜索的全过程，现在正用"你这个花痴"的眼神看她。

林朝夕把手机塞回口袋，在字条上写道：我对可爱的男孩子不是很感冒。

陈蓓：那你笑得这么花痴是为了什么？

林朝夕：觉得他很可爱啊。

陈蓓：你这个虚伪的女人，干吗去啦？下午又没课了。

林朝夕：我要学习，想考研。

如果不是找到花卷，林朝夕大概也不会这么干脆拒绝。她一想到花卷和裴之，想到他们原来很努力地在践行儿时梦想，从未动摇，林朝夕很明确地拒绝了陈蓓。她最后一次递出字条，开始收拾东西。陈蓓把字条展开，揉了揉眼睛，以为自己眼花了。

幸好下课铃响了起来，讲台前的女士放下粉笔，说："这节课就到这里。"

初中生们齐齐站起，鞠躬说："老师再见。"

林朝夕赶紧收拾东西溜了，出门前看到陈蓓名为"你搞什么鬼"的眼神。

王主任拿着课本，从教室前门大步流星地离开。

林朝夕从后门离开，小跑几步追上她："王主任！"

主任停下脚步，回头看她。可真把人叫住，林朝夕又有点短暂的、不知从何说起的怅惘感觉。明明昨天这个时候，她还在电话里不好意思地拒绝主任给她介绍的相亲对象，现在居然敢面对面说了，有点不可思议。

初中生追跑打闹的声音远远飘来，很轻，像刚从机器上拿下来的棉花糖，无忧无虑，甜丝丝的。

"小林啊，有什么事吗？"王主任慈爱地看着她，"和小刘成了？"

想起昨天晚上那条措辞略显强硬的回复，林朝夕讪笑了下，摇了摇头。

"怎么回事？"王主任把她拉到办公室转角，"人家小刘明明说了，要帮你爸爸介绍医生的，又没嫌弃你！"

"因为我不想和他发展男女朋友关系，如果这样的话，利用他帮我爸看病感觉不太好，而且我觉得，我爸知道这件事也不会高兴。"

主任目光犹疑，端详着她："你不是没男朋友嘛，有喜欢的人了？"

林朝夕倒是很坦然地点点头："没有男朋友，但我确实有喜欢的人了。"

主任皱眉，劝她："朝夕啊，我就知道，不过我是过来人，真的劝你一句，女孩子，别想着一开始就要爱情，还要看看面包。爱情是可以培养的，面包才是最难得的。你就和小刘先处处看，万一成了呢？"

林朝夕再次摇头。有些人追求爱情，有些人追求面包，这都是个人自由，但这些，暂时都不是现在的她想追求的东西。她下意识想向主任说出来龙去脉和心路历程，忽然又觉得并没有这个必要。"主任，我还想继续读书，明天不来实习了，谢谢您这一周来的照顾。"她冲王主任鞠了个躬，说完，很干脆地转身离开。

第67章 · 朋友 ·

她选择现在走，而不是下班再走，一是因为学习时间紧张，二是因为今天下午在永川大学城的1号报告厅，有一场针对大一新生的数学学习讲座。主讲人是位跨考数学系研究生的大牛，林朝夕觉得她该去听听。在这场讲座后的晚上6点，是关于P/NP问题的科普讲座，所以她"长"在1号报告厅就可以了。

整个永川大学城是开放式的，大学与大学、学院与学院之间没有明显围墙作为界线。有时你跨过一条绿化带，不知不觉就走到隔壁学校了，看美术系的小姐姐画一会儿素描再走回来，用不了三分钟。

沐浴在阳光下，她走进大学城统一餐厅，这里为附近十几所高校提供餐饮服务，食物应有尽有。离讲座开始还有段时间，她买了卷饼和牛奶，找了一个有阳光的角落，摊开笔记本。一定是在芝士世界的食堂学习对她影响太大，她莫名其妙对类似的地方有亲切感。说要重新学数学，但离开理科的世界那么久，哲学系还没高等数学课程，一切只会比想象中更难。她很清楚这点，所以花了好几年时间瞻前顾后、犹豫不决，毕竟人真的很容易被现实打败。而这次，她不想被那么快打败。所以该怎么开始？看什么？学什么？都要有个明确并且可调整的计划。她在笔记本上写上第一条——搜集材料。包括零基础该怎么学、上什么课程、看什么书、做什么习题等，并在最后标上了大致的搜集材料的完成时间。

事实上，在她向老林宣布要重新开始后，有短暂的等待时间，等老林兴高采烈地告诉她接下来该怎么做，但老林除了心满意足地感慨爱情使人成长，就是很随意地打开微信看公众号长文，还抽空咬了口大饼。

那时，她看着老林悠闲的模样有一瞬间不知所措，但她没有再像以前一样去问："爸爸，你为什么不教我？"老林当然是最好的老师，但她已经这么大了，如果想做什么事情还需要老林写"1、2、3、4、5"，那就不对了。老林大概也这么想的……但这不代表她不能求教啊。

林朝夕掏出手机，拨通老林的电话。

老林在一家财务咨询公司工作，业务能力惊人，虽然确诊了阿尔茨海默病，但无论是公司老总，还是老林本人，其实都不愿意他这么快离职。这是老林的选择，所以林朝夕也没在工作这件事上干涉，她也没有资格干涉。老林很快接起电话，背景音同样是餐厅的声音。

林朝夕："林老师，我有件事想请教您。"

老林："您这客气了不是？"

林朝夕咬了口卷饼，边嚼边说："我在做零基础学大学数学的学习计划，第一步是搜集材料，接下来，我应该怎么在这些材料中，辨别该听哪些、不该听哪些呢？"

"好问题。"老林咕噜咕噜吸了口汤，说，"去芜存菁是最困难的事情，不过对你来说简单啊！"

"怎么简单了？"

"你有个好爸爸啊！"

林朝夕直接笑出声："那我先看看，有大致计划再来问你。"

"应当是这样的。"老林也笑。

过了一会儿，老林问："你的目标是什么？"

"目标？"

"所有计划，当然是为了目标制订的。"

"是考上三味大学数学系的研究生吧。"

她说完,老林沉默了一会儿。

"会很难。"电话里,老林放下汤勺,"你要只是想重新开始做个光荣的数学爱好者,不用单挑这种 SS 级别的任务……"

"你昨天晚上和早上吃饼的时候不是这么说的!"林朝夕说。

"我知道,我知道,这不是得阿尔茨海默病了嘛。"老林赶忙打岔。

林朝夕放下卷饼,又拿起桌上的笔,知道其实不完全是因为阿尔茨海默病。老林是既希望她能寻找自己喜欢的事情,又不希望他的个人观点左右她的人生,所以想了半天,还要确认下。说起来,他们天秤男就是这么纠结。

"我已经想好了。"林朝夕说。

老林沉吟片刻:"如果你非要单挑这个超凡任务,报个数学考研班还是不错的选择,你往这方面查查资料。"

"欸?"林朝夕有些意外,她以为老林是自学的忠实支持者。

"学习氛围嘛。"老林说,"而且林老师白天要上班赚钱,养家糊口,晚上才有时间给你开'金手指'。"

"明白了——"林朝夕前脚说完,就听到最后半句话,"你又偷我的账号看网文!"

"不要这么小气。"

老林边说边和什么人打招呼,大概有同事想和他共进午餐。

"那林老师,您先用餐吧。"林朝夕说。

"嗯。"老林说着又补充道,"考研班的课随便听听就行,要觉得不好就不去上,没什么。"

"明白了。"

"贵点没事,爸爸有钱,爸爸给钱。"

林朝夕笑了。昨天还说家里钱都是自己的,老林真是口是心非。

她忍不住说:"爸爸有钱,那万一将来我学数学太苦吃不起饭,咱家房子收租的钱能给我一点吗?"

"??"

在老林回答前,林朝夕笑着挂断了电话。

她加快速度咬了两口卷饼,在随身笔记本上记下要点,然后开始搜索附近的考研班。下午1点30分开始的讲座，附近最远的学校都离得非常近，她大概还有一个半小时去报个班。离饭点越来越近，越来越多的学生拥入食堂，林朝夕已经找到了一家评价极好的考研机构，准备过去看看。

要站起来的时候她才发现，她的餐桌前围了好多学生。所有人都背对着她，不约而同地抬头，在看挂在她斜对角的电视机。电视里播放着大学城电视台自制的新闻节目，看上去还挺像那么一回事。

"各位同学，我现在就在三味大学门口！按照《一球成名》剧组计划，他们会在下午1点开始在三味大学足球场进行拍摄，刚才装运器材已经驶入大门，演员可能很快就到，让我们拭目以待！"校园记者激动极了。林朝夕离开前远远看了眼电视，镜头就这么对着马路，阳光刺眼。她觉得陈蓓一定被骗了，这哪是秘密消息？这简直是公开"处刑"。

林朝夕内心同情了花卷一把，哦，不是，现在是纪江小朋友。然后，她出餐厅右转，去找考研班了。

就在林朝夕同情花卷的时候，花卷也觉得自己应该被同情，原因并不是被围观，而是没人围观。是的，他现在就站在三味大学数学研究所的某间办公室里。办公室里一共有三张桌子，其中两张桌子前坐着两位老师，他们正在做着他反正也看不懂的数学相关的工作。而最靠门的桌子空着，桌子和旁边的书橱都收拾得很干净，纤尘不染，书橱里的所有书籍从大到小按规律排列，连垃圾桶里都没垃圾，很符合他某位做事认真到极点的朋友的癖好。是的，他是花卷，现在叫纪江，抛下万千粉丝，饭都没吃来探望朋友，却被朋友以"等下要去代课"为由晾在这里了。能干出这种事的人当然不是人，他叫裴之，裴之不是人。

办公室里只有写字的沙沙声，两位老师看上去认真极了，这让他大气都不敢出，怕影响对方工作。他浑身难受，打开微博小号看了一会儿，打开剧本背了一会儿，实在受不了了，只能拿出手机，给另一位朋友发了条微信。

花卷：老陆同志，你什么时候来啊！

陆志浩：我要先去考研班报个名，等下就来，你再等等。

花卷看着回复。考研班报名居然排在他前面？？

交友不慎，绝对是交友不慎。

第 68 章 · 擦肩 ·

林朝夕站在培训机构门口,整栋楼正在做外墙整修,从上到下搭满脚手架。她仔细核对手机地址和机构门面,勉强在脚手架缝隙里看到"正和考研"几个字,确认无误才推门。冷气扑面而来,空气里有中午盒饭的味道,前台只有一位接待员。林朝夕走过去,表示自己是来报数学考研班的。

前台小姐看了她一眼,从文件架上抽出张登记表:"同学,你先填下个人信息吧。"

还挺正规。林朝夕更放心了一些,就站在前台直接写。

姓名:林朝夕
学校:三味大学
年级:大四
专业:哲学

写到专业的时候,前台妹子忽然问:"你学哲学的啊?"
林朝夕:"对。"
"哲学不用考数学吧,你准备跨考什么?"
"呃,数学。"
说到这里,妹子瞪大眼睛看着她,很不可思议:"这也跨得太远了,你要跨考个计算机也就算了……跨考还要学数学,哪个学校?"
"啊?"
"我问你准备考哪个学校。"
"暂时还没想好。"
妹子的手指点在表格的栏目上:"那这里,'目标学校',你要填的呀。"
"可以空着吗?"
"那我们要知道你的需求和基本情况,才能给你安排合适的课程和老师啊!"
林朝夕笑了笑:"我就是不了解,才会来这里咨询啊。"

"哦哦,那我给你找个咨询老师吧!"

"同学,根据你的情况,我觉得你可以报这个 VIP 班,十五人小班教学,保过班,还有视频回放,回家可以看。"

咨询办公室里,林朝夕边听招生老师口若悬河、滔滔不绝边在本子上写写画画,记下每个班的优点。

过了一会儿,她问:"您能告诉我,各大院校有哪些数学方面的王牌专业吗?"

"这个学校和专业相对比较多了。"

"在永川市范围内。"林朝夕说。

"这个啊,那我从最东边的院校开始讲起吧……"

果然是王牌机构的咨询老师,对院校内容如数家珍。林朝夕继续边听边记。其实老林说的完全没错,不仅是氛围,而且由专业人士提纲挈领,她会更有方向。

她又很认真地听老师讲了半天,在笔记本上轻轻一点,说:"我明白了,那我先报数学一的基础班吧。"

她指着招生简章上最便宜的班型说。

业务娴熟的招生老师没轻易放弃:"但你想考的是基础数学,一般都是自主命题,考数学分析、解析几何和高等代数,这个班太基础了。"

"我基础比较差。"

"基础差就要上 VIP 班嘛。"

"您不是说,如果想上更好的班级,直接升班就可以吗?"

"是这样的……"

招生老师语塞,但也没多纠缠了。她去前台拿了 POS 机收钱,然后把个人信息表推给林朝夕:"你这里的'目标学校'没有填,我们是一定要填的。同学,你知道自己的目标,才好努力!"

她们坐在小的咨询办公室里,很安静。因为安静,林朝夕非常坦然。她接过表格,并没有犹豫,直接在空格中填上了"三味大学"四个字。她把表格推回。招生老师很随意地看了一眼,然后顿住:"要考三味,你这次肯定考不上的!"老师都有点语无伦次,林朝夕知道她是好心,没有生气。

"一年考不上，那就再考一年。"

"三昧考查601数学的所有方向加起来，每年就招五十个人，减掉保研名额还剩多少，你想想，全国顶尖的数学生挤破头都想进。"老师继续劝说，大概意思是——无论你考几年，都不可能。

"我也会成为顶尖的数学生。"林朝夕笑了笑，"我都在这儿报名了，你要有教学自信啊！"

说完，她在招生老师震惊且无语的目光中，推开办公室的门，离开了。

花卷坐在办公室里，周围书卷香太浓，他昏昏欲睡。他玩了会儿手机，趴在办公桌上，半梦半醒中，有人进门。他一激灵，终于看到他的朋友，白T恤、牛仔裤，手上拿着一沓纸，裤子和手上都沾着粉笔灰，一看就刚从课堂回来。逆着光，那张脸去演戏完全没问题，但考虑到那个脑子，如果去演戏才叫暴殄天物。

"裴哥，饿。"花卷作垂死状举手，打了个招呼。

裴之没搭话，先把东西放下，花卷发现那是沓卷子。

"裴之，回来了啊。"裴之座位前面的一位老师回头，打了个招呼。

"周老师……"

裴之很温和谦恭地喊道。周老师脸上露出很明显受用的意思，点点头："小裴，辛苦了啊。"

"机械十五的作业我放这里，还是放您桌上？"稍稍停顿后，裴之忽然开口。

"放你那儿！"老周一秒变脸，捧着胸口补了句，"老师哮喘还没好，不能太劳累。"

裴之视线移向他桌上的各式簿本："周老师，我今天还有讲座，可能看不完。"

"急什么？下节课在周五呢，慢慢来，慢慢来。"

花卷觉得，数学系教授在他心目中的形象碎了一地。这有点无耻了啊。接下来，那位老师不等裴之开口，装作突然知道办公室里还有人在的样子，很热情地走过来对裴之说："小裴的朋友来了啊，老师这张饭卡你拿去，不用客气！机械十五的作业辛苦了啊！"

"你们系老师怎么回事？又不给钱，你代课还兼改作业！"花卷戴好

318

墨镜、口罩，做贼似的和裴之走在校园里，义愤填膺道。

"老师都有自己的研究，有时候做着做着就不想去上课了，而且他们教本科生确实有点大材小用。"裴之说。

"但你都明显表示不愿意批了！"

"没有。"

"那你刚才不是……"

"做个样子。"裴之把饭卡给他，"教工食堂包间，人少一点。"意思是这样就没人围观你。花卷接过饭卡，发现裴之是在为他"骗"饭卡，很感动："裴哥，你对我真好啊！"

"不是你。"

"您口是心非了，明明还为了我跟老师耍心眼。"

"哦，因为周老师急起来挺可爱的。"

挺可爱的、挺可爱的……花卷崩溃，拿出手机给陆志浩又发了条短信：老陆，你快点来啊，我和裴哥聊不下去了。

陆志浩：等等，我快到地方了。

花卷：什么地方？

陆志浩：报名的地方。

…………

林朝夕走出考研培训机构，没两步路，今天第二次感慨人生真有趣。大概半分钟前，她和一名步履匆匆的男生擦肩而过，而十秒钟前，那名男生回头吼了句："陆志浩，你能不能快点！"

林朝夕猛地抬头，有人正冲她迎面走来。那是名高大的男生，身材微胖，因此更显魁梧。他戴着黑框眼镜，背了个书包，正在发信息。听到朋友催促，他赶忙把手机收回口袋，小跑起来，边走边喊："抱歉。"擦肩而过时，林朝夕和陆志浩对视了一眼。

陆志浩很快移开视线，冲走在前面的人喊："老王，等等我！"

陆志浩目光中完全没有吃惊，光那个眼神她就清楚，这是红星小学的陆志浩，和她的人生毫无交集，但他和小时候长得太像了吧，怎么完全没变？林朝夕灿烂地笑了起来，觉得更有趣了。

跟随陆志浩的身影，她下意识转头，随即听到有人狂喊："小心！"

声音缥缈,像从顶上传来,她莫名地抬头,只见脚手架外,一根钢管从天而降,直冲陆志浩砸去。钢管破空,尖叫声起,陆志浩因在追同学根本没听见。林朝夕瞬间反应过来,猛地转身,冲向陆志浩,一把将人拽住,用尽全身力气拉住他向后,一阵天旋地转,重重摔在地上。

三味大学,教工食堂。
圆桌上的菜已经上齐,花卷开始搓筷子,肚子狂叫。
"老陆怎么还没来?1点12分就跟我说到机构了啊。"
裴之很难得地蹙眉:"打电话给他。"
"这才过了二十分钟啊,万一老陆在路上呢?"
"不会。"
"为什么?"
"机构很近。"
"你怎么知道他在机构报名不会被什么事情拖住?"
"我介绍的。"
"当我没说!"
花卷拿起手机,开始打电话。
电话响了两轮才被接起。
"老陆同志,你怎么还没来,架子也太大了吧?"花卷喊道。
电话那头,陆志浩哭丧着说:"我刚被一根钢管砸到腿,现在在去医院的路上……"

第69章·恰好·

急救车上,林朝夕坐在一边。成人版陆志浩同学躺在急救车的担架上,挂断电话,满脸歉疚地仰头看她,刚要说话,手机铃声又响了。他们上车后的交流就是这么简单。因为陆志浩电话太多,所以至今为止,他们还没说上一句话。

车行速度很快,鸣笛声很拉风,大学城的街景哗啦啦后退,有种风驰电掣的紧张感。陆志浩讲述事情经过的低语声间或传来,林朝夕也不知道她和陆志浩的重逢为什么会这么惨烈。就在刚才,那根名为"命运"

的钢管砸下前,她猛地向后拽倒陆志浩,他们两个重重摔倒在地。钢管砸落,堪堪擦过陆志浩的头和躯干,但还是狠狠砸中他的腿。如果不是腿,估计就要命了。

而为了救老陆同志,她一时用力过猛,巨响过后,头昏眼花了好一阵,耳边充满路人想帮忙的叫喊声。在头昏眼花的那点时间里,她唯一的想法是——上次见老林是摔,这次见陆志浩还是摔,她每次穿梭平行空间是不是都得见点血,像小说里的献祭,唯有血光才能开启世界副本的剧情线什么的……

在人行道上仰面朝天胡思乱想地缓了会儿,她才挣扎着想爬起,那之后,手肘和腿上的痛感才传来。她低头一看。因为她今天穿着牛仔短裤和T恤,地上又有挺多掉下来的建筑碎屑,所以这次擦伤还挺严重。伤口里嵌着很多建筑材料的碎屑,看上去血肉模糊,非常凄惨。陆志浩更不用说,疼得平躺在地,抱着腿咬紧牙关,脸色惨白如纸。

好心路人早早就拨过120,所以急救车来得很快。培训机构的负责人知道是施工钢管砸伤了学生,也不敢推诿,拿着卡就陪他们上急救车到医院。现在,急救车里就是他们三个。

陆志浩比较惨,躺在担架上,至今脸色苍白,黄豆大的汗滴布满额头,希望不会太严重。林朝夕则在车厢里坐了一会儿,擦伤疼过劲儿了,就只有种火辣辣的感觉,因而渐渐放松下来。她端详陆志浩,视线从他英气十足的眉毛移到圆圆的脸庞,陆志浩现在的和曾经的样子在脑海中逐渐重叠。车厢外明明还是很吵闹,林朝夕却觉得一切都很宁静,时间和空间的隔阂好像都不作数了,她的朋友仍旧是她的朋友,虽然他不认识她了。

一路上,她就这么安静地坐着,独自感慨万千。

陪他们一起去医院的机构负责人姓王,估计是受不了这种莫名其妙的安静,忍不住找了个话题:"同学,你什么学校的啊?"

"我吗?"林朝夕指着自己问。

"对。"

"三味。"

"学校这么好,那真是高才生了!"

"就……就还好。"

"还肯舍己救人!"王老师说,"英雄救美多,美女救英雄少见啊。"

王老师开始尬聊,林朝夕忍不住笑了。

这时,陆志浩同学终于打完电话,很不巧听到最后一句话。男生躺在担架上,黑色的眼睛带着点湿漉漉的可怜意味看向她,痛苦地张了张嘴,第一句话是:"对不起。"

"没关系。"

"谢谢你。"

"不客气。"

"真的谢谢你。"

"真的不客气。"

林朝夕对答如流,陆志浩嘴唇翕动,语塞了。林朝夕不由得笑了起来。陆志浩还真是和小时候一样,忠厚老实得过分,连和女孩子说话都不会。

"但你对不起我什么呀?"她问。

陆志浩皱眉思考,最后手肘搭在额头上,闭上眼睛,为想不出台词的自己而绝望。

花卷和裴之走进医院急诊室,看到的就是这么个场景。诊疗床边坐着个看着很健康的姑娘,穿着最简单的白T恤和牛仔短裤,齐耳的柔软短发,眼睛很大,笑起来有单侧酒窝,既甜又真诚。老陆躺在诊疗床上接受检查,"啊啊"叫着,表情痛苦。而女孩胳膊和腿上有大片擦伤,自己却像个没事人,有一搭没一搭地和老陆同志说话,尽力分散他的注意力。听到脚步声,女孩笑着扭过头来,但看到他们的瞬间,她的面容在阳光下凝固住。花卷甚至看到她的嘴唇颤抖了下,好像想说什么,最终什么都没有说。

"你的女朋友也来了啊?"花卷摘下墨镜,觉得奇怪,嘀咕了一声,"上次见好像不是这个。"

"不是不是,我们不认识。"陆志浩赶忙挥手否认,"她……刚……钢管掉下来,拉了我一把,救了我!"

"林朝夕。"女孩很大方地举手,和他们打招呼,自我介绍道。

"我是那个纪江,这家伙的朋友。"花卷马上客气起来,觉得刚才的玩笑不妥,"抱歉抱歉啊。"

"没关系啦。"女孩说完，微笑着抬头看裴之，目光柔和温暖。

裴之愣了愣，随后同样点头致意，谦和地道："你好。"

空气里有短暂的沉默，还有消毒药水淡淡的味道，很符合陌生人见面的气氛。

陆志浩反应迟钝，问："你……你们怎么来了？"

"知道你被钢管砸了我们能不来吗？"花卷说，"裴哥说要亲自来，我能不跟吗？旷工也要跟啊！"

"没事吧？"裴之站在病床边，眼底的关切作不了假。

"就被砸到腿了，没有骨……折……运气还挺好的。"陆志浩说。

"你早来跟我吃饭嘛，吃完饭再去报名就不会被砸了。"花卷边抱怨边抽了一记陆志浩的手。

"痛痛痛。"陆志浩哀号起来。

林朝夕坐在椅子上，晒着太阳，看他们打打闹闹，努力将剧烈跳动的心脏缓和下来。刚才他们进门的时候，她就震惊得说不出话。原来陆志浩电话里打招呼说去不了的朋友，竟是裴之和花卷。谈话间，她不由自主地看着他们。花卷顶着满头卷发，皮肤像牛奶一样白，虽然目光中透着天不怕、地不怕的桀骜，但也明显长大了，知道说话不妥就很快道歉，并且没有大明星的架子，很像个随和的普通人，也因随和而更显疏离。而裴之呢，当然和小时候很像，可又在某些方面完全不同。他更加成熟稳重，无论做什么都透着一股子从容不迫，让周围一切都处于恰到好处的范围内。就像在和陆志浩交谈时，他也会在很恰当的时间和她说两句话，让她不至于因为受到冷落而尴尬。正因为不是朋友，所以才会处理得这样恰到好处。林朝夕很清楚这点。

虽然已经做过心理建设，但看着他们站在离她一臂远的距离，用对待陌生人的礼貌态度对她，说不失落肯定是假的，但她又同样很清楚，其实原先他们就错过了，也从来都不是朋友。只是她运气好，有了去往芝士世界的机会，所以才和他们有那么一段珍贵的友谊。就算现在只有她一个人知道，但在某种意义上，她才是赚了的那个人。

医院里人来人往，林朝夕很快想通了，也就没那么难受。裴之和花卷同陆志浩聊着聊着就停了下来，林朝夕知道大概是因为她在。再留着感觉也奇怪,所以她站起来,准备找借口离开。

就在这时,在给陆志浩诊疗的医生忽然看向门口,问:"你找谁?"

门口探出张怯生生的小脸。那是个皮肤很白的女孩,很害羞,在看到她的瞬间,女孩瞪大眼睛,非常意外。林朝夕的表情也没比女孩好多少,以为看到裴之、花卷已经够震撼,但再见到沈美,那种名为"命运"的奇妙感真的让她有段时间彻底蒙了。是的,门口站着的就是曾经好心借给她看智力竞赛题的小白花同学,她为小白花同学挡刀,主动去找裴之问问题,才有了那么多后悔和现在的奋起。

而现在,她和小白花同学大眼瞪小眼了好一会儿,才听对方弱弱地问:"学……学姐?"

"小白花?"林朝夕顺口说道,然后立即改口,"沈美啊,你怎么来了?"

沈美看着她,又看着病床上的陆志浩,心疼得一瞬间红了眼眶。看到沈美的样子,又想起陆志浩在急救车上轻声宽慰什么人的电话内容,林朝夕再度有种被雷劈中的震撼感。沈美的男朋友是陆志浩?陆志浩的女朋友是沈美?他们是情侣?那么沈美肯定跟陆志浩一起见过裴之,她那么胆怯,难怪被调笑暗恋裴之要急哭,林朝夕一瞬间什么都明白了。

她满脑子都是"大千世界,无奇不有"之类乱七八糟的句子,像欣慰的老母亲一样,忍不住地冲沈美笑,招呼道:"你来坐,你来坐,我去清创室看看,应该轮到我了。"

她背上包就要走,笑得嘴都合不拢。哎哎哎,我们小陆同学也有女朋友了。

快到门口的时候,花卷突然问:"你一个人去吗,你朋友呢?"

林朝夕顿在门口,回头。陆志浩一个男孩身边围着三个人,她就孤零零一个,看上去是有点冷清。

"啊,本来培训机构的老师说要陪我,让我等他,不过估计他那边缴费的地方人太多了,我一个人去也没问题。"林朝夕比了个"OK"的手势。

"学姐,我……我陪你?"闻言,沈美还没坐下,就赶紧站起来。

"不用不用,你陪你们家老陆。"林朝夕打了个趣,正要走,身后传来很清冽的男声:"我陪你去。"林朝夕心跳又漏了一拍,裴之同学处理得真的太恰到好处了。

"走吧。"裴之走了两步,站在她身边,微低头,只说了两个字。

第70章 · 向往 ·

清创室也就楼上楼下的距离,裴之带路,他们径直向电梯走去。男生步伐平缓,走在外侧,没有任何搀扶之类的额外动作,但特地放缓步伐,更有种恰到好处的态度。电梯门打开,林朝夕糊里糊涂地走进去,直到看到金属四壁反射的清俊人影,才意识到裴之确实在陪她去清理伤口。裴之看了眼按钮,按下数字"3"。

电梯空间逼仄却明亮,他走到她侧前方站定,正好为她挡住前面提着大包小包的男士,还真是尽职尽责的陪伴。电梯运作,空间里有机械的"嗡嗡"声。林朝夕微微仰头,能看到男生的侧脸。他神情一派自然,略显清冷的眼眸注视着楼层指示灯,顶灯璀璨,一大束光正好落在他身上,整个人更显清晰明亮。好像在不久前,他们也经常这么并肩,不过那时候他们还很小,每次走在一起,总有很多事情可以讲。虽然裴之话不多,但也不会让漫长的路途冷场,不会像现在这样,保持陌生人之间恰到好处的疏淡距离。

旅程短暂,林朝夕收回视线时,电梯已经停下。门打开,她跟着人流走出电梯,裴之走在她后面一些。

"小姑娘,你知道哪里做胃镜吗?"没走两步,她被叫住了。

问路的是对中年夫妻,林朝夕下意识去看墙上贴的楼层指南。

"八楼。"裴之清冽的声音响起。

"哦哦哦,谢谢你啊!"

"不客气。"男生点了点头,并认真补充,"走2号电梯,到八楼,出电梯往右手边,走三十米就是。"说完,他还指了下2号电梯的位置,那对中年夫妻又赶紧道了两声谢,去坐电梯了。

裴之依旧走在外侧带路。

"你去做过胃镜吗?记得好清楚啊。"林朝夕随口说道。

"没有。"

"那陪家人去过啊?"她觉得自己开始尬聊了,但真的好像不知道该说什么。

"没。"裴之看了她一眼,回答,"进门的时候看了。"

好吧,进门的时候……是医院大厅那张密密麻麻的平面图?林朝夕瞪着裴之,终于知道裴之带路的时候为什么根本不看指示,因为看一眼后就全记住了。和男神在一起还真是省脑子,林朝夕麻木了。

没走两步,到了清创室。比起她刚才来看的情况,现在人少了很多,只剩下一对母子在。小男孩膝盖上有两个红通通的大口子,和她一样是摔跤弄的,他正搂着妈妈的脖子号啕大哭,怎么都不肯撒手。

见她和裴之进门,医生像捡到救命稻草,赶忙道:"宝宝真的不疼啊,医生阿姨不骗你,不信我给姐姐清洗伤口上药,宝宝看看?"

林朝夕顿在门口,如遭雷击。没等她有反应,女医生过来拉住她,直接往清创台拖。小男孩也成精了,听到这话就不哭,乌黑湿润的眼眸就这么盯着她。

生理盐水清洗伤口的时候还要装作不疼,这太考验演技了。

林朝夕讪笑:"医生,我看自己也不严重,要不就不处理了吧?"

她说完想逃,裴之却卡在她的逃跑路线上,让她马上被医生拉住。

"那不行,今天下午看的几个就你最严重。"医生的手劲儿那是相当大,林朝夕一下没挣脱,整个人就被按在清创台前的椅子上。"帮个忙,前一个叫得整个楼层都听到了,孩子吓坏了,哭十几分钟了。我保证给你弄轻点,你别叫,很快的。"医生凑到她耳边小声地说,说完戴上手套,开了瓶生理盐水,直接往她手臂的伤口冲。

林朝夕刚开始还在看裴之,可冰凉盐水一接触伤口,眼泪瞬间涌出。她咬紧牙关,强行移开视线,认真盯着医生白袍上的标志看。以后……绝对……不来……这家……医院。

"不疼吧?"医生还边冲洗边问。

"不、疼、啊。"林朝夕一字一顿道。

"宝宝看,真的不疼啊。"医生还喊。

背对着门口,眼泪顺着脸颊流下,完全不受控制,林朝夕根本不敢回头,满脑子都是——好想叫啊好痛啊,裴之也在看啊,不能惨叫啊,要忍住啊。不过如医生所说,清理真的非常迅速,用镊子夹出最后顽固的碎屑,又清洗一遍后,就开始上药。

"是不是很快啊?"医生回头哄完孩子,就对她说:"你躺清创床上去,我给你洗腿上的。"

林朝夕麻木地站起来，麻木地走到床边，正准备躺下时，看到自己光着的腿，不由得停住。她今天穿得清凉，牛仔裤和T恤都不长，躺下以后会很尴尬。医生看了她一眼，明白过来，回头要拉帘子。

外间的小男孩突然喊："不要拉，我要看！"

林朝夕泪流满面，忍不住腹诽，但根本不敢回头说话，只能默默站着。

"姐姐要躺着啦。"医生劝道。

"肯定很疼，所以你们不让我看，我要看我要看！"

"不可以。"这时，一道平静的男声突然响起。"女生躺着的时候，男生不方便看。"他这么说。

林朝夕眼睛里都是泪水，没办法回头，却仿佛能看到裴之微微俯身时白衬衣的褶皱，以及他一字一句很认真解释的样子。她脸唰地红了。

"对啊宝宝，姐姐躺着的时候我们不能看哦，要有礼貌。"妈妈也赶忙说。

"我们去外面等。"裴之说。

医生赶紧拉上蓝色帘子，林朝夕转过头，只能看见他带着母子离开清创室的背影，身形笔挺，极有风度。

彻底没人围观，林朝夕终于可以小声地"嗞嗞"。生理盐水加毛刷，褐色的擦伤创口一点点被清理干净，露出底下粉色的皮肉。各种消毒药水的味道混杂，林朝夕的思绪乱七八糟，也搞不清楚自己到底在想什么。医生给她上完药，敷上纱布，清创终于结束。

他们走出门，裴之斜倚在对面墙边，徐徐站直。

"没事啦。"林朝夕出来前已经擦干净眼泪，笑着和裴之说。

男生乌黑的眼眸下垂了些，像是从头到脚扫了她一眼，确认无误后，点了点头，抬起手。那是一瓶饮料，他白皙纤长的五指握住瓶身，一只手捏住瓶盖，将它拧开，然后递了过来。林朝夕又愣了。水还在半空中，瓶身有可爱的卡通图案，过了会儿，她才意识到裴之是特地给她买了瓶喝的，赶忙伸手，手指轻触，然后分开，接过。她低着头，很顺利地打开松了的瓶盖。她的视线落在手腕上，又想起那块变形金刚的电子表，唯一很清晰的是，无论是小时候还是现在，裴之真是一如既往地绅士……

"VC水啊，挺好的，可以喝，补充糖分。"医生在旁边，边说边假装抱过小男孩，随意说话，吸引男孩的注意力，"两天后来换药，忌辛辣，

327

吃点清淡的，伤口别沾水，还有点注意事项，你记下啊，记得提醒她。"她看着裴之，一边说一边往清创室里走，演技一流。

等男孩反应过来，已经被按在清创台上。

"真的不疼，你看姐姐刚才也没叫。"医生边说边打开生理盐水。

林朝夕握着饮料瓶，赶紧转身快走几步。

"大、骗、纸（子）！"小男孩撕心裂肺的号叫声穿墙而出，林朝夕喝了口饮料，差点笑喷。

诊疗室内，花卷正在和陆志浩开玩笑，再抬头，裴之同学双手插袋，一个人回来了。

"回来得很快嘛，裴哥，妹子呢？"

"走了。"

"走了啊？"花卷很意外，转头看陆志浩："你撞大运了，这年头挟恩不图报的小姐姐很少了！"

陆志浩顿时尴尬，赶紧去看女朋友。

沈美一直低着头，话也很少，闻言，很难得抬头，认真地说："学姐人真的很好。"

"她是三味大学的，你们怎么会认识啊？"陆志浩问。

"上次智力竞赛……"沈美说到这里，有个停顿，接着抿了抿唇，继续说下去。从抓阄到找人，从解题到当众表白……花卷坐在一边听，听得目瞪口呆。

听到最后，他猛地抬头，见鬼似的看着裴之："你陪人家去清创，是不是居心不良？"

"没有。"裴之依旧是淡淡的。

"学姐应该就是为了气我们部长才那么说的。"沈美赶忙解释。

"学姐正人君子，有问题的是这个人。"花卷指着裴之说。

裴之摇了摇头，握着手机低头打字，什么话都没有说。

林朝夕同样也捧着手机，站在医院落地窗前。周围人来人往，她的大脑却持续宕机。就在刚才她借口要去听讲座，和裴之分开前，裴之居然拿出手机主动加她微信。等她手忙脚乱拿出手机加好微信，裴之已经离开，她只能捧着手机发呆。

328

就在这时，提示音忽然响起，裴之的头像上出现了红色数字"1"，简要提示栏上是"注意事项"几个字。她点开后，绿色的聊天框里真是一长串注意事项，完全是医生所说的，一字不差。林朝夕从头到尾看完，原先的激动已经淡了很多。医生姐姐是怎么说的来着？"你记下啊，记得提醒她。"大概真的是为了哄小男孩而随口说的，裴之却完全记下来了，还特地按照嘱咐，发了条微信来提醒她。

林朝夕把手机放回口袋，仰头看着窗外高远的蓝天，伸了个懒腰。真是令人心向往之的人啊。

第71章 · 台下 ·

回程道路漫长，两旁法国梧桐树浓绿茂密。林朝夕背着双肩包走在树荫里。从医院到大学城报告厅有很长的一段距离，打车、坐公交都可以，但在医院折腾了一下午，零基础学大学数学的讲座时间早过了，她索性不着急，慢腾腾地走回去。

夏风柔软，少男少女往来经过，那些黑色的发丝、飞扬的衣襟，让人很想吃个冰激凌。林朝夕舔了舔嘴角，左转，走进一家便利店。她在琳琅满目的冰柜前站了一会儿，在想是吃个草莓味的八喜，还是吃脆皮的梦龙。移门"叮"的一声打开，裴之走了进来，林朝夕和他对视一眼，第一反应是——这是什么见鬼的缘分？

裴之在打电话，也看到了她，很礼貌地点头致意后，径直走向水柜。目标明确，拿了一瓶矿泉水就走向收银台，收银的"嘀嘀"声过后，他掏钱付账，然后离开。那是后来林朝夕脑海中不断回放的一段画面。从头到尾，裴之都在打电话，用流畅的英语，低声讲着她完全听不懂的内容，并因为态度谦和随意，完全没有任何夸耀的成分。他离开收银台，微微侧过头，用肩膀夹住手机，腾出手来拧开瓶盖，随后喝了一大口。她明明就在旁边，他却没有任何找人代劳的意思，临走时还不忘再向她点头致意。

移门打开，关合，他离开便利店，走入浓绿树荫。林朝夕看着男生清秀挺拔的背影，看着他走向远方，直至消失。便利店凉丝丝的风从空调出风口落下，林朝夕收回视线，看着眼前琳琅满目的冷饮，无论是VC

饮料,还是微信,方才所有或有或无的少女心都消散一空。

她并不觉得裴之没停下来挂断电话和她说话有任何问题。点头之交,这是他们现在的正常距离。曾经无数次,她和裴之都有这样擦肩而过的机会,也都这么过去了,其实没什么。

林朝夕拉开冰柜,换了一根甜度最高的草莓甜筒,宽慰自己。

直到在1号报告厅坐下,灯光渐暗,林朝夕才大致了解,裴之那个电话是打给谁的。

这是今天她第三次看到裴之。青年换上了正式烟灰色西装和白衬衣,袖口挽起,没有打领带,看上去非常英俊清朗。西装前襟似乎别着三味大学的校徽,他正微微俯身,和报告厅工作人员一起调试投影仪。他目光专注,间或和身边的工作人员说着什么话,屏幕上幻灯片时动时停,不多时就回到最初的页面,蓝色底面上打着两行白字——

P/NP and the Search for the impossible.[①]

by Andy Howard

主讲人霍华德先生是H大教授,数学家,资深撰稿人,对P/NP问题有深入研究,这是讲座宣传上已经注明的内容,但讲座宣传上没有注明的是,本次讲座的翻译是裴之。

台下座位昏暗一片,林朝夕的手搭在座椅隔板上,手边是已经调成静音模式的手机。屏幕中,学院微信群不断刷新着迷妹们在操场拍下的片场照片。花卷穿着球衣,在片场大灯下,不断摆出射门的姿势,整个人熠熠生光。林朝夕最后看了眼手机,将之翻过去,抬头。

晚上6点整。

学术讲座没有任何复杂的开场仪式,裴之别着话筒,上台,站在了幕布正前方。他微微欠身,向全场致意,面孔被投影仪射灯照得亮晶晶的,因此更显得鼻梁挺拔,眉目俊秀,宁和如水的话音流淌而出:"两千年时,美国克雷数学研究所公布了七大数学猜想,并为每道难题设置

[①] P/NP问题,以及寻找不可能。

一百万美金的悬赏，以期能找到解答。它们是数学界无数人渴望登顶的高峰，每一个问题的解决，注定都将改变数学发展历程，而 P/NP 问题也位列其中。今天，我们有幸请到 H 大学数学系终身教授霍华德先生，为大家介绍这一世界级数学难题。"

裴之的介绍词再朴实不过，台下掌声响起，他很自然地退到一边。

这里没有迷妹。

科普性质的讲座欢迎社会各阶层人士来听，林朝夕几乎坐在大厅最后的地方，放眼望去，看到不少白发苍苍的老人和面孔很嫩的学生。他们中有老师、有教授，还有穿着永川高中校服的学生，每个人的座椅隔板上都放着纸和笔，每个人都在仰头鼓掌。大腹便便的霍华德教授在一片掌声中上台，站在幻灯片侧前方，掌声渐缓，他笑着和在场的所有人问好，同样很有风度地介绍了他的翻译裴之。

报告厅再度安静下来，只有演讲台上的光在动。

霍华德教授开始讲述 P/NP 问题的定义。在科普讲座中，他没有讲述复杂的数学定义，而以非常简单的概念来解释。如果 P=NP，意味着人类能很快计算出任何问题的解。他以癌症治疗的畅想切入，讲述了一个治疗方式——不需要化疗，仅通过 DNA 检测，便能确认正常细胞 DNA 和癌细胞 DNA，以此制造出特定蛋白质，有效饿死癌细胞，并使之排出体外。这项新型的治疗方案将使癌症治疗更为高效和具有针对性，不会对癌症病人产生副作用，更重要的是，会很便宜，使每位癌症病患都负担得起。而这项治疗方案的畅想，首先有赖于一个能有效解决 NP 问题的算法，即 P=NP。

简单的日常英语，林朝夕听起来完全没有问题，伴随裴之的娓娓道来的翻译，逐渐能看到那样简洁高效的美好世界。她终于明白老林所说的，如果出现那样的算法，那么属于 β-淀粉样蛋白沉淀问题的阿尔茨海默病，也会得到治愈。

幻灯片出现了一个令人欢呼雀跃的画面，台下所有听众都开始鼓掌和笑。唯有演讲舞台上，裴之和霍华德教授对视一眼，都露出清醒而平静的目光。

接下来的讲解更加深入，从 P 问题、NP 问题到 NPC，从时间复杂度到时间复杂度的多项式级，讲座开始向真正的数学领域延伸。林朝夕一开始还能通过裴之的翻译听懂一些，渐渐地，感到吃力。虽然霍华德教授已经找了非常多的实例来解释很多内容，但林朝夕很清楚，她根本没有理解那些专业术语的知识储备。离开数学世界太久，在某些方面，她甚至不如一个普通高中生。越到最后，无论是主讲人还是翻译，他们的表情越冷静清晰。而最后延展深入的内容对她来说，理解已经太过于吃力。某些明亮的画面交叠，她开始走神，总觉得记忆里好像也有类似的画面。那时，她和裴之肩并肩坐着，裴之还年少，脸庞清秀白皙，用一种迷茫却憧憬的目光看着投影幕布中的老人。

时空倒转。

十年后，她还是坐在台下，而他已经站在台上。

第72章 · 答案 ·

后来，林朝夕想，如果在芝士世界为期两个多月的生活，能让十年的距离消弭殆尽，才是世界上最大的笑话。

离开报告厅时，夜幕低垂，大学城里诸多楼宇暗淡，但也有教室在夜色中分外明亮。透过窗口，能看到许多教室里的许多学生，他们在白炽灯下埋头苦读，课桌上书本摞得很高。

林朝夕没回头看报告厅，也没再去看手机，直接回家了。推开家门，有很淡的饭菜香味，老林已经在院子里摆好饭菜。吊灯自花架垂下，葡萄藤绿得正好，在夜风中轻轻晃动。看到她身上的伤，老林直接"嚯"了一声。

"打架去啦？"老林问。

"没有！"林朝夕把书包一扔，在藤椅里坐下，"见义勇为了！"

老林摇摇头，用筷子指着她的脸，筷尖虚画了一个圈，他很惋惜地说："这是不高兴的表情啊。见义勇为还不高兴，林朝夕同学，你思想觉悟不够高啊。"

"因为疼，万一留疤，以后没人要怎么办？"林朝夕拿起筷子，假装忧虑。

"不留疤就有人要了吗？"老林笑问。

果然是亲爹。林朝夕瞪着老林，作势要去拿手机："虽然我拒绝了小刘，但如果我诚恳道歉，写三千字检讨并认真朗诵，你说小刘同志会不会原谅我？"

"别别别、别冲动。"老林赶忙挥挥筷子，让她放下手机。

林朝夕笑了起来，低下头，举起碗，扒了两口饭。入口饭菜都已经微凉了，老林显然已经在院子里等了她不少时间。她抬起头，看着父亲在夜色里笑盈盈的面容。

"我今天救了个男孩。"她缓缓开口。

"帅吗？"老林问。

林朝夕被噎了下，她在老林心里到底是什么形象？

"我不是因为脸才救他的，我不是那种人。"

老林："那你是因为他和裴之认识才救他的？"

林朝夕："？？"

看着她震惊无语的表情，老林也愣了。

"你老父亲瞎说的，难道又中了？是不是要去买体彩？"老林说着就要站起来，"得拿笔记下来去买体彩，不然忘了，五百万啊五百万。"

"停停停！"林朝夕赶忙喊住他，"你别冲动，我就和他一起被送到医院了而已。"

"这个剧情不好。"老林摇头晃脑，开始编故事，"接下来得是裴之去医院，你们又撞上了，他送你去上药，还顺便加了你的微信……"

"啪嗒"一声，林朝夕的筷子掉了，老林更加愣了。

过了会儿，老林才探头悄悄问："又猜中了？混沌理论有点意思啊……"

林朝夕："老林同志，你在晋江言情小说网站的笔名是什么，能告诉我吗？"

"别别。"老林赶紧挥手，"我不是那种人。"

林朝夕感受到了嘲讽。

老林说完，自己都快笑死了："很狗血啊。"

林朝夕无奈："更狗血的是，我从医院回来，去学校听了一个 P/NP 问题的讲座，翻译还是裴之……"

"造化弄人。"老林感慨。

"是啊。"

说完那句"是啊"后，他们父女俩都沉默了一段时间。院外有蛙声和蝉鸣，院内却静悄悄的。林朝夕看着家里玻璃窗透出的昏黄灯光，听到老林问："讲座怎么样？"

这才是老林。

"开始还能听懂，后来就完全听不懂了。"林朝夕很认真地回答。

"这个不简单啊，裴之挺努力了。"老林说。

林朝夕："……"

"有什么听不懂的吗？"老林坐在小饭桌前，问。

林朝夕点点头，从旁边的椅子上拿出笔记本，开始问问题。

"科普性质的概念大概懂了，但对这个问题的数学定义还不够了解。"

"哪里？"

"这里。"

林朝夕动了动椅子，移到老林身边，把笔记本摊开，手指指向画问号的关键词。

"哦，这个啊，旅行推销员问题，这个你知道吧……"老林声音平缓，夜色舒缓怡人，明明只是一顿晚饭，却变成了学术答疑。林朝夕听着听着，忽然抬头，看着父亲的侧脸。他两鬓有一点点白发，神情认真专注，正用通俗易懂的语言，一点点为她推开数学世界的大门。多久没有这样的时光了？林朝夕也不记得了，但她由衷感谢能有去往芝士世界的机会，使一切早已遗忘的美妙回忆都再度清晰。

夜风徐徐，老林讲了很久。比起霍华德教授和裴之面向公众的短暂科普讲座，老林的讲法更加深入浅出，完全是信手拈来，也更针对她不理解的内容。每一个概念、每一个术语，他解释起来，逐渐剥去艰涩的外衣，而变得清晰明了。在老林解释过后，她能逐渐看清距离究竟有多远。林朝夕甚至有那么一瞬间怀疑，老林是不是在这个问题中也浸淫许久，不然怎么这么清楚？

"感觉怎么样？"老林最后问。

"还是很难。"林朝夕诚恳回答。

"当然难了。"老林不由得笑了起来，眼角皱纹分外明显，"千禧难题嘛，如果凡人都能懂，那数学家的优越感从哪里来？"

林朝夕："……"

"放轻松点嘛。"老林说，"人生那么漫长，喜欢的东西都可以且行且追求，别把自己逼太紧了。"

"你昨天好像不是这么说的？"

"毕竟昨天没瞬间把裴之那道题解出来，底气不足。"老林理直气壮。

"啊？"林朝夕茫然地看着老林。

"别把自己逼得太紧，做不出来，你还有爸爸。"老林眨了眨眼，讳莫如深。

林朝夕品了品这句话，突然瞪大眼看老林。

"老林同志，你不能这样！"

老林说着就要拿笔："我把答案写给你？"

"你这是知识世界的糖衣炮弹，拿开拿开，别诱惑我！"

林朝夕推开他的手，转头去拿自己书包里的计划表，还有今天报名机构的材料，纸张洋洋洒洒地全堆在桌角。"你与其给我写答案，不如指导我怎么学习……"说到这里，她发现身边忽然安静下来，抬头，老林目光凝固，正在看桌上的什么东西。她觉得奇怪，下意识顺着他视线下移，看到了一串电话号码。那是写在她实习听课笔记上的电话号码——021-576323××。再抬头，老林看着她，她也看着老林。

林朝夕："爸爸，你想问我是从哪儿知道这串号码的话，不用犹豫这么久……"

"啊？"老林的反应非常典型。

"你是不是觉得这串电话号码眼熟呀？"林朝夕试探着问。

老林看她的目光有那么一瞬间讳莫如深，但又变得茫然，最后说："这个号码哪儿来的？"

林朝夕舔了舔唇，想起她曾经对傲娇版老林说的故事。

"我昨天晚上做梦，掉进了一个兔子洞里……"

"这不是《爱丽丝漫游仙境》吗？你少忽悠我们老年痴呆症患者！"

林朝夕："……"

"关爱你老父亲，从点滴做起。"

"真的是个梦。"她笑了笑，"梦里我惨遭遗弃，从小在福利院长大，你不知道怎么搞丢了我，变得愤世嫉俗。我们做亲子鉴定那天，你拨了这个号码，我看到的。"

"什么叫愤世嫉俗？"老林很怀疑。

335

"就是我认识你嘛,我抱着大腿喊你,你对我不屑一顾,全世界都欠你一张五百万彩票那种感觉!"

"梦境投射的是人的潜意识,你说说在你心目中,你的老父亲究竟多么不堪!"

林朝夕:"爸爸,你的关注点好歪,是不是因为心虚,所以在扯开话题?"

"我心虚什么?!"

"这个电话是谁的啊?"她说,"我百度查了下,没有结果呢,应该是家宅电话……"

"林朝夕同志……"

"在!"

"你老父亲都得阿尔茨海默病了,还要接受你的拷问,心里很难受,堵得慌。"老林边说边捂着胸口站起来,捧着菜碗就走。老林虽然在开玩笑,但他的表现很明显是不想说。

林朝夕也无数次问过自己,是不是要搞清楚当年究竟发生了什么。看着老林走进屋内的背影,林朝夕想,孩子有孩子的秘密,那么成年人也有成年人的秘密,保留秘密是每个人的权利,林朝夕决定尊重他。

她转回头,举起筷子,准备夹菜,却落了空。

"爸,走就走,你把干锅牛蛙还给我啊!!"

第73章 · 事故 ·

最后,在和老林就这份牛蛙进行长达半小时的争夺后,她还是输了,只能就着炒青菜下了一碗米饭。不过吃饭的时候,老林还是和她一起整理了学习材料和计划表。林朝夕拿着书包,回到自己房间,咂了咂嘴,品着嘴里青菜的味道,总觉得老林这有点恼羞成怒的意思,所以这个电话最有可能还是属于她的妈妈?成年人的感情生活,她管不了啊管不了。

她在书桌前坐下,打开电脑,准备按照老林的推荐整理下学习计划,比如先把需要购买的参考书看一下。时间是晚上8点,老林在隔壁房间做他自己的事情。从她小时候开始就这样,老林不会辅导她的作业,更不会拿着小板凳坐在她旁边监督,她有不懂的问题会主动敲门找老林求助,老林想逗她玩的时候也会敲门来逗她。他们父女间保持了一种适宜的距离。

　　林朝夕在电脑里建好表格,一列列排好要学习的内容、参考书、学习工具和大致所需时间。工作做得越细致,她就越发现自己有多少亟须补课的内容。从大学数学一年级的数学分析、高等代数、解析几何,到后面的抽象代数、常微分方程、复变函数、实变函数等,一年时间肯定不够。而数学本就需要反复练习来提升熟练度,当然这和数学思维也有关。不管怎么一丝不苟地认真苦读,至少还需要两年时间,这已经是在老林开过"金手指"的情况下了。

　　考研报名机构指导老师说得非常中肯,要考三味,她今年肯定不行。林朝夕握紧鼠标,手掌发疼。虽然她总把放弃数学归因于曾经老林不在她身边的那段时光,但后来呢?她大学的时候究竟在做什么呢?大概总是因为这样那样能让人愉快而消磨意志的事情,让时间一分一秒流逝。当时并不觉得可惜,而当遇到真正想要的东西时,她所浪费的时间,也就等同于她和目标之间的距离。

　　公平至极。

　　至此,她非常后悔那些曾经没有珍惜的时光。如果能够再去一次芝士世界就好了。她这么想着,按下打印键,将粗略计划打印出来。她捧着水杯,准备去厨房泡一杯咖啡。无论如何,从这一刻开始吧。

　　等水开的时候,她站在冰箱前,翻了翻冰箱上花花绿绿的记事贴,忽然看到其中一条,忍不住喊了出来:"爸,明天是不是要去医院复诊啊?"

　　"有吗?"

　　"你贴冰箱上了啊!"

　　老林打开房门,噔噔噔跑出来,站在冰箱前,然后哀号:"果然老年痴呆了,医学诊断真准确啊。"

　　"我明天陪你去吧?"林朝夕说,"我不实习了,有大把时光。"

　　"你不是要试着解裴之小哥哥给的题?"

　　林朝夕:"……"

　　"真的不要答案吗?"老林又说,"在我书桌的第二个抽屉里,明天趁我上班,你可以偷偷看。我不会告诉裴之的,因为我不认识他。"

　　林朝夕转头盯着老林,眼睛一眨不眨。

　　"怎么了?"老林笑,"要不要爸爸现在就蒙上眼?"

"爸爸，马主任让你再去的时候，是不是要你带脑CT的片子，还有那些检查报告，你放哪儿了？"

老林猛地睁眼："！！"

林朝夕放下水杯，推着他出厨房："先把你的病历袋找出来，再说我陪不陪你去的事情！"

"我们从医院出来的时候拿了吗？"老林很不确定地说。

"我记得拿了。"

在你一言我一语中，他们从玄关储物柜翻到老林房间的置物架，还是没有找到老林的病历袋。

房间里翻得乱七八糟，连衣柜都找了，老林很心虚地说："会不会在我书桌左边的第二个抽屉里？"

林朝夕满头大汗："你不要诱惑我，我是不会看的。"

"真的，我可能把重要的东西都放一起了……"

抽屉被慢慢打开，林朝夕站在门口，背对着房间，听到慢慢开启时木头相互摩擦的声音，还是忍不住回头。远远看去，长方形的抽屉里放着一个信封，白底红字，是老林所在的财务咨询公司的专用信封。它看上去有些鼓鼓囊囊的，里面应该塞着几页纸，壁灯的光洒落在信封上，让它泛着莹润白光，确实极具诱惑力。而在这封信下面……老林猛地把东西抽了出来，那是永川市立医院的病历袋，鼓鼓囊囊，塞满了各种检查报告。

"就说在这里嘛！"老林很得意地看着她。

前天是马主任的专家门诊，病患非常多，所以他们并没有聊多长时间。在那之后，马主任的学生特地给老林打了个电话，希望他们周日再来一次。候诊室外仍有漫长的队伍，林朝夕陪老林坐在长凳上。

林朝夕："为什么马主任的学生会约你？"

老林："我不知道啊，马主任是教授吧，教授难道亲自给我打电话？"

林朝夕脚点着地，离约定的时间还有十分钟。她打开书包，准备和老林分小零食吃，只是还没等她找到，就看到一个很熟悉的身影，正转动轮椅，从远处而来。圆圆的脸，黑框眼镜，昨天刚受伤，但还身残志坚，坚持工作……除了陆志浩，还能是谁？

林朝夕掏零食的手停顿下来，因为陆志浩正在打电话，而老林的手机响了。她和老林对视一眼,老林莫名其妙地接通电话,只见远处对轮椅很不习惯的男生艰难地"喂"了一声,冲他们这里挥手,手停在半空中,愣住了。

"这是相亲对象小刘,还是你见义勇为的对象?"老林同志是人精中的人精,一个眼神就什么都明白了。

"后者。"

"怕不是个傻子吧?"老林撇撇嘴。

林朝夕:爸爸,你果然只喜欢裴之!

陆志浩用轮椅非常不熟练,花了好一段时间才避开各种人把轮椅转到他们面前。他看了看她,又看了看老林,想开口喊"叔叔",又觉得应该先和她打招呼,结果干脆呆滞了。

老林轻轻"哼"了一声,没有要说话的意思。

林朝夕没办法,只能尴尬挥手:"又见面了,还好吗?"

"没事没事,是医生说让这几天坐轮椅少动能好得快。你……你怎么来了?"

"反正不是来追你的。"老林没好气地说。

林朝夕戳了戳她爸,知道老林其实是因为她救陆志浩导致身体擦伤严重而不爽,只能夹在中间打圆场。

"我陪我爸来找马主任,还是你通知我们周日来的……"

"哦哦哦,是这样的,真的非常不好意思,让你们久等了!"陆志浩拿起放在轮椅侧边袋里的文件夹,又觉得自己忘了什么,赶忙郑重地对她说,"昨天真的特别特别感谢你,本来昨天想请你吃饭,但是后来你走了,反正等你有空了,我和小美一定请你吃饭!"

"就知道请吃饭吗……"老林嘀咕。

"好啊。"林朝夕大声笑答,赶紧把她爸的话遮过去,她看着陆志浩身上的白大褂,问,"你在这里实习吗?找我们来是为了什么?"

"啊,不是实习,只是见习,顺便帮老板打工。"陆志浩指了指神经内科的病房,小声地说,"和老板的一个研究有关。"

林朝夕笑了笑。一方面是觉得真的好巧;另一方面是在感慨,马主任是每天门庭若市的大专家,陆志浩能在对方手底下做学生,看起来在面对成为科学家的梦想时,他选择了自己想从事的一门学科。真好啊。

等陆志浩带他们进诊室的时候,已经中午了。

教授面前摆着一份盒饭,他简单扒了两口,示意他们坐下。

马主任:"前天没时间找你们详细了解,看林先生的片子有点问题。您曾经出过车祸,是吗?"

林朝夕正把老林的病历袋放到桌上,手一顿,陆志浩坐在轮椅里做笔记,没什么反应。

老林笑了笑,没想到马主任找他来聊这个:"也不能说是车祸,就是被车撞过,摔得不巧,开始以为没事,爬起来就走了,但过了几个小时就昏迷了。"

马主任:"大概昏迷了多久?"

老林:"不太记得了,得有几个月吧。"

老林说得轻描淡写,却一直在看她,林朝夕知道自己的脸色恐怕已经惨白了。她强撑着冲老林笑了笑,让老头这时候就别担心她了。

马主任:"能知道当时您在哪家医院治疗的吗?"

老林没立即回答:"听您的意思,我这病还和车祸有关系?"

马主任说:"是这样的,阿尔茨海默病的致病因素有很多。目前的研究认为,遗传和基因突变是导致发病的重要因素,还有某些躯体性疾病,甚至包括重金属,都被认为是可能导致阿尔茨海默病的危险因素。除此之外的致病因素,还有创伤性脑损伤。"

老林沉默了一段时间,林朝夕将手搭在父亲肩头,却止不住地颤抖。噩梦般的记忆再度浮现,她从不知道,当年事故的后遗症会如此漫长,竟有可能导致了今天老林漫长而痛苦的疾病。

而对她来说呢?她曾无数次想过,如果老林没有那段昏迷时间,她的人生会不会就此不同?

第74章 · 信封 ·

这大概是很难熬的时刻,谁都会想,如果没发生过就好了,但这个"谁都会"里,不包括老林。

"哦,那是挺不巧的。"老林说。

听到这么轻描淡写的一句话,就算是见惯病患的马主任,都有些惊讶:"您能这么想,很不容易。"

"世界上所有事情,都可能发生在任何一个人身上,没什么大不了。"

在这间诊室里,林朝夕第二次听到老林说了这句话。

"谬赞了谬赞了。"老林还是微微在笑,只表现出对科学研究的兴趣,"所以什么脑损伤,和阿尔茨海默病之间的关系到底是什么?"

"我简单介绍一下吧。"马主任双手交叠,很认真地看着老林,"因为最新的国外研究发现,一次脑震荡,就有可能导致大脑内 BACE1 酶和 β-淀粉样蛋白水平升高。这两者中,前者在后者合成中扮演重要角色,后者是老年痴呆病理性产物老年斑的重要组成部分。我个人的研究方向也是这个。"

"哦,是这样啊,医学也挺有趣的。"老林极其乐天地说,"那挺好啊,我愿意配合研究。"

"非常感谢您,我很想对您做长期病例的跟踪,"马主任却摇摇头,"但今天找您来并不只是为了这件事。"

林朝夕皱了皱眉,表示不理解。

马主任说:"刚才为您介绍阿尔茨海默病的病因,是因为我长期合作的药研所,最近有一种针对 BACE1 酶的抑制剂,新药在招募一期临床的被试,他们希望能找到几位确认曾受过创伤性脑损伤的阿尔茨海默病患者,来接受新药的药物实验,不知道您是否愿意。"

林朝夕猛地抬头,看向马主任,说不出话来。

"那有什么不愿意的?"老林没有任何停滞,"这是好事。"

"疗效还不明确,其实是把您当小白鼠。"马主任很坦诚。

"不是小白鼠,这是为科学献身。"老林笑着说。

"太感谢您了。"马主任起身,和老林握了握手,"如果您愿意的话,我的学生会带您去填写一些个人资料,如果通过筛选,会通知您参加实验。"

"没问题啊。"老林依旧乐呵呵的。

无论是知道自己老年痴呆可能和车祸事故有关也好,还是天上掉下新药治疗的机会也罢,他都保持一视同仁的平静态度——也没什么大不了的。

陆志浩转着轮椅在前方带路,林朝夕和老林跟在后面。

医院走廊漫长,墙壁白而透亮。相似的场景,类似的科室,她以为曾经淡忘的记忆又以很轻很慢的姿态浮现出来。那是某个冬天,在高中文理分班前。早上出门,她和老林分别时,老林还活蹦乱跳的,但放学的时候，班主任带着警察来找她，说是她父亲在路上突然晕倒。她赶到医院时，老林身上已经插了很多管子。医生说老林遭受了头部撞击，根据他身上的瘀青判断，可能是遇上了一次小型车祸。病人当时感觉没有任何问题，拍拍屁股站起来就走，但数小时后情况恶化，陷入昏迷，这种情况也不算罕见。

老林昏迷后，交警没法做笔录，查了半天也查不到车祸发生地点和时间，遑论肇事者，并且也存在老林自己摔伤的可能性，所以这件事只能由他们自己负担治疗费用。对她来说，父亲昏迷不仅是精神负担，还有很重的经济压力。那段时间，家里没有收入来源，向邻居借了钱，医保也承担了很大一部分，但每个月医院催缴费用的时候，她都非常头疼。现在她已不记得那段时间是怎么过来的了，反正就是小白菜式的经历。

亲戚、学校、顾客、老板、老师、同学……青春期的时候，人总觉得全世界都在和自己作对，所以反抗一切，但她的青春期，失去了反抗的能力。

经历漫长的治疗期，每天痛苦无望地等待和祈盼，等老林清醒过来，看到她面黄肌瘦的样子，第一句话是："怎么减肥成功了？"她本来还想抱着老林哭，演一场脑海里想过很多遍的父女情深戏码，可看着老林笑盈盈的目光，所有伤感情绪在瞬间烟消云散。

而最重要的是，接下来老林就告诉她，爸爸真的有钱，爸爸有几套房，还有几本藏在鞋子里的存折，但她完全不知道这些，每天苦兮兮的，都不知道在干什么。老林不仅没安慰她，还抚摸着她的"狗头"说："挺好的，双眼皮和酒窝都瘦出来了……"这大概就是老林的人格魅力所在吧，让你觉得，人生只是一个充满新奇经历的旅程而已。好事、坏事，和诸多不好不坏的事相互夹杂，成为我们每天的日常。一切都有可能发生，所以没什么大不了的。

望着父亲依旧随意平和的面容，她从未想到，原来当年她以为已经过去的事情，其实一直影响着他们，并延续到了现在。

陆志浩带他们到休息区最安静的地方，开始登记老林的详细资料，比之前的更为详尽。

在那之后，他开始给老林做一些她也不了解的简单测试。她年幼时总显得大大咧咧的朋友，此刻正在认真地询问她父亲一些问题，神情专注,一丝不苟。就算昨天摔断腿,今天坐着轮椅也要来,遇到这种个性的学生,估计马主任也不容易。

林朝夕看着他胸前永川大学附属医学院的蓝色标志,终于知道陆志浩放弃三味大学后去了哪里。

"这么多题?"陆志浩又拿出一沓纸,老林扫了一眼,很嫌弃地说,"我老年痴呆,你们给我做智力测试,这不是嘲讽吗?"

"叔叔,这项测试能检查您认知功能的受损程度,虽然用时会有点长,但——"

"知道了。"老林打断他,他对认真孩子的态度一贯很好。

林朝夕看着他们低声交流,把书包放在椅子上,去给他们买水。回来的时候,她经过休息区的壁挂电视,花卷明媚的笑脸从电视机中一闪而过。休息区的塑料椅子上坐着很多阿姨和奶奶辈的女士,看到花卷……哦,不是,是看到国民偶像纪江小哥哥的笑颜时,师奶们统统满脸慈爱。

林朝夕随意地坐了下来。电视音量调得不高不低,她拧开水,喝了一口。那是一个国家形象的广告片,配合即将召开的国际教育会议拍的,全国上下的大小荧幕都在放。花卷在宣传片里是一个普通家庭的孩子,和全国千千万万普通孩子没什么两样,戴着红领巾上小学,考上重点初中,又努力学习,上了重点高中。在高考前填志愿的时候,他却感到茫然。母亲想让他学金融,因为据说搞金融挣钱多;父亲希望他能做医生,这样家人老了以后就不怕生病;老师觉得他的成绩能上名牌大学的王牌计算机专业。所有人的意见汇总在一起,让一个十八岁的孩子无从选择。

周末,父母为了让他能轻松填志愿,开车带他回了老家。他的老家在海边,有沙滩和礁石,还有蔚蓝的海。爷爷开船带他出海捕鱼,千帆竞渡,百舸争流,这让他想起小时候的一些情景,那大概是他最无忧无虑的一段时光。爷爷教他认识海洋里的鱼,认识沙滩上的贝壳,他们还在船上生吃刚捕捞起来的虾,他从小就对那些多样性的生物充满兴趣。很自然地,在广告最后,他将志愿改成了海洋生物学,学了一门父母都认为不太会有出息的专业。广告又从头到尾播了一遍,林朝夕又从头到尾看了一遍。

陆志浩摇着轮椅来到她身边,林朝夕把水交给他。小陆同学没扭捏,直接拧开了矿泉水瓶,喝了一大口。

"叔叔把我赶走了,说想一个人做题。"陆志浩说。

"当然，他智商太高怕吓到你，说不定正在造假。"林朝夕笑着说。

"啊？"陆志浩不太理解，又喝了一口水，说，"叔叔还问我怎么跟裴之认识的。"

林朝夕愣了愣，随即无奈地笑了起来："他怎么突然问这个？"

"我也不知道……"

"那你们是怎么认识的？"她转头，看着老陆同志。

"我们一起参加了一个小学奥数夏令营，特别残酷。"

"是吗？"

"是的，大家每天都学得很痛苦，但裴之不一样，他是真的天才，无论做什么题永远都是满分。夏令营过程中走了很多人，在一次领导来视察的时候，他当着领导的面用很短的时间答完整张试卷，然后直接退赛。从那天开始，我发誓要和他做一辈子的朋友。"

陆志浩语音平静。

林朝夕微微低头，荧幕亮晶晶的光落在她身上。她并不对这个故事感到意外，这是她没有经历过的正式版本，理应如此。

过了一会儿，她才说："他确实一直很厉害。"

"你们之前是怎么认识的？"陆志浩试探着问。

"我和他从小就是同学了。"林朝夕笑，"同校不同班，我认识他、他不认识我的这种关系。"

"这样啊——"陆志浩拖长调子，他想了想，拿出一样东西，放在她面前。林朝夕低头，发现是那个她熟悉的信封，白底红字，鼓鼓囊囊，里面至少塞了好几张草稿纸。老林大概偷偷把答案夹在病历袋里带出来了。"叔叔说，让我把这个给你。"

陆志浩目光坚定，虽然大概也不清楚发生了什么，却希望她能够接过。林朝夕按住信封，这次，没有任何犹豫。她俯下身，在陆志浩的错愕神情中，摘下他胸前的圆珠笔，即刻站起，向休息室外走去。

广告中最后的歌声传来，很轻，不知谁在唱着关于梦和未来的曲子。

风很轻微，从耳畔刮过，两旁座椅后退。她步速很快，边走边点开和裴之的聊天记录，看着那一大串医嘱，她回复了三个字：谢谢你。

她收回手机，按下圆珠笔，笔头弹出，门口就在眼前。

她握住信封，在推门的瞬间，在信封上写下了一行公式——$E=mc^2$。

THE HEART
OF GENIUS

小学与黑猫

独家番外

· 01 ·

小时候,林朝夕短暂拥有过一只小黑猫。她给那只小黑猫取名叫牛顿。因为第一次遇到小猫时,老林刚给她讲了万有引力的故事。她觉得自己和小猫间,可能存在某种特殊的吸引力。

地点是在她小学附近的一处居民楼。很多年以前的小区,没有明确的围墙概念,许多地方都有出入口。每天放学后,林朝夕从学校后门穿过那个居民区,十分钟就能到专诸巷的家里。

居民区里开着好吃的油炸店,有全世界最好吃的炸排条和萝卜丝饼。林朝夕就是在咬萝卜丝饼的时候,在一棵山茶树旁遇到牛顿的。小黑猫冲她喵喵叫,只有两个拳头那么大,声音细软又有活力。她把手里的油炸萝卜丝饼掰下一块,扔到小猫面前。煤球样的猫咪耸着身体,凑近嗅嗅,露出黑漆漆的小鼻尖,然后一口把油炸萝卜丝饼舔进嘴里。林朝夕也是长大以后才学习到,不能给小猫喂油炸食物,但一个四年级的小学生,只想把自己觉得最好吃的东西分享给新朋友。在那之后的每天,她放学买的零食,都会和她的牛顿分享。有时是火腿肠,有时是梅花糕,虽然牛顿从不让她摸摸,但每次吃零食都非常积极。

直到有一天,她的牛顿不见了。

· 02 ·

裴之对钢琴并没有什么兴趣。虽然能完成学习任务,按照老师要求弹奏曲目,亦步亦趋,但他并不喜欢做这件事。对于四年级的小学生来说,很难用复杂的语言阐述心情。大概就是,他知道音乐很优美,可并不能从中获得真正的平静和快乐。

他喜欢别的东西,比方说在老师家读初三的哥哥的一些书,或者是偶尔来老师家院子里玩的一只小猫。他称那只小猫为哈雷。因为老师说,那只小猫总会在固定时间到院子里吃饭玩耍。裴之觉得它很像哈雷彗星,为不知名的引力所吸引,在宇宙中有自己优美的轨迹。

但是在某一天,哈雷并未按周期回归,裴之认为,哈雷偏离了它的轨道。

·03·

那几天,老林正好去外地出差,非去不可的那种,林朝夕只能住在邻居奶奶家里。小学生真的很忙,但爸爸不在。老林没给她报学校的放心班,放学后,她吃完小零食,就要赶着去上最近很感兴趣的轮滑课。她买完串串香,没有在第一时间看到小黑猫牛顿,于是把鱼丸放在牛顿常蹲的山茶树下,就跑去上课了。

结束广场轮滑课后,林朝夕特地绕了个路,回到山茶树下,却发现自己扔下的三颗丸子一颗都没有少。这下,她开始担心了。

当天晚上和老林打电话时,林朝夕给爸爸讲了小猫失踪的事情。

"我们的牛顿不见了?"老林有些惊讶地道。

"对,我在附近都没有看到它,它那么小的一只。"

"'附近'是指到山茶花坛那么近,还是到旁边的萝卜丝饼店那么近?"

"到串串香店。"林朝夕说。

"那是我最喜欢的一家。"老林笑道。

"爸爸……"林朝夕有些欲言又止。

"你有什么找小猫的想法吗?"老林问。

"我今天找小猫,回家晚了,对不起。"林朝夕很小声地说道。

"首先,你没有手表,对吗?所以为了找小猫耽误了回家时间很正常。"老林很和蔼地说。

"爸爸,你不怪我吗?"

"当然不会,遇到突发状况改变计划很正常,是我的粗心,应该给你配一块手表。等我回来,我们就去买。"

"好啊!"林朝夕高兴起来,然后问,"那我可以继续找牛顿吗?我想扩大一下搜索范围,不去马路上!"

"没问题,我相信你能保证自己的安全,你还可以问问附近的大人,看看有没有人见过牛顿。"

"好的,老爹。"林朝夕干劲儿十足地说。

· 04 ·

裴之生活得并不自由,和大部分小学生一样,每天上完学校的放心班才能离校。他的钢琴老师会负责在校门口接他,他会去老师位于红星路的家里练一个小时琴。结束后,司机会在新村门口接他,送他回家。这是家里对他的规划,是小学四年级的裴之每天的生活。

当然,这个规划里会出现意外。比方说,如果他在某个阶段学得更快些,就可以获得自由时间。他可以跟老师家那个读初三的哥哥玩一会儿,这是他和老师之间的小秘密,也是对裴之来说,很珍贵的自由时间。裴之和老师家那个初三的哥哥也有秘密。他们偶尔会做一些交易,裴之只要付出一些小代价,哥哥就会给予他不少帮助。所以,在发现哈雷的轨迹出现异常的第一时间,裴之就将这件事告诉了哥哥。

"你说的哈雷是我们院子里的小狸花,你觉得它不见了?"
"嗯。"
"可它也不常来,你怎么确定它不见了?"
"哈雷偏离了它的轨道。"
"……那你想怎么样?"
"我们去找哈雷,我帮你写一周的作业。"
初三生沉默。
"我只能做数学和物理的,其他的我都学得不算好。"
初三生感到了屈辱。
"我会在纸上写,你誊到作业上就好。"
初三生愤怒:"到底我是初中生,还是你是初中生?"
"化学主要是因为你讲的我还没有理解,不然我也能做一些。"小学生愧疚地检讨。

"那不是因为我也没懂嘛!"初三生无语望苍天,自我排遣了会儿情绪后,他认命地说,"我错了,走吧,少爷!"

初三生牵着小学生的手走出房门,给母亲打了个招呼,说要带小朋友出门玩会儿。

出门时,初三生小声嘱咐:"数学不能全做对,要故意做错一点,我差点被老师抓包。"

"我知道了。"小学生郑重地点了点头。

在哈雷偏离轨道后,裴之决定去寻找它。

· 05 ·

很多人记得那只小猫。他们有人说:"那是只调皮的坏猫,它的两只前爪是白色的,喜欢趴在电瓶车篮子里。"也有人说:"那只猫嘴上有撮黑色的胡子,偷过路边晾的咸鱼。"但林朝夕知道,那些都不是她的牛顿。她的牛顿通体皆黑,只有眼睛是绿色的,像摆在黑丝绒上的两颗宝石,熠熠生辉。很奇怪的是,林朝夕既无法在别人的嘴里听到她的小黑猫的故事,也无法在空间层面上看到它,但总觉得牛顿就在她的身边。她好像能听到小猫"喵喵"的叫声,似乎就在附近某处不知名的地方。

综合新村里有几处喂猫粮点,几乎是凭着直觉,林朝夕来到一口通风井前。小学四年级的林朝夕不清楚它的具体构造。它由两条狭长的缝隙组成,可又没有那么窄,如果一只小猫不小心踩上去,是有可能掉下去的。下方井口黑漆漆的,风呼呼地吹着,林朝夕依稀听到有小猫的叫声从底下传来。

· 06 ·

比起林朝夕,裴之找到小猫的过程则快很多。

他们在新村附近询问了一下,就有大人给他们指路。

"昨天有个小姑娘说,有只小黑猫掉进通风井里,让我们帮帮她,救救小猫。"

小学生抬起头。

"那猫救上来了吗？"初三生问。

"没有啊，根本没看到猫啊。"大人是这么说的。

· 07 ·

"科学史上著名的猫有很多，首先就是薛定谔的猫。"

"薛定谔的糕是什么，爸爸，和定胜糕有什么关系？"小林朝夕握着电话，很茫然地问。

年轻的父亲当然不可能给他的小女儿讲述害死猫猫的思维实验，就算那是量子力学也不行，所以换了个不那么严谨的解释："它是盒子里的一块定胜糕，它既是甜的，又是咸的，只有当你打开盒子，拿出它咬下去时，才能确定它到底是什么味道的。"父亲愉快的声音传来。

"这也是为什么他们每个人看我的猫都不一样吗？因为他们打开盒子的方式不一样？"

"很了不起，林朝夕，你的猜想在微观的量子世界可能是正确的。"

"可是我钻不进井里，不能确定小猫到底在不在里面。"林朝夕发愁地说。

"所以，那是口很深的通风井吗？"老林问。

"对，但是爸爸你不要担心，它比较窄，我不会掉下去，很安全的。"

"但小猫能够掉下去？虽然大人们看不到小猫，可你确定，猫就在里面。"

"对啊对啊，我听到牛顿在叫。"

"假设你是对的，那我们需要把小猫救上来。"

"我想过的，爸爸，用竹竿捞感觉不太行，因为我要上学。如果我们做一块很长的木板，牛顿可以顺着木板爬上来就好了。"

"这是个很好的主意，林朝夕，我记得我们院子里就有合适的木条。"

"可是爸爸，我一个人不会弄。"

"两天后我就回来，但我不确定那口井有多深，我们家的木条够不够给小猫搭梯子。"老林笑道。

"我可以去算一下，我有两个方案！"林朝夕兴高采烈地说。

·08·

"是说猫掉到这条缝里了？"眼前是片水泥地，地面有一条很长的缝隙，大约有成人手掌的宽度。向下望去，狭长的缝隙似乎深不见底，很像下水道或者通风井一类的东西。缝隙旁的水泥是灰白色的，上面有着一些歪歪扭扭的数学公式和简笔画，旁边还扔着一块红色碎砖和一条绳子，很像什么未完成的阵法——$s=\dfrac{gt^2}{2}$，$s=\dfrac{9.8t^2}{2}$。

"这是在干吗，用数学救猫？"初三生望着公式不解。

"她想通过一颗石子下落的时间，计算这口井有多深。"裴之说。

·09·

"我有一个问题，林朝夕，为什么不同石子下落的时间是一样的？"

林朝夕牵着爸爸的手，咬着甜筒，走在去营救小猫的路上。她以为这是什么知识巩固题，于是回答："牛顿说，因为地球有引力，所以会产生重力加速度，它和物体的质量无关。"

"可为什么地球有引力？它本身是哪里来的？"老林若有所思地问。

"因为地球有很大的质量。"

"为什么质量会带来引力？"

"我不知道，爸爸。"

"有没有可能，其实'引力'本身并不存在。你把甜筒给我，我演示给你看。"

抱着对知识的渴求，小林朝夕就这么迷茫地递出了手里的甜筒。

"你可以把这个圆锥形的甜筒，看作我们的时空，地球就是里面的巧克力底，它很重，我们整个时空被它压弯了。"老林说着，为了演示，很自然地把奶油冰激凌咬下去大半。

"爸爸！"林朝夕突然反应过来，跳起来就要去抢。

· 10 ·

"是那个想救猫的小女生干的？这不是拿根绳子往下放就知道了？"站在炎热的阳光下，初三生问。

"因为这个井太黑了，或许无法确定绳子落下的具体位置。"裴之说。

"所以是多深？"

"不知道，她没有手表，无法得知时间 t。"水泥地上有块简笔画的手表，还有个砖红色的打着问号的"猫猫头"，小裴之理解了一会儿，然后解下了自己手腕上的电子表。

"你要干吗？"

裴之望着初三生哥哥，从地上捡起一块石头，把手表调成计时器模式，然后将石头放进缝隙中，平齐地面，松手。电子表上数字跳动，定在"咚"的一声轻响时。小男生看着手表，拿起地上的红砖，在阳光下写了一串数字。

· 11 ·

牛顿发现万有引力，哈雷以此预测彗星归来。

石子坠入缝隙，涟漪化作光的波纹。

有质量的物体间，存在通过其连心线方向上的相互吸引的力，因此星辰运转，潮汐起落。

爱因斯坦讲，引力实际上并不存在，它的本质是质量造成的时空弯曲。

量子力学却在微观世界寻找引力子，试图统一宏观与微观尺度。

这是已知的世界，也是未知的、我们的宇宙。

图书在版编目（CIP）数据

天才基本法 / 长洱著. -- 北京：北京联合出版公司, 2025. 5. -- ISBN 978-7-5596-8324-3

Ⅰ.Ⅰ247.5

中国国家版本馆CIP数据核字第2025CF4397号

天才基本法

作　　者：长　洱
出 品 人：赵红仕
选题策划：北京磨铁文化集团股份有限公司
责任编辑：李艳芬
装帧设计：沐　沐

北京联合出版公司出版
（北京市西城区德外大街83号楼9层　100088）
河北鹏润印刷有限公司印刷　新华书店经销
字数339千字　880毫米×1230毫米　1/32　印张11.25
2025年5月第1版　2025年5月第1次印刷
ISBN 978-7-5596-8324-3
定价：52.80元

版权所有，侵权必究
未经书面许可，不得以任何方式转载、复制、翻印本书部分或全部内容。
本书若有质量问题，请与本公司图书销售中心联系调换。电话：（010）82069336